大明王与商人婿

关云 著

陕西新华出版传媒集团

太白文艺出版社

图书在版编目（CIP）数据

大明王与商人婿 / 关云著. -- 2版. -- 西安：太
白文艺出版社，2017.9（2024.1重印）
ISBN 978-7-5513-1235-6

Ⅰ．①大… Ⅱ．①关… Ⅲ．①长篇小说－中国－当代
Ⅳ．①I247.5

中国版本图书馆CIP数据核字(2017)第180111号

大明王与商人婿
DAMING WANG YU SHANGREN XU

作　　者　关　云
责任编辑　张　鑫
执行策划　宋　越
整体设计　刘萍旋
出版发行　太白文艺出版社
经　　销　新华书店
印　　刷　三河市嵩川印刷有限公司
开　　本　787mmx1092mm 1/16
字　　数　376千字
印　　张　21
版　　次　2015年11月第1版
印　　次　2024年1月 第2次印刷
书　　号　ISBN 978-7-5513-1235-6
定　　价　69.80元

大明王与商人婿

　　贫困与低贱从来不是人生失败的理由，一个入赘商户家的女婿为世人证明了这一点。大明洪武二十九年，宋小凡这个名字注定在这一年绽放光彩。大梦初醒，他忽然觉得不能让"赘婿"这个身份伴随自己一辈子，于是奋而向上，做出了一番让世人震惊的事业。作者用幽默诙谐的方式，给我们严肃地讲述了一个关于梦想的故事——成功其实离你只差一步。嗯，大概是严肃的？

目 录

第一章

来如春梦 陈府姑爷

寒夜深沉，滂沱的大雨劈头盖脸倾泻而下，随着狂风和雷电，狠狠地打在人的身上，打得人浑身生疼。

"咔嚓——"

一道刺眼的闪电照亮了夜空，照亮了整个大地，那刺眼的一瞬间，也将大路边草丛里一张苍白俊秀的面孔照得无所遁形。

此刻这张面孔有些狰狞。

他叫宋小凡，是个社会待业青年。

说他是待业青年也许有点粉饰他真正的身份。

准确地说，他是个抢劫犯。

对于一个没文凭没本事就业压力巨大的年轻人来说，除了抢钱，他实在找不到更好的生存方法了。

社会就是这么现实，付出与收获永远不可能成正比。在此之前，宋小凡是个善良的小伙子。他读过书，文凭很普通；他打过短工，工作很差劲。

他的一生就像他的名字一样，平凡得如同空气中的一粒尘埃。

N次找工作碰壁，他都不曾气馁，他总相信天道酬勤，老天爷不会亏待勤奋的人。

直到有一天，他被电线杆上"招聘男公关，月薪三万"的小纸条吸引，结果交出他所有的积蓄做所谓的"保证金"，喜滋滋地等待录取通知后，才愕然发现那原来是个骗局。

一无所有的同时，宋小凡想通了。

原来这个世界要想成功，无非"偷蒙拐骗抢"五个字而已。

于是他决定做个抢劫犯，一个前途非常光明的抢劫犯。

今晚是他第一次抢劫，有点紧张。

雷雨夹杂着闪电和狂风，不停向他倾泻，不知不觉宋小凡已在草丛中趴了一个多小时了。他感到很冷，冷得全身都麻木了。

宋小凡觉得自己目前这个状态对他的打劫"大业"很不利。

就算有只"肥羊"打他眼前经过，以他现在浑身麻木的身体状态来说，也许他反而会被"肥羊"打劫。

如果真是这样的话，他会成为打劫业同行的耻辱。也许他还会被抓住，被警察送进监狱吃牢饭。更重要的是，他恐怕会沦为警察们茶余饭后的笑柄，一笑好多年的那种。

一个人没赚钱的本事不要紧，可若连作奸犯科的本事都很稀松的话，活着未免太多余了。

宋小凡感到了压力。他实在没想到，原来打劫这种工作也是有压力的，现代人生活得多么辛酸。

为了缓解心里的压力，也为了让渐渐冻麻木的身体变得灵敏些，宋小凡决定在正式打劫之前应该先打劫一瓶酒。

打劫酒的出发点其实没存多少恶意。众所周知，酒壮怂人胆，同时还可以活络血脉，实在是打劫之前的必备物品。

这世上永远不会有真正的无本生意，打劫也是。

想到就做。

宋小凡从草丛中站起身，朝马路斜对面一家小杂货铺走去。

万幸的是，宋小凡有刀，这是一把很锋利的剐骨刀，事实上这把刀的来路也很不正，白天宋小凡在路过菜市场的一个猪肉摊时，趁着卖猪肉的贩子不注意，顺手摸来的。

"打劫！劫酒不劫财！"

走进杂货铺，宋小凡露出了狰狞的面目，同时把藏在怀里的剐骨刀也亮了出来。

杂货铺的老板显然很怕死，他浑身一激灵，接着面色苍白的双手抱住了头。瞧他那样子，宋小凡觉得就算自己要劫他的色，只要不杀他，他肯定也会顺从地摆好姿势。

"这位……这位兄弟，钱……钱在我旁边的抽屉里……"老板声音发抖，浑身战抖。

"你这儿的酒都有哪几种？"宋小凡没理会老板的盛情邀请，反而仰起头，专注地打量着铺子内的一排品种各异的酒瓶子。

老板愣了愣，接着很热情地开始介绍："有红酒、洋酒、白酒、啤酒……"

从不喝酒的宋小凡有点无所适从："能壮胆又能暖身的，适合喝哪一种？"

老板觉得这个劫匪很和善，渐渐地也不怎么害怕了，反而对他有点好奇："你壮胆暖身想干吗？"

提起这个，宋小凡踌躇满志："我要打劫……"

老板："哦！"

这是个和善但脑子明显有病的劫匪，老板觉得这种人不能深交。

"如果您想壮胆暖身，我建议您最好喝白酒……"老板当即从货架上拿了一瓶二两装的二锅头，想了想，老板觉得二两也许不能满足这名劫匪壮胆兼暖身的要求，于是又拿了一小瓶下来。

宋小凡接过两瓶酒，显得很高兴，这么上道的"肥羊"，实在令人不能不对他产生好感。

"多少钱？"宋小凡下意识准备掏口袋。

老板赶紧拦住宋小凡这个见外的动作，连连摆手推辞："不用钱，……您不是来打劫的吗？"

宋小凡恍然中又带着一点赧色："对啊，得亏你提醒……"

老板眼皮耷拉下来，小心地瞄了一眼身旁的现金抽屉，讷讷道："您……真不打算要钱？"

宋小凡很豪迈地拍了拍老板的肩："劫酒不劫财，我说话算话。"

盗亦有道，劫了人家的酒已经很过分了，怎么还好意思劫人家的钱？宋小凡是个脸皮很薄的人。

老板感动地朝宋小凡挥手："祝您打劫顺利……"

"也祝你生意兴隆。"

"您走好，以后常来！"

二人挥手殷殷作别。

宋小凡又重新趴到马路边的草丛里，他拧开二锅头的瓶盖，仰头狠狠喝了一大口酒。

辛辣呛人的白酒顺着喉管流入他的五脏六腑，从未喝过酒的宋小凡顿时觉得肚子如同被火烧一般难受，同时也感到一股灼热的暖流顺着血管延伸到全身各处，难受并舒坦着。

宋小凡的眼睛也渐渐变得通红，眼里散发出兴奋炽热的光芒。

今晚无论如何也要劫到一笔钱，然后进馆子吃顿饱饭，包子买俩，吃一个扔一个……

话说，这酒真不错，很带劲！

当两小瓶二锅头喝得干干净净时，宋小凡对杂货铺老板的好感也上升到了顶点。

如果可以的话，待会儿抢了钱，还是去把酒钱付了吧……这是宋小凡彻底醉倒之前的最后一个念头。

宋小凡实在是个厚道的人，面目狰狞的劫匪总有一段令人唏嘘的往事。

第二天，当地城市的晨报一个不起眼的小角落刊载着这样一条新闻："清洁工人在某某路的草丛中发现一具无名男尸，报警后经法医鉴定，认为该男子死亡原因是饮酒过度，而且所喝的酒中所含甲醛成分严重超标，法医认定此男子喝的是工业酒精。至于此人是自杀还是被谋杀，该案件目前正在调查之中……"

宋小凡醒来觉得头很痛，就像有人趁他睡觉时用棒子狠狠敲了他的脑袋似的。

自己不是在打劫吗？怎么好像躺床上了？到底怎么回事？

宋小凡眼睛还没睁开，耳边却听到一个苍老的声音缓缓道："此人气若游丝，脉象紊乱虚浮，怕是……命不久矣，请恕老朽无能为力……"

宋小凡一愣，说谁呢？难道是说我？

紧接着，一个娇脆的女声竟然欢快地说道："真的吗？真的吗？太好了！我家小姐不用嫁给这个窝囊废了！来人，快来人！把这家伙拖出去埋了！"

宋小凡一惊，赶紧睁开眼，却见一个穿着古装的小姑娘万分雀跃地指着自己，正扭头朝房门外叫人，而旁边站着一位同样穿着古装的老头儿，正一脸古怪地瞧着小姑娘。

宋小凡确定了，小姑娘要埋的人，正是自己。

多惊险的一幕啊！若自己晚醒来半刻，下场不容乐观……

"慢着，慢着！"如此紧急关头，宋小凡赶忙出声，嘶哑着喉咙，艰难开口道，"慢着……大夫，大夫！你是大夫啊！不抛弃不放弃，我还可以抢救一下……"

一个气若游丝眼看要断气的人竟然开口说话，这情景实在太阴森诡异了。

屋子里一老一小两位，顿时惊呆了。

小姑娘眼睛瞪得大大的，死死地盯着宋小凡，如同见了鬼一般。沉默许久，终于放声尖叫道："鬼啊——"

然后跌跌撞撞地逃了出去。

"我不是鬼！"宋小凡觉得身子很虚弱，有气无力地小声辩解道。

小姑娘跑出去了，屋子里只剩下那位穿着古装的老头儿，他的表情跟刚才那小姑娘如出一辙，眼睛瞪得圆溜溜的，一动不动地盯着宋小凡。

宋小凡急忙向他辩解道："我真不是鬼……"

老头儿木然点了点头。

被人认同实在是件幸福的事儿，宋小凡感激地朝他笑了笑，有一种跟他合奏《高山流水》的冲动。

"人都说，家有一老，如有一宝，老先生果然比年轻人淡定多了……"

谁知宋小凡话音刚落，老头儿便惊叫了一声："鬼啊——"

然后老头儿也跌跌撞撞逃了出去。

合着这位老先生不是淡定，是反应慢了一些……

宋小凡发愣，刚才惊慌闪身而出的小姑娘，有点眼熟……惊鸿一瞥中，像极了他当年的初恋女友吴甜，想不到吴甜穿古装如此漂亮。

屋子里静悄悄的，宋小凡这才有空打量目前所处的环境。

很显然，这个环境不怎么好。屋子大约十个平方，除了一张破旧的床，别无他物。

自己的身上盖着一床薄薄的被子，抬起手，宋小凡发现自己穿着一身白色的里衣，式样跟刚才那一老一小相同，都是古装。

宋小凡吃了一惊，开什么玩笑？拍戏呢？

挠了挠头，宋小凡又感到不对，伸手在头顶一摸，靠！

自己什么时候长出这么长的头发？而且还在头顶结了一个绾髻，这让他愈发感到惶然。

一个抢劫未遂，醉倒在路边草丛里的待业青年，醒来却发现自己处在一个完全陌生的环境，穿着古装躺在床上，而且差点被人埋了……

敢拿刀子抢劫的主儿，胆子当然不算太小，可现在……宋小凡忽然觉得自己还是很脆弱，眼前的环境让他发自内心地感到害怕。

愣了一会儿，宋小凡疯了似的掀开被子，伸手在自己的胯下摸了一下，然后如释重负般长长嘘了口气……还好，小弟弟还在，男人雄风犹存。

松口气的同时，一个字眼儿闪电般掠过脑海：穿越。

太扯淡了吧？

宋小凡面孔抽搐了几下，有种抱枕头的冲动。想哭，想回家……

"哎哎，听说了吗？咱家那窝囊姑爷又醒了。"

"不会吧？大夫不是说准备后事了吗？咱家老爷连棺材都准备好了，就等他咽气呢……"

痛心的拍巴掌声："谁说不是呢！那小子命可真硬，三天两头地晕倒，就是不断气，真想帮他一把，掐死他得了……"

"咱家这位姑爷其实挺可怜的，爹娘死得早，剩了他一个人孤零零的，身子骨又弱。爹娘在世时给他定了门亲事吧，他当上门女婿还招人嫌，这婚事一拖就是三四年，咱家老爷也没发话说要他俩成亲，多半这门婚事会黄了……"

"唉，这位姑爷窝囊是窝囊了点儿，可还算老实本分，本来身世已经够可怜了，这回醒了却愈发凄惨……"

"哦，此话何意？"强烈的八卦声音。

"听说啊，他这回醒来后啊，发疯了……"

"疯了？怎么个疯法儿？"

"脑子愈发不灵光了，醒来两三天，每天仰着脑袋发呆，神神叨叨的，嘴里念着什么'打劫'……'二锅头'……'穿越'，也不知道什么意思。"

"'穿越'是啥意思？"

"我若知道，我岂不是也变疯子了？"

"可怜了咱家小姐啊……"

"唉……"

宋小凡醒来后，陈府内到处流传着这样的八卦话题。

风言风语满天飞的时候，话题的主角儿宋小凡正在陈府前院侧边的花园边发呆。

他不能不发呆，他有太多的事情要思考。

三天过去了，宋小凡的脑袋一直昏昏沉沉的，通过对环境的观察，他终于发现一个事实：他穿越了。

这么扯淡的事情居然让他碰到，实在是人生悲剧。

通过这几天断断续续听到陈府下人的闲言碎语，宋小凡对自己如今的处境多少有了几分了解。

处境不算太好。

首先，他是这个陈府的上门女婿，貌似这个身份在陈府内不太招人待见，而且成亲之日遥遥无期。

从古至今，做别人家上门女婿的，要么是家境贫寒，要么是自己没本事。

宋小凡很不幸，两者都有。

其次，他醒来时看见的那个如惊鸿一瞥，叫嚣着要埋了他的小姑娘，她也不是陈府的千金。

实际上，小姑娘是陈府千金身边的贴身丫鬟，她有个很三俗的名字，叫抱琴。

之所以叫这个名字，是因为陈府的千金弹得一手好琴。主人擅抚琴，丫鬟当然要叫抱琴。

就像很多烂茅屋叫"听雨轩"，很多包二奶的海边别墅叫"观涛阁"似的，有些名字第一个人用起来，也许称得上"风雅"二字，但几百几千个人都用"听雨轩""观涛阁"的话，这个名字就变得三俗了。

抱琴这个名字也是一样。

至于她为什么在宋小凡还没断气以前就要埋了他，原因自然很清楚。

好鞍岂能配劣马，小姑娘在为自己的小姐不值，所以迫不及待地想把宋小凡这匹劣马给埋了，宋小凡在那个万分危急的关头醒来，实在是人品超常爆发。

现在，从旁人的只言片语中，他得到了两个消息，一个好消息和一个坏消息。

好消息是：他不用再打劫了，更不用担心警察抓他，除非警察局有时空穿梭机——宋小凡对这点很放心，警察只是警察，他们毕竟不是机器猫……

当然，坏消息也让人有点揪心。

坏消息是：他在这个陈府的地位很低，低得还不如去当抢劫犯。

在古代，上门的女婿终归是受人歧视的，如今陈府里面连下人们都普遍看不起他，其中包括那个要埋了他的抱琴小丫鬟。

这就是宋小凡目前的现况。

经过三天的心理适应期后，宋小凡终于接受自己穿越了这个现实。同时也接受了自己的新身份，一个窝囊的、寄人篱下的上门女婿。

好吧，穿越就穿越吧，没人鼓掌欢迎，我就自己欢迎自己……

欢迎来到，嗯……这是什么朝代？

◎ 第二章 ◎

前世今生 陈府千金

亿万人中，老天独选了宋小凡穿越，本身就是对他人品的一种肯定，这么倒霉的事都让他碰上了，还有比这更倒霉的吗？

至于如今他在陈府内的现状，相比之下，简直不算什么事了。

宋小凡对改变这种现状非常有信心。

值得庆幸的是，宋小凡长得还算英俊。剑眉星目，棱角分明，一副玉树临风、风度翩翩的文弱模样，若是行走江湖的话，完全有资格担得起"玉面飞龙"的诨号了。

当他从一面古色古香的铜镜中瞧见自己的模样后，不禁痴了。

前世若有如此面貌，何至于连个月薪三万的男公关都应聘不上？这就是人的差距啊！

不过，这个年代长得帅不一定有用，若想将这穿越的日子好好过下去，宋小凡觉得有些事情还是必须要先弄清楚。

自己这位上门女婿看来人缘极差，自从醒来到现在，别说慰问的人了，连个跟他说话的人都没有，所有人见了他无不神色古怪地绕道而行。

宋小凡对此表示很淡定，他知道，府里上下已经把他当成了疯子。

古代和现代都一样，没有谁愿意跟疯子打交道。

所以，宋小凡是个孤独的疯子。

这个疯子如今只知道两件事：第一，这里是古代，至于是哪个朝代，待了解；第二，自己住在陈府，是陈府的上门女婿，而且只有个女婿名分，尚未与陈府千金成亲。至于自己的新身份姓甚名谁，仙乡何处……待了解。

这点信息对宋小凡来说，委实太单薄了些。

所以宋小凡决定补充信息量，在最短的时间内熟悉这个陌生的环境。

补充信息量的方法很直接，宋小凡的具体做法是：他在陈府前院侧面的花园内蹲了半个时辰，然后逮着了一个过路的下人。

花园当然不完全是花，它也有偏僻无人的角落，属于"叫天天不应，叫地地不灵"的灰色地带。

现在，这名倒霉的下人正被宋小凡死死地摁在了这个灰色地带，叫天天不应，叫地地不灵。

下人很害怕，嘴唇和下身一齐打着摆子，脸色吓得变成乌紫色，有休克的预兆——被疯子逮住当然不是件愉快的事，下人的这种反应很正常。

宋小凡观察了半晌，觉得这位下人胆子不算很大，面对暴力时很乖巧，这让宋小凡感到很欣慰。宋小凡是个讨厌暴力的人，但是他更讨厌别人反抗暴力。

"贵姓？"宋小凡露出了和善的微笑，笑容斯文儒雅，无可挑剔。

下人脸色更紫了，哆嗦了半晌才颤着声音道："免贵，姓陈。"

"好姓！"宋小凡客套地赞道。

下人报以比哭还难看的笑容。

"有几个问题想请教你，还望不吝……不吝……"宋小凡挠了挠头，古代人那种文绉绉的说话他有点不习惯。

陈姓下人实在忍不住了："不吝赐教？"

宋小凡释然地笑道："对，还望不吝赐教。"

"您尽管问。"下人是个很识时务的下人。

"现在是什么朝代？"这个问题是宋小凡最关心的。

"大明朝。"下人毫不犹豫地回道。

宋小凡了悟地点头，明朝，嗯，很熟，宋小凡不是文盲，对历史好歹也有个一知半解。

"年号是什么？"

"洪武二十九年……冬天。"下人回答得很干脆，落在疯子手里的他，充分表现出了乖巧的素质。

宋小凡微微变色："洪武？朱元璋当皇帝？"

"啊！"下人大惊失色，"你……你你，你竟敢直呼洪武皇帝名讳……"

宋小凡一脸严肃地解释："我是疯子啊，你忘了？"

下人立马平静了，是啊，疯子说什么话都是百无禁忌的，怎么能怪他？得亏洪武皇帝圣明，前些年裁撤了锦衣卫，不然陈府上下会被这疯子害死……

"还有几个问题，……我是谁？"

下人眼睛瞪大了，看着宋小凡眼神就像看着一个疯子……

当然，这种眼神是正确的。

"这个疯子迷失了自我……"下人在心里暗暗思忖，受制于人的危险关头，他居然能想出如此文艺腔浓郁的结论，陈姓下人不得不佩服自己的文采。

宋小凡眼睛一眨不眨地盯着他，心里暗誓，如果这个下人回答他什么"本我""小我""大我"之类的学术性答案，那他肯定也是穿越人士，自己一定毫不犹豫地出手掐死他——俗话说物以稀为贵，穿越者这个品种很稀少，一个足够，两个就太多了……

"您是陈家的姑爷呀……"下人讨好地朝宋小凡笑了笑，给出了一个让双方都很满意的答案。

……

一炷香时间后，下人被宋小凡意犹未尽地放走了。走的时候踉踉跄跄，下半身湿嗒嗒的，当然，这与宋小凡无关，心理素质不够硬，被吓失禁是很正常的。

下人走后，宋小凡站在花园里，又开始发呆。

洪武二十九年，如今朱元璋已老迈，皇太孙孱弱，燕王在北平蠢蠢欲动，二雄即将争嫡，天下即将风云涌动，陈府的姑爷……嗯，他还是陈府的姑爷。

风云涌动关自己屁事，还是先想想怎样在陈府生存下去吧。

是的，生存，这是个大问题。

先说说宋小凡目前所处的地方，不知该说他运气好还是不好，他目前所处的陈府竟然离京城应天府很近，属于应天（今南京）的下辖县，县名叫江浦，骑马一个时辰便可至京城。

陈府，一个乘着朱元璋开国春风新富裕起来的商户，以种地囤粮起家，短短一二十年内，发展到如今良田百顷、粮仓富足、商铺众多的殷实商户，县城内商铺十数家，按前世的标准来说，多少也算是江浦县内打出品牌的乡镇企业了。

陈家的家主当然也姓陈，是宋小凡名义上的岳父大人，家主今年近四十岁，他有一个很有趣的名字，叫陈四六。

事实上这个名字在目前的明朝初期很普遍。元朝时期的统治者不允许汉人取名字，小孩出生以后一般都以父母的岁数相加，或以出生的日期命名，这就造成了华夏之内几乎所有没上过学或没当过官的百姓都是以数字命名，比如明朝开国皇帝朱元璋，他出生的时候当然也不叫朱元璋，而是叫朱八八，或者朱重八，因为他出生的那天正好是闰八月，出生日又是初八，所以叫朱八八。话说老朱出生的日子实在是个黄道吉日，八发八发，是个开张大吉的好日子，老朱若不当皇帝，改行做生意，想不发财都难。

陈四六这个名字也是差不多的意思，他出生时元朝还没被赶出中原，统治者仍然是蒙古人，所以陈四六这辈子算是赶上了最后一班数字取名的时尚风潮。

至于宋小凡这个陈府姑爷的身份，说来实在有些尴尬。

这得归功于宋小凡的老爹。宋小凡祖祖辈辈都是农户，往上数三代都是，世代在江浦县下辖的村庄里种地，属于典型的根正苗红的贫农。那年陈四六还没发达，下乡收粮食的时候被一条五彩斑斓的毒蛇给咬了，躺在田埂边哼哼等死的时候，正好宋小凡的老爹路过，农户都比较善良厚道，于是宋小凡他爹便救下了陈四六。

陈四六感激得不行，当即掏银子聊表心意，宋小凡他爹品格高尚不肯收，陈四六报恩无门，很是纠结。事实证明，没有发达的人还是很有良心的。

晚上陈四六便在宋小凡家住下了。话说陈四六也是个猛人，毒伤还没好，便跟宋小凡的老爹喝起了酒。二人推杯换盏，喝得面红耳赤，没过一会儿二人便称兄道弟，交情很快升华，一顿饭的工夫便铁得跟发小儿似的。

陈四六喝着喝着，见到一旁正冒着鼻涕泡儿的宋小凡，灵台穴仿佛被雷劈中了似的，立马福至心灵，他想到了报答宋家救命大恩的办法，于是指着当时才一岁大的宋小凡，一定要跟宋小凡他爹结成儿女亲家，哭着喊着要把他婆娘肚里还不知男女的胎儿许配给宋小凡，宋小凡他爹拦了大半宿硬是没拦住。

所以说，做人善良，老天必有回报，日行一善实在是很有必要的，救人一命胜造七级浮屠之类的话那是扯淡，但能白捞着一漂亮儿媳妇，却是实打实的便宜。

还有一点很重要，那就是：做人就算不善良，但你的酒品一定要好，喝高了就老实躺下睡觉，别满口胡乱许诺什么事，否则等到酒醒，后悔也来不及了。

宋小凡敢打赌，陈四六发达以后，肯定在夜深人静之时狠狠扇过自己嘴巴子，而且不止一次。

过了一年，陈家的财力愈发雄厚，而且他的老婆真给他生下了一个女儿，取名叫陈莺儿；再后来，陈四六努力增产报国，老牛自知夕阳晚，不须扬鞭自奋蹄，在他的辛勤耕耘下，婆娘又给他生了个儿子，取名陈宁。

一儿一女承欢膝下，陈家有后，家庭自然和睦。

与此相反，宋家却走起了背运。

天有不测风云，宋小凡的双亲，则因患了肺痨（就是现代的肺结核，古时候这种病是不治之症），双双撒手人寰。宋小凡他爹临死时记忆力如有神助，竟然记得十几年前有这么一门儿女亲事。他死死拉着宋小凡的手，嘱他去江浦县城，投奔他未来的老丈人，指望老丈人能提携一下女婿，或许将来能奔个好前程，总比一辈子种地强。

宋小凡是个老实本分的孝子，当即便含泪答应了父亲。

于是宋小凡卖掉了家中仅有的一亩多地，用卖得的钱葬了双亲，孤身一人便投奔陈府而去。

宋小凡就这样成了陈府的姑爷。若姑爷也算是一种职业的话，算起来他也有近二十年的工龄了。

宋小凡投奔陈四六的时候，陈四六已经发达了。

人一旦发达了，总有些势利眼，对当年喝高了平白认下的这位女婿当然有些悔意，这是人之常情。

不论他愿不愿意，女婿来投奔，总不能把他赶出去，万般无奈下，陈四六只好捏着鼻子接纳了宋小凡。

陈府的姑爷当然不是那么好当的。所谓"姑爷"，也仅仅只是个名分，宋小凡在陈府就这样尴尴尬尬地生活了整整四年，到如今宋小凡已十九岁，陈府的千金也有十八岁了，成亲却仍然没着没落，虽同处一片屋檐下，但这对未婚夫妻四年来连面都没见过几次。

古时候的民间，十八岁还没成亲的姑娘是很罕见的。从这一点可以看出，陈四六是个很生猛的人，颇有"宁为玉碎，不为瓦全"之决然气概，宁愿把自己女儿耽误成老姑娘，也不愿成就宋小凡这个穷小子。

陈府养着宋小凡这么一号闲人，一不让他干活，二没说让他读书，分给了他一个偏僻的院落，饭菜管饱，每个月发他五钱散碎例银，由着他自生自灭。

说是姑爷，实际上宋小凡的身份不主不仆，很是尴尬，再加上他性格腼腆老实，不善言辞，不懂讨好岳父岳母和未来的老婆，甚至连结善陈府下人的举动都没有，以至于他在陈府内的人缘关系极差，差得真真实实到了"狗不理"的地步。

陈四六对他还算客气，勉强算是以礼相待，只是绝口不提宋小凡与自己女儿的亲事，仿佛患了选择性的失忆症。

虽然不知道以前那个宋小凡是怎么想的，但穿越过来的宋小凡在搞清楚了自己的处境后，多少明白了一点真相。

不出所料的话，陈四六可能有了悔亲的打算，只是碍于情面不好出口而已。

古人都颇重信义，特别是商户，更将"信义"二字看得比命还重，这是商户在商场立足的根本，若陈四六悔了这门亲，不出一夜，陈家的名声就会臭满整个县城，那时谁还会跟陈家这种言而无信的商人做生意？

可陈四六又实在不愿将如花似玉的女儿嫁给宋小凡这么一个无功名无力气无脑子的三无人士，门不当户不对且先不说，女儿若跟了他，将来会有好日子过么？

宋小凡有什么？他只是农户出身，大字不识一个，别说考秀才了，县学也不肯收这么一个文盲呀，他连当学生的资格都没有。

论力气就更离谱了，陈四六怎么都想不通，世代务农的宋家，怎么会生出如此孱弱多病的儿子。从外表上看，宋小凡简直跟那些读圣贤书、不事生产的孔门学子一样，面色苍白，四肢无力，肩不能挑，手不能提，走在外面若刮大风，还得紧紧抱住柱子。

顺便提一句，宋小凡之所以能穿越到这位陈家姑爷身上，全是拜这位姑爷太过虚弱，时常晕倒所致。这种现象，民间统称为"鬼上身"。

再论宋小凡的为人处世、性格脾气，那就更令人蛋疼了。宋小凡内向腼腆，文不成，武不就，做买卖也没天赋，这种人除了造粪肥田，实在看不出他有多大的用处。

陈四六肠子都悔青了，这就是贪杯的下场啊！当年若不是多灌了几杯黄汤，怎会闹到如今这个进退不能的尴尬境地？

这样一无是处的姑爷，陈四六怎肯将女儿嫁给他？

在这样一种情形下，宋小凡穿越了，穿越到这个也叫"宋小凡"的陈家姑爷身上。

从陈姓下人口中探得这些信息后，宋小凡总结了一下，将目前的情形大致归纳成两点，一好一坏。

好的信息是：宋小凡吃饭不用花钱，而且每个月还有五钱例银花销。

坏的信息是：这样的日子也许享受不了几天了，因为陈四六可能在酝酿怎样把这个吃白食的姑爷扫地出门。

不过宋小凡并不担心。

身为穿越者，自然比同时代的人多了那么一些知识和经验，保守估计，凭这些知识和经验，宋小凡就算被赶出了陈府，应该也不会饿死街头。乐观一点估计的话，宋小凡觉得在这个时代发财做个富家翁也不是什么很难的事。

人的信心有时候总会不自量力地膨胀，现实的残酷将膨胀的信心打击得连渣都不剩以后，很多人变成了疯子。

宋小凡现在就有点膨胀了。

他视这个时代的一切如土鸡瓦狗，他觉得自己用不了多久就能在这个时代站住脚，收一大堆牛逼的小弟，震虎躯，散王霸，或许连朱元璋都会哭着喊着求他当皇帝……

于是，在这个阳光明媚的下午，陈府前院的花园内，宋小凡负着手，笑得像花儿一般开心。

他的笑容纯洁而无邪，从里到外焕发着喜悦的光辉。他知道，穿越者的结局都是美好的，最普遍的是当皇帝，混得最次的，回到明朝也能当个王爷，这几乎已成了定律，他宋小凡当然也不能例外。

只可惜他现在身上还背着一个"疯子"的恶名，于是，他的笑容落在别人眼中，就完全不是那么回事了。

比如落在抱琴眼中。

"啊——"

宋小凡身侧不远处，恰巧路过的抱琴开始尖叫，表现得比宋小凡更像疯子。

"小姐快跑，那疯子笑了！"

小姐当然是指陈府的千金，那个与宋小凡有着未婚夫妻名分的陈小姐。

此刻陈小姐就在抱琴身旁，俩姑娘瞪大了眼睛看着宋小凡的笑容，目光中露出惊骇。

这样的目光注视下，宋小凡当然笑不下去了，毕竟他并不是真正的疯子，他还是有着柔弱腼腆的一面。当两个如花似玉的姑娘瞪大了眼睛看着自己时，宋小凡感到有点尴尬。

今天真是宋小凡的幸运日，据说他这位姑爷在陈府四年，也只见过陈家小姐两次，今天算是第三次，这种概率比日全食还小得多。

整了整衣冠，宋小凡肃然向陈小姐施了一礼，淡淡道："在下见过小姐。"

值得庆幸的是，宋小凡穿着一身儒士长衫，这年头穿长衫的可都是文化人，也不知他这身长衫从哪儿弄来的，虽说旧了一点，下摆也打了两个补丁，可它多少给宋小凡添了几分儒雅的气质，再加上宋小凡本人长得并不丑，可以称得上英俊，这又给他加了不少分，陈小姐的俏脸忽的一下变红了。

女人脸红，不完全是因为羞涩，看到一个帅哥向她施礼，总会下意识地脸红一下，表示自己是个纯情的大家闺秀，这是女人天生的一种本能，其原理跟某种动物随环境而改变保护色是相同的。

这也是良家妇女跟坐台小姐的区别，良家妇女脸红是因为纯情，或者是假装纯情，坐台小姐脸红则是因为发情，或者假装发情。

宋小凡施完礼便直起身子，用一种审视的目光盯着陈家小姐看。

这是自己名义上的老婆，老公看老婆，天经地义，宋小凡并不觉得有什么失礼。

陈小姐并不是那种一见就令人神魂颠倒的美女。事实上，这个时代人口基数不大，遇到美女的概率很小，绝不像前世那样满大街都是美女。

陈小姐的五官很精致，有着典型的江南女子的婉约气质。她的眼睛不大不小，嘴唇略薄，鼻子小巧。让宋小凡感到不太习惯的是，陈小姐的眉毛略有些浓，而且眉梢微微上扬，眉眼间多了几分盛气凌人的味道。由于自小养在深闺的缘故，她的皮肤很白皙，柔柔的，像一匹光滑的上好绸缎。

这匹白皙的"绸缎"现在正慢慢变红，红色由她的脸一直蔓延到脖颈处。哪家的小姐被一个男人这样肆无忌惮盯着能不脸红？

"宋……公子，您客气了。"脸虽然红得厉害，可陈小姐的语气却很淡漠，美目半敛，垂头望地，目光中仍透出一股子冷漠寒冽的意味。

她的目光令宋小凡感到遗憾。

从陈小姐的表情和语气来看，宋小凡发现这位未婚妻对他并无半点情义，这很正常，四年只见过三次面，既无才又无财，而且在她家吃白食的夫婿，她若对他有情义那才叫有鬼了。

宋小凡并不介意陈小姐对他的淡漠态度，哪怕他是个疯子，他也是个讲道理的疯子，设身处地地想一想，毕竟宋小凡对她也没有半点情义。

看了陈小姐两眼后，宋小凡马上转移了目光，因为他发现陈小姐的表情有点恼怒，毕竟在这个时代，男人死死盯着女人，是很不礼貌的，哪怕未婚夫也不行。

于是宋小凡把目光投向了陈小姐身边的抱琴。

上次宋小凡醒来时，正是抱琴欢快地嚷嚷着要埋了自己，当时宋小凡刚醒，抱琴就被吓跑了，宋小凡想确认一下，这个小丫鬟到底是不是他前世的初恋女友吴甜——那个让他甜到忧伤的女子。

每个人的初恋都是美好的，哪怕穿越了时空，初恋仍如醇酒般香醇浓郁，萦绕心头。

一看之下，宋小凡不由得倒抽了口冷气，像，太像了！

宋小凡脱口失声道："吴甜！真的是你？你也穿越了？"

两位姑娘也吓了一跳，抱琴往陈小姐身后一缩，惊道："你……你又犯疯病了！"

宋小凡死死地盯着抱琴，眼圈顿时泛了红，眼前的抱琴，分明就是他前世的初恋女友吴甜的模样，那个笑起来像蜂蜜般甘甜的小女人，那个喜欢抓着他手臂不停摇晃撒娇、让他又爱又怜的女子，他前世的最爱，尽管后来分了手，他心中一直都惦记着她。

抱琴仿佛完全不认识他了，这让宋小凡感到有些伤心，当年他们如此深爱过……

宋小凡面容浮上悲伤："吴甜，你不认识我了？我是宋小凡啊！"

"疯子，疯子……小姐，他疯了，我们快跑……"抱琴紧紧抱着陈小姐的手臂，惊恐万分。

咫尺天涯，何其痛哉！

宋小凡开始激动："你不记得我了吗？当年看月亮的时候，我叫你小甜甜，那时的你多么幸福……"

"小……小甜甜？"抱琴两眼发直，对这个称呼很不感冒。

宋小凡使劲点头，一脸宠溺的模样，然后忽然神色紧张起来，凝目沉声道：

"难道你现在已经新人换旧人，变成牛夫人了？"

抱琴有发疯的预兆，抓着自己的头发抓狂道："你到底在说什么啊？"

宋小凡急得直跺脚："你怎么还没记起来呢？你是吴甜啊！"

宋小凡一边说一边伸出手去，摸了摸抱琴的俏脸，然后顺着脸一路往下摸去："你看你这张让我魂牵梦萦的美丽脸庞，还有这纤手……这玉臂……这酥胸……咦？小甜甜，你变瘦了啊……以前是 D 杯的，怎么现在变 B 杯了？"

前世小甜甜的胸起码有 35D，走起路来一颤一颤的，令人忍不住想帮她托住。而抱琴，充其量也就是个 B，哪怕刮台风，她的胸都可以纹丝不动。

宋小凡的手仍搁在抱琴的酥胸上，目光中满是痛惜，浑然不觉两位姑娘一副被吓傻了的表情。

不论现代还是古代，一个大姑娘被男子摸了胸，肯定不是件愉快的事，除非她是个荡妇，更何况摸她的男子还是个疯子。

"啊——"

直到宋小凡收回了手，抱琴才反应过来自己被人非礼了，叫得分外凄惨，如同倒了贞节牌坊的寡妇一般无助、绝望。

一旁的陈小姐更是目露惊骇，与抱琴紧紧抱在一起，俩如花似玉的大姑娘吓得瑟瑟发抖，活像流氓魔爪下无辜而无助的受害少女。

宋小凡直到这个时候才清醒过来，指着抱琴呆呆地道："你……不是吴甜？"

抱琴凄然摇头，望着宋小凡的目光很凄楚，长得像别人实在不能算是她的错，可这种长相却成为了她的不幸。

宋小凡的脸上露出难过的神情，定定地瞧了抱琴一会儿，这才淡淡地道："不好意思，我摸错人了……"

摸……摸错人了？

两位姑娘同时愣住，心中羞愤之情愈发高涨。

清清白白的黄花大闺女，你说摸就摸，摸完了还不痛不痒地扔下这么一句话，就像刚吃完一顿饭那么简单，实在太过分了！

抱琴呆在一旁却讷讷不敢言声。宋小凡身上背着一个"疯子"的恶名，别说只是摸了她一下，就算真把她糟蹋了，她也不敢反抗。疯子啊，多么邪恶和强大的一个存在。

陈小姐胆子大一些，见宋小凡说得不痛不痒，顿时发怒了，白皙的俏脸渐渐涌上一层羞愤的潮红，一双黛眉慢慢竖起，原本有些盛气凌人的美目此时也暴射出愤恨的精光。

"宋小凡，你知道刚才做了什么吗？"纵是暴怒之下，陈小姐也极力地控制住了语调，说起话来仍如平常一般淡然。

宋小凡点头，态度很诚恳："知道，我耍流氓了。"

陈小姐一愣，她并不太懂什么叫"耍流氓"，不过听宋小凡话中之意，应该跟"轻薄"差不多的意思。

陈小姐气愤道："既是如此，宋公子，你可有解释么？"

宋小凡摸着鼻子说不出话了，按古今惯例，耍流氓是不需要解释的，这本来就是一件没素质的事儿……

陈小姐见宋小凡不言不语，愈发生气了。这个四年来只见过三次面的未来夫婿，陈小姐对他多少还是从侧面了解过一些的，据说他一直是个老实内向、懦弱怕事的性子，可今日却亲眼见到他轻薄自己的贴身丫鬟，原来老实忠厚只是他的表相，难为他在陈府竟隐忍了四年，今日始才露出真面目，传言果然不能信！

陈小姐深吸一口气，缓缓道："宋小凡，一个男人，穷一点没关系，没本事也没关系，可穷也要穷得有骨气，行得正，走得直，仰不愧天，俯不怍地，只要于德无亏，纵是身处贫贱，亦是甘之若饴。你今日轻薄抱琴，此等登徒子无赖之举，不觉得有愧德操吗？"

陈小姐越说越气愤，脸已涨得血红，高耸的酥胸止不住地上下起伏，分外诱人。

宋小凡原本淡淡的神色终于有了小小的变化，抬起头正眼看着陈小姐，直到这一刻，陈小姐的袅袅身影才正式走进宋小凡的眼中。

在这个封建的时代，一个女人能说出这番有见识的话，实在很不简单了。

"对不起，我真是认错人了……"

做错了事就承认，宋小凡不是那种死要面子的大男人。

不过很显然，陈小姐并不太满意宋小凡的道歉，她甚至认为宋小凡真心的道歉是一种抵赖。古代的女子把名节看得比命还重要，无缘无故被宋小凡摸了小宝贝，哪怕抱琴只是个丫鬟，那也是很严重的风化事件，传出去就是丑闻，可以简称"袭胸门"了，一句轻飘飘的道歉怎能就此揭过？

"你……"陈小姐愤怒地捏紧了拳头，她觉得有一肚子火发不出来。

怎么办？人家确实道了歉，如果不依不饶把他扭送官府，丢脸的还是陈家。让他自绝于人民？估计他不乐意……

陈小姐气得娇躯直颤，站在原地摇晃了几下，美目一瞟，却发现不知何时周围已经远远地围上了一群看热闹的下人。

恨恨地跺了跺脚，陈小姐气得脸色发青，拉着哭哭啼啼的抱琴扭头便走，头也不回地扔下一句话："你给我等着！"

如此无德无行、性邪淫秽之人，怎配做我陈莺儿的夫婿？

陈小姐怒气冲冲往前堂走去，拢在水袖中的纤手紧紧握成了拳头。

宋小凡愣在原地，对陈小姐突如其来的怒气感到十分费解。我不是道歉了吗？怎么听她的意思，这事儿还没完呢？

宋小凡呆呆地看了看自己的右手，喃喃道："这女人怎么了？不依不饶的，她莫非有病？"

围观的下人们还未散去，听到这位疯子姑爷居然说别人有病，不由得一个个乐开了花。

"哎，你到底做了什么事，让咱们小姐如此气恼？"问话的人语气分明带着一股不可抑制的幸灾乐祸。

宋小凡是个老实人，老实人当然要说老实话。

他摸了摸鼻子，万分无辜地环视众人，道："我只不过是摸了一把抱琴的胸而已……"

"轰"——

围观的众人炸开了锅。

"摸了抱琴的胸"，还"只不过……而已……"

这是一种怎样的大无畏精神啊！这疯子莫非以为摸女人的胸跟吃大白菜似的那么平常？

更何况他摸的居然还是小姐的贴身丫鬟——陈府内最为受宠的抱琴姑娘的胸……

疯子，他果然是个疯子！

"你是怎么摸的？"问这话的是一个小丫鬟，她眼中闪烁着兴奋的光芒，鼻头几点淡淡的雀斑也在快乐地跳舞，仿佛抱琴吃亏对她而言是一件振奋人心的大喜事。女人的嫉妒心跟年纪大小没什么关系，天可怜见，抱琴那小浪蹄子也有今天！

宋小凡笑了，他是个脱离了低级趣味的人，但如果身边的人都没脱离低级趣味，他也不介意偶尔随波逐流一次，不然人家会说他不合群的。

宋小凡想做个合群的人，合群才有朋友。

他把小丫鬟拉到了身边，然后环视众人，很认真地道："看好了，我再给你们示范一次……"

"啊——淫贼！"

随着一声尖叫，下人们终于面带惊骇地轰然而散。

事实告诉我们，女人的胸是不能乱摸的，就算你想摸，也不要在光天化日之下摸得这么明目张胆。世人唾骂的采花贼为何总在夜间蒙着脸采花，因为这本就不是一件正大光明的事。

宋小凡很快就得到了教训。

陈家小姐怒冲冲离开一炷香时间以后，陈府的管家老陈来到了花园，皮笑肉不笑地告诉宋小凡，陈老爷有请，正在前堂相候。

陈老爷就是陈四六，宋小凡名义上的岳父大人。

陈府前堂内，陈四六跷着二郎腿，手指无意识地在红木扶手上轻轻地敲击着，他的眉头深蹙，面沉如水。

袭胸门事件的影响很坏，陈四六在思考，陈府上下齐心狠抓物质文明建设的同时，是否放松了对精神文明的建设？宋小凡，他未来的女婿，以前多老实憨厚的小伙子啊，怎么就堕落了呢？或者说，宋小凡以前的忠厚老实只是装出来的，时日久了，便露出了他淫邪狰狞的本来面目？

从大局着眼，袭胸门事件的发生对陈四六来说，其实是一件好事，终于找到个由头，可以将宋小凡扫地出门了，他甚至连对外人的说辞都想好了。

我陈四六对宋小凡仁至义尽了。宋小凡父母双亡，无亲无故，在这种情形下，我老陈家仍对他不离不弃，把他接回府里，当作自家女婿养着。一没缺吃少穿，二不让他干活，三没让他受委屈，简直把他当大爷一样供着，可是，你们瞧瞧，这个人面兽心的东西做了什么……

陈四六越想越高兴，宋小凡摸胸摸得好，摸得很好！你若不摸这一把，我还真不知该用个什么借口把你赶出去。

陈四六想到这里，开心地笑了，笑得像只老狐狸。

◎ 第二章 ◎

翁婿交锋　投鼠忌器

　　宋小凡一脚跨进前堂，迎面看到的便是陈四六灿烂的笑脸。

　　这是他第一次看到自己的岳父。

　　俗话说：女儿是父亲前世的情人，这话的意思再引申一下，那么女婿就是丈人的情敌了。

　　今日这出情敌相见，虽然没到"分外眼红"的地步，可宋小凡毕竟是刚刚犯了生活作风错误的女婿，乍见老丈人，难免有些心虚和胆怯。

　　犯了错误的宋小凡很清醒地意识到，自己在陈府是个不受欢迎的角色，今日犯了这个错，恐怕正好给老丈人送去一个赶他出府的绝好借口，而自己却还没有做好独自在外生存流浪的心理准备。

　　外面的世界很精彩，可外面的世界也很可怕。真被赶出陈府，以后可就只剩自己孤零零一个人了，在没做好充分的准备之前，自己怎么能承受外面的风急雨骤？

　　现实总是如此残酷，宋小凡不算是厚脸皮的人，可此时此刻，他却不得不打定主意，做一个死皮赖脸、赖在陈府不走的二皮脸姑爷了。

　　陈四六四十岁，长得白白胖胖，满脸和善憨厚的样子，笑起来肥肥的大脸尽是褶子，憨厚得像灌篮高手里的安西教练，让人情不自禁地对他产生信任感。可惜很多人在看到他那憨厚的笑脸的同时，却忽略了他那一双小小的眼睛里不时飞逝而过的精光。

他当然不像表面看上去那般憨厚，能在短短的一二十年的时间里，成为江浦县内的知名乡镇企业，生性憨厚老实的人是绝对不可能做到的。把人卖了，还能让别人心甘情愿帮他数钱，陈四六绝对有这份实力。

陈四六是商人，商人走南闯北，任何东西在他眼里都是有价值的，都可以作为一件商品来买卖。这一点陈四六做得很成功。

现在陈四六正看着跨进前堂的宋小凡，脸上笑得万家生佛般和善，眼中却闪过几分阴霾。

毫无疑问，十八年前与宋家结下的这门亲事，是他商贾生涯中最失败的一笔生意，而且这笔生意既不能退货，也不能打折，这个事实让他纠结了十八年。

据说越王勾践卧薪尝胆，忍了整整二十年，终灭仇人夫差，越国也成了春秋一霸，永入史册，而明朝江浦县商人陈四六，忍这位贫贱女婿忍了十八年，也算是本事不小，陈四六觉得自己完全也有资格被载入史册。

宋小凡，已成了陈四六十八年来挥之不去的梦魇。每当他晚上做梦梦到当年自己喝醉了，哭着喊着要把自己女儿许配给宋小凡这个贫贱小子时，他总会从梦中吓醒，然后对着月亮长吁短叹，或者不停抽自己耳刮子。

宋小凡却仿佛浑然不觉自己已成了未来老丈人的眼中钉，走进前堂后，他认真地整了整身上破旧的长衫，然后斯斯文文地一揖到地，朗声道："小婿见过岳父大人。"

"呵呵，贤婿免……啊！！"陈四六仿佛被人踢了一脚似的跳了起来，肥胖的身躯如穿云的燕子般高高腾起，又重重落在红木椅子上，发出砰的一声巨响。

"岳父好轻功！"宋小凡长长叹息，眼中掩饰不住浓浓的羡慕之情。胖成这样居然还跳得这么高，古代人实在深不可测。

"谁……谁让你叫岳父的？不……不是伯父吗？"陈四六吓得满头大汗，再也笑不出来了。称呼问题可不是小事，陈四六并不想接受"岳父"这个称呼。

"小婿觉得叫岳父更亲切……"宋小凡一脸孺慕之情。

陈四六一怔，然后强挤出个笑脸，温声道："贤……侄啊，你看，你虽说在我家住了四年，可我一直生意繁忙，你和莺儿的婚事也一直没时间操办。既然还未成亲，你叫这声岳父是否太早了些？我们不如还是伯侄相称，待以后……咳咳，以后再论别的称谓也不迟……"

"岳父客气了，既然迟早是一家人，何必在称谓上如此计较？早一点迟一点都一样……"宋小凡丝毫不与陈四六见外。

陈四六显得有些气急败坏了，若不是怕坏了陈家商户的信誉，怕陈家名声臭大街，老早就把这穷小子一脚踢得远远的，还轮得到你今日在我面前叫岳父？

"我说叫伯父就叫伯父！"陈四六狠狠地挥了挥手，脸色渐渐变了。

"是，岳父。"宋小凡的态度很恭谨，也很执拗。

"你……"陈四六脸都白了，浑身止不住地哆嗦。

"岳父今日叫小婿来可是有事？"

陈四六拍了拍脑袋，气糊涂了，差点把正事给忘了。

"听府里下人说，你今日轻薄了莺儿身边的丫鬟抱琴？"陈四六沉着脸道，一双小眼睛死死地盯着宋小凡，眼中露出冷光。大庭广众、朗朗乾坤下做出的丑事，看你怎么抵赖。

谁知宋小凡丝毫没有犹豫，立马点着头承认了："不错，小婿确实摸了抱琴一把……"

"啊？"陈四六傻眼了，这么痛快？你都不打算狡辩一番吗？

见陈四六傻眼，宋小凡以为自己说得不够清楚，于是伸出手，在左胸虚虚地画了个圈，耐心地解释道："小婿摸了她左边的酥胸……"

"为……为何……摸左边？"陈四六思维已陷入一片空白，直着眼呆愣愣地问道。也许连他自己都不知道为何要问出这么一句莫名其妙的话来。

这个问题令宋小凡感到颇有难度。

为何摸左边？当时不是顺手嘛……

"因为左边小，右边肯定也不大，用不着再摸了……"宋小凡仍旧保持耐心，跟未来的岳父大人讲解女性的生理特征。还有个重要的原因，不过宋小凡没说，既然确定抱琴不是吴甜，当然用不着再摸右边的了，毕竟摸第一次是为了验证心中的疑惑，若再摸第二次就是赤裸裸地耍流氓了。宋小凡是君子，断不会做那等轻薄之事，这就是宋小凡的独特逻辑。

陈四六使劲眨了眨眼睛，这才回过神来，然后他狠狠一拍桌子，怒道："家有家规，你……你竟敢大白天公然轻薄府里的丫鬟，简直禽兽不如！贤侄啊，你为何要做出如此失德之举，叫我怎么说你才好……"

宋小凡长长叹了口气，道："岳父大人，小婿也觉得很羞愧，真的，刚才小婿已向莺儿赔过礼了，不过小婿这么做也是情非得已，虽其罪难容，但其情可恕啊……"

"你有何情非得已之处？"陈四六眉头深深皱起。

耍流氓居然耍出道理来了，陈四六真的很想听一下，然后把它应用到商场上去。

"小婿眼看已近弱冠之年，正所谓知好色而慕少艾，少年风流本是天性，敢问岳父大人当年多少岁破的童子身？"

"十六……"陈四六脱口而出，待到反应过来时，话已出口，覆水难收，白白胖胖的老脸不由一红，有点恼羞成怒的味道。

宋小凡深深叹息，然后无限幽怨地望着陈四六，目光中的含义很清楚：瞧，你十六岁就破了身，我十九岁才只是小小摸了你家丫鬟一下，实在已经算得上清心寡欲了。

陈四六被宋小凡瞧得头皮发麻，心中却有些震惊：听他话里的意思，不但轻飘飘把非礼丫鬟这事跳了过去，而且还在暗示我到现在还不把闺女嫁给他，隐隐有些指责的味道。这小子什么时候变得如此牙尖嘴利了？以前他不是跟傻子差不多吗？难道大病一场后整个人变了性子？

深深吸了口气，陈四六努力让自己的情绪平复，非礼抱琴这事儿，当然不能让他轻易揭过去，这可是拔除这根眼中钉的好借口。

陈四六冷声道："宋贤侄，我陈家虽只是商贾之家，可名声清白，家规森严，你今日在花园中对抱琴做下如此失德败行的轻薄之事，我陈家是要脸面的，只怕再也容你不下，贤侄啊，非是我不讲情面，家规如山……"

宋小凡瞪大了眼睛，万分诧异道："岳父莫非要赶我出府？"

陈四六很想放声大笑，可还是忍了下来，脸上一片惋惜之色："宋贤侄，我也不想的。贤侄年轻俊朗，本有大好前途，可惜年轻人总会犯错，只希望你出府之后莫要忘记今日这次教训，明白为人须持有品性德行的道理，将来或许对你有所获益也未定……"

宋小凡皱起了眉："我做错了何事，岳父竟如此不能容我？"

这下换陈四六诧异了："你轻薄府里的丫鬟，难道你认为你没错？"

"当然没错！"宋小凡振振有辞。

陈四六浓眉一竖，冷笑道："众目睽睽之下，轻薄府里的丫鬟，你居然认为没错，我倒想请教一下，贤侄有何说法。"

宋小凡淡淡地看了陈四六一眼，道："因为我是你的女婿，陈府的姑爷。"

陈四六每听到"女婿"二字，就跟活吞了只苍蝇般闹心。

脸上的肥肉狠狠抽搐了一下："……好吧，就算你是我的女婿，难道女婿就可以肆意轻薄丫鬟么？"

"女婿当然不能轻薄别的丫鬟，不过……抱琴却是例外。"宋小凡胸有成竹地笑道。

"哦？为何？"

"因为抱琴是您女儿的贴身丫鬟，您女儿却是我未来的娘子……"

陈四六眉毛跳了一下，镇定地道："那又如何？"

宋小凡叹息了一声，慨然道："您女儿将来嫁给我，她的贴身丫鬟自然也将是我的通房丫头……"

说完宋小凡忍不住看了陈四六一眼，目光中的含义很清晰：我摸自己的通房丫头，那是天经地义，合情合理合法，天王老子也管不着的，你是不是管得太宽了？

陈四六捧着心脏，脸色铁青，像个受了精神刺激的肥西施，半晌说不出话来……

有句老话叫"入乡随俗"，意思就是说，身处陌生的环境，你得弄清楚这个环境内的规矩，就像玩一个陌生的游戏一样，首先你必须将这个游戏的规则记住。

身为穿越者，当你还没有足够的能力和资格建立一个新的规则时，你必须学会适应旧的规则。

宋小凡在前世隐约知道一些古代的规矩，不过知道的并不多，有些东西只记了个一知半解，简单地说，他就是个半吊子货。

所以当他理直气壮地说出"通房丫头"这个词儿的时候，心中却还是有些得意的，他以为找到了这个时代游戏规则的漏洞。

通房丫头，是中国古代封建社会特有的产物，一般由大户人家小姐身边的贴身丫鬟担任。小姐若出嫁，贴身丫鬟便顺理成章地成为夫家的通房丫头。

众所周知，丫鬟是下人，而通房丫头严格地说来，也算是下人一类，不过地位却比下人略高，介于妾和下人之间。

通房丫头的职责却很重要，不但要操持小姐和姑爷的饮食起居，而且还要负责夏天打扇，冬天暖床，像一具人形的冷暖空调。最最重要的是，通房丫头还要在主子进行房事时充当救火队员以及临时替补，甚至帮忙给主子推臀揉胸，以增闺房之乐。从这点来说，通房丫头又相当于一件情趣用品。

瞧，古代上层社会的生活是多么腐朽堕落，而广大劳苦大众的命运又是多么悲惨可怜！

宋小凡却爱死了古代。

不知是谁发明"通房丫头"这个名词的，简直是个天才！

对一个男人来说，古代的这些封建规矩实在是很人性化，相比现代那些恨不得骑在男人脖子上撒尿的女性，宋小凡觉得穿越的日子太幸福了。

只可惜这位穿越菜鸟却不知道，并不是所有姑爷都有资格享用通房丫头的，一个上门女婿心中居然有如此不切实际的想法，实在是无知者无畏。

相对于宋小凡现在雀跃的心情，陈四六却有种轻生的念头。

通房丫头……

一个无功名无钱财，穷得叮当响的农户穷小子，自己的女儿还没娶到，居然惦记上通房丫头了，你有这个资格吗？

"你还想要通房丫头？"陈四六冷笑着，眼中流露出深深的讥诮。

这个穷小子难道不知道何谓"自不量力"吗？

宋小凡被陈四六的眼神刺痛了，但仍满脸笑意，笑容有些腼腆："岳父若实在舍不得，小婿不要通房丫头也无所谓，毕竟小婿在陈府吃住四年，已经很不好意思了，都是自家人，不必太见外的……"

说完宋小凡还挥了挥手，然后盯着陈四六，目光同样的讥诮。

宋小凡的话说得实在很漂亮，不但轻轻松松揭过了非礼丫鬟的事儿，还仿佛送给他一个天大的人情似的，而且无论言辞还是神态，都透着一股无赖的气息。这家伙大病一场，大夫到底给他吃的什么药？

陈四六两眼直直地盯着宋小凡，嘴里有些发苦。

理论上，通房丫头作为大户人家的陪嫁品，若陈莺儿真的嫁给宋小凡，抱琴自然是要陪嫁过去的，但是——这只是理论上！

这世上很多理论上行得通的事情，现实中是根本不可能发生的。若要追本溯源，理论上来说，十八年前，陈四六就根本不该喝醉，更不该轻易将女儿许给这么一户贫苦农家子弟。

据他所知，还从没有哪家的上门女婿敢如此理直气壮地跟岳父提"通房丫头"的要求，陈四六真不知该如何形容宋小凡这种无畏的精神，气吞山河？

陈家如今产业很大，有粮店，有饭铺，有绸缎庄，还有车马行，可产业越大越栽不起跟头。

现在整个江浦县都知道陈家女儿许配给了宋小凡，若自己真把他赶了出去，从他今日这无赖的表现来看，如果任由这个穷小子在大街上游荡，然后逢人就说陈家如何不讲信义，嫌贫爱富，那么陈家的名声、生意场上的信誉都会被人踩得一塌糊涂，甚至连陈家人的品性德行都会被人质疑。

陈家的命脉就是"诚信"二字，不知宋小凡是有意还是无意，却死死捏住了陈家的脉。

陈四六赶宋小凡出府的决心开始动摇了，他没想到素来老实懦弱的宋小凡今日却如此难缠。陈家的产业是他奋斗了大半生的辛苦所得，他不容许陈家因为区区一个农户子弟而生起波折。

看着宋小凡那张斯文得欠揍的脸，陈四六张了张嘴，却一句话都说不出来，沉默半晌，终于挥了挥手，无力地道："今日之事就此作罢，贤侄以后当谨守做人的本分，万勿再做出此等失德败行之事才好。你……退下吧！"

宋小凡仍旧一副温文儒雅的做派，朝陈四六长长一揖，然后转过身，风度翩翩地走远。

陈四六抬起头，脸上一片铁青，望着宋小凡的背影，牙齿咬得嘎嘣直响，目光中除了愤恨，还有几分疑惑。

以前的宋小凡逆来顺受，性子内向而懦弱，见了自己如同老鼠见猫一般惶恐不安，一句话都说不出来，今日他这是怎么了？难道大病一场醒来，性情竟然大变？

陈四六真的不明白，挺忠厚老实的一小伙子，为何现在却变得如同无赖泼皮一般难缠，赶也赶不走，留又不敢留。这位陈家姑爷，有渐渐朝一方祸害的方向转型的趋向，对陈家来说，这实在不是个好兆头。

必须想办法尽快赶走他！他怎么配得上自己的女儿？他娶了莺儿，对陈家有何好处？

陈四六盯着宋小凡的背影，暗暗握紧了拳头。

喧嚣尘上的袭胸门事件，在一方投鼠忌器，另一方却无知无畏的诡异气氛下，被重重地提起，又轻轻地放下，不了了之。

宋小凡转身之后，斯文儒雅的笑容慢慢凝固，然后变成了苦笑。

陈四六的意思表达得如此清楚，宋小凡怎会不明白？若不是自己初来乍到，实在离不开陈府，他又怎甘心死皮赖脸留在这里？

宋小凡不是傻子，更没有犯贱的毛病。

外面的世界对他来说太陌生了，他不知道这个古代的世界是怎样一个模样，他更没有像别的穿越主角那样一来就发明这个，发明那个，急着收小弟。事实上，宋小凡对外面的世界怀着一种恐惧和抗拒，在没有完全弄明白这个陌生的环境之前，他必须要找个相对熟悉的环境生存下去，这是人和所有动物的天性。

一个对外界根本不了解就不管不顾往里撞的人，绝对是个彻头彻尾的傻子。

宋小凡不是傻子，他充其量只是个疯子，这个疯子并不傻。

陈四六奏了半晌"弦歌"，宋小凡却浑然不知其"雅意"，这也是无奈中的装傻，不论如何，自己必须要留在陈府，因为他若被赶出去，根本无处生存。

寄人篱下总有一些迫不得已的原因，如果有别的选择，谁愿意看别人脸色生活？

宋小凡也知道，虽说这次的小风波算是过去了，可陈府上下容不得他，自己迟早会被扫地出门，所以宋小凡现在要做的是，必须在最短的时间内熟悉外面的世界，然后以一种牛逼的方式离开陈府，去创造属于自己的生活。

这个理想不算宏伟，可是很实际，没有跨跃，也没有浮夸，能够定下如此务实沉稳的目标，宋小凡越来越肯定，那些叫自己疯子的人都瞎了狗眼。

既然要熟悉外面的世界，宋小凡要做的第一件事便是出门逛一逛，不逛怎么熟悉？

所以宋小凡回到他那个长满了杂草、装修程度连陈府茅房都不如的偏僻院落，从邋遢且泛着油光的床板下取出了一个钱袋，里面是他的前身这四年来省下的所有积蓄——十两银子。

对富人来说，十两银子实在不算多，也许吃一顿豪奢的饭就没了。

可对于穷人来说，十两银子却是一笔不小的数目，它起码能让中产阶级家庭过上半年吃穿不愁的好日子。

现在宋小凡的所有财产便是这十两银子。

宋小凡打算揣上它，上街去找个投资项目，一本万利的那种。

身为穿越者，自然比同时代的人多了很多优势，宋小凡很自信，他觉得古代的大街上到处是黄金，自己只需要弯腰去捡就是了。他相信以自己的能力，一个月之内便可以登上江浦县首富的位子。

不得不说，这种自信实在有些狂妄了，他把古代人都当成了傻子。

走到陈府大门的时候，宋小凡正好碰到了陈府的管家老陈。

老陈三十多岁，穿着一件黑色短衫，短衫里面衬着厚厚的羊毛。他长得很普通，留着两撇八字胡，头发梳得一丝不苟，油光发亮，挽在头顶的发髻中还斜斜地插着一根很时尚的碧簪，一副闷骚的模样。

老陈冷冷地看着他，目光中透出一股根本不想去掩饰的嫌恶和嘲讽，就像在看着一条落水狗。

宋小凡友好地朝他笑了笑，指了指大门，温声道："陈管家，我可以出去走走吗？"

陈管家皮笑肉不笑地道："当然可以，咱们陈府是大善之家，又不是牢房，你想出去当然可以出去。"

宋小凡皱了皱眉，陈管家讥诮的语气让他有些不满。

吸了一口气，宋小凡忍下了，随意朝陈管家拱了拱手，淡淡道："多谢了，我出去走走就回。"

陈管家冷笑道："姑爷，外面很大，如果你迷了路……"

"怎样？"

"那就别回来了，找个小庙当和尚比在陈府当姑爷强得多……"

刚说完，门房的几名小厮大声地笑了起来，笑得肆无忌惮，嘲讽味十足。

陈管家也笑了，仿佛觉得自己说了一个很好笑的笑话。

宋小凡也跟着笑了，笑得比他们更开心："陈管家真是风趣，不过我想你可能很快就笑不出来了……"

陈管家果然不笑了，凝目望向宋小凡："此话何意？"

宋小凡从容地道："刚才老爷叫我去前堂，这事儿你知道吧？"

陈管家点头："那又怎样？"

"老爷找我，其实跟你有关。"

陈管家脸色开始不自然了："跟我有关？"

宋小凡微笑点头："其实也没多大事儿。老爷发现你最近眼睛不太老实，老往我岳母的胸脯上瞟来瞟去，所以老爷把我叫过去问问，问你有没有欺负过府里的下人，克扣下人的工钱什么的……"

"胡说！我根本没有瞟夫人的胸脯……"陈管家脸色终于变了，偷瞟夫人的胸脯和克扣下人工钱看上去完全是两码事，可老爷在同一时间提出来，这意味就不一样了。

这个问题很要命，跟陈管家的饭碗有密切的关系。

死死瞪住宋小凡，陈管家恶声道："你是怎么回老爷的？"

宋小凡满脸诚恳："我当然不知道，你偷瞟我岳母胸脯的时候我又没在场……"

陈管家脸都吓白了，厉声道："别胡说！我根本没瞟过夫人胸脯！"

"……好吧，你没瞟过，所以我跟老爷说，有的事情，还是听听管家的解释比较好，毕竟陈管家在陈家劳苦功高，不能以莫须有定罪吧？"

陈管家呆愣了一下，接着冷笑："你说的是真是假？我在陈府向来走得正，行得直，从不逾越半分，老爷怎会无端怀疑我？莫非是你在造谣？你以为我会相信你这番鬼话吗？"

宋小凡叹了口气，喃喃自语道："好心告诉他，他居然怀疑我造谣，这世道果然好人难做……"

摇了摇头，宋小凡从侧门而出，渐渐走远了。

陈管家站在门口，脸色青一阵红一阵，犹豫半晌，终于跺了跺脚："不行！我得跟老爷解释一下，我真的没偷瞟夫人的胸脯啊……"

◎ 第四章 ◎

江湖骗子 太虚道长

为什么总有那么多人相信谎言？

因为事若关己，便会乱了分寸，这个时候，再蹩脚的谎言都有它的可信度，当事人已经丧失了判断力，谎言自然也就容易被相信了。特别是这个蹩脚的谎言来自那个一直老实巴交、胆小懦弱的陈家姑爷口中，可信度又高了几分。

管家偷瞄夫人的胸脯，这事儿若硬栽在陈管家的头上，陈管家可谓是冤得死不瞑目，悲愤指数直逼当年风波亭的岳飞了。

至于陈管家是怎样跟陈四六解释他根本没瞄夫人的胸脯，然后陈四六心中会有怎样一个"此地无银三百两"的印象，陈管家最后又会得到个怎样的下场……

这些已经不关宋小凡的事了。

这就像调皮的猫儿玩毛线团，把毛线玩乱了，善后的永远是主人，猫儿不用太操心的。

宋小凡就是那只玩乱了毛线团后撒手不管的猫儿。

这只猫儿现在正迈着轻快的步伐，像一滴渺小的水珠，汇入了繁华的江浦县城大街。

一切都是那么新奇，那么陌生，站在喧嚣的街头，宋小凡感到很惶然，他像个被父母弄丢了的孩子，呆呆地注视着街上的人们来往不绝，一时间茫然失措，不知该去往何方。

　　这是货真价实的古代大街，街面全由一块块长方形的青石铺就，街边两侧白墙灰瓦的小楼或商铺静静矗立，雕龙画凤的屋檐，飞角流星般卷起的檐角，一切是那么古意盎然。穿着粗布短衫的汉子，或者一身柔软丝缎的书生，甚至红绿相间的年轻女子，一个个从身边穿梭往来。商贩们沿街叫卖，不时走过几个身着皂衣的官府衙役，拍着手中的铁尺鞭子，大摇大摆地从街中横穿而过。

　　宋小凡两眼渐渐蒙上几分迷茫。

　　这就是大明朝？在历史长河中整整存在了二百七十六年的大明朝？

　　这个充满了苦难，又展现出草根顽强生命力的朱家王朝，如同一个娇媚的少女，掀开了她神秘的面纱一角，正悄悄地、慢慢地将她的娇容呈现在宋小凡面前。

　　如今这个王朝正焕发出它的活力，洪武二十九年，朱元璋鼎定天下还不到三十年，这个王朝承载着历史重任，刚刚开始它漫长的行程……

　　站在喧嚣的闹市中，宋小凡一时感慨万千，沉寂已久的内心渐渐激荡，一双古井不波的眼睛也泛起了闪亮的精光——若是能够再穿越回现代，那该多好啊！理论上来说，这里随便捡几个别人吃饭的瓷碗，回到现代贩卖都价值不菲，多么难得的商机……

　　所以说，人不能有贪欲，一旦有了贪欲，倒霉事就跟着来了。

　　就在宋小凡满怀感慨时，一只肮脏得辨不清本色的手搭上了宋小凡的肩膀，在他那件洗得发白褪色的长衫上，留下了一个乌黑的爪印，看上去跟被梅超风挠过似的，分外抢眼。

　　身处陌生的环境，宋小凡对外界充满了高度的警惕，那只脏手刚搭上肩头，宋小凡顿时反应激烈地往前一跳，同时飞快地转过身来，戒备地盯着那只手的主人。

　　手的主人是个老头，确切地说，是个老道士，更确切地说，是个邋里邋遢，像是刚被人从垃圾堆里刨出来的老道士。

　　他身穿一件黑不溜秋脏兮兮的道袍，手执一根纠结得像抹布的拂尘；他头发凌乱，花白的鬓发朝上梳拢，在头顶胡乱地绾成一个髻，然后用一根短木枝斜斜地固定住；他的脸上写满了沧桑，脸上的皮肤干燥枯裂，黑一块白一块，不知是没洗干净的泥点儿还是被人揍了没养好伤；他的嘴角咧得大大的，缺了大半边的板牙在阳光下泛出黄黄的亮光，像一扇被敌人攻破了的城门，中间还夹着几丝绿油油的青菜叶子……

此刻这位邋遢的老道士正咧着嘴朝宋小凡笑，他的另一只手沉稳而有力，举着一面脏兮兮的幡子，幡子上书四个歪歪扭扭的大字：铁口直断。

看到这面幡子，宋小凡立马就明白碰到什么人了。

客气的说法，这是一位在红尘修行的宗教人士；不客气地说，这是个江湖骗子，以算命忽悠人为生，前世的大街就有很多这样的骗子。令人感到惊奇的是，千百年来，这些骗子的招数虽然层出不穷，花样繁多，可他们的形象却一直没有改变：拂尘、道袍，外加一种高深莫测的神情，原来这套骗人时的标准装备已经传了六百多年。如果能再穿越回去，宋小凡觉得实在应该把这套装备申请为世界文化遗产。

老道士用他那脏兮兮的黑手捋了捋胡须，然后说了一句高深莫测、足以吸引任何人注意力的话："这位后生，你有凶兆！"

宋小凡顿时不悦，皱着眉下意识地答了一句话："你才有胸罩，你全家都有胸罩！"

大家知道，江湖骗子最怕的就是你不搭理他，你若一旦跟他搭上了话，那就意味着你被他缠上了，运气不好的话，也许会被他缠上一辈子。

很多年以后，每当宋小凡回忆起与邋遢道士相逢的这一幕，总会满怀唏嘘地喟叹：如果当时不搭理他，或者干脆狠下心捅他一刀子，这个世界该是多么美妙……

宋小凡说完这句话以后，顿时感到不妙，因为他发现邋遢道士的眼睛亮了，那眼神就像看到一只落入猎人陷阱的傻狍子。

还没等他反应过来，邋遢道士闪电般出手，一把抓住了宋小凡的手腕。宋小凡的手腕顿时印上了一块鲜明的黑爪印，跟中了黑沙掌一般夺目。

"你有凶兆，你真的有凶兆！"老道士满脸严肃，像个宣布病人是癌症晚期的医生。

宋小凡斜睨着他，脸色渐渐阴沉："松手！不然我揍你！"

老道士立马松手，同时还乖巧地用他那脏兮兮的手擦了擦宋小凡手腕上的黑爪印，结果，黑爪印模糊了，整个手腕全黑了。

老道士不好意思地笑了笑："贫道不打诳语，你真的有凶兆。"

这种骗子宋小凡前世就见过，怎会上他的当？

于是宋小凡哼了哼，抬腿便走。

老道士急了，追在后面大喊了一句话，这句话让宋小凡不得不停下了脚步。

"你被妖孽附体，大祸不远矣！"

宋小凡吃了一惊，顿时回头望向老道士。大家都知道，宋小凡是穿越者，而且是附身夺舍的穿越者，若按这个年代的话来说，他确实是被妖孽附体，那个妖孽正是他自己。

本来这是一个所有人都不知道的秘密，现在在喧嚣的大街上被一个老道士大声喊了出来，身为妖孽，当然会感到心虚，有种白娘子碰到法海的感觉。同时他也对老道士的火眼金睛感到了由衷的钦佩，这种钦佩是本书悲剧的开始。

"你怎么知道我被妖孽附体的？"宋小凡好奇地问道。

老道士直哼哼，不可一世的模样："贫道是不世出的高人，当然一眼看得出来……"

宋小凡狐疑地打量他："你是高人？"

老道士捋着胡须道："贫道一直在终南山修行，天文地理、五行八卦、易数河图样样精通，你说我算不算高人？"

宋小凡看着他那身仿佛从垃圾堆里刨出来的道袍，皱眉道："说实话，你说你是终南山修行的，还真不太像……你若说你是终南山盗墓的，我反而比较相信……"

老道士不高兴了："哎，怎么说话呢？如此污蔑化外之人，你不怕被佛祖怪罪？"

"佛祖？你不是道士吗？道士拜佛祖？"

"咳咳，所谓一法通，万法通，佛道本是一家，这个……说深了你也不懂。"

宋小凡脑子有点乱，他使劲甩了甩头，不去理会什么"佛道本一家"的说法。这位邋遢道士一眼看穿自己是个妖孽，他只想知道，这位老道士到底有多深的道行。

"你刚才说我被妖孽附体是什么意思？"

宋小凡问这句话的时候，拢在宽袖中的双手紧紧握成了拳头，他暗自决定，如果这个老道士用什么"人是人他妈生的，妖是妖他妈生的"之类的话来忽悠他，他就一拳把这老混蛋揍得连他妈都不认识。

幸好老道士是个很实在的神棍，他高深莫测地笑了笑，道："你想知道吗？"

宋小凡点头："想！"

老道士翻着白眼，伸出乌黑的手，拇指在食指和中指上装模作样地掐算了一番，然后忽然目光凝重地注视着前方，半晌，伸手一指东南方，像发现了妖气似的，满面肃然地沉声道："跟我走！"

宋小凡心中一沉，这老道士真的有些道行，看起来很高深的样子，不可小觑。

于是宋小凡不再迟疑，毫不犹豫地抬腿跟着老道士。

二人一前一后横穿过街面，又沿着街走了数十步，老道士边走边掐方位，嘴里念念有词，最后身形一顿，在一家饭铺前停住了脚步。

老道士抬头看了看饭铺的招牌，满脸凝重，沉声道："到了。"

宋小凡眼中瞳孔剧烈收缩："这里……跟妖孽有何关系？"

老道士高深莫测地摇头："没有任何关系。"

宋小凡的神情愈发崇拜："那你带我到这里来干吗？"

老道士看了他一眼："你不是想知道我是怎么看出你被妖孽附体的吗？"

"对。"

"请我吃顿饭，我什么都告诉你。"

宋小凡脸黑如炭。

老道士笑得很奸诈，宋小凡很想一拳揍上去，给他的脸整整容，想想还是放弃了。这里是大明朝，对宋小凡来说，这里是客场，揍人也许会发挥失常。

再看看老道士枯如槁木的身材，像是饿了好几天的样子。宋小凡又叹了口气：罢了，不就是一顿饭么，请就请吧，就算他是个江湖骗子，他也是个混得很凄凉的骗子，老了老了还混得这么惨，实在应该被同情一下的。

宋小凡摸着鼻子苦笑，他兜里装着十两银子，本打算找个投资项目的，这下好了，刚出门就被人骗了一顿饭，不知道古代的饭馆里吃顿饭得花多少钱。

他伸长了脖子看了看饭馆的装修情况，嗯，外面没有站着迎宾小姐，里面也没有铺红地毯，很一般的样子，估计不会让自己太破费。

"这位道长，请进吧，看你年纪这么大了，我敬老尊贤，请你吃一顿。"宋小凡长长叹息。

老道士闻言精神大振，布满皱纹的脸上笑得如菊花般灿烂，忙不迭朝宋小凡拱手笑道："如此，贫道多谢了，呵呵。"

话未落音，老道士顾不得客气，一猫腰抢先窜进了饭馆，以迅雷不及掩耳之势占了张桌子，然后站在桌子边使劲招手大喊："快来！这里这里！"

宋小凡又叹了口气，这会儿他觉得自己的头很大，像冤大头那么大……

举步迈进饭馆，宋小凡在老道士旁边坐下，一旁的店伙计哈了哈腰，笑道："二位吃点什么？"

老道士像只老虎身边耀武扬威的狐狸，大声道："把你们店里招牌的玩意儿都来一份！"

店伙计两眼一亮，还没说什么，宋小凡赶紧道："不用那么麻烦……"

店伙计笑道："小店虽然不大，可招牌菜还是有很多的，一点都不麻烦……"

宋小凡叹气道："你不怕麻烦，可我怕麻烦……"

店伙计惊奇地问道："为什么？"

宋小凡板着脸道："等你哪天花钱请别人吃饭时，你就知道，饭馆的招牌菜太多，实在是件很麻烦的事……"

老道士讪讪地笑了笑，这回声音低了很多："那就简单来一个荤菜、两个素菜，再烫壶酒吧……"

说完老道士又小心地看了看宋小凡的脸色，见宋小凡并没反对，急忙朝店伙计挥了挥手，让他传菜去了。

二人相对而坐，一时陷入沉默。

老道士眼珠转了转，拱手笑道："多谢壮士赐饭之恩，还未请教高姓大名。"

宋小凡随意拱了拱手，道："在下姓宋。"

老道士一副"久仰"的模样，大惊小怪道："原来是宋壮士……"

宋小凡低头看了看自己瘦弱的身材，闷闷地道："我这模样既不'壮'，也担不起'士'，你能不能换个称呼？"

老道士从善如流："贫道比你痴长几岁，卖个老，叫你一声老弟吧。"

宋小凡看了看老道士沧桑的模样，不由得点头不已。这老道士岂止比自己痴长"几岁"，论年纪简直可以当自己的爷爷了，自己如此荣幸长了两辈儿，恐怕还是这顿饭起了作用。

拱了拱手，宋小凡道："还未请教道长道号。"

老道士摆出一副高深莫测的模样，捋须悠然道："贫道道号太虚……"

太虚？

宋小凡两眼发直，愣愣地打量了一番，见老道士身材干瘦，褪了皮就剩一副骨头架子的模样，由衷地赞道："道长人如其名，果然太虚了……"

太虚干笑道："出家之人修行清苦，确实是虚了一点。"

"道长在终南山清修多少年了？"

太虚道："贫道生于南宋末年，六岁时拜入道门，与师兄一起修行参道，算来也有百余年了……"

宋小凡瞪大了眼："百……百余年？敢问道长今年贵庚？"

太虚笑道："贫道出生时，正值蒙古人南下灭宋，如今算来，贫道已有一百三十多岁了。"

宋小凡死死地盯着太虚，半晌，叹了口气道："道长何必打诳语？你就算把年纪说小一点，我还是会请你吃这顿饭的……"

太虚眨了眨眼："你不信？"

宋小凡摇头，一百三十多岁，活了整整二甲子，历经宋元明三朝，可以算是货真价实的三朝元老了。这年纪放在现代都是顶了天的人瑞，在这个平均寿命不过四五十岁的古代，怎么可能？这老头怕不是骗人骗习惯了，张嘴就说瞎话，这顿饭请得真不值啊……

太虚笑道："你不信也没办法，贫道向来不打诳语。修道之人自有养生之法，我这还不算长寿的，我师兄那才叫真正的人瑞，他今年一百五十多岁了，看外貌仍与四十岁的男子无异……"

老头儿越吹越没边儿了。

太虚见宋小凡满脸不信之色，不由得笑道："看来你还是不信。我且问你，你听过'全一真人'的名号吗？"

宋小凡摇头。

太虚愕然："全一真人你都不知道？"

看他的样子，不知道全一真人的都该去死。

宋小凡忍不住问："全一真人是谁？"

太虚叹息道："年轻人老实是对的，可也不能太不合群了。如此孤陋寡闻，岂不令人笑话？"

宋小凡笑了："我不怕人笑话，就算我不知道你师兄全一真人是何方神圣，也照样不耽误我每天吃喝拉撒。"

"我师兄还有个名号，叫玄玄子，这你总听说过吧？没有？那……玄一道长？张仙人？都没有？"

太虚怒了，拍了拍桌子，忍不住大声道："张三丰你也没听说过？"

宋小凡倒抽了口凉气，失声道："张三丰？你师兄是张三丰？"

太虚松了口气，擦了擦汗，虚脱道："总算不负我望。你若继续摇头，贫道也许会忍不住犯了嗔戒，活活掐死你……罪过罪过，无量寿佛……"

◎ 第五章 ◎

首富梦想　陈府阴云

　　酒菜端了上来，南方菜颇为讲究，做工精细，分量不多，这与南方人的性格有关。南人好雅，凡事讲究个境界，无论衣食住行，附庸古风的同时，更注重养生和举止优雅，店伙计端上的一荤两素，还有一壶烫好了的花雕，其形精致无比，可分量估计只够塞牙缝的。

　　太虚毫不客气，举起筷子据案大嚼，跟饿了好几天的狼似的，吃相颇为狰狞。

　　宋小凡呆呆地坐着，仍处于震惊状态。

　　张三丰，多牛逼的人物啊！没想到穿越才几天，就意外地碰到了这位不老神仙的师弟，实在是福缘深厚；若真能见到传说中的张真人，不说别的，请他拉拉徒孙张无忌的关系，学个九阳神功或者乾坤大挪移什么的，再随便讨教几手炼丹的方法，然后自己掺点儿酸梅汁、白面粉之类的东西，既害不死人，也不能让人白日飞升，打着"张真人独家秘方，倾情奉献"的旗号，如果卖出去的话，那该值多少钱？发财致富的捷径啊……

　　想到这里，宋小凡越来越兴奋，他仿佛看见江浦县首富的宝座在向他招手……

　　宋小凡兴冲冲地转过头，激动地道："你师兄什么时候……"

　　说到这里宋小凡忽然住了嘴，他看见太虚像个叫花子似的两手直接伸进菜碟里抓菜吃，吃得满嘴流油，狼吞虎咽，如风卷残云，形象特别难看。

宋小凡像是被人当头浇了盆凉水，立马冷静了。

他忽然反应过来，这位太虚道长的人品实在很值得怀疑，不客气地说，他根本就是个江湖骗子，他说他是张三丰的师弟，恐怕也是骗人的——张三丰若有这么一位吃相恶劣、比叫花子更像叫花子的师弟，恐怕他也该检讨一下自己这一百多年来是不是太过虐待师弟了。他老人家是陆地神仙，极尽荣耀，他的师弟怎么会这么惨？

宋小凡自嘲般笑着摇了摇头，有人的地方就是江湖，这话果然不假，江湖处处是陷阱，处处是谎言，自己堂堂穿越人士，照样被古代人骗得一愣一愣的。江湖真险恶啊。

轻轻敲了敲桌子，宋小凡自动略过了张三丰的话题，皱眉道："你刚才在街上说我妖孽附体，这话怎么说？"

太虚"嗞溜儿"喝了口酒，满足地叹息一声，然后打了个嗝儿，这才悠悠地翻着白眼道："天机不可泄露……"

眼角余光瞧见宋小凡神色不善，太虚忙笑了笑，道："其实说你妖孽附体……这只是贫道的直觉……"

确定了，这老混蛋根本就是在骗人。

所谓"妖孽附体"云云，只是为了骗他一顿饭的噱头，就跟前世论坛上的标题党是一个意思。

宋小凡在桌子底下握紧了拳头，他很想骂一句"楼主是傻逼，鉴定完毕"。

转头一瞥，见太虚一副可怜的模样，宋小凡又叹了口气，算了，人活这么大把年纪，想尽花样也只是为了吃一顿饱饭，够可怜的。

太虚见宋小凡叹气，他也很不好意思，变戏法似的，不知从哪里掏出个签筒，可怜巴巴地道："要不……我给你批一八字儿？"

宋小凡先是没有接话。

"算流年也行，婚姻前程寿数……"

宋小凡仰天悲叹，喃喃道："罢了，就算是一张厕纸，也该发挥它的作用……你若实在过意不去，就给我算算我什么时候能发财吧。"

太虚味的一声，脱口道："多新鲜！我要知道什么时候能发财，至于到现在还骗吃骗喝……咳咳，无量寿佛，贫道失言了，来，宋老弟，告诉我你的生辰八字，我帮你算算。"

宋小凡闻言心中愈发悲凉，这老头儿倒是实在。不过宋小凡的心里却非常不舒服，一个古代的老头儿，轻轻松松骗了自己一顿饭，这倒是小事，可宋小凡心中一股挫败感却油然而生，古代……真的不好混啊！上午才定下了一个月之内成为江浦县首富的远大目标，才只过了不到两个时辰，宋小凡便对这个目标产生了动摇。老骗子的蝴蝶翅膀轻轻一挥，扇灭了一个进步青年的首富梦想，实在是罪孽深重，念多少声"无量寿佛"也赎还不了。

"生辰八字？"宋小凡苦笑，"老实说，我根本不知道自己的生辰八字……"

太虚脸上马上泛起同情之色："这么说，你是无家的孤儿？"

宋小凡迟疑道："……也不算孤儿吧，我现在住我岳父家中，只是不知道还能住几天……"

"你岳父是……"

"江浦县首富，陈四六。"

太虚大吃一惊："原来你就是那个陈家的姑爷！"

宋小凡忍不住摸鼻子，苦笑道："没想到我在江浦县竟然这么有名……"

太虚干笑，望向宋小凡的目光明显有了很大的不同，说不清是同情还是惋惜。

"你的名气真是不小，贫道四处漂泊，来这江浦县才一个月，就已知道了你的大名，今日竟能跟你坐在一起吃饭，实在是……唉，就算是贫道的荣幸吧！"

荣幸就荣幸，还"就算是"……

宋小凡苦笑道："你不想说客气话可以不说的，既然说了，何不说得更虚伪些，让我开心一下呢？"

太虚笑道："说你有名，那确实是不假。当初陈四六收留你的时候，得意扬扬地满大街显摆，说什么陈家不是嫌贫爱富之家，什么故人情义值千金，什么不因亲家贫贱而悔亲。因为收留你的这件事，陈家的诚信招牌在江浦县算是打得响当当，陈家的生意也因此愈发兴隆……结果过了四年，这些往脸上贴金的话陈四六也渐渐不说了，外人跟他提起陈家姑爷，陈四六就板着脸一言不发，是人都看得出他有了悔亲的打算。现在整个江浦县的百姓和商户都睁着眼等着看呢，看陈四六什么时候会自食其言，悔了这门亲事，把你赶出陈府……"

宋小凡有点恍然了，难怪他轻薄了抱琴这么严重的风化事件，陈四六都没赶他出去，原来他也知道这位姑爷赶不得，至少现在赶不得，不然陈家的名声就臭了大街了。

宋小凡苦笑：“看来名气大也是一件好事，我这窝囊姑爷若在江浦默默无闻，恐怕早已流浪街头了……”

太虚注视宋小凡半晌，终于摇头道：“贫道说句交浅言深的话，宋老弟啊，贫道看得出你并非池中之物，总有冲天而起的一天，你又何必自轻自贱，终日寄人篱下呢？”

宋小凡叹气道：“我当然也不想寄人篱下，所以我今天出来打算看看有什么赚钱的门路。《易》曰：君子以自强不息。身为男人，就算不能纵横天下，至少也该自食其力才是……”

太虚闻言顿时肃然起敬，朝宋小凡拱手正色道：“宋公子大才，敢问公子之志？”

这句问话太熟了，宋小凡精神一振，想也不想便脱口道：“董卓，名托汉相，实为汉贼也，吾当起而伐之……”

太虚傻眼……

宋小凡不好意思地笑了笑：“抱歉，你这句话问得太帅，不这么回答就不应景了……”

太虚擦汗……

小饭铺里，一个混吃混喝、以行骗为生，号称有一百三十多岁高龄的老道士，问一个寄人篱下、以窝囊著名的小姑爷生平有何志向，这场景怎么看怎么诡异莫名。

“我的志向……”宋小凡抬头，目光由迷茫渐渐转成坚毅，“……就是要在一个月之内成为江浦县的首富！”

前提是自己运气好，不再遇到古代的江湖骗子。

太虚瞠目结舌：“这就是你的志向？”

宋小凡坚定地点头，显得踌躇满志：“不错！哪怕现在的首富是我的岳父，我也会毫不留情地把他挤下去，取他而代之！”

太虚瞠大眼睛盯着宋小凡，久久不发一语。

良久，太虚终于喃喃叹息：“……别人都说陈家姑爷大病之后变成了疯子，贫道见你言行举止与常人无异，本不相信这样的谣言，现在看来……传言之所以能成为传言，还是有它几分道理的，贫道对尘世又多了几分了悟……”

宋小凡拱手道：“道长入世修行，今日修行的功力又深了一层，不日或会羽化升仙，实在是可喜可贺……"

太虚有抓狂的迹象："听说你本是农户子弟？"

"没错。"

"而你现在要改去行商？"

"对。"

太虚一副恨铁不成钢的表情："我朝子民分'士农工商'四等，你好好的第二等农户不做，却偏偏跑去做那最末等的商人。你这根本不叫志向，叫自甘堕落！"

宋小凡有点傻眼了，连混得如此凄凉的江湖骗子都看不起商人这个职业，明朝商人的地位低到这种程度了？

看来"有钱就是大爷"这句话在明朝并不适用。

钱是个好东西，放在任何朝代都是好东西，可是拥有这个好东西最多的商人却被压在社会框架的最底层，这真是一种非常奇怪的现象。经济基础决定上层建筑简直是一句屁话。

与老道士聊了半天，谈不上很投机，不过他却是宋小凡穿越以来跟人说话最多的第一人，姑且可以算作是朋友吧，尽管这位朋友是个骗子。

酒足饭饱，桌上的几个菜碟都被老道士用舌头舔得干干净净，光可鉴人。宋小凡没理会老道士"再来几碟"的恳切眼神，招手叫伙计结账。

这顿饭花了五十文，不算贵，宋小凡很小心地从贴身的钱袋里掏出一小块碎银，伙计拿到柜台上，饭铺的掌柜用一杆小巧玲珑的小秤称了一下碎银，然后又找了几十文钱给宋小凡。

出了饭铺的门，宋小凡与老道士拱手作别。老道士显得很不舍，跟在宋小凡后面走了很久，在他身后一直絮絮叨叨，说什么最近他就在江浦县扎根不走了，希望宋小凡能够每天出来与他把晤交谈，二人群策群力，集思广益，把宋小凡那个自甘堕落的志向修改一下云云……

宋小凡没搭理他，他已一眼看穿了老道士的险恶用心，什么把晤交谈，不就是让我每天管你的饭么？冤大头当一次就足够了。

太虚跟了他半条街才悻悻停住了脚步，然后高举着"铁口直断"的幡子，转身骗别的冤大头去了。

走在回陈府的路上，宋小凡脑子不停地在转，认识老道士的过程令他充满了挫败感。他一直以为自己很聪明来着，可是现在仔细回想一下穿越以来的种种遭遇，先是差点被人埋了，然后认错了人，不小心非礼了丫鬟，接着差点被人赶出门，现在呢，又被江湖骗子骗了一顿饭……

这些遭遇不说不觉得，一说起来，让他感到非常沮丧。走霉运走到这个地步，他对自己的信心产生了怀疑，一个月之内成为江浦县首富的梦想开始动摇。

做人还是要脚踏实地啊！宋小凡开始自我检讨，古代人并非如想象中那么傻，比来比去，真正傻的人好像是自己，一个月之内成为江浦首富的目标太不实际了。

改成两个月吧！

还有一件事情很奇怪：按说他对陌生人的戒备心理很重，可为什么这个老道士轻易骗了他一顿饭？宋小凡心中对此没多大反感，反而隐隐对那个老道士有一种亲切感？

莫非这个老道士根本不是人？

回到陈府已是傍晚时分了，一脚跨进旁边的侧门，宋小凡便发觉今天的陈府气氛有点怪异。

往常门房里总是聚集着几个下人，有时候喝酒吹牛，有时候扔骰子耍钱，为那么一文两文钱争得面红耳赤，可今天的门房内安静异常，守门房的老头儿一个人坐在里面，平静中带着几分惧意，不时小心地瞄瞄前院，连宋小凡进门他都没察觉。

宋小凡皱了皱眉：今天这是怎么了？

正在暗暗奇怪，却见到陈管家迎面走来，宋小凡心中一惊，急忙朝旁边一让。看到陈管家，宋小凡忽然想起了，上午出门的时候好像忽悠了他一把，照目前的结果来看，貌似忽悠得很成功，陈管家白白净净的脸上一左一右印着两个鲜红的巴掌印，整个人颓丧了许多，平日里那股狗眼看人低的气势明显收敛了。

偷瞄家主夫人的胸脯，这罪过可不小，宋小凡暗暗吃惊，这家伙不会那么蠢，真的主动跑去跟陈四六解释吧？若真是如此，这两巴掌挨得委实不冤。

尽管如此，宋小凡心里多少还是有几分心虚的，干了坏事就得低调一点，特别是在面对苦主的时候，更要低调。

本以为陈管家看到自己会发飙，控诉宋小凡含血喷人，谁知陈管家迎面走来却根本没理宋小凡，只是随便瞥了他一眼，然后急匆匆地朝大门外走去，眉宇间颇为焦急，不知去做什么。

宋小凡愈发奇怪了：今日这府里怎么了？发生了什么事？

现在宋小凡才隐隐有些后悔，人缘差的弊处现在体现出来了，自己应该在陈府的下人里交个朋友的，特别是那种爱好散播八卦时事新闻的下人朋友。

不能在第一时间及时掌握新闻信息，真让人扼腕焦急。

山不来就我，我便去就山。宋小凡决定主动找人问问。

宋小凡找人问话的方式有点粗鲁，不值得提倡。

仍是老方法，他在陈府前院的西侧花园里，找了个"叫天天不应，叫地地不灵"的灰色角落蹲了下来，然后像等着傻兔子自己去撞木桩的猎人，耐心地等候打此路过的倒霉下人，逮着谁就是谁。

第一个倒霉的下人是负责每天修剪花园的哑叔。宋小凡把哑叔死死地摁在了地上，然后开始逼问陈府到底发生了什么事。

很可惜，宋小凡逮错了人，哑叔之所以叫哑叔，当然是个不能开口说话的哑巴……

在宋小凡歉意的眼神下，哑叔抹着幸福的泪花儿，一溜烟跑远了……这辈子有幸当个哑巴，实在是祖上积德……

于是宋小凡只好又蹲了下来，像个深入敌后摸敌人哨卡的侦察兵，继续等待下一个倒霉的下人。

很快宋小凡便等来了第二个倒霉的下人。

暴起，飞扑，摁倒……

下人饱含屈辱惊恐的泪水，抽噎着告诉了宋小凡所有他想知道的事。

下人说了很多，前言不搭后语，总结起来只有一句话：陈府今天碰到麻烦了。

这个麻烦还真不小。

生意做大的商贾之家，肯定不能埋头只顾做生意，更重要的是跟当地官府处好关系，动之以情，诱之以利，这样生意才做得长久，买卖才会兴隆。

陈家当然也不例外。

陈家之所以在江浦县做得如此大的生意，就是因为跟县衙的知县和下面一应官吏关系都处得不错，不过陈家背后最大的靠山还是江浦县的县丞张士德。这位靠山张县丞可不完全是陈家用银子砸出来的，陈四六颇善交际，当年不知用了什么办法就跟张县丞搭上了关系，而且关系还很铁，但凡官面上的事情，张县丞都无条件地力挺陈家。正因为如此，陈家才顺风顺水地成为了江浦县的富商。

可是靠山不可能靠一辈子的，张县丞也不可能当一辈子的县丞，人上了年纪，升官又无望，而且在史上最恨贪官的洪武皇帝眼皮子底下当官，贪钱不敢贪多，鱼肉百姓更没那胆子，最好的选择就是告老还乡。所以张县丞致仕了。

前几日应天府已经准了张县丞的致仕文函，张县丞于是将家眷和宅中大小物装了几马车，然后了无牵挂地回了常州府老家，安心地颐养天年去了。

最铁的靠山卸任了，对陈家来说还不算什么大麻烦，毕竟陈家多年来上下打点，走了一位靠山不会有很大的影响。

麻烦事在后面，应天府很快调派来了一位新的县丞，这位新县丞姓曹，昨日刚到江浦县。按说也活该陈家倒霉。陈四六的独子、宋小凡名义上的小舅子陈宁昨日在江浦县的金玉楼呼朋唤友吃饭喝酒，跟另一桌客人因争抢仅剩的一间雅阁而吵了起来。由于对方穿着便服，恼羞成怒的陈宁不管不顾地狠狠踹了别人一脚，于是，陈宁闯祸了。

被踹的这位不是别人，正是刚刚上任的江浦县县丞曹毅。

曹毅觉得挺悲愤，屁颠儿屁颠儿跑来上任，屁股还没坐热乎呢，就被一个低贱的商户之子踹了，这让他这个堂堂正八品朝廷命官颜面何存？

曹毅身为朝廷命官，当然不能在大庭广众之下像个泼皮似的跟陈宁打架，官员的体面还是必须要维持的，于是被踹了之后，曹毅什么话都没说，独自回了官驿。

待到调查结果出来，确认了踹他的人是陈四六的独子陈宁，并且陈家在江浦官场并没有很强大的靠山后，今日曹毅派人来陈府传了话：殴打朝廷命官是大罪，但我曹毅一不抓你家独子，二不砸你家大门，你们陈家不是江浦首富吗？首富做到头了，准备关门大吉吧，老子要你们陈家倾家荡产。

陈四六听了这番传话不由得大惊失色，急忙叫了陈宁详细盘问，终于知道了事情的始末。陈四六慌了神，狠狠抽了陈宁几个大嘴巴之后，又赶紧备了几大封银子和昂贵的礼品，带着陈宁跑到官驿内曹毅的卧房门口跪着负荆请罪。

跪了一个多时辰，曹毅大门紧闭，根本没搭理陈家父子，只让一位老仆传出话来，赶紧把江浦县内陈家所有的店铺关门，否则曹县丞马上会亲自一家家店铺去收拾。

陈家父子这才发觉事态严重了，失魂落魄地回了府，开始绞尽脑汁琢磨对策。

商人的低贱之处就在这里。如果跟朝廷官员处好了关系，那么一切好说，大家一起发财；可是如果商人得罪了官员，那就大事不妙了，所谓"破家的县令，灭门的刺史"。哪怕只是一个小小的县丞，他要一家低贱的商户灰飞烟灭就是一句话的事儿，除非你身后有更硬的靠山。

张县丞告老后，陈家根本没有更硬的靠山。

下人哆哆嗦嗦把他知道的事全说了，然后泪眼蒙眬地看着宋小凡，希望这位疯子姑爷能放了自己。

宋小凡大方地挥了挥手，下人如蒙大赦，跟跟跄跄泪奔而去。

宋小凡摇头叹息，自己在街上逛了一整天，想不到这短短的一天，陈家竟招惹了如此大的麻烦，若陈四六不能想出个解决危机的办法，陈家的覆灭恐怕就这几日了。

同时宋小凡也有了几分感触，原来在这个时代，钱并不是万能的，权才是万能的。上位者轻飘飘的一句话，便能让一方富豪轻易地破产，权力……果然是个好东西！

陈家处于危机之中，对宋小凡并不是什么好消息，不管他喜不喜欢陈家，毕竟在没有充足的准备之前，宋小凡目前还不能离开陈府。陈家若倒了，宋小凡也好不了。目前而言，陈家之于宋小凡，是一损俱损的关系。

所以陈家不能倒！至少在宋小凡牛气十足地离开陈府独自创业之前，它不能倒！

想到这里，宋小凡不由得苦笑，世事总是这般令人无奈，他打心眼儿里不喜欢陈家，可此刻却并不希望陈家就此倒下去，这实在是个符合逻辑却又让人纠结的悖论。

自己有没有办法令陈家脱困？

如果这次自己出面解决了陈家的危机，想必在陈家人的眼中多少会高看自己几分，自己在陈府的日子也许会过得比以往更好一些吧。

而且帮陈家这一次，算是报答陈家养了他四年，以后离开时也能理直气壮。

宋小凡暗暗做了决定。

陈府前堂。

堂内光线昏暗，两盏红烛在微微的清风中忽明忽暗，红木质的太师椅上，陈四六神色沮丧，一日之间仿佛衰老了几十岁，静静地坐在椅子上一言不发，肥胖的身躯轻微地颤抖着，像一只在狂风暴雨中瑟缩的肥鸭子，神态可怜又可笑。

冬日的寒风灌入前堂，矮足茶几上，镶着蓝色花边的景德釉彩茶盏轻微地颤动起来，陈四六双目无神地望着前堂外，无意识地端起了茶盏，用行尸走肉般的动作，慢慢啜了一口茶水。

往日甘醇清香的雨前龙井，今日喝起来却苦涩无比，一如他现在的心情。

"老爷，管家回来了！"一名下人在前堂外禀道。

陈四六神色一振："快！快叫他进来！"

陈管家迈着沉重的脚步，神色慌张地进来。未等陈四六开口询问，陈管家颤声禀道："老爷，事情不太妙啊。小人按您的吩咐，在礼单上多加了二千两白银，又去送了一次，可是那位曹县丞看都没看，当着小人的面就把礼单撕了扔在地上，然后叫小人滚出去，他还说……还说……"

陈四六脸色苍白地问道："他……他还说了什么？"

"他说……要咱们陈家所有的商铺把历年来的收支账簿准备好，他怀疑咱们陈家多年来偷漏瞒报商税，明日他要带着县衙的主簿谢大人，还有刘捕头和一干差役，一起查咱们陈家的账。若发现陈家偷漏商税，就要把您交给县衙的典史李大人发落，陈家名下所有产业……抄没充公！"

"啪嗒！"陈四六手中的茶盏掉落地上，发出清脆的碎裂声。

陈四六脸色变得惨白，重重地坐回太师椅，喃喃道："陈家此番……休矣！"

◎ 第六章 ◎

破家县丞 县丞靠山

家主失了分寸，身为下人的陈管家当然也好不到哪里去。

见陈四六一副如丧考妣的模样，陈管家惶然站在前堂内，过了半晌，见陈四六仍在发呆，没有任何吩咐给他，陈管家悄悄朝后退了几步，走出了前堂，转身慢慢踱向大门。下人们看见他，纷纷主动向他施礼，态度恭谨而畏惧，陈管家却毫无反应，板着脸轻叹了口气。

陈家覆灭在即，家主甚至面临牢狱之灾。覆巢之下，焉有完卵？自己这个陈府管家还能风光多久？

陈家得罪新任县丞的消息已经在陈府内传开，下人们做着各自的活计，可脸上却带着惶惶惊惧之态，眼看他起高楼，眼看他楼塌了，商户人家的兴衰成败，往往只在当官的一句话之间。

前堂内，陈四六看着忽明忽暗的烛光，似呜咽般长长叹了口气，两手捂住了肥胖的面孔，身子不停地颤抖起来。

不知何时，一双纤细的手按住了陈四六发抖的肩膀，慢慢在他肩上揉捏，似在平复他的情绪。

"爹，事情真的不可挽救了么？"声音细细软软，却夹杂着强烈的不安。

陈四六闭着眼，叹息道："莺儿，陈家大难临头了……宁儿这次闯的祸可不小。"

陈莺儿咬了咬下唇，怒道："二弟也太不晓事了！女儿早就告诫过他，咱们是商户人家，纵是家财万贯也不能在外面飞扬跋扈，这世上我们得罪不起的大人物实在太多了，可他就是不听……"

陈四六苍白的面孔也浮上几分恼怒："我陈四六上辈子不知造了什么孽，竟生下这么个孽子！我……我真恨不得活活打死他才好！"

陈莺儿急忙揉捏起陈四六的肩，柔声道："爹，您别气坏了身子，陈家还得靠您渡过这次难关呢……二弟他人呢？"

"哼——我把他狠狠打了一顿，然后将他关进祖宗祠堂罚跪去了……"

陈莺儿面露不忍之色："爹，这天气挺冷的，晚上风寒露重，二弟若着了凉可怎生是好？陈家就这么一根独苗啊……"

陈四六发了一阵呆，然后叹气道："莺儿，还是你最懂事，你去内院收拾一下，然后叫上你娘，还有你弟弟，连夜出城去吧……五年前我在镇江府买了几亩薄田，官府应该不会查到，以后……以后这个家就要靠你来操持了……"

陈莺儿愣了愣，随即惊道："爹，您……这是什么意思？"

陈四六绝望地惨笑道："求告无门，看来曹县丞是不会放过咱们陈家了，你们快逃命去吧。我已届不惑，便舍了这残躯让曹县丞出一口怨气又何妨。"

"爹，万万不可！曹县丞不是说过，不抓咱们的人，只要咱家的钱财么？只要咱们家人平安无事，纵将家产给了他……"

陈四六冷笑："你以为他嘴上说不抓人，便真的不抓人么？当官的这套做法我见得多了，先寻个由头，把人弄进大牢里，然后严刑逼供，罗织几条罪状，最后理直气壮地抄没家产，这样任谁也抓不到他的把柄，他说明日要查我们陈家的账簿，就是第一步……"

陈莺儿俏脸苍白，落泪道："难道便没别的法子了么？爹您平日里给黄知县、谢主簿、李典史他们打点了不少银子，今日陈家遭难，爹您再去求求黄知县……"

陈四六叹气道："难了，太难了！今日下午谢主簿派人给我传了几句话，这位新来的曹县丞，来头可真不小，就连黄知县也不得不让他三分……"

"曹县丞什么来头？"

"他……他本是卫所武官，北平燕王麾下一名百户，燕王北征残元，这位曹百户身先士卒，立了大功，因伤而退役，燕王彰其功，亦惜其才，特将他荐入京师，补了江浦县丞这个文官的缺。这位曹县丞背后站着的，可是燕王殿下啊！黄知县怎么惹得起他？"

陈四六长长叹了口气，神色沮丧得像个死人。

陈莺儿也呆住了，曹县丞背后的靠山竟是燕王殿下，如此强大的靠山，对陈家这个小小的商户来说，简直是天大的人物。陈家得罪了曹县丞，下场……

"看来我陈家真是走投无路了……"陈莺儿悲戚落泪，晶莹的泪珠儿湿了衣襟。

"如今陈家只有两条路走，一是你们连夜逃出江浦，从此隐姓埋名，或能保得一世平安，我留在这里让曹县丞出这口气……"

"爹，这条路万万不能走！二弟年岁还小，女儿和娘亲又是女流之辈，您是咱家的主心骨啊！少了您，这陈家怕是从此败落了……"

陈四六叹了口气，心情复杂地望着陈莺儿，半晌才道："……第二条路，黄知县的独子黄惟善对你颇有情意，去年夏天，黄知县代他儿子向我求亲，我因你与宋小凡早有婚约，若悔了亲事，怕于我陈家名声有碍，再则那黄惟善也已成亲，你只能给他做妾，所以婉拒了黄知县。虽事后我又给黄知县补送了千两纹银，以为歉礼，但因为此事，黄知县心中必然生了嫌隙，今日陈家遭难，若是……"

陈四六说到这里住了口，欲言又止地看了陈莺儿一眼，话中未尽之意，不言而明。

陈莺儿闻言俏脸浮上痛苦之色，沉默半晌，久闭的美目睁开，贝齿紧咬，决然道："爹，女儿愿为陈家做任何事，只要能保得陈家平安，哪怕……给那黄惟善为妾，女儿亦……心甘情愿！"

若是嫁给黄惟善做妾，黄知县必然会保陈家平安，毕竟已成一家人了。而那曹县丞纵是再强势，毕竟也是初来乍到，毫无根基，黄知县尽力说和之下，相信陈家还是能够平安无事的。

这个道理陈四六当然懂，陈莺儿也懂。

至于陈家的姑爷宋小凡，父女二人不约而同地把他忘记了。

商场、官场之中，妥协平衡，利益交换本是常事，谁会在乎一个贫贱窝囊的农户子弟的感受？悔亲而改嫁知县之子，传出去固然大大有损陈家的名声，可如今陈家已是生死关头，名声不名声的事情，已然顾不得了，保了陈家老小的性命再说吧。

陈莺儿已是泪流满面。少女情怀总是诗，她曾无数次幻想过，有一位风度翩翩、儒雅俊美的少年郎为她披上嫁衣，宠她怜她一辈子。可现实总是残酷的，不论是宋小凡，还是那黄惟善，都不是她心中期望的良人之选，但她不得不屈从于现实，这个年代的女子，命运根本无法选择，以身躯换取家中老小平安，这已是她的宿命。

"莺儿，莺儿啊……为父我，对不起你啊……"陈四六也是老泪纵横。

"爹……您别自责，女儿反正是要嫁人的，既然都是身不由己，嫁猪嫁狗又有什么区别……"

昏暗摇曳的烛光下，父女二人抱头痛哭，前堂内笼罩着一片悲怆的气氛。

回荡着哭声的前堂外，忽然幽幽传来一声低沉的叹息。

"你们父女情深，哭得如此投入，我真不该打断你们的……但是，我还是忍不住想辩解一下……我的优点其实很多，嫁给我比嫁猪嫁狗还是有很大的不同……"

陈家父女二人顿时止了哭声，愕然地望向前堂外。

在廊灯的照映下，一道瘦削的身影拖得狭长，慢慢地向他们走来，走近几步，一张带着淡淡微笑的面孔清晰地出现在他们眼前。

宋小凡，那个寄人篱下的窝囊姑爷！

"你这话什么意思？"陈四六皱眉沉声道。

陈家遭难，这个吃白食的废物莫非打算落井下石嘲讽他们？

宋小凡看都没看陈莺儿，只淡淡地朝陈四六笑，他的笑容落在陈家父女眼中，自然是可恶讨厌至极的。

"岳父大人……"

宋小凡刚一开口，陈家父女二人的眼皮同时跳了跳。

这个称呼令他们很抗拒。

"……此事虽然有点难办，但似乎也用不着岳父大人将小婿的未婚妻拿出去换平安吧？岳父大人此举置小婿何地？"宋小凡虽脸上带着笑，可语气却有些冰冷。

陈四六闻言脸色不禁渐有赧色，沉默了一会儿，才讷讷道："贤侄啊……陈家如今大难临头，当年我与你父之约，恐怕……贤侄，如果你不反对的话，我愿付你纹银二百两，你与莺儿之婚事，就当没……"

"岳父大人，陈家与曹县丞既已成了死局，不如让我来试试吧，或许……小婿有办法让陈家安然渡过这次大难，化解与曹县丞的仇怨，而且……不用赔上小婿的未婚妻。"

"什么？"

"不如让我来试试吧……"

宋小凡说这话时，烧包得像刚洗了个澡又理了个发的周星驰版唐伯虎。

陈家父女俩难以置信地盯着宋小凡，就像在看着一个疯子。

宋小凡苦笑，他已习惯被人当成疯子了，可仍不习惯别人那种看着疯子的目光。

愚昧的世人啊，他们难道不知道疯子和天才只是一线之隔吗？也就是说，陈家的姑爷目前离天才只差一步了，宋小凡觉得他们实在应该把自己当成优乐美，时刻把自己捧在手心，悉心呵护才是。

"曹县丞既然已打定主意要收拾陈家，说句不好听的话，你们若把全部希望寄托在黄知县身上，未免太过愚蠢了……"

陈家父女："……"

"曹县丞来势汹汹，且身后有燕王那样强大的靠山，黄知县身后也许也有靠山，但他的靠山肯定没有燕王那般强大，也就是说，不出意外的话，未来的江浦县，曹县丞将会压过黄知县，这么明显的情势，我都能看得出来，相信黄知县更看得出来……"

陈家父女："……"

"黄知县当然不会眼睁睁看着名义上的属下压他一头，他肯定不甘做个傀儡知县，不过……不管黄知县将来有何动作，眼下他肯定要避其锋芒的，断不会为了陈家区区一家商户而得罪曹县丞……"

陈家父女："……"

宋小凡看了看陈莺儿梨花带雨的娇颜，缓缓摇头道："……哪怕岳父大人您把我的未婚妻嫁给黄知县的那个儿子为妾，黄知县也不会轻易为陈家出头，我敢断言，若岳父大人真这么做了，最终的结局必然是人财两空。"

知县是一县之首，而县丞则是县里的二把手，比知县低了一个品级。古代官场上，老二强压老大一头的事情极为罕见，这是种很不正常的政治现象，而且这种情况必然不会维持太久，两者之间会很快分出个胜负，要么老大胜，死死压住老二的嚣张气焰，要么老二胜，老大被迫远调或致仕，老二顺利出位。当然，如果黄知县是个欺软怕硬、懦弱胆小的性子，情知惹不起曹县丞背后的燕王，从此甘心做个傀儡应声虫，则另当别论。

宋小凡嘴角浮出一丝笑意，瞧着父女二人，做了一句总结："所以说，陈家死定了，嫁女儿、送家产都没用。"

陈家父女沉默了。

宋小凡说完轻轻舒了口气，如此复杂的事情，自己居然能够分析得头头是道，看来自己拥有很高的智慧。

做人当然不能太过狂妄，但是也不能妄自菲薄，该给予肯定的时候，一定要当仁不让。宋小凡觉得对自己的评价很客观。

不过宋小凡有些得意的心情很快受到了打击。

说完这番话以后，宋小凡望向陈家父女，希望能从他们脸上的表情中看出那么几分狂热的崇拜，也许陈四六会立马匍匐在地，哭着喊着要宋小凡收他做小弟，陈莺儿则像吃了春药一般，不顾一切上前，将他强行推倒，而他自己则半推半就，欲迎还拒……

按理，穿越者应该享有这样的待遇，毕竟宋小凡觉得自己刚刚说那番话的时候，多少还是散发了几分王霸之气，虽然不是那么浓郁，可收服一个商贾之家还是足够了……

很可惜，宋小凡实在高估了自己的魅力，也低估了古人的智商。

陈家父女两眼发直，死死地盯着宋小凡，面无表情，一动不动。

宋小凡忍不住摸了摸鼻子，陈家父女的表情让他感到有点挫败……

"我说……二位认为我的话可有道理？你们多少给点反应吧。"宋小凡干咳道。

陈家父女仍处于石化状态……

良久……

陈四六忽然开口，表情疑惑地问道："你是宋小凡吗？"

"这话怎么说的？"宋小凡有点莫名其妙，"我当然是。"

"你一个农户家的孩子，怎么会有如此见识？我都快不认识你了……"

一旁的陈莺儿也点头，美目尽是异色。

"是这样的，岳父大人，今日吃过早饭后，小婿出去散步，忽然晴天一道霹雳，正好劈在我脑门上，小婿顿时感觉身轻如燕，灵台空明……"

一番胡说八道引得父女二人惊愕不已："这……这是何意？"

宋小凡声音变得很煽情："开窍了啊，岳父大人，我开窍了啊……"

父女二人呆住了。

很明显，现在不是研究那道晴天霹雳的时候，有更重要的事要办。

"你说的话倒是有些道理……"陈四六摸着下巴沉吟，望向宋小凡的目光中带着几分惊异之色。

到底是父女连心，陈莺儿的目光也充满同样的惊异。

众所周知，以前的宋小凡是个老实内向、懦弱怕事的农户子弟，什么时候开始，这个懦弱的家伙竟然有胆子面对面地跟他们说话，而且还能将情势分析得丝丝入扣，条理清晰地说出了连他们都没想到的关键之处……

难道他真的被雷劈中过，蒙天之赐变聪明了？果真如此的话，陈四六很想在雷雨天找个高地举根铁棍儿试试……

"你打算怎么做？"陈四六目光灼灼地盯着宋小凡，家族危急关头，他已顾不得思考宋小凡性格大变的原因了。

一旁的陈莺儿也看向宋小凡，目光中的期待之意，仿佛溺水的人抓住了一根救命稻草。虽然这根稻草有点不靠谱儿，可不靠谱儿的稻草总比没稻草强。陈家既然已成死马，何妨当作活马医一回？

这根稻草牛气地笑了笑，满是自信地道："岳父大人且莫烦忧，陈家之危局，小婿或可解之……"

……

半个时辰后，宋小凡孤零零地站在了江浦县官驿的门口，一脸无助。

在陈家父女面前把牛皮吹得震天响，可直到他站在官驿门口，宋小凡还是没想出如何解救陈家危局的办法。

吹牛这种行为当然带有一定的欺骗性，人类掌握语言之后，吹牛的事情必然免不了，它以夸大或虚构事件的形式，来满足一个人内心强烈需要的被认同和被崇拜的愿望。简单地说，这是一种很虚荣的行为，稻草只是稻草，它不可能眨眼间变成参天大树。

陈家不能不救，不论陈家对他如何，至少陈家养了他四年，这是恩德。再说，在没有完全熟悉这个时代以前，他还得继续在陈家待下去。

所以，宋小凡不得不赶鸭子上架，去做一件他根本毫无把握的事情。

宋小凡站在官驿门口，使劲给自己鼓了鼓劲儿，为了自己的长期饭票，拼了！

至于怎么拼，宋小凡还没有想出具体的办法，怎么也该先见到那位刚刚上任的曹县丞再说吧。

宋小凡不像这个朝代的百姓，对官有一种与生俱来的畏惧，他胆子比较大，毕竟他是现代过来的，见个八品官而已，对他来说没什么大不了的。

江浦县的官驿建得有点奢华。由于江浦县靠近京城应天，不少外地进京述职的朝廷大员进京之前都会在江浦官驿驻脚，于是江浦县衙把官驿修得颇为精细，也算是江浦对外开放的一个形象工程，是要记入当地为官政绩的。

说是官驿，实际是一套三进三出的大宅子，它位于县衙的左侧，大门用红漆涂刷得油光可鉴，门内一堵描刻着祥瑞吉兽的照壁，在阳光下散发出威严气势。侧旁的门房外，一个身着淡青色皂衣的驿卒正倚在朱红色的柱子上，冷冷地盯着宋小凡，宋小凡不说话，他也不说话。

官驿门前冷冷清清，两人就这样默然对视，颇有些"执手相看泪眼，竟无语凝噎"的意境。

气氛有点尴尬……

良久……

驿卒忍不住抬手指了指宋小凡，懒洋洋地道："哎哎，你……说你呢！干什么的？"

宋小凡松了口气，急忙咧开嘴，朝驿卒讨好地笑了笑道："这位差爷，相信以您老的聪明睿智，一定能看得出，我……其实是个送饭的……"

◎ 第七章 ◎

姑爷出马 初见县丞

以驿卒的聪明睿智，当然不会相信宋小凡的鬼话。

不过宋小凡最后还是顺利地进了官驿。

这世上有一种语言很简单，也很有效，那就是——银子。

当宋小凡忍住心痛，面容抽搐着摸出五钱碎银塞到驿卒手里后，驿卒那张沧桑冷凝的老脸顿时变得如春风拂面般温柔明媚。

相比之下，宋小凡的表情却苦涩了许多。

想不到连区区一个驿卒也收门敬，据说朱元璋最是痛恨贪官，贪六十两银子的都要剥皮实草示众，如此强大的打击力度，还是阻止不了朝廷上下贪黑之风，看来朱元璋的反腐倡廉工作实在是收效甚微。

不知道这五钱银子能不能找陈四六报销？这应该算招待费用吧？前世很多发票上开成"办公用品"的，不就是这么回事儿嘛。

有钱能使鬼推磨，让鬼指路就更不在话下了。

驿卒收了银子后，服务态度变得热情了许多，他热心地告诉宋小凡，曹县丞住在官驿左侧的厢房内，由于上任得急，家眷还在路上，也没来得及买宅子，只能暂时住在官驿内，而且他的随从很少，只带了一个常年服侍他的老家仆。

宋小凡听驿卒啰里啰唆说了一大通，心中对这位尚未谋面的县丞大人多少有了点印象。

很快宋小凡便来到了官驿的第二进院子外，曹县丞的厢房就在院子左侧。

现在是正午时分，曹县丞正在厢房外的院子中用饭。

宋小凡远远地站定，仔细打量这位新来的县丞。

只见他穿着一身便服，身材魁梧，满面虬髯，苍劲有力的手中拎着一个小酒坛子，不时仰头灌几口酒，然后用袖子随意擦了擦嘴角，再举筷夹一口菜，冷峻的面容露出舒坦的表情。

他的一双眼睛明亮如星，喝酒时微微眯起，然后忽地睁开，远远看去，就像一只啸傲山林的猛虎盘踞在桌边，威风凛凛，却又神华内敛。

他的身旁站着一名微微有些驼背的老人，老人垂手默然伫立，神态恭谨得像一条苍老却忠心无比的狗。

虽然站得远远的，可宋小凡还是能感觉到曹县丞身上散发出来的一股若有若无的杀伐之气，那股铁锈般的腐蚀味道，令宋小凡感到有点不舒服。听说这位曹县丞以前是燕王麾下的百户将领，跟随燕王数征残元，立功不少；这位曹县丞手下肯定攒了无数条人命，杀的人多了，身上自然有杀伐之气。

定了定神，宋小凡深呼吸了一口气，然后挺直了腰，走到曹县丞的桌前，然后不发一语地看着曹县丞。

宋小凡刚一走近，伫立在曹县丞身边的老仆忽然睁开了眼，眼中暴射出犀利的光，宋小凡顿时感到头皮发麻，那种感觉就像被一头饿狼盯上了一般。

这一主一仆不简单！

宋小凡强忍住心中的惧意，努力控制住自己的表情，装作一副坦然的样子。

直到宋小凡走到桌边，曹县丞仍在埋头喝酒，好像根本没看见他一样，院内一片安静，只听到曹县丞咕咚咕咚喝酒的声音。

宋小凡只好摸着鼻子苦笑，然后静静地站在桌边，垂手不言不语。那位老仆人在打量了他几眼后，又合上眼，再也不看他了。

不知站了多久，曹县丞才抬眼望向他，两道浓黑的眉毛挑了一下，声如洪钟，道："你是什么人？"

宋小凡拱手道："草民宋小凡，见过二老爷。"

所谓"二老爷"，是民间对县丞的叫法，一县之地，知县是老大，百姓称之为"大老爷"，县丞为正八品，是坐县内第二把交椅的人物，故称"二老爷"。

曹县丞眉头一拧，沉声道："你有功名在身？"

宋小凡愕然，然后摇摇头。

曹县丞冷哼道："既无功名，那就是白丁了，见了本官为何不跪？"

明朝若无秀才以上的功名，就是白丁身份，见了官是要下跪的，哪怕这个官只是个八品县丞。

不过宋小凡没这习惯，受过现代教育的他，除了天地君亲师，没什么值得他下跪的。

宋小凡叹气道："草民真的不想下跪，大人若觉得草民犯上，不如下令将草民关入监牢。草民听说监牢里管饭，总比饿死在外面强上许多。"

曹县丞铜铃大眼忽然暴射出光，那淡淡的杀伐之气忽然变得浓郁起来，凌厉的目光像把锋利的钢刀，在宋小凡身上刮来刮去，看得宋小凡心头发颤。

宋小凡顿时有些摇摆不定了，这是古代啊，百姓性命贱如草芥，当官的说杀就杀了，你以为会有记者媒体帮你申冤么？别做梦了，他杀自己如杀一狗。

好吧，跪就跪吧，谁叫自己是个没原则的人，凡事要懂得变通。

就在宋小凡吃不住劲，打算屈膝下跪时，打量他良久的曹县丞忽然大笑起来："他娘的，想不到这小小的江浦县竟然出了有如此胆色的人物，老子当这鸟文官，直到今日才算当出点味道来了……"

宋小凡松了口气，顺势也直起了腰。幸好这位县丞是个豪放派，今儿若碰着个婉约派的，这一跪肯定免不了。

笑完之后，曹县丞忽然沉下脸，道："你说你要饿死在外面了，这话什么意思？"

宋小凡苦笑道："陈家若倒了，草民无处可去，岂不是要饿死在外面？"

曹县丞眼中暴射出寒光，冷声道："你是陈家的人？"

宋小凡摸了摸鼻子："算是半个陈家人吧……"

曹县丞冷笑："你来为陈家求情？哼，这回陈四六带了多少银子送本官？五千两，还是一万两？"

宋小凡看着曹县丞的表情，心中一沉，看来这回曹县丞是铁了心要收拾陈家了，送多少银子都不管用的。

宋小凡摇头，叹气道："让大人失望了，我身上只有十两银子……"

曹县丞睁大了眼睛："十两？"

宋小凡下意识地捂住腰间钱袋，道："而且这十两银子是草民所有的积蓄，草民还指望它鸡生蛋，蛋生鸡，鸡鸡蛋蛋无穷馈也，发财致富就靠它了。说实话，草民没打算把它送给您……"

曹县丞脸色越来越沉："你在戏耍本官？"

"草民怎敢……"

曹县丞的眼睛眯了起来："陈四六派你带了十两银子出来，向本官求情？"

宋小凡惶恐摇头，话说到这个份儿上，求情已无望，自己若真开这个口，恐怕这位兵痞出身的曹县丞会一刀砍了自己。

可是……总要找个话题呀，不然自己无缘无故跑进这官驿来干吗？事情不解决，给门口那驿卒的五钱银子不就白给了么？陈四六一准儿不会给自己报销……

宋小凡张望了一下，然后盯着石桌上的酒坛笑了："草民见大人，并不一定是来求情，也许……只是纯粹想跟大人喝杯酒而已……"

宋小凡隐隐觉得，或许这个话题能让曹县丞满意。豪放派嘛，没酒怎么豪放？电影里的东方不败都非常大气地跟令狐冲喝过酒，这位曹县丞肯定比东方不败强。

曹县丞愣住了，连他身旁的老仆人也猛然睁开了眼，二人就这样愣愣地盯着宋小凡，良久无语。

宋小凡见曹县丞没有反应，不由得讷讷道："莫非这酒太贵了，大人舍不得？"

曹县丞目光一阵闪动，终于放声大笑道："好，好，好！"

连说三个好字，然后曹县丞盯着宋小凡道："你小子对老子的脾气，今日若不请你喝这顿酒，恐怕老子以后在这江浦县都没脸做官了。哈哈，不错，有胆色！"

说完曹县丞将头一扭，对老仆人道："他要喝酒，咱就请他喝酒！"

老仆人恭谨地低头应了一声，转身进了厢房，接着拿出两只海碗。

"砰！"

海碗重重地蹾在石桌上。

宋小凡脸色变了，额头冒出一层细细的冷汗。

艰难地吞了吞口水，宋小凡望向曹县丞的目光带着几分求饶的意味。他没想到豪放派竟然豪放到这种程度……

"可以换个小点的酒杯吗？"宋小凡小心地朝曹县丞笑了笑，心虚地用食指和拇指扣成一个小圈儿，可怜兮兮地朝曹县丞比画，"草民觉得二钱的杯子挺不错……"

曹县丞"呸"了一声，然后用鄙夷的目光瞧了他一眼，粗声道："二钱的杯子？那是阉人才用的，是爷们儿吗？用这个！"

宋小凡两眼发直地看着石桌上那两只足够装两斤酒的海碗，有种拔腿逃跑的冲动。

陈家固然要保，可前提是……自己的命更要保啊！

如果曹县丞不笑话他的话，宋小凡很想狠狠抽自己两个嘴巴子。

人与人之间的沟通可以有很多种方法，攀亲戚、拉关系，甚至溜须拍马都可以，只要能达到目的，用什么方法都不丢人。

宋小凡发现自己做了一件蠢事，他选了最愚蠢的一种方法——跟一个百战将军拼酒。

群众的目光是雪亮的，莫非自己真的是个疯子？

◎ 第八章 ◎

无妄之祸　细说利弊

宋小凡第一次对自己产生了怀疑……

前世有句很流行的话，叫"莫装逼，装逼遭雷劈"。

一句话能流传网络数年而不衰，自然有它的道理。

事实上，宋小凡现在非常认同这句话。想到自己刚才的所言所行，装逼的下场已经摆在了面前。

老仆人二话不说，拎起酒坛就给两只海碗斟满了酒。

白中带黄的上好谷酒，在冬日的阳光下散发出粼粼波光。

一只碗估计能装二斤酒，如果一口气喝下去，不出意外的话，宋小凡可能会醉死当场。这个场景好熟悉，由此引发了宋小凡更深层的思考，穿越前他趴在路边的草丛里等着"肥羊"路过，美美地干他一票，为什么喝了几口二锅头就穿越了？这个问题实在是百思不得其解啊！难道自己跟酒犯冲，见了它就会倒霉？

宋小凡扭头望向官驿的大门，满脸尽显后悔之色，一句经典的古龙台词在脑海中一闪而过。

"你不该来。"

"可是我已经来了……"

宋小凡现在最想知道的是，来了还能不能走吗。

曹县丞狠狠拍了拍他的肩，宋小凡痛得嘴一咧，不由自主便坐了下来。

"小子，哈哈，不错不错，这么多年，你是第一个敢在酒桌上跟老子叫板的，你很有种！老子看得起你！"

宋小凡快哭了。

听听人家这口气，独孤求败再世啊……

"曹大人，您可不可以当我没来过……"宋小凡越说越没底气，声音小得跟蚊子哼哼似的。

曹县丞这么海派的人，当然没听到他在嘀咕什么。

在宋小凡惊惧的目光下，曹县丞哈哈一笑，端起桌上的海碗，一饮而尽，毫不讲究地用袖子胡乱擦了擦嘴，然后用眼神示意宋小凡，该他喝酒了。

宋小凡叹了口气，他怎么也没想到，今天竟是他"壮士一去兮不复还"的日子，人已逼到这份儿上了，怎么办？喝吧。

宋小凡也端起了海碗，用极其悲壮幽怨的目光瞧了曹县丞一眼，然后一仰脖子，两斤酒很快入了肚。

这个朝代的酒度数并不高，人概只有二三十度，可宋小凡的酒量本来就不好，一口气喝两斤下去，只感觉肚里跟着了火似的，烧得五脏六腑都痛苦得绞成一团。

难受，不是一般地难受……

腹内熟悉的灼烧感让宋小凡恍然明白，原来自己上辈子是醉死的。

曹县丞见宋小凡如此爽快地喝干了一碗，愈发高兴，他开始对这个文弱的年轻人有了兴趣。

宋小凡却有苦难言，坐在石凳上一动不动，脸色一会儿青一会儿白，两只眼珠子连转动的力气都没有了，就那样直愣愣地盯着曹县丞，像一尊蜡像，整个人僵住了一般。

曹县丞哈哈大笑，边笑边示意身旁的老仆重新斟满两只海碗，然后使劲拍着宋小凡的肩膀，朗声道："你小子不错，哈哈，将来必是个有出息的。当年燕王征北军中，多少五大三粗的汉子都不敢跟老子拼酒，想不到你小子一副软趴趴的模样，却比那些军汉们更有种，哈哈……这狗日的南方之地，总算找着一个合老子脾性的了，来，咱们再……"

话未说完，却见宋小凡像灾难片里的自由女神似的，直挺着身子，脑袋使劲往石桌上一栽，"砰"的一声狠狠撞在石桌上，像个皮球似的弹了几下——彻底醉晕了。

曹县丞保持着端酒碗的姿势，爽朗的大笑声如同被人掐住了脖子似的，戛然而止，欢快的神情仿佛被冰雪冻上了一般，瞬间凝固……

良久……

"这他娘的怎么回事？"曹县丞像被人踹了一屁股似的跳了起来，气急败坏地大怒。

"老爷，他醉倒了……"老仆人站在旁边半合着眼，云淡风轻地道。

曹县丞愣了愣，失笑道："这小子，老子还以为他是个真人不露相的酒中英豪呢，原来是个装腔作势的熊包……"

说着曹县丞伸手便要拍宋小凡的肩。

老仆人却忽然拦住了他的手。

"老爷且慢，小心有诈！"

曹县丞愕然："有什么诈？"

老仆人半合的眼睛睁开，眼中射出两道慑人的光。

"老爷，南人多狡诈之辈，此人摆出一身胆气的模样，孤身前来官驿与老爷喝酒，却一碗就倒，令人怀疑……"

"怀疑什么？"

"老爷明日要放手整治陈家，可陈家今日却派了这么个文弱小子过来，若他因与老爷喝酒而出了什么意外，甚至……死在这官驿之内，陈家便有了反制老爷的借口，情势恐会对老爷不利……"

曹县丞大吃一惊："你是说……这小子特意跑到本官面前送死的？"

老仆人眼睑又微微垂下："舍一人之性命，而保举家之平安。陈家是生意人，这笔买卖并不亏。春秋之时，刺客要离自断一臂而取信公子庆忌，近身刺之，老爷焉知此人无要离之勇？"

"他娘的！没那么邪乎吧？这小子病恹恹的，像只瘟鸡，怎么看都不像死士啊……"

"是与不是，不如把人弄醒，老爷慢慢讯问便知。"

曹县丞狠狠拍了拍大腿，眼中露出一抹凶光。

"陈四六，老子还没动你，你倒先动起老子来了！咱大明商户的胆子都被养得这么肥了吗？"

……

宋小凡醒来时已是下午了。

眼还没睁开，宋小凡便捂着脑袋呻吟了一声。

酒，真不是个好东西！

特别是那种被人逼着喝下去的酒。

宋小凡叹了口气，缓缓睁开眼，视线由模糊渐渐变得清晰，然后他便看见曹县丞那张虬髯大脸离他的脑袋不到一尺，正朝着他狰狞地冷笑，他的手中，一柄尖利的牛角剐刀正冒着点点寒光。

"啊——你，你……要干什么？"宋小凡惊恐万状。

"说——"曹县丞暴声大喝。

"说……说什么？"宋小凡大愕。

"快说！"

"说什么？"

"你到底说不说？不说老子一刀宰了你！"曹县丞的语气活像劫道的棒老二。

宋小凡快哭了："曹大人，您要相信我，我真的想说，说什么都行，可是……您到底要我说什么啊？"

今天绝对不是宋小凡的幸运日。

宋小凡的心跳得老快，苍白的俊脸上冷汗不停地淌，可他却不敢抬手擦。

这当官的阴险啊！前一刻还在一起亲亲热热地喝酒，下一刻立马翻脸不认人。宋小凡心中万分悲凉，同时亦悔恨无比。

好好的干吗去蹚陈家这浑水呀？陈家是死是活与自己何干？烦恼皆因强出头，更让人不甘的是，宋小凡刚出头便被人一碗酒给放翻了，这实在是件不长脸的事。

曹县丞那张毛茸茸的虬髯脸愈发狰狞了。

"他娘的，不见棺材不落泪，老子先一刀宰了你，然后去找陈四六问个究竟！"

说罢牛角剐刀高高举起，眼看就要对着宋小凡的胸膛刺下去。

宋小凡大急，带着哭音说了一句前世冯导的经典台词。

"大人慢着！慢着……我们刚刚一起吃过饭的，你还记得吗？"

曹县丞："……"

……

◎ 第九章 ◎

化解危机 陈氏先祖

费了好一番口舌之后……

"如此说来，你不是来自杀的？陈四六也不会利用你来做文章？"曹县丞瞪着宋小凡，眼中杀意未退。

自杀？

这个时代当官的脑子里到底在想什么？

宋小凡长长叹息道："大人实在是目光如炬……事情其实没有那么复杂。"

"那你跟老子才喝了一碗酒就趴下是什么意思？不是算计老子？"

宋小凡只觉得胸腔有股悲愤的情绪在蔓延："大人，酒量小是天生的……罪不至死啊！"

曹县丞愣了愣，然后慢慢收回了抵到宋小凡胸口的尖刀。

宋小凡松了口气。

"你是陈家什么人？"曹县丞终于想到这个很重要的问题。

宋小凡恢复了惯有的微笑，但也带着几分余悸："草民再自我介绍一下，在下宋小凡，乃陈四六未来的女婿。"

"什么？你就是陈家的那个窝囊姑爷？"曹县丞吃惊道。

宋小凡苦笑，连刚到江浦不到两天的县丞都知道自己，看来自己的名气果真不小。

67

姑爷就姑爷吧，还非得在前面加上"窝囊"二字，都八品官了，不知道积点口德吗？

"大人实在是……直爽磊落。"

曹县丞哈哈大笑："本官以前是行伍中人，不懂怎么端官架子，嘴上也没个把门儿的，不像你们南人说句话还绕老半天圈子。好吧，就算刚才本官冤枉你了。你今日来找本官究竟有何事？"

宋小凡笑了笑，忽然抬头盯着曹县丞，道："草民斗胆，想请大人放陈家一马。"

曹县丞点点头，渐渐收起了笑容，看似粗犷豪迈的脸上一抹精芒飞逝而过。

"本官为何要放过陈家？就因为你跟本官喝了一碗酒？"

宋小凡犹豫了一下，道："大人请恕草民冒犯，说一句妄自揣度的不敬之语……"

"你说。"

"大人初来江浦便拿陈家开刀，其目的，恐怕不仅仅是泄愤吧？"

曹县丞闻言眉梢微微一跳，随即不动声色道："不是泄愤是什么？"

宋小凡微笑道："若不仅是为了泄愤，那就是为了立威了。"

曹县丞一惊，眉梢再次跳了一下，很快恢复常态，只是一双眼睛渐渐眯了起来。

曹县丞冷笑："这江浦县倒真是古怪，商户的儿子敢打朝廷命官，陈家的窝囊姑爷却是个真人不露相的高人。老子堂堂八品县丞，整个江浦县除了黄知县，就是我最大了。你说说，我还需要向谁立威？"

宋小凡叹息道："二老爷若要立威，当然是立给大老爷看了，草民虽然没读过什么书，可好歹也知道'一山不容二虎'的道理。草民第一眼看到大人，就觉得大人您是一个非常有上进心的人……"

曹县丞脸色渐渐阴沉，望向宋小凡的目光厉色愈盛。

"就算本官要立威，跟陈家有什么关系？"

"当然有关系，陈家是江浦富户，也是低贱的商户，有钱而无势。对大人来说，拿陈家开刀是最合适的选择，大人要弄死陈四六，跟捏死一只臭虫一样容易……"

曹县丞愣了一下，感慨道："……头一次听见有人这么形容自己的岳父，真狠啊！"

宋小凡面色微赧，他对陈家确实没多少好感，所以言语间也没见丝毫恭敬。

但不喜欢归不喜欢，情还是要求的。

"大人初任江浦县丞，手下一无人脉，二无根基，若换了旁人，自然是老老实实在知县手下办差，可大人与旁人不同……"

"有何不同？"

"草民听说大人曾是燕王麾下的百户将领，燕王殿下对大人赏识有加，故累军功而迁文官，大人身后站着燕王这样高不可及的大人物，怎肯甘心在黄知县的手下低眉顺目做一个默默无闻的县丞？所以，大人初来江浦便欲拿陈家开刀，自然是有原因的，正所谓杀鸡儆猴。陈家再有钱，只是一户低贱的商贾之家，除之不会引起别人的诟言，同时却可以向黄知县示威，让江浦县衙内的大小官吏差役对大人心怀敬畏。大人以后施政自可任意而为，少了许多掣肘，甚至可以拉起自己的班底，在江浦县内与黄知县分庭抗礼……"

还有一些猜测宋小凡没敢说出口，略知明朝历史的他，知道如今燕王正觊觎皇位，蠢蠢欲动，只待朱元璋一死，他或许便要打着"靖难"的旗号，行那篡位之事。此时将曹毅安排在离京城应天府旁数十里的江浦县做一个小小的县丞，其目的或许是把曹毅当成一颗钉子，牢牢地钉在京城后方，以备来日有大用。曹毅一来江浦就忙着立威夺权，想必也是为燕王将来起事做准备。

不过这话却是打死也不能直说的，真说出来了，曹毅肯定会不顾一切地杀人灭口。事关夺嫡争位，任谁也不会容许一个草民知道这个惊天的秘密。

饶是如此，曹县丞仍被宋小凡的这番话震惊了。

宋小凡说得没错，曹毅确实存着借除去陈家向黄知县示威的想法。他想用陈家的下场来告诉黄知县，自己是何等强势，识相的话就别惹自己。

这番作为自然瞒不过黄知县，不过曹毅并不在乎，来江浦上任之前，他已打听清楚，黄知县身后的靠山原本是应天府府尹张承宪，可在朱元璋执政时期，明朝的官员过的日子却是朝不保夕，特别是胡惟庸、蓝玉谋反案被挖出来以后，朱元璋大索朝堂，天下官吏近半被牵连进去，黄知县所一直倚靠的张府尹也很不幸被牵连下了大狱。也就是说，黄知县的靠山已经倒了。

官场之上没了靠山，实在是一件很要命的事。

所以曹毅这个原本属于知县下属的八品县丞也敢打起了知县的主意。他拿陈家开刀，向黄知县示威，却并不怕黄知县知道，原因自然很清楚，他的身后站着当今皇帝的第四子燕王朱棣。如此大人物做自己的靠山，就算行事张狂一些，旁人也不敢说什么的。

别人看穿了曹毅的意图并不奇怪，奇怪的是，一介小民宋小凡都能看穿，曹毅感到有些挫败。

"难道本官的城府这么浅，做什么事都已到了路人皆知的地步了？"曹毅苦笑，又像是自嘲。

宋小凡微微垂下眼睑，细声道："大人菲薄了，草民只是妄自揣测，中与不中，全在大人一念之间，大人说不是，那便不是了。"

"既然你说本官打算立威，那本官为何要放过陈家？"

"大人，陈家虽是低贱商户，可陈家的存在对整个江浦县还是有很大意义的。陈家在江浦县经营多年，店铺众多，无论县衙还是民间，都有着不可小觑的影响。当今圣上倡农而恶商，商户的日子都过得战战兢兢。陈家若倒了，江浦县内的大小商户必会人人自危，届时城内商铺若因害怕朝廷抑商而关门歇业，米店不敢卖米，布庄不敢卖布，城内百姓因此而产生恐慌情绪，任此发展下去，百姓们也许会对大人除去陈家的举动多有不满。大人初来江浦，正是一展抱负之时，怎可因陈家而陷自身官声清名于泥泞之地？区区一个陈家，不值得大人付出如此代价。草民为大人官声前途计，故而斗胆直言，请大人思量。"

宋小凡一番话说得入情入理，曹毅摸着毛茸茸的下巴沉吟许久，然后不时抬眼瞟瞟宋小凡，目光中的含义很复杂。宋小凡被他看得头皮发麻，眼皮直跳，不知道这位县丞大人到底在打什么主意，只好强挤出笑容，神态恭谨地站立一旁。

该说的话已经说了，也许这番话有点牵强，可道理还是没错的，就看这位县丞大人如何取舍了。若他还是打定主意要灭了陈家，宋小凡决定回去赶紧收拾收拾，逃出去算了。

陈家上下人人看不起他这窝囊姑爷，大难临头，他可没打算跟着陈家一起倒霉，正所谓"大丈夫有所为，有所不为"，毫无意义地给别人殉葬，对大丈夫来说，当然是不能为的。

官驿二进的院子内，冬日的寒风不时呼啸而过，院中的老槐树下，三人动也不动，沉默无声。一片枯黄的树叶摇曳着飘落下来，轻轻落在树下摆放着酒菜的石桌上。

宋小凡艰难地吞了吞口水，他觉得很紧张。

权力是个好东西。任凭自己说得天花乱坠，可最终还是不得不老老实实站在曹县丞面前,等待着这位县丞大人最后的决定,他的一句话,可以定人生死。

这还只是个最末等的八品官呀……

宋小凡忽然对权力有了一丝渴望,如果,自己也有这种一言定人生死的权力……

良久,曹县丞饶有兴致地打量了宋小凡几眼,忽然大笑道:"你说的很有道理,陈家若倒,本官的名声也许会跟着受牵连。背后被百姓戳脊梁骨的事儿,本官可不愿干。杀敌一千,自损八百。于兵家而言,这是损人不利己的蠢事……"

宋小凡心头一喜,这曹县丞倒也不是不讲道理。

曹县丞似笑非笑,盯着宋小凡道:"可是……就像你说的,本官欲在这江浦官场上立威,若不拿陈家开刀,这威还怎么立?"

曹县丞的眼神有点怪异,好像在试探着什么。

宋小凡想了想,笑道:"大人什么都不必做,已经是最好的立威了。"

"哦?此话何意?"

"大人,您的背景,相信县衙内的官吏们都已打听清楚。您是什么人,您背后站着什么人,他们早就知道,该害怕的会害怕,该敌对的还是会敌对,大人何必还要立威?此举实有画蛇添足之嫌……"

抬起头,宋小凡注视着曹县丞,缓缓道:"拳头,只有在未打出去的时候才最具有威慑力。一旦打出去,力道再大,别人也不会害怕了。大人亮出拳头,蓄力而不发,相信县衙上下谁也不会愿意当这第一个挨揍的人,大人的威严无形中便立了起来。可是大人若拿陈家开刀,不论手段多么狠厉,在县衙的各位老爷心中,大人亦不过如此。旁人失了畏惧之心,此举倒落了下乘……草民这点浅陋见识,让大人见笑了。"

曹县丞静静地听宋小凡说完,眼中渐渐露出奇异的色彩,想了想,忽然哈哈大笑道:"不错,真不错!想不到这小小的江浦县竟是卧虎藏龙之地,本官算是长见识了!你真是陈家女婿?你有此等见识,怎么会……"

曹县丞说到一半便住了口,不停地摇头叹息,似乎在为宋小凡不值。

宋小凡揉着鼻子,心里有点不高兴了,为什么一提到自己是陈家女婿,都是这副表情?好像是我自甘堕落似的,我做别人家的上门女婿,关你们什么事?我就喜欢做吃软饭的小白脸,不行吗?

"你刚才说,你叫什么名字?"曹县丞忽然问道。

宋小凡拱手长揖道："草民宋小凡。"

曹县丞点了点头，宋小凡知道，从这一刻起，这位曹县丞才算对他真正有了印象。在曹县丞心里，他是宋小凡，有名有姓，不再是"陈家姑爷"这个代号。

曹县丞盯着宋小凡半晌，然后正色道："罢了，如你所愿，陈家那小子冒犯本官的事儿，本官不追究了。这就像摇骰子，陈家赢了我一把，我又赢回陈家一把，两两相抵，下一把本官做庄，咱们重新玩过便是。"

宋小凡松了一口气，朝曹县丞感激地笑了笑，躬身长揖道："草民代陈家多谢大人深明大义。"

曹县丞摆了摆手，笑道："狗屁大义！老子是觉得现在收拾陈家有点不划算而已，回去叫陈四六给老子小心点儿，下次别再犯到老子手上。"

宋小凡擦汗。给你杆子不知道顺着爬，这人当官当得未免太没技术含量了……

宋小凡急忙应是，语气神态分外恭谨。

曹县丞饶有兴致地打量宋小凡，半晌才悠悠道："陈家虽说躲过了一劫，可保得了这次不一定保得住下次，你这姑爷能当得了多久？难道没给自己做个长远的打算么？我看你也不像别人所说的那般窝囊，敢一个人来我面前为陈家分说，只这胆识已是常人所不能及的。我大明的商户毕竟只是低贱之民，你又何必寄人篱下做那万夫不耻的商户女婿？"

宋小凡一脸淡然的微笑："做个窝囊姑爷有何不好？陈家供我吃，供我穿，每月还给我发例银，过不了多久，还能白得一漂亮媳妇儿，这么惬意的姑爷，给个神仙也不换啊……"

曹县丞瞠目结舌，良久，这才叹道："我算是知道什么叫胸无大志了……"

想了想，曹县丞忽然惊觉道："咦？不对！你为陈家求情，你大可把刚才那番话直接说出来便是，可你为何还跟老子喝酒，而且一喝就醉，在桌子上趴了老半天，绕这么大个弯儿到底什么意思？"

宋小凡也愣了，是啊，我直接跟他说事儿不就完了么？干吗跟他喝酒？而且一喝就醉……

这到底是为什么呢？我干吗绕这么大的弯子？

宋小凡糊涂了半天，这才一跺脚，悲愤道："草民那不是随口一说吗？谁叫您硬要我一口气儿喝两斤酒的，草民要换个二钱的杯子，大人您死活不让……"

曹县丞愕然。

……

恭敬地施礼之后，宋小凡离开了官驿。

老仆人盯着宋小凡的背影，凑近曹毅的耳边，轻声道："老爷，凭他这几句话，您就这么轻易放过陈家了？"

曹毅眯着眼，轻轻笑了笑："他那番话当然不能令我改变主意，可是，他的话却给我提了个醒儿，此处是江南之地，正如他所说，我一无根基，二无人脉，若刚上任就把陈家给灭了，动静未免太大，此地离京师甚近，若传到有心人耳中，恐怕会给殿下添许多麻烦。罢了，暂时放一放吧，一个陈家而已，收不收拾，无关大局……倒是这个姓宋的小子，呵呵，有点意思……拳头只有在未打出去的时候，才最有威慑力，嗯，这话倒是颇有道理……"

陈家的危机解除了。

宋小凡回到陈府，当着陈四六的面，将这事随意地说了几句，整个陈府瞬间沸腾起来。

宋小凡受到了如同凯旋英雄般的厚待。

俗话说，破家的县令，灭门的刺史。陈家得罪了新任县丞的事，早已传遍陈府上下。陈家上到主人，下到杂役仆人，这两天都是惶惶不可终日，生怕官差忽然拿着铁链枷锁上门，将府内上下一干人等拿进大狱，陈家从此在江浦县销声匿迹，不复存在。

心理上的恐惧最令人煎熬，就在陈府上下几近绝望的时候，没想到平日看起来窝囊懦弱的疯子姑爷却孤身一人进了官驿，为陈家求情。虽然不知道他是如何说服曹县丞放过陈家的，可结果却是显而易见，陈家终于平安无事了。

破一个死局其实并不像想象中那么难，投其所好，细说利弊，这个局自然就破了。

这世上很多事情银子搞不定，但几句说到点子上的言语却可以轻松化解。

宋小凡的运气不错，他在适当的时机，说了适当的话，陈家无事了。

宋小凡在前堂，用一贯淡淡的语调，告知事情的结果后，无视陈家父女或惊愕或感激的目光，云淡风轻地转身走了出去。

前堂外，陈管家的腮帮子仍旧高高地肿着，不过望向宋小凡的目光明显多了几分敬畏。宋小凡走过他身边时，向来对宋小凡没有好脸色的陈管家，居然向宋小凡躬了躬身子，挤出一个讨好的笑容，毕恭毕敬地目送宋小凡回了卧房。

一脸淡然的宋小凡其实心里还是很得意的。

"金麟岂是池中物，化作春泥更护花……"

这是宋小凡对自己的评价，很客观，但两句诗貌似有点不搭界……

宋小凡回到卧房后，陈府马上在大门口放了一串又长又响的鞭炮，其中的含义不言而明，自然是庆祝陈府上下死里逃生，避过了一劫。

而陈府的那位窝囊姑爷……

没有谁再敢用"窝囊"二字形容他了。孤身一人进官驿，在曹县丞面前为陈家求情，终于令曹县丞改变了主意，放了陈家一马，可以说是"挽狂澜于即倾"的英雄式人物。这样有勇有谋的事情，窝囊的人能干得出来吗？

所以，陈家的姑爷是个有本事的姑爷，有事实为证。

此后几日，宋小凡发现自己在陈家的地位高了起来。

人都是势利的动物，有本事的人不论在哪里都能得到别人的尊敬和追捧。

宋小凡的生活无声无息间发生了变化。

看到的鄙夷目光少了，看到崇拜讨好的笑容多了，每日的饭菜肉多了，月例银子也由五钱涨到了一两。就连平日里从不拿正眼看他的丫鬟们，如今也惊喜地发现，原来咱家姑爷竟是如此英俊秀朗。于是，丫鬟们看到宋小凡后，面色羞涩，眼泛春情的也越来越多了……

如果吃白食也算一种事业的话，宋小凡无疑迎来了事业的上升期。

宋小凡面无愧色地接受了这种变化，他觉得自己是个有本事的人，有本事的人享受高待遇，自然是无可厚非的。

至于宋小凡怎样说服曹县丞放过陈家，陈府的下人们众说纷纭，莫衷一是。

讨论得多了，各种各样版本的传言也多了。

有的说宋小凡其实是曹县丞出了五服的亲戚，所以在曹县丞面前面子甚大，放过陈家自然顺理成章。

也有的说宋小凡见了曹县丞后突然发了疯病，拿刀子抵着曹县丞的脖子，曹县丞害怕之下，不得不放过陈家……

……

听到这些传言，宋小凡只好苦笑，同时对陈府下人们疯狂的想象力表示出一定程度的敬佩。

不过宋小凡知道，必须出来辟谣了，不然若任由别人猜来猜去，传言只会越传越疯狂，若传到曹县丞的耳中，恐怕那位貌似豪迈的县丞大人会忍不住抄刀上门宰了自己。

所以陈家姑爷开始了说书，他把说服曹县丞的过程编成了段子，分出了章回，开始在陈府的前院侧花园内摆起了摊子捞外快，想听陈家姑爷说书的下人们，只要花上五文钱，就可以在花园内占个位子，听姑爷将说服曹县丞的惊心动魄的过程娓娓道来。

这笔生意实在是个双赢的好主意。

下人满足了好奇心，宋小凡赚了钱，皆大欢喜。

"啪！"惊堂木一拍，今日的说书开始了。

"……上回说到，宋姑爷智闯官驿，曹县丞折节下交。"

"……好一个曹县丞！只见他身高八尺，腰围也是八尺……"

"正所谓'识遍天下县丞，心中自然无码'……"

"二人一见，惺惺相惜，激动之下，稀里哗啦就斩鸡头烧黄纸，结拜为异姓兄弟……"

"哇——"下人们哗然，悠然神往。

一番胡遍乱造的鬼话说完，宋小凡擦了擦嘴角的唾沫星子，望着周围密密麻麻张大了嘴的下人们，斯文地微笑："好听吗？"

下人们猛点头。

"意犹未尽对吧？"

下人们继续猛点头。

宋小凡高兴地笑了，笑容有点坏坏的味道："以上内容纯属虚构，故事讲完了，该干吗干吗去，散会！"

别人纷纷猜测他是怎么说服曹县丞的，宋小凡当然不能明说，有些话稍微说深一点，就必然会涉及燕王夺嫡上面，这个话题太敏感太要命了，稍稍触及都不行。朱元璋现在还活着，燕王朱棣不敢露出丝毫反相，至于他为什么要将曹毅这个军中百户转行成文官，又镶在离京师应天府数十里之近的江浦县当一个小小的八品县丞……

好吧，宋小凡可以假装什么都不知道。

他只是区区一介草根小民，有些事情就算知道了也绝对不能说，会要命的。

穿越时日久了，宋小凡渐渐发现，原来穿越者的优势并不太明显，哪怕有点未卜先知的本事，身为草根小民，他也没资格去玩这个属于大人物之间的游戏。

还是做个观众吧，宋小凡美美地打算着，也许有点不思上进，可这种态度是最安全的。

宋小凡愿意做个默默无闻的小人物，至少目前这个阶段，他还没产生什么很过分的想法。

朱元璋，燕王，朝廷，这些对他来说，还是很遥远很陌生的名词，他只是个凡人，在人世间最不起眼的角落，默默看天际云卷云舒。

宋小凡可以假装不知道朱棣将曹毅安插在江浦县的用意，但陈四六却不能假装不知道宋小凡救了陈家，身为家主，而且是个以赚取银子为目的的商贾之家的家主，别人欠了陈四六的债，陈四六会愁得睡不着觉，同样的，陈四六若欠了别人天大的恩情，他照样也会愁得睡不着觉。

商人信奉的是"无利不起早"，高风险意味着高回报，可若别人将天大的回报预先付给了陈四六，陈四六未免更加心惊肉跳——这要自己付出多高的风险才能对得起这样的高回报？

陈家的危机解除三天了，陈四六也失眠三天了，早起照镜子，陈四六颓丧地发现，自己居然瘦了，以前富态得像个肉球般的丰满身材，竟然无声无息地瘪了下去。

这简直是个悲剧。

救命之恩当涌泉相报，话是这么说没错，可陈四六一直认为这话太夸张了，泉都涌给宋小凡了，自己还剩什么？那还不如被曹县丞灭家得了。

可不给又不行，身为精明的商人，虽然不知宋小凡用了什么法子说服了曹县丞放过陈家，但陈四六隐隐觉得，那位新来的县丞大人也许对宋小凡的印象不错，印象差的话宋小凡肯定说服不了他。宋小凡救了陈家，若自己对他一点表示都没有，传到曹县丞耳中，陈家有好果子吃吗？

于是，问题又绕回来了，该给宋小凡一个什么样的回报呢？这个度可不好拿捏呀。

把女儿嫁给他？考虑考虑。

家产分他一份？这个……如果他不提，自己就假装不知道。年轻人还是上进一点的好，不能坐享其成。

月例银子多给他一点？这倒是可以。

陈四六望着镜中日见憔悴的自己，终于咬了咬牙。

"来人，叫宋……贤婿来前堂见我。"

当宋小凡一脸淡然地走进前堂时，陈四六早已恢复了以往笑眯眯的憨厚模样，肥肥的身子被太师椅的红木扶手挤压得变了形，一圈又一圈，就像广告里的固特异轮胎似的。

陈四六正眯着眼睛欣赏一幅字画，不时装模作样地摇头晃脑，仿佛深陷字画的意境中不能自拔。

宋小凡皱了皱眉，他很讨厌陈四六这副模样。

因为他碰巧知道，陈四六其实是个文盲，除了账本上的数字外，其他的字一概不识。

文盲摆出这副附庸风雅的模样就有点恶心了。

陈四六猛然睁开眼，好像刚看到宋小凡进来，于是笑吟吟地招手道："贤……婿快来看，呵呵，我刚从墨林轩买来一幅先祖的真迹，这是陈家的传家宝啊，身为陈氏后人，怎能让它流落外人之手？祖宗保佑，终于让我买到了……奶奶的！花了我一百两银子，一点折扣都没打，墨林轩的老周真是个黑心的王八蛋……"

最后一句话充分暴露了陈四六的商人本质。

不过陈四六这种守孝的精神却是为人子者的典范。

宋小凡闻言不由肃然起敬："不知岳父大人的先祖是哪位高贤？"

陈四六眼中露出得意的光芒，然后故作惊讶道："我陈家的先祖你都不知道？贤婿啊，我们很快就是一家人了，为人子者不可数典忘宗，记住了，陈家的先祖乃初唐时的陈子昂，人称拾遗先生。呵呵，贤婿啊，我陈家也算是名家之后了……"

宋小凡大吃一惊："陈子昂是令先祖？真的吗？啊，这可真是久仰了……小婿能做陈家的女婿，实在是无上荣光。不知岳父大人可否将族谱借小婿瞻仰一番？陈子昂是您祖上哪一代的先祖？"

"这个……"陈四六肥脸一窒，然后迅速浮上一抹尴尬之色："咳咳……族谱我忘记搁哪儿了……反正他是我祖宗没错！咱们还是先来瞻仰一下先祖的真迹吧……"

宋小凡立马露出明悟的神色。

明白了，老丈人这是顶着个陈姓乱认祖宗呢，这种行为相当于往自个儿脸上贴金。

不过陈四六的心理宋小凡能够理解，人有了钱就会生出很多高层次的想法，找个名人做祖宗是很正常的，名利双收嘛，连洪武皇帝朱元璋都不能免俗，开国之后死乞白赖地硬说宋朝的朱熹是他祖宗。全国人民对老朱很无语……

宋小凡有点怀疑，是不是明朝初年的人都有乱认祖宗的毛病？这算不算一种时尚潮流？如果真是这样，自己是不是也赶个时髦，翻翻历史书，看哪位宋氏名人适合当自己的祖宗。

宋小凡很厚道地没去揭穿陈四六，人家哭着喊着非要认名人做祖宗，自己也不好拦着不是。毕竟人家好这一口……

陈四六面带得瑟地将手中的"先祖真迹"缓缓朝向宋小凡，泛着淡黄的古色竹纸上，几行龙飞凤舞的行草跃然而现。宋小凡不由得心神一凝，这可是古董啊，活了两辈子，总算第一次见到古董长啥样了，宋小凡有点小激动。

宋小凡微微弯下腰，细心地观赏着纸上散发着淡淡墨香的字迹。陈四六小心翼翼地高高举着，不无炫耀之色地大声念着纸上的诗句，声情并茂之至："'前不见古人，后不见来者，念天地之悠悠，独怆然而涕下。'此乃先祖亲笔所书，其忧国忧民之情操，吾身为拾遗先祖后人，思来仍忍不住怆然而涕下啊……"

宋小凡愈发肃然起敬，仔细看了一会儿，这才直起身子，由衷地夸赞道："岳父大人的感情真丰富啊，不过……"

"不过什么？"

"少了两个字啊，岳父大人……"宋小凡面带异色道。

"少……少了两个字？"陈四六愕然，"什么意思？"

宋小凡望向陈四六的眼神有点复杂："'前不见古人，后不见来者。念天地之悠悠，独怆然而涕下'，这是几个字？"

"二十二个字。"陈四六飞快地答道，算数方面他很有天赋。

"您再数数这幅字，上面有几个字？"

陈四六一惊，跷着粗如萝卜的手指，来回数了好几遍。

"二十个。"陈四六肥脸狠狠抽搐了几下，他觉得事情有点不对劲。

宋小凡点头夸赞道："岳父大人真聪明……所以，它少了两个字。"

"……莫非先祖故意少写了两个字？"陈四六脸色有些难看了，可提的问题仍不失天真烂漫。

宋小凡缓缓摇头，用几分怜悯的目光看着陈四六，他是认真的人，爱岳父，但更爱真理。

"咳，事实上……"宋小凡瞟了陈四六一眼，一本正经道，"这上面写的确实是一首诗，不过与令先祖没什么关系，它有个名字，叫'静夜思'，作者不姓陈，姓李。"

"静……静夜思？何谓静夜思？"陈四六一脸懵懂，肥肥的老脸微微出汗。

"床前明月光，疑是地上霜……啊，岳父大人……这首诗五岁的孩童都背得出的。"

陈四六像被人狠狠敲了一记闷棍似的，张大了嘴半晌说不出话来。

"你识字？"陈四六满脸惊愕。

"略懂。"宋小凡矜持地道。

良久……

"狗日的老周，骗了老子一百两银子！"陈四六肥脸涨得通红，气急败坏地大声咆哮。

宋小凡望着歇斯底里的陈四六，目光满含同情。

没文化真可怕。

痛骂半晌，陈四六扑上前将手中的"先祖真迹"唰唰唰撕了个粉碎，然后捂着胸口满面痛苦地坐了半天，这才悠悠叹气道："贤婿啊……"

"小婿在。"

"咱们还是说正事吧。"

"……好。"

◎ 第十章 ◎

许愿神灯　姑爷掌柜

　　陈四六的脸变得很快，不愧是商人，心理素质不是一般的过硬，刚才被骗的事情仿佛根本没有发生过似的。提起正事的时候，他的脸上马上恢复了以往和善憨厚的笑容，看起来令人倍儿有安全感——陈家庞大的家业就是靠他这张憨厚的肥脸混来的。

　　"贤婿啊，你今年多大啦？"陈四六堆着笑脸，跟宋小凡拉起了家常。

　　"小婿今年十九，已近弱冠了。"宋小凡回答得很有礼貌。

　　"十九……明年该行冠礼了。开春以后，我便带你去陈家祠堂，请县里几位德高望重的老学究，热热闹闹地给你办一次行冠大礼。"陈四六亲热地说道，边说还边拉起了宋小凡的手，不住地摩挲，摸得宋小凡浑身鸡皮疙瘩一层又一层。

　　这人什么毛病？说话就好好说，干吗非得拉着手说？还摸来摸去的，恶不恶心？

　　毕竟是长辈，宋小凡不能太拂他面子，只好任他吃自己的豆腐，还不得不挤出一脸难看的笑容。

　　"多谢岳父大人，小婿感铭五内。"宋小凡嘴上感激，眼睛却盯着被陈四六抓着的手，忍着恶心看着陈四六不住地摸啊摸啊……

　　陈四六浑然不觉，仍亲热地道："贤婿啊，你双亲走得早，幸好当年你父与我定下了这门亲事，否则这世上就剩你一个人孤零零的，多么凄凉……”

摸啊摸啊……

陈四六越说越动情，眼圈很快泛了红，语音哽咽："……我们都是一家人，你父亲去了，可我还在，岳父如父，可惜我这几年一直在外奔波，对你殊乏照料。贤婿啊，为了这个家，我对你太过疏忽，你不要怪我才是……"

摸啊摸啊……

宋小凡赶紧一副动情的模样，顺势抽回自己的手，长揖道："岳父大人言重了。陈家肯收容我，已是天大的恩情，小婿一直铭记在心，常思涌泉相报，怎敢责怪您呢。"

商人果然是商人，连感情都是先见效益再投资，宋小凡对这位岳父又多了几分了解。若非他帮着陈家解决了这次危机，恐怕陈四六早已毫不怜悯地将他赶出府了。

陈四六叹息，又一把抓过宋小凡的手，摸啊摸啊……

"这次陈家得罪了曹县丞，多亏贤婿斡旋游说，才免了陈家灭门之危难，陈家上下对你实是感激万分……贤婿啊，我真不知该如何感激你才好，毕竟已是一家人，你不妨告诉我，你想要什么？只要陈家有的，我都愿给你！"

看着宋小凡有些呆愣的表情，陈四六又补充了一句："……不论是人是物，都可以，你是我最看重的女婿啊！"

陈四六将"女婿"二字咬得非常重，这样的暗示简直是秃子头上的虱子，明显得不能再明显了。

是的，陈四六忽然想通了。

把女儿嫁给这个穷小子，其实也不错。

陈四六这样想的出发点当然不是因为当年的承诺。

曹县丞虽说已放过了陈家，但他心中对陈家必然还是有些芥蒂的。官员都好面子，一个低贱的商户之子，在大庭广众之下踹了朝廷命官一脚，这个面子丢得可不小。尽管宋小凡不知用什么办法劝住了曹县丞，可这位二老爷心头的火却不是一天两天能压下去的，此时若不赶紧以低姿态拉拢讨好宋小凡，向那位县丞大人释放善意，万一哪天曹县丞不爽了，又拿陈家开刀怎么办？

一想到那位曹县丞后面站着的燕王殿下，陈四六就头皮发麻，那岂止是靠山呀，简直是喜马拉雅山脉了！这样的大人物对陈家生了怨隙，等于是在陈家人头顶上悬了一把鬼头大刀，随时都有可能掉落下来。

所以说，在陈四六的心里，陈家目前还是没有度过危险期，这个时刻，拉拢宋小凡是最好的选择。

曹县丞能卖宋小凡的面子，放过陈家，这其中的过程虽然外人不知，但陈四六可以肯定的是，宋小凡必然在曹县丞心中留下了深刻印象。

在与曹县丞沟通无门的情况下，仅凭这一点，说什么都得拉拢宋小凡，把女儿嫁给他都无所谓——再说了，女儿本来就是他的。

在这种心理下，陈四六坦然地开始称宋小凡为"贤婿"，并且向他释放出非常明显的暗示，只要你大胆开口，"女婿"这个称呼，可以实至名归的。

陈四六的暗示很快起了作用。

宋小凡闻言眼睛顿时亮了："什么都可以要？"

陈四六点头，望着宋小凡欣慰地笑，目光中一道狡猾的精光飞快消逝。

"什么都可以，只要陈家有的，不论是人是物，我绝不吝啬。"

宋小凡高兴极了，瞧着陈四六胖乎乎的身子也格外顺眼起来，陈四六的形象渐渐高大，就像……就像一盏阿拉丁神灯……

如果陈四六没意见的话，宋小凡真想上前去拍一拍他那圆滚滚的肚子……多么可爱的胖岳父呀！

现在这盏"神灯"递给他一张盖好了章的空白支票，让他随便填数字，财大气粗得一塌糊涂。

宋小凡不淡定了，他有种幸福的晕眩感，这种感觉就像买彩票中了头奖。

该管岳父大人要什么呢？

家产？不行！估计陈四六不但马上会反悔，而且还会当场翻脸，宋小凡已经见识过他变脸的速度了。

田地？房子？商铺？这些都是陈四六的命根子，宋小凡估计他宁愿选择把自己身上的命根子割下来送他，也不愿将这些跟银子有直接关系的宝贝送出去。

想来想去，宋小凡由兴奋慢慢变成颓丧，他觉得这位"阿拉丁灯神"很不够意思，貌似什么都可以要，细细一想，却什么都不能要，开出的那张空白支票简直连厕纸都不如。

宋小凡长长叹了口气，忽然眼睛一亮，仿佛想起了什么，接着他开始有点忸怩起来，目光中流露出一道亮晶晶的光芒。

"岳父大人，真的什么都可以要吗？"

"当然！"

陈四六眼中飞快闪过一抹喜色，拢在袖中的肥手紧紧攥成了拳头：心里说，快说啊！只要你开口，莺儿马上就可以跟你成亲！

在陈四六期待的目光下，宋小凡舔了舔嘴唇，非常羞涩地道："如果岳父大人不反对的话，小婿想……"

"你想要什么？"陈四六声音有点发颤。

"小婿想……能不能把上次门敬的银子给报销了？"宋小凡俊脸有点发红，忸怩得像个等待流氓非礼的粉头。

"啊？"陈四六傻眼了。

没得到灯神的回应，宋小凡只好耐心地解释道："就是上次啊……我进官驿找曹县丞啊……门口的驿卒不认识我啊……我只好塞给他五钱银子，他才放我进去啊……"

宋小凡小心翼翼地看了陈四六一眼："……这五钱银子是小婿私人掏的腰包，荀子《劝学》篇说"不积跬步，无以至千里……"小婿就那么一点可怜的积蓄，五钱银子虽然不多，可在小婿眼里，却是一笔天文数字，岳父大人能不能把这笔天文数字报销了？"

陈四六脸色铁青，捂着胸口喘粗气，半晌说不出话来。

宋小凡纳闷了，不过五钱银子，至于这样么？看来人越有钱越抠门儿，这话实在很有道理。

"您若不乐意，这事就算了，当我没提。"宋小凡说这话时，暗里撇了撇嘴，接着又恢复了温文尔雅的模样，表情非常的善解人意。

有钱人真招人鄙视啊，既然一毛不拔就别瞎许愿，充什么大瓣儿蒜……

灯神开出的空白支票，貌似有点浪费了。

陈四六脸色铁青地瞪着宋小凡，他很不解，为何天上掉下一张超级大的馅饼砸在宋小凡头上，这小子却把它当成了一块可有可无的抹布。

五钱银子，陈四六欲哭无泪。

自己的女儿在他眼里，莫非还当不得五钱银子吗？难道自己刚才暗示得不够明显？再明显就得直接开口向他求亲了，身为女方父亲，他陈四六能这么掉价吗？

拼命忍住挥拳揍人的冲动，陈四六的呼吸开始粗重起来。

"除了五钱银子，难道你就不想要别的吗？"

对这个心智残缺，却走狗屎运跟县丞攀上交情的未来女婿，陈四六试图再给他最后一次机会。

宋小凡的眼睛又亮了，目光中流露出惊喜却又带着几分惴惴："那……再多给我五钱银子？"

陈四六捂住胸口，痛苦呻吟。

宋小凡失望地叹了口气。

有钱人果然抠门儿，不过五钱银子，看他那痛不欲生的样儿……

陈四六面色苍白，无力地挥手，表情嫌恶得像在赶苍蝇："走，快走！出去，别让我看见你，闹心！"

宋小凡撇了撇嘴，一言不发地转身往外走。

"回来！"陈四六又叫住了他，然后从怀里掏出一串钥匙扔给宋小凡。

"既是我陈家的女婿，当然要为陈家出力，城南醉仙酒楼是我陈家产业，从明日起，你去那里当掌柜吧……"

宋小凡一愣，这……算不算升级了？

宋小凡不由得开始庆幸自己为陈家解决危机的决定是对的，打的 BOSS 越大，得的经验值越高。

"多谢岳父赏识，小婿幸福得快要爆炸了……"宋小凡很识时务地开始感恩戴德，煽情方式很琼瑶。

陈四六喉咙眼儿里发出"呜"的一声，不知是笑是哭："走吧走吧，用最快的速度，在前堂消失！"

宋小凡很听话，果然用最快的速度消失了。

陈四六长长叹气，这小子，莫非是头蠢驴？送他一座金山他愣没瞧见，给他一块窝头却高兴得屁颠儿屁颠儿的，现在的年轻人脑子里到底在想些什么？

就在陈四六叹气、怒其不争的时候，前堂外一道飘逸的人影一闪，飞快出现在他面前。

陈四六抬起肉乎乎的大脑袋，一见此人，不由得惊喜莫名。

"你怎么又回来了？莫非……你改变主意，想清楚要什么了？"

年轻人总有犯糊涂的时候，出门一吹冷风就清醒了，陈四六老怀欣慰。

宋小凡挠头，表情有点莫名其妙："什么意思？"

陈四六一颗脆弱的心又落入了谷底，肥脸沉了下来："那你回来干吗？"

宋小凡带着几分腼腆的笑容，红着俊脸，万分不好意思地道："岳父大人，刚才那五钱银子，您到底报不报销啊？您还没给我个准信儿呢……"

一口逆气上升，胸中血气翻腾，陈四六忍住吐血的冲动，死死咬着牙，从牙缝里进出几个字："去找李账房要……"

"多谢岳父大人……"宋小凡满脸喜意，瞧见陈四六黑中带紫的脸色，不由得关心道，"岳父大人，你脸色不对呀，哪里不舒服？要不要叫大夫？"

陈四六不发一语，又开始紧紧捂住了胸口，像捧心的肥西施……

缓步走出前堂的宋小凡，嘴角的微笑渐渐凝固。

宋小凡不是白痴，陈四六暗示得那么露骨，他怎会不明白？不但明白，甚至连陈四六的心思都摸了个七八分。

陈四六想将女儿嫁给他，不是为了履行多年前的承诺，也不是看中了宋小凡的人才，说到底，陈四六是太过忌惮曹县丞了。他以为经过陈家危机一事，宋小凡和曹县丞之间产生了某种交情，为了保陈家长久平安，也为了让曹县丞知道陈家并没有亏待他的"新朋友"宋小凡，陈四六才决定要把女儿嫁给他。

简单地说，陈四六嫁女儿给宋小凡，其实是做给曹县丞看的。

世事经不起猜测，一猜测便会生出很多匪夷所思的荒诞行为。陈四六嫁女就是这种性质，有点聪明反被聪明误的意思。

商人就是商人，他懂得最大限度地利用手上的资源，来为自己谋取最大的利益，这些资源其中也包括了他的女儿。

从这个意义上来说，宋小凡有点狐假虎威的嫌疑，只有他知道，曹县丞与自己并没多少交情，充其量也只是对自己有了个深刻的印象而已，这个印象是好是坏目前还不知道，所以宋小凡没有扯着虎皮做大旗，也是怕将来被曹县丞知道后，后果不妙。

陈四六一心想把女儿嫁给他，身为女方父亲，把话点得这么透彻露骨，实在已经很不容易了，总不能由女方父亲直接向他求婚吧？宋小凡却仍一味地装傻充愣，原因很简单。

宋小凡是男人，男人要成功，有的事情可以走捷径，有的事情却必须踏踏实实地做。娶个富人家的女儿，或许能得一时之利，但若因陈莺儿的缘故，从此将宋小凡死死绑在陈家的船上，这却是宋小凡不愿意的。

外面的世界很大，宋小凡觉得自己的成就并不止于陈家姑爷这个地步。

而且上门女婿将来若有了后代，后代是必须要随女方姓的，宋小凡骨子里是个很大男子主义的人，他无法接受这样的事实。

再说，他与陈莺儿并没有一见钟情，甚至可以说相处得不太愉快，没有丝毫感情基础，宋小凡情愿不要这门亲事。从前世现代社会穿越过来的宋小凡，在感情上也有执拗的一面。

宋小凡低下头，看着手上一串沉甸甸的铜钥匙，不由得又笑了。

城南醉仙楼的掌柜？这算是陈四六嫁女未果之下，另外给予宋小凡的报酬，感谢他为陈家化解了危机吧。

不知古代的掌柜当起来是什么样子，宋小凡有点跃跃欲试，自己已经是有事业的人了呀，搁前世，好歹也算分公司的总经理了吧？

陈家的女儿可以不娶，不过宋小凡不介意在陈家赚点小钱，而且赚得心安理得，毕竟自己当掌柜也是用勤劳的双手换取劳动的果实。

◎ 第十一章 ◎

夜半魅影 月下倾诉

入夜了，宋小凡仍坐在卧房的红木桌前，手指无意识地在桌子上虚虚划拉着。

值得一提的是，自从宋小凡帮陈家解决了危机后，他的待遇也被陈四六提上来了。

不但涨了月例银子，而且住处也搬了地方，从那个装修程度比茅房还不如的破屋子，搬到了现在紧靠前堂侧花园旁的厢房。当然，还是属于前院范围，没有搬进内院，不过房子无论从地理位置，还是摆设，都比以前提高了不少档次。

现在宋小凡正坐在属于他的新卧房里发呆。

他在感慨这几日来待遇的落差。

他现在已是陈府的有功之臣了，从一个处处受人歧视、处处遭人冷眼的窝囊姑爷，变成如今人人追捧、人人讨好的……姑爷。

宋小凡苦笑，怎么说来说去，还是姑爷？难道就不能好好地叫我一声"宋公子"吗？这种称呼总让人觉得自己好像只是陈府的附属品，离开陈府就什么都不是了似的。

宋小凡对这种称呼不太满意。

所以说，男人必须要有自己的事业，哪怕是给人打工，好歹也能找到属于男人的自尊。

宋小凡决定明天去醉仙楼视察一下，他已被任命为掌柜，醉仙楼也是自己的事业了，尽管还是为陈家打工，不过"宋掌柜"总比"宋姑爷"来得好听。

门外遥遥传来梆子声，沉闷的声音只敲了一下，隔了很久，又敲了一下。

一更天了，宋小凡站起身，准备吹熄油灯睡觉。屋子正中的铜盆内正烧着炭，江南的冬天不太冷，一盆小小的炭火让整个屋子温暖如春，睡在这样的屋子里，实在是人生享受。

宋小凡微微眯起了眼，素来温文的脸上，忽然飞快闪过几分色色的表情。

如果陈四六够意思的话，给我送个暖床侍寝的丫鬟，那就美得很了……

正人君子也需要女同志照顾生活的嘛……

美美地幻想了一番，宋小凡叹了口气，正打算吹灯睡觉的时候，门外忽然传来低不可闻的哧溜声，不时夹杂着寒风的呼啸，气氛显得分外诡异。

宋小凡心腔一紧，大半夜的，什么人在自己门口瞎转悠？莫非是鬼？

宋小凡本不信鬼神，可连穿越这么离谱的事儿都发生在自己身上，这世上有没有鬼，还真不好说。

幸好宋小凡的胆子不算太小，前世他可是敢拿着刀子半夜抢劫的主儿，胆子能小得了么？

定了定神，宋小凡轻轻走到门前，伸手悄悄抓紧了门闩，待到门外哧溜声越来越近时，宋小凡果断地将门突然打开。"哐"的一声，门外的寒风呼啸着灌了进来，宋小凡禁不住打了个冷战，看清楚门外的情形后，宋小凡两眼发直，心跳忽然加快。

他看见了一幅有生以来最让人毛骨悚然的景象。

只见一名身着白衣的女子，背对着他，一路向门廊处飘过来，速度非常快，微弱的夜光下，一头披散的长发在寒风中四下乱摆。

对，宋小凡发誓，绝没看错，这名女子正是"飘"过来的，没见她脚动，也没见她弯膝盖，就这么飘了过来。

宋小凡头皮一阵发麻，全身感觉冰冷无比。

壮着胆子，宋小凡一咬牙，眼中露出凶狠之色，好不容易穿越了，难道老子会被鬼吓死？

女鬼身子挺得笔直，背对着宋小凡卧房的大门，越飘越近。

经过门口的时候，宋小凡当机立断，一抬脚，朝那女鬼的屁股狠狠踹去。

噗的一声闷响，女鬼惨叫一声，以一种笨鸟先飞的姿势，被宋小凡踹飞了，重重落在门前的花园内，像只受了伤的蛤蟆，一动不动。

宋小凡冷笑，心中有些得意，原来鬼也怕恶人。

一个箭步上前，宋小凡抓着女鬼的头发提了起来。透过微弱的夜光凝目一看，宋小凡不由得大吃一惊，悲声道："小甜甜！怎么是你？"

小甜甜就是抱琴，陈莺儿的贴身丫鬟，宋小凡理论上的通房丫头。

抱琴头朝下趴在花园的地上，显得很狼狈，脸上眼泪鼻涕糊成一团，肩膀不停耸动，哭得很伤心，却不敢发出声音。

宋小凡感到很愧疚，那一脚踹得多重他自己知道。

"别哭了，我很抱歉……疼吗？"宋小凡柔声道。

虽然明知她不是自己的初恋女友，可相似的面孔还是让宋小凡的心弦颤动，眼前的抱琴哭得就像前世的甜甜受了委屈的模样，让他疼惜不已。

"疼……"抱琴边哭边点头，眉眼皱成一团，混着泪水鼻涕，哭得惨兮兮，可怜又可爱。

宋小凡皱眉："你大半夜的不睡觉，跑到我房门口来干吗？"

抱琴带着哭音道："小姐让我来的……"

"你来就来吧，干吗还装鬼吓人？你知不知道这样很不道德？"

抱琴哭音中带着愤慨："谁装鬼了？谁装鬼了？"

"难道不是吗？你背对着我，头发乱飘，整个人横着飘过我房门口，不是装鬼是什么？对了，你怎么会飘的？"

抱琴闻言终于放声大哭，模样既可怜又悲愤："你当我乐意呀？天气这么冷，你……呜呜，你房门口的走廊上结了冰，我……我不小心踩着了，一路滑，一路滑……呜呜……"

宋小凡明白了，合着抱琴不是飘过来的，是踩着冰滑过来的。

宋小凡眼中满是同情："……你可真够倒霉的。"

抱琴如同找到了知己一般，一时悲从中来，哭得更大声了。

"踩着冰了你怎么不叫呢？你一声不响滑过来，而且滑得那么阴森诡异，我不踹你踹谁？"

抱琴止住哭，抬眼狠狠地瞪着宋小凡，怒声道："我怎么敢叫出声？你是疯子啊！惊了你，把我杀了怎么办？"

宋小凡忍不住揉鼻子，苦笑着赞道："难为你危难关头，思维还如此缜密，真让人敬佩莫名……"

抱琴眼圈又红了，却努力地挺起胸，使劲瞪着宋小凡，气鼓鼓的样子，让宋小凡很动心。

宋小凡看着抱琴的模样，禁不住心旌一动。

大半夜的，名义上的通房丫头主动找上门来，这意思，莫非……

想到这里，宋小凡笑了，笑容色色的，不太像正人君子。

"小姐让你来侍寝？"

思来想去，只有这个最有可能。

抱琴愣了一下，接着像被狗咬了一口似的，"啊"的一声惊叫，娇小的身子飞快地弹到离宋小凡几丈远的地方，一脸惊恐地盯着宋小凡，骇声道："你……你你……你别过来，我会叫人的！"

宋小凡郁闷了，瞧这模样，貌似自己表错了情？

"大半夜的，你到底来干什么？"

抱琴抱着胸战战兢兢地瞧着宋小凡，目光满是警戒，两腿微曲，一副情况不对撒腿就跑的架势。

"我家小姐要我来传话……她在前院的花园内，请你过去说说话儿……"

没等宋小凡回应，抱琴一闪身，不见人影儿了。

宋小凡愣着两眼看抱琴消失，心中更加郁闷了——我有这么可怕么？

不过陈莺儿主动请他，倒是个好消息，夜半无人私语时，富家小姐偷约有为青年，多么熟悉的才子佳人戏码，简直是现实版的《西厢记》呀。就是红娘运气忒背了点儿，刚出场就被男主角一脚踹飞了。

宋小凡郁闷了一会儿，很快就高兴起来了，他打算回屋穿上那件旧长衫，再梳理梳理头发，以最好最帅的形象出现在陈家小姐面前。

男人的通病都很贱，不娶陈莺儿是一回事，勾引她的芳心又是另一回事，两者并不相冲突。挥一挥衣袖，不带走一片云彩，这种动作做起来飘逸潇洒，可谁人知道潇洒的背后，要付出多少辛勤和汗水？云彩若无意于衣袖，绑都绑不住，挥衣袖的动作未免就显得可笑了。所以事前的勾引工作，比事后挥衣袖的动作更为重要。

宋小凡举步正待进屋梳妆打扮，却见夜色下，抱琴的身影又一次出现在他眼前。只见她左瞄右瞟，神情鬼鬼祟祟，不过在宋小凡眼中，却是可爱之极。

宋小凡一愣，她又回来干吗？

抱琴看见宋小凡后，显得很是害怕，远远站着，一副想靠近又不敢靠近的模样。

两人相对站了一会儿，终于，抱琴像是下定了某种决心似的，深深吸了口气，勇敢地一挺胸，腾腾腾几步走到宋小凡面前。

宋小凡笑了，抱琴不但长得像他前世的初恋，连性格也很像，都是一样的可爱。

"你家小姐又有什么话要你带过来？"宋小凡好笑地注视着抱琴，眼中闪过一抹连他自己都不曾察觉的柔情。

抱琴咬着下唇，飞快地摇了摇头："小姐还在花园等你。"

"那你又过来干什么？不怕我这个疯子杀了你？"

抱琴明显瑟缩了一下，接着又使劲挺起了胸，颤声道："刚才是公事，小姐的话我带到了，现在找你是私事。"

宋小凡想笑，小丫鬟还是个公私分明的主儿。

"私事是什么？"

抱琴犹豫半晌，颇为畏惧地伸出了手，然后踮起脚，比画了一下二人之间身高的差距。

绞着手指，抱琴似乎有点难为情地道："你太高了，你……你能不能稍微蹲一下？"

夜色下，宋小凡依稀看到抱琴的俏脸有点发红。

宋小凡心中怜惜更甚，依言微微蹲下了身子，让自己的面孔正对着抱琴。

"好了，我蹲下来了，你有什么私事找我？"宋小凡语气中透着笑意。

抱琴也笑了，笑得格外羞涩。

接着抱琴做出了一个让宋小凡意想不到的动作。

只见抱琴纤手化拳为掌，以迅雷不及掩耳之势，啪的一声脆响，狠狠拍在宋小凡光洁的额头上。

"啊——"宋小凡忍不住惨呼，这一掌拍得很用力，宋小凡被大力撞得身子往后一踉跄。

而抱琴则像只受了惊的小兔子，飞快往后一跳，然后头也不回，慌慌张张跑远了。

夜风呼啸中，抱琴轻快的声音远远飘来。

"哼，淫贼，要我做你的通房丫头，休想！"

抱琴蹦跳着跑远了，带着大仇得报的喜悦心情，飞快地跑得不见了人影儿。

宋小凡愕然揉着被拍得通红的额头，心中好气又好笑。

这小妮子着实受了委屈，被自己非礼在前，今晚又被自己狠狠踹了一脚，新仇旧怨，看来心中这几日憋得很难受，连疯子都敢打，这得需要多么无畏的勇气啊。

不过……她就算打人，也打得如此可爱，令宋小凡愈发动心。

回屋子收拾停当，宋小凡一身儒衫，迈着文质彬彬的脚步走向前院花园，赴陈家小姐的约会去了。

花园很大，园中以卵石为径，蜿蜒而前，直通花园中间的一座小小凉亭。

凉亭以简易的蓑草原木建就，显得非常古朴，不过陈四六并未给凉亭取个什么风雅的名字，以他连《静夜思》都不认得的文化水平，指望他能取出什么好名字，实在太过难为他了。

宋小凡不歧视他，真的不歧视，他只是暗暗撇了撇嘴角而已。

凉亭内，一个袅娜的身影在夜色下显得分外单薄。

宋小凡心旌一荡，月黑风高，伸手不见五指，若在这里把陈家小姐……

宋小凡赶紧甩头，甩去这个无耻的想法。

太禽兽了！

不过……难得这么好的机会，人家小姐又是主动约我，我若不干点什么，岂不是禽兽不如？

做禽兽，还是禽兽不如？

宋小凡纠结得眉头都皱了。

犹豫了半晌，宋小凡终于决定，还是先当"宋掌柜"吧，以后再做"宋姑爷"。

夜风凉如水。

陈莺儿坐在凉亭内，却丝毫感觉不到寒冷。

她的心跳得很快，静谧无声的夜幕下，她甚至能听到自己快如小鹿乱撞的心跳声，扑通，扑通，跳得她俏脸通红。

今晚，她做了一件有生以来想都羞于去想的事，当时不知出于什么想法，竟鬼使神差地叫抱琴约了宋小凡来相见。

一个未出阁的大姑娘，深夜主动约一个年轻的男子相会，这么出格的事都做得出来，若让爹知道……

想到这里，陈莺儿两腿忽地一动，几欲拔腿就跑，她为自己的大胆感到害怕。

留下来，留下来！一个声音在她心底不停地叫着，像魔鬼的诱惑。

他是自己未来的夫婿，是指腹为婚的未婚夫，我们是有名分的，未婚妻见未婚夫，任谁也说不了闲话……

陈莺儿努力说服了自己，俏面却红得快沁出血来。

一阵窸窣的响动，陈莺儿娇躯一颤，抬眼望去，漆黑的夜幕下，一道轻灵飘逸的身影远远站定，夜风轻拂中，衣袂摆曳，那么的出尘脱俗。

那道身影一动不动地注视着她，眸子黑亮有神，带着淡淡的自信，哪怕穿着破旧的长衫，他也如同身着鲜艳的盛装，气定神闲地朝着她微笑。他的笑容像一泓深潭，让人情不自禁迷醉其中。

这样的风度，这样的气度，不是一个贫贱的农户子弟能散发出来的。

陈莺儿定定地看着宋小凡，不知不觉竟失了神。

当她从迷醉中回过神时，宋小凡已站在她的面前，二人咫尺相对无言。

陈莺儿心中全被羞涩占据，这是她第一次约男子见面，尽管宋小凡是她命中注定的夫婿，但她仍是羞不可抑，这不是一个未出阁的大姑娘该做的事。

宋小凡也无言语，他倒没有羞涩，只是专心地看着陈莺儿。这是他第一次仔细打量自己的未婚妻。

身材不错，肩膀瘦弱，能引起男人的保护欲，腿很修长——宋小凡喜欢长腿美女——臀大，易生养，胸部……看不出大小，若能亲手测量一下就好了……

只可惜她的眉毛微挑，凤眼蕴煞，由相及人，可以看得出她不是一个脾气很好的女子。

想了想，宋小凡又释然了，这世上本没有完美的女人，那种长相绝美、脾气性格又温柔怡人的女子，只有文学作品或电视电影才会有，真正的生活里，怎么可能出现？

二人各怀心思，良久无言。

终于，陈莺儿似乎受不了如此沉默而尴尬的气氛，小嘴微张，细声道："宋……宋公子，你来了。"

"啊，来了来了，宋某见过小姐。"宋小凡斯文地朝她拱手为礼。

陈莺儿一惊，急忙微微侧身，让过了他的一礼，羞意满面道："宋公子……不必如此客气。"

沉默尴尬的气氛被打破，陈莺儿终于稍稍退去了些羞意。

长长的睫毛轻颤，陈莺儿抬起美如星辰的眼睛，开始打量眼前这位与她有着婚约的男子。

同处一片屋檐下四年，这是她第一次正眼看着自己未来的夫婿。

他身材高挑，眉目俊朗，一双眼睛泛着莹莹亮光，目光中带着与他这个年纪并不符的淡然和世故。

男人深沉的眼神，能让女人醉死在其中。

父亲的眼光并不差，至少从相貌上来说，父亲给自己找了一个英俊的郎君。

只可惜……这位英俊郎君的人品太值得怀疑了。

陈莺儿忘不了，上次也是在这花园内，宋小凡当着她的面，出手轻薄了她的贴身丫鬟抱琴。

这件事像一根刺，深深地卡在她的心间。

若真是无行无德便也罢了，大不了不接受这门亲事，任他自生自灭。天意弄人，陈家的危难却偏偏被他一手化解，改变了陈家上下的命运。这样一来，她与宋小凡的婚事在陈府上下眼中，越发显得顺理成章。这个事实让陈莺儿既欢喜，又愁苦。

望着宋小凡俊朗的面孔，陈莺儿心中轻叹：宋小凡，你究竟是个怎样的人？

"宋公子，前几日陈家遭逢大难，多亏你出手相助，小女子代家父感激不尽。"陈莺儿收起了心事，向宋小凡盈盈敛衽。

宋小凡有点小得意，被一个年轻漂亮的女子感激，当然是件得意的事，更何况这女子还是他名义上的未婚妻。只有在属于自己的女人面前，男人的自尊才能得到彻底的满足。

"小姐客气了，顺手而为，不值一提，当不起小姐感激。"宋小凡假模假样地谦虚道。

陈莺儿笑了笑，然后目注宋小凡，道："宋公子能否告诉我，你是怎样说服曹县丞的？"

这是陈莺儿今晚约他出来的目的。她实在很好奇，为什么陈家几千两银子送出去，曹县丞看都不看，而这个身无分文的赘婿出马，却三言两语化解了陈家的危机。

外面的传言众说纷纭，莫衷一是，但说得都不太靠谱儿。

陈莺儿很想知道宋小凡到底是怎么做的。

这话不偏不倚地挠中了宋小凡的痒处。

宋小凡一直以此事为傲，陈府众人人前人后的夸赞下，连他都觉得自己真的是那种拥有很高智慧的谋士型人才，自己的外交手段纵是比起战国时的苏秦张仪之辈，亦不遑多让。

大明朝缺什么？人才呀！自己是什么？活在大明朝的智力型高端人才呀！

宋小凡笑了，笑得很谦虚，这种假谦虚令他的笑容都透着一股子虚伪。

"此事实在不值一提，当时我稀里糊涂地就把这事解决了……"

陈莺儿黛眉轻蹙，对宋小凡"稀里糊涂"的说法不太满意。

"宋公子能详细说说吗？"

宋小凡用很平淡、貌似很不在乎的语气道："其实很简单，我进了官驿后找到曹县丞，然后跟他喝酒，我喝不过他，他酒量可大了，然后我们越谈越投机，曹县丞就放过陈家了……"

陈莺儿两只美丽的眼睛瞪大了："真的假的？就这么简单？"

宋小凡点头："真的，当然是真的，这世上的事情其实并没有表面上看去那么复杂。"

陈莺儿想了想，随即俏面渐渐浮上一层寒霜，连语气都冰冷起来。

"宋公子，你不愿说就算了，何必用假话来蒙我！"

仅只喝酒喝不过曹县丞，曹县丞就放过了陈家，这话搁谁都不会信。

宋小凡快哭了，他说的真的是实话啊！这女人太多疑了。

叹了口气，宋小凡睨了一眼陈莺儿，揉着鼻子苦笑道："好吧，既然你不信，我就再编个瞎话儿……咳咳，不对，是换个说法。其实真正的情况是，我那天怀里揣了把刀，潜进了官驿，见到曹县丞后，我用刀挟持了他，告诉他，若他不放过陈家的话，我就白刀子进去，绿刀子出来……"

"等等！白刀子进去我能理解，不都说红刀子出来么？绿刀子出来是什么意思？"

"……我扎他苦胆儿！"

陈莺儿满头黑线："……你继续。"

"曹县丞被吓坏了，急忙保证放过陈家，以后再也不找陈家麻烦，最后我就回来了……"

满足了八卦心理的陈莺儿满意地叹息了一声，轻笑道："这才像实话嘛，以后别骗人了啊。"

　　宋小凡眼眶发酸，心里有一种淡淡的忧伤："……"

　　女人啊……这就是女人！

第十二章

不欢而散 无良掌柜

陈莺儿笑了几声，又沉下脸来。

望着宋小凡温文尔雅的面孔，陈莺儿心头却忽然涌起了一股薄怨之情。

她该恨他的。

百姓家十五六岁的女子早已成亲当了娘，而她，十八岁的大姑娘，至今仍被养在深闺，出嫁之日遥遥无期，她已成了陈府甚至整个江浦县的笑话。陈四六不愿把她嫁给这个贫贱的农户子弟，她的青春也由此被耽误下来。

这一切，都是因为宋小凡！因为他太贫穷，太没本事！

女人的青春若被耽误，简直比杀父之仇更深重。

特别是今日又听说宋小凡在陈四六面前宁愿只要五钱银子，也绝口未提娶她的话，陈莺儿更觉得羞愧无比。自己在他眼中，难道连五钱银子都不值么？当然，这些话她一个大姑娘家是问不出口的。

"听说父亲将城南的醉仙楼交给你打理了？"陈莺儿敛去笑颜，声音已变得清冷。看着宋小凡那张俊俏的脸，心中却莫名其妙生出淡淡的恼怒。

我陈莺儿一不亏妇德，二不曾轻慢过你，为何今日那么好的机会，你都不趁机向父亲求亲，我哪点不好了？

想起今日之事，陈莺儿忽然觉得自己受到了莫大的侮辱，宋小凡宁愿只要五钱银子，而不愿说娶她，任谁都会感觉受到了侮辱。

宋小凡微微奇怪，他不明白，为何刚刚还有说有笑的陈莺儿，现在却突然变了脸。

女人的心思真难捉摸，情绪变化之快，简直像个疯子。

宋小凡点头道："不错，令尊已命我为醉仙楼的掌柜。"

令尊？陈莺儿长长的睫毛微跳。

敏感的她听出来了，以前宋小凡称自己的父亲为伯父，大病一场后，又主动称父亲为岳父，后来化解了陈家的危机，现在又称令尊。

称呼能反映一个人内心的变化，他……难道无意与陈家结亲吗？不然为何今日父亲暗示得那么明显，他还是没提成亲的事？

突然间，陈莺儿觉得有些心凉。

一股说不清滋味的情绪充斥心胸，恼怒，羞恨，幽怨……

强忍心中的悲怆，陈莺儿声音冷如寒冰："既然家父相信你，你当为陈家好生打理才是。"

话里有一种上司对下属说话的语气，还有一种向他施恩的味道。

宋小凡听得眉头一挑，深吸了口气，又忍了下来：好吧，你不是我媳妇，你是我上司。

"是，小姐请放心，在下一定会仔细的。若无事，在下告退了。"

说完也不待陈莺儿发话，宋小凡转身便走出了凉亭。

他心里有些后悔，什么破约会！真不该来的！

原本欢欣的气氛，最后却闹得不欢而散。

凉亭内，陈莺儿看着宋小凡渐渐远去的背影，死死地咬住下唇，忽然发疯了似的，死命地踢着凉亭的原木柱子，一脚又一脚，发泄着心中的怨怒，踢着踢着，美眸里有了湿气，两行泪珠顺着脸庞流下，她却浑然不觉……

宋小凡，我为你耽误数载芳华，你便连一句安慰哄我的话都不会说吗？

宋小凡头也不回地回到他的卧房。

女人那些七弯八拐的心思他根本就不了解，也懒得去了解。

人敬我一尺，我敬人一丈。你若客客气气对我，我当然会更客气地对你，可你要对我甩脸子，不好意思，我还没贱到非要看你那张死人脸的地步。

女人是要哄，是要宠，可不能太过分，不要以为全世界的人都是你妈，都会惯着你。

宋小凡躺在床上咂摸着嘴，真后悔不该去赴那个约，反倒是一脸娇憨、直来直去的抱琴，却让他的嘴角不由自主地勾起一抹浅笑。这丫头不错，让人心动，将来若可以的话，讨她做老婆倒是挺合适的。胸虽小了点，多开发开发，自然会变大的，丫头今年才十六岁，发育的空间还很大……

宋小凡带着满脑子的胡思乱想，进入了梦乡，他做了一个很旖旎的梦，梦里发生的事情让他很不好意思说，反正如果是前世的话，梦里的情节电视台肯定不让播……

早上醒来，他愕然发现，自己硬了，湿了……

他现在的身体才十九岁，还在发育期，长期不沾荤腥，小弟弟不高兴了，想吃奥利奥……

唉声叹气洗完亵裤，宋小凡揣上那串沉沉的铜钥匙，径自出门往醉仙楼走去。

从今天起，他便是醉仙楼的宋掌柜了。

有句诗怎么说来着？春风得意马蹄疾，嗯，就是这么个意思。

城南是江浦县的繁华地带，紧邻着易市，这里人流量非常大。由于江浦县本来就属于京师应天的下辖县，又正处于富庶的江南地区，所以明朝各地很多商人都选择在这里进行贩卖交易。这里有骡子、马，甚至还有域外的骆驼，商人们用它们驮着各种香料、奢侈品、特产等货物，像赶集似的从四面八方蜂拥而来，赚取银子或者直接以物易物，换取江南的稻米、丝绸、瓷器和茶叶，驮着它们再返回家乡贩卖。

天下熙熙，皆为利来，天下攘攘，皆为利往。

商人们南北奔波，互通有无，使大明朝焕发出活力。可惜时政弊多，洪武皇帝朱元璋轻视商业，更万分歧视商人这个职业，在位之时屡次发下禁商抑商的诏令，甚至连海都给禁了。国家需要商业带动国民的需要，可他却认为商人不事生产，不务劳作。在朱元璋的心中，商人基本被划入社会寄生虫一类了。一叶障目，不见泰山，说不清是统治者的悲哀，还是商人的悲哀。

世间的事物是不断发展的，事实证明，用政令的方式禁商抑商根本起不了多大作用，明朝的商业仍在朝它需要的方向发展，这个事实连朱元璋都无可奈何。

醉仙楼正处于易市的边沿，地理位置很好，位于市场边的青石大街上，是南来北往的客商行脚必经之地。

不得不说，陈四六经商还是很有眼光的，醉仙楼的位置选得很毒辣。

逛了大半天，宋小凡终于站在醉仙楼前，先仔细观察了一下四周的环境，又默数了一下从楼前经过的人流量，心中对醉仙楼的生意有了个大致的估算，这才抬头仔细打量眼前矗立的醉仙楼——以后这就是自己战斗和奋斗的地方了。

醉仙楼楼高三层，原木的大门和窗棂上面刷着朱红色的亮漆，内堂宽敞明亮，古意盎然。一楼的大堂内摆着十几张桌子，靠门的右边有一张高约半人的柜台，柜台内的架子上摆设着一坛坛擦得锃亮的花雕，每个坛子上还贴着一张菱形的红纸，上面写着一个大大的"酒"字。

看了看天色，现在已是吃午饭的时辰了。令宋小凡有些吃惊的是，大堂内竟无一桌客人，空空荡荡的，跟外面汹涌的人潮比起来，显得分外凄凉萧然。

这是怎么回事？宋小凡大惑不解，我没进错地方吧？

柜台内，一名大约四十多岁的中年人正懒洋洋地拨弄着算盘珠子，眼皮都没抬一下。

而堂内本该是客人吃饭的一张桌子上，两名店伙计打扮的年轻小伙子正凑在一起，二人的目光紧紧盯着桌子上的一只瓷碗，瓷碗发出叮叮当当的清脆响声，宋小凡凑近一看——两人在赌骰子呢！

这一刻，宋小凡泪流满面——我的事业原来如此清闲。

陈四六那老家伙耍我！

想也该想到，商人以谋取利益为生，以陈四六那商人性子，在不知道宋小凡个人能力的情况下，会把一座生意兴隆的酒楼交给宋小凡打理吗？

瞧着空荡荡的酒楼大堂，宋小凡欲哭无泪。

这样的生意，说它是鸡肋都是夸它了，简直是垃圾啊！

陈四六好算计！把宋小凡弄到这个生意极差的酒楼当掌柜，对上既能向曹县丞表态度，对下又能树立他"赏功罚过"的高大形象，对宋小凡也有个交代，而且一点也不怕宋小凡把它搞垮了——生意已经差成这样了，再差能差到哪去？

此举可谓一箭三雕，真难为他那肥胖如猪的脑袋是怎么想出来的……

宋小凡觉得很悲愤，穿越者被古代人玩了，这实在是一件令穿越界蒙羞

大明王妃商人婿

的事。更可气的是，短短不足一个月的穿越日子，他已经被古代人玩了两次，第一次是被太虚老道骗，第二次被陈四六骗……如果真有时空管理局之类的执法机构的话，想必他们会建议宋小凡选择一雷轰顶或五雷轰顶。

宋小凡很想回去跟陈四六商量一下，看他能不能收回成命，其实理智地想一想，"宋姑爷"这个称呼还是比"宋掌柜"好听许多的，吃白食就吃白食吧，吃白食的姑爷也是"爷"字辈儿呀。

深吸口气，宋小凡努力收起悲愤的情绪，既来之则安之，接受现实吧！陈四六把我踢到这个破酒楼敷衍我，我却偏要干出点成绩来给他瞧瞧！待到醉仙楼宾客盈座之时，看陈四六羞不羞！

宋小凡站在大堂内给自己鼓了半天劲儿，确定自己已经踌躇满志之后，心中的郁闷之情才稍有所缓，这时他的注意力已被转移。

大堂里，两名店伙计赌骰子正赌得热火朝天，他们的面前或多或少摆放着十几文铜钱，两人神情紧张而专注地盯着瓷碗里的三粒骰子，大冷天的，他们竟然满脑门的汗，看来是一场赌注高达十几文铜钱的豪赌。

宋小凡也被这场豪赌所吸引。

世上的赌博方法很多，可只有骰子这东西，千百年来规矩都没变过，都是以骰子点数大小来决胜负，宋小凡只看了两眼就看懂了。

宋小凡颇有兴趣地看了一会儿，很快便被这紧张的气氛所吸引，离赌桌也越来越近，浑然忘了自己是刚上任的酒楼掌柜，这两位豪绰赌客的顶头上司。

空气中弥漫着淡淡的汗臭，鏖战正酣的两名店伙计神情也越来越紧张，其中一名大约十六七岁的伙计抬眼瞟了宋小凡一眼，这一眼根本没有任何意识，空洞而麻木的眼神在宋小凡身上打了一转，很快又投入到如火如荼的赌博中去了。

宋小凡也丝毫不见怪，不知者不为罪嘛，他们不认识自己这个新来的掌柜，情有可原。

看了一会儿，宋小凡终于忍不住了，指着赌桌旁的一名伙计道："哎，你，说你呢，你别押那么多呀。我算了一下，你刚才一共摇了五把，每把都输，可见你的手气正在走下风，这个时候要避其锋芒，只押一文钱足够……"

伙计愣了愣，接着恍然点头："对啊，这位仁兄说得很有道理……"

另一名伙计不高兴了，斜睨了宋小凡一眼："你谁呀？说得像模像样的，你自己怎么不来玩两把？"

于是宋小凡也兴高采烈地加入了赌局。

"几文钱几文钱地赌有个屁意思！咱们玩点儿带血的！"宋小凡挽了挽袖子，从怀里摸出一小块碎银，重重地拍在桌上，财大气粗得一塌糊涂。

俩伙计愣了一下，接着开始兴奋了："哟嗬，今儿碰上个羊牯儿，来就来，谁怕谁啊！"

说着俩伙计也从怀里摸出一小块碎银，看来最低层的劳动人民生活虽然困苦，可赌钱还是颇有资本的。

三人凑在一堆，开始了豪赌。

两炷香的时间过去。

宋小凡一张白皙的俊脸开始慢慢变紫，额头上的汗也越来越多。

理论与实践根本就是两码事，短短两炷香的时间，宋小凡输了，输得不多，总共输了十两银子。

大家知道，宋小凡身上总共只有十两银子，而且这十两银子还是他的前身偷偷攒了好几年才攒下的。

两名店伙计脸上的笑容比秋天的菊花还灿烂。

拍了拍比自己的脸还干净的钱袋，宋小凡哭丧着脸叹了口气。

大意了啊……

店伙计还在一旁嘲讽味十足地调笑："英雄好汉，越输越笑，乌龟王八，赢了就跑……还有银子下注吗？快点拿出来，咱们继续玩……"

宋小凡当然没银子了，他身上比刚剥掉壳的鸡蛋还干净。他也不是英雄好汉，输掉所有的积蓄，他根本笑不出来。

数年积蓄片刻之间输了个精光，宋小凡很不甘心，于是他打算做一件不太善良的事。

转了转眼珠，宋小凡不自在地咳了两声，然后忽然睁大了眼睛，指着大堂门口，惊异地大叫道："啊——陈老东家来了！"

陈老东家就是陈四六，在陈氏企业里，陈四六就是董事长兼总裁，他的名字比核武器更有威慑力。

两个店伙计下意识一愣，接着忙不迭站起身，以立正的标准军姿面向大门。

门口空荡荡的，什么人都没有。紧接着，只听"嗖"的一声，一道黑色的人影飞快地从门口蹿了出去。

俩店伙计急忙回头，只见原本坐在桌边的宋小凡早已不见了人影，伴随着宋小凡一起不见的，还有桌上的所有碎银，总共十几两。

简单地说，宋小凡这个没赌品没人品的赌客卷款逃了。

你不能指望前世的抢劫犯这辈子能当圣人，所有积蓄输光了，宋小凡急了，于是干脆干起了老本行。

俩伙计面面相觑，他们纵横赌坛小半辈子，还从没见过如此不要脸的赌客，所以他们显得有点无所适从。

"咱们怎么办？"一名店伙计满脸无助。

"追！咱们自己的几两银子也被他抢跑了……"另一名伙计又惊又怒，表现得明显有主见多了。

接着二人一个激灵，撒腿就往外追去。

"给老子站住！你这不要脸的孬货！"

"输了就抢，你这人太无耻了！"

"抢钱啊！捕快，有捕快吗？有人抢钱啊——"

"抢钱啊……"

伙计在后面追，宋小凡在前面跑，他跑得很欢快。

输了的银子失而复得，而且还多出几两来，宋小凡的心情雀跃不已，这件事充分证明了抢劫其实比赌博划算得多，自己前世选择的工种是正确的。

《大富翁》里的孙小美怎么说来着？

"你的就是我的，我的还是我的……"

耳边只听见呼呼的风声，宋小凡撒丫子跑得比豹子还快，这一刻他满怀兴奋，他觉得自己是刘翔，是博尔特，是刘易斯……

伙计在后面追赶甚紧，宋小凡脚下运力，加快了速度，在喧闹的大街上左突右闪，如鱼入水，在人群中欢快地穿梭。

俗话说，人生不如意十有八九，太无耻的人会遭天谴的；俗话又说，人有旦夕祸福……

抢劫事件的发展，只能用"峰回路转"来形容。

忽然间，意外发生了。

奔跑中的宋小凡只觉得一股大力将自己硬生生地拽住，一双苍劲有力的黑手死死抓住了自己的胳膊，耳边传来一个苍老的声音，沉稳而有力地道："这位后生，你有凶兆……"

◎ 第十三章 ◎

第一桶金　拒绝习武

宋小凡眼泪都下来了。

你追我跑的生死关头，却被人生生拽住，这种离天堂一步之遥又忽地掉进地狱的感觉，谁有幸尝试过？

不用回头看，宋小凡都听得出声音。

太虚，那个号称有一百三十岁高龄而且是张三丰他师弟的老骗子。

宋小凡真后悔啊，认识老骗子那天为什么不干脆一刀捅死他？

后面醉仙楼的两名店伙计越追越近，宋小凡已经能听到他们错乱的脚步声。

偏偏老骗子还抓着他的胳膊死不放手，另一只手则捋着他的胡须，悠然道："这位后生跑得好快，不过……你真的有凶兆！"

宋小凡转过头，将自己这张不停抽搐着的俊脸面向太虚。

"是的，我有凶兆，你若再不放手，我马上就有血光之灾。"

太虚眯了眯眼，然后大吃一惊："宋老弟，怎么是你？"

现在当然不是寒暄的好时机。

追兵越来越近，宋小凡有点急了："你是拉生意还是见义勇为？"

"拉生意。"太虚毫不犹豫地道，他只对能产生利益的事物有兴趣。

"那就赶紧放手，这事儿完了我请你吃饭，白请！"

太虚立马松开手，宋小凡二话不说，像支离弦的箭一般冲了出去。

后面俩伙计已经追了上来，气喘吁吁地边跑边骂。

"站住！王八蛋……"

"没品的混账东西！把银子还我们！"

俩伙计飞快经过太虚身边，地上卷起一阵尘烟。

太虚愣了一下，想了想，立马将手里那块"铁口直断"的幡子打横夹在腋下，然后也追了上去。

令人奇怪的是，太虚跑得比三个年轻人快多了，没过一会儿，他便像飙车似的超过了俩伙计。

俩伙计见一个六七十岁的老头儿撒丫子跑得比他们还快，不由得愣了，二人看着太虚一溜烟远去的背影，一边跑一边议论。

"这老头儿是不是也在追那个王八蛋？"

"估计是的……"

"跑得比咱们还快，那混蛋到底抢了老头儿多少银子啊？"

"估计不是小数……"

江浦县的大街上，四人分成三拨，互相追赶着，一时成为奇观。

不得不说太虚的速度很快，快得有点诡异。没过多久他便追上了宋小凡，然后他放慢了速度，二人并肩奔跑。

宋小凡奔跑中不经意地侧头一看，见太虚跑在他身边，整张俊脸立马变得比苦瓜还苦。

"你又追上来干吗？"

太虚若无其事地跑着，跑得如同闲庭信步。

"贫道有一事不解，特来请教。"

"别闹！我这儿有事呢！"

"贫道想不通，你为什么要跑呢？"

"有人追，我当然要跑……你觉得这个时候适合聊天吗？"

两句话的工夫，后面的俩伙计又追近了些。

宋小凡急了，他觉得若不赶紧摆脱这个老骗子，很快他就会有凶兆。

莫看太虚年纪老，可他却有着比年轻人更加强烈的求知欲。

"他们为什么追你？"

宋小凡边跑边喘着粗气道:"……我输了很多银子。"

"那就更不对了,你输了银子,他们追你干吗?"

"……我又把输掉的银子抢过来了。"

太虚一脸恍然,这个答案充分满足了他的求知欲。

四人一前一后不知跑了多久,宋小凡终于守得云开见月明——俩伙计跑不动了。

当然,宋小凡也跑不动了,双方隔着四五十米的距离,扶着腰使劲喘粗气。只有太虚若无其事,面不改色气不喘,仍旧捋着他那长长的胡须,一脸的高深莫测……

俩伙计追不上他,又觉得不甘心,于是喘了一会儿气后,隔着老远指着宋小凡跳脚大骂,什么话难听骂什么。

宋小凡却笑了,喘着粗气得意地笑。

太虚一旁看着,冷不丁问道:"那二人是什么人?"

宋小凡占了大便宜,心情愉悦地道:"他们是醉仙楼的伙计。"

"你怎么跑到醉仙楼赌钱去了?"

"因为我是醉仙楼的掌柜……"宋小凡脱口而出,接着,他的笑容渐渐凝固。

他现在发现事情原来没那么简单……

他回过味来,自己还得回去,因为他是醉仙楼的掌柜……

掌柜抢了伙计的钱,这事儿闹的……

宋小凡仰天长叹:"果然是跑得了和尚跑不了庙啊……"

太虚不悦,捋着胡须狠狠地瞪他。

宋小凡只好改口:"跑得了道士跑不了道观啊……"

太虚转怒为喜,点头赞许不已。

醉仙楼内,太虚懒懒地倚在大堂内的一张桌子边,百无聊赖地掏着耳屎。

宋小凡一脸严肃地盯着面前老老实实站着的四个人。

这四个人分别是:两名店伙计,就是刚才赢了钱又被抢的那两位;一名前任掌柜,宋小凡第一次进门时趴在柜台上懒洋洋拨弄算盘珠子的那位;还有一位厨子。

这是醉仙楼目前的班底。

很难想象一座三层楼高的酒楼，里里外外只有四个人打理。

"就你们四个？没别人了？"宋小凡忍不住问道。

前任掌柜姓蔡，由于宋姑爷的上任，现在已经降级为酒楼管事了。老蔡闻言上前一步老老实实道："就我们四个，原本不止四个的，醉仙楼最近生意不好，几乎没有客人上门，老东家辞了很多人。"

宋小凡"哦"了一声，表示知道了。然后他转过头，看着那两名跟他赌钱然后又跑马拉松的倒霉伙计。

俩伙计的目光很幽怨，宋小凡眼中闪过一抹尴尬之色。

他现在身上还揣着十几两银子，除了自己的十两本钱，还有俩伙计的几两碎银。

抢了人家的银子，却又不得不重新回来面对苦主，这是宋小凡始料未及的，宋小凡的脸皮很薄，觉得很尴尬。

想了想，他还是认为抢钱这种行为没错，毕竟赌博是不对的。

于是宋小凡又理直气壮了。

斜睨着俩伙计，宋小凡沉声道："你们知道错了吗？"

俩伙计愁眉苦脸道："宋姑爷……"

"叫掌柜！"

"是，宋掌柜，我们知错了，我们不该赌钱……"

"不对，赌钱没错，但你们不该在醉仙楼赌钱，这里是工作的地方，态度决定一切！"

"是……"俩伙计乖巧地应道。

反正你是掌柜，怎么说都是对的。

宋小凡高兴了，穿越以来，这是他第一次有资格训别人，有种扬眉吐气的快感。

"无规矩不成方圆，本掌柜今日给大家立的第一条规矩就是：不准在醉仙楼内赌钱，违者……罚款！"

"罚多少？"前任蔡掌柜讨好地附和，同时还回头狠狠瞪了俩伙计一眼。

"罚……"宋小凡挠头，掏出钱袋，扣掉自己的十两本钱，掂了掂剩余的分量，不轻，大概三两五钱的样子，这是抢来的俩倒霉伙计的赌本。

"罚三两五钱。"宋小凡一锤定音，然后面色坦然地将抢来的银子塞进了自己的钱袋，赃银顺理成章地变成了合法收入。

俩伙计脸一垮，唉声叹气。

认吧，罚款罚得有零有整的掌柜，不可小觑。

宋小凡开心地笑了，三两五钱，这是他穿越以来赚的第一桶金。尽管它是抢来的。

现在，宋小凡的积蓄有了质的飞跃，由十两银子，变成了十三两五钱银子。

转过头，见太虚仍在懒洋洋地掏耳朵，宋小凡问道："你还在这里干吗？"

太虚从容地咧了咧嘴，露出缺了半边的黄板牙，望着宋小凡道："你是这醉仙楼的掌柜？"

宋小凡点头："对，刚上任的。"

太虚满脸痛惜："你终究还是堕落了！做什么不好，非要做商人！"

宋小凡忍不住揉鼻子，他想不通，明朝商人的地位难道低到这种程度了？被一个叫花子似的老道士指着鼻子骂堕落，这滋味……

"你留在这里就是为了告诉我，我堕落了？"

"除了这个，还有别的……"

"你还想干吗？"

"你抢钱跑路的时候说过请贫道吃饭的，忘了？"

醉仙楼迎来了今日的第一桌客人，宋掌柜和老骗子。

厨子高兴得屁颠儿屁颠儿的，急忙下厨做了几样精致的小菜，掌柜的亲自吃他做的菜，是荣耀也是考验，厨子做得特别用心。生意不好，醉仙楼被辞了那么多人，万一掌柜的吃着不太满意，把他也辞了怎么办？

菜还未上，宋小凡和老道士先喝起了酒。

宋小凡现在觉得当掌柜实在是一件惬意的事，简直就是为他这个吃白食的姑爷量身打造的职业，喝酒吃饭不要钱，上哪找这么美的事去？

老道士笑得满脸褶子，显得比宋小凡更开心，一张黑乎乎的脏脸容光焕发，俩眼珠子滴溜溜地转着，不知在打着什么鬼主意。

宋小凡在这个时代没朋友，虽然老道士只与他打过一次交道，而且人特不靠谱儿，但宋小凡心里还是把老道士当成朋友了。

宋小凡在这个时代活得很孤独，他需要朋友，哪怕这个朋友是骗子。

酒是烫好的绍兴黄酒，晶莹透澈，泛着琥珀色的光，二人端起小酒杯，轻轻碰了一下，哧溜一声，一杯酒下肚，浑身暖洋洋的，舒坦无比。

太虚搓着手侧头望向厨房，一副急不可待等着上菜的模样，不知饿了多少顿了。

像是突然想起了什么，太虚回头问道："对了，你不是陈家的姑爷吗？怎么又变成醉仙楼的掌柜了？"

宋小凡苦笑，望着空荡荡的酒楼大堂，闷闷地道："……兼职。"

太虚搓着手干笑道："一心不可二用，要不你专心当你的姑爷，这酒楼贫道帮你打理如何？"

宋小凡瞪了他一眼，好么，这是打算长期吃白食呢，到底是朋友，两人的兴趣爱好都相同。

喝了口酒，宋小凡将解决陈家危机的事情娓娓道了一遍。

太虚听得两眼发直，半晌才喃喃道："真不知该说你运气好呢，还是本事大……"

宋小凡一本正经道："当然是本事大，相信道长你一定看得出，我这人身上有很多闪光点……"

太虚嗤笑道："你怎么比贫道还会吹？别的本事贫道没看到，不过你抢钱后倒是跑得挺快的，狗都撵不上，这勉强也算是本事吧。"

宋小凡谦虚道："也不能这么说，狗撵不上，可道长你不就撵上了吗？"

太虚张了张嘴，得，把自己给绕进去了。

闷闷地喝了口酒，太虚眼睛眯了起来，望着宋小凡道："知道贫道为何后来又追上你吗？"

宋小凡太清楚了："我欠你一顿饭，你怕我跑了不认账。"

太虚黑黑的老脸浮现尴尬之色："也不完全是这个原因……贫道见你跑得飞快，简直可以说是风驰电掣，贫道发现你很有练武的潜质啊……"

宋小凡暗生了警惕之心，这老骗子又打算骗我了。

"跑得快就有练武的潜质？"

太虚眯着眼笑了，笑容怎么看都有种不怀好意的味道。

"宋老弟，想学功夫吗？想一个打十个吗？想飞檐走壁、锄强扶弱吗？"

宋小凡眼睛一亮，立马毫不犹豫地道："不想！"

他已打定主意，老骗子不管说什么，只管拒绝就对了，反正这老骗子肯定没安好心，想在自己身上占什么便宜，不能让他得逞。

太虚不抛弃不放弃，很有耐心地劝道："贫道可以教你呀，贫道的功夫那不是吹的，当今世上，只有寥寥数人堪与贫道为敌……"

宋小凡端着酒杯斜睨着他，吹，你接着吹，越吹越没边儿，混得都快要饭了，口气还那么大，老骗子忒不要脸了……

太虚还在孜孜不倦地劝道："贫道可以教你轻功，你刚才抢银子跑得那么快，贫道不由得生了惜才之心，觉得你是个人才……"

宋小凡皱眉，这话听得真别扭……

不过跑的时候老道士跑得比他们三个小伙子还快，确实有点诡异……

"你看啊，如果你会轻功，根本不用跑得那么费劲，身法几个腾挪，就完全可以甩掉那俩倒霉伙计，何至于被他们追得跑了五条街？贫道的轻功想必你也见识了，没费多少劲儿就追上了你，贫道一百三十多岁的人了，跑得比你这年轻小伙子还快，你不觉得心向往之吗？以后你抢银子愈发得心应手，顺风顺水……"

宋小凡无语。

邪恶的老道士……

"……贫道的轻功不是一般人可以学的，这可是道门绝学'梯云纵'。当年贫道的师父择徒之时，那是有着严格的遴选过程的，非一般的资质才能学。知道怎么遴选吗？当年师父把一群野狗放出来咬我们，让我们拼命跑，谁被狗咬到谁就落选，谁跑得比狗快，身上毫发无伤，谁就可以学轻功了……"

宋小凡忍不住问道："当年道长被狗撵得挺惨的吧？"

想想漫山遍野的小道士被一群野狗追咬，那场景……啧啧。

太虚沉默了一会儿，才低声道："从那以后，贫道开始钟爱吃狗肉火锅了……"

宋小凡同情地看了他一眼，没说话。

气氛陷入低迷。

二人闷声喝了好几杯酒，太虚又问道："说了这么多，你到底跟不跟我学功夫？"

宋小凡急忙摇头："我不喜欢被狗追……"

"现在不需要遴选了，贫道可以马上教你。"

"不用了，我现在活得挺好的，不需要学功夫。"宋小凡拒绝得很坚定。

他不是不想学功夫，事实上他对中华古老的武学很有兴趣，前世读书时看武侠书看得连学业都荒废了，怎么可能没兴趣？

他只是不相信太虚的人品而已，打死他都不相信这老骗子会什么武功，多半是想骗他学费。

太虚见宋小凡拒绝，不由得长长叹了口气，表情变得肃然起来。

这时厨子做好菜端了上来，几道精致的小菜，看起来赏心悦目，令人食欲大增。

厨子在一旁看着宋小凡，讨好地笑。

宋小凡看了看满脸寂寥的太虚，吩咐厨子道："去，再做一道菜。"

"什么菜，您尽管吩咐。"

"……狗肉火锅。"

"掌柜您稍等，马上就好。"厨子屁颠儿屁颠儿下去了。

太虚感激地看了宋小凡一眼。

既然宋小凡拒绝学武，太虚也不好多劝，只是一味地埋头吃菜喝酒。

宋小凡夹了菜入口尝了尝，眉头轻展，点头不已。

这菜味道挺不错啊，搁了前世，够得上五星级酒店厨师的标准了。

抬眼看了看太虚，宋小凡问道："道长，你觉得味道如何？"

太虚点头赞道："不错，很不错！"

宋小凡两眼一亮，急忙道："如何不错法，道长详细说说。"

太虚捋了捋胡须，想了一下，指着面前吃得干干净净的菜碟，打了个比方："贫道以前吃一碟菜，需夹三筷，今日只夹了两筷就干净了……"

宋小凡由衷赞道："道长的比喻打得很贴切……"

接着宋小凡又皱起了眉，把前任掌柜老蔡叫了过来，问道："咱们酒楼的菜味道不错，为何没有客人上门？生意如此清淡，没道理呀！你知道原因？"

老蔡苦着脸，幽幽叹了口气，半晌没说话，最后哀怨无比地念了一句诗："别有幽怨暗恨生啊……"

宋小凡和太虚顿时停了杯，肃然起敬。

宋小凡眼睛都直了："老蔡很有文采啊……不过，到底什么意思？"

老蔡叹息，指着门外道："掌柜请看外面，咱们醉仙楼对面，正对面，开了一家金玉楼，看见了吗？"

宋小凡点头："看见了。"

金玉楼楼如其名，修建得富丽堂皇，豪奢大气，想不看见都很难。

老蔡怨毒地扫了对面的金玉楼一眼，说了一句更有文采的话："咱们醉仙楼变成这副光景，都是它害的，老子日他八辈儿祖宗！"

◎ 第十四章 ◎

县令行商　貌合神离

江浦的县衙是前朝时建的，如今已显得有些破败，虽历年来小规模修缮多次，仍是一副陈旧的样子。洪武皇帝最恨贪官，打下江山之后，多年来一直提倡官员廉洁俭朴，不得铺张奢华，所以江浦县的历任知县谁也不敢冒着杀头的危险重建县衙，旧就旧点，能用就行。

衙门位于城东，正门口有一块影壁，壁上雕着一只狰狞的麒麟兽，大门的两侧是八字墙，这也是民间俗话说的"衙门八字朝南开，有理无钱莫进来"的出处。

大门的东侧摆放着一面硕大的鼓，这就是百姓俗称的"鸣冤鼓"；西侧则立着一块高五尺、宽二尺、厚约一尺的大石碑，碑上刻着两句警示——这两句警示是刻给打官司的百姓看的——其一曰：诬告加三等；其二曰：越诉笞五十。

这两条警示为的就是告诉百姓，打官司三思而后行，莫行诬告之事，更不能越级上告，否则知县很生气，后果很严重。

大门往里走便是"仪门"，这仪门通常是不开的，除非当地一把手官员新任，才开一回。若百姓告状，或衙门里差役进出，则一般是走东边的侧门，东边的侧门民间亦称之为"生门"；与之相反的，便是西边的侧门。那道门则被称之为"死门"，也就是说，从死门出来的人，基本都是死刑犯，马上要推出去斩首的。

再往前走便是县衙大堂了，跟电视上不一样的是，其实古代官员审案，并非所有的案子都在大堂审理，大堂真正审理的是重大的刑事案，而一般的民事纠纷，或小案小事，则在二堂过审，知县以说服调解为主。

新上任的县丞曹毅现在正站在二堂外，望着堂前高高挂着的一副楹联，一张虬髯大脸面无表情，可眼中却飞快闪过一抹冷光。

楹联上写着"法行无亲，令行无故；赏疑唯重，罚疑唯轻"。

这副楹联可以说是标榜，也可以说是鞭策，每个人看到它，心中的感受都不一样。

曹毅是什么感受？除了他自己，谁也不知道。

曹毅是行伍出身，甫任文官，也不习惯文官走路时那种一摇三摆的官步，撩了撩官袍下摆，迈着大步走进了三堂。三堂是知县办公和居住的地方，西侧的花厅内，黄知县正挺直着身子，端着景德镇官窑瓷盏，慢条斯理地喝着茶。

黄知县名叫黄睿德，四十来岁，他长得颇为庄严，一张白净的俊脸，颌下一缕青须，看起来刚正不阿，眼中偶尔闪过几分阴鸷。

他是洪武二十四年中的二甲进士，真正的科班出身，熬了五六年，上下活动了一番，终于补了江浦知县这个实缺。

别看知县只是个小小的七品官，可却实实在在是个肥差，多少进士甚至当科的状元榜眼都争着抢着当，黄睿德能当上这个知县，全靠他银子花得多，人也懂得进退。

细细啜了口茶，黄睿德眼睛微眯，仿佛在闭目养神。

花厅内的光线忽然一暗，黄睿德睁开眼，却见门口站着一位魁梧大汉，穿着八品官袍，正静静地注视着他，见黄睿德睁开眼，曹毅拱手朗声道："下官曹毅，拜见县尊大人。"

黄睿德心中一动，忙站起身，微笑道："这位莫非便是燕王殿下麾下勇将，我江浦县新任的县丞曹大人？"

"下官正是。"

"哈哈，曹大人勿需多礼，你我同衙为官，理应亲如兄弟才是。以后江浦县内大小事情，本官可要靠大人多多辅佐啊。"

曹毅豪迈地大笑道："县尊客气了，下官新任文官，不懂规矩的地方多了，以后若有得罪之处，还请县尊大人多多包涵。"

二人客气而虚伪地说着客套话，越说越亲密，最后竟好像真成了失散多年的亲兄弟似的。

寒暄了一阵，黄睿德客气地请曹毅入座，趁着落座转头的一瞬间，黄睿德眼中飞快闪过一抹恼色。

按官场规矩，新任官吏上任后，要在第一时间拜访上官，聆听训诲，这是一个态度问题，从古至今，官场规矩历来如此。

据他所知，曹毅七天前便到了江浦，并且住进了官驿。七天了，直到今天才姗姗拜见自己这位上官，这是什么意思？分明是没把他这七品上官看在眼里。

衙门内官吏衙役们的议论他都听在耳里，他们说得没错，一山不容二虎啊！

听着曹毅豪迈不做作的大笑声，黄睿德淡然微笑，眼中深深的鄙夷却一闪而逝。

是的，鄙夷。十年寒窗，正经科班出身的他，从骨子里看不起那些舞刀弄枪的武夫。你杀的人再多，你带的兵再多，你还是一介武夫，一介粗鄙不文、鲁莽低俗的武夫！

一团和气的寒暄客套中，一股阴冷的气氛在花厅内盘旋、蔓延。

"金玉楼怎么得罪咱们醉仙楼了？"宋小凡很好奇，祖宗都日到八辈儿了，这得多大仇恨啊。

老蔡眼眶泛了红，有种晶莹的东西在眼眶中滚动。

"掌柜的啊，咱们醉仙楼以前在江浦县可是响当当的招牌，县内大小官吏乡绅，若说请客摆席，首选便是醉仙楼，那时可真是高朋满堂，座无虚席……"

宋小凡拍着老蔡的肩，安慰道："不能躺在功劳簿上吃老本，说重点，后来怎么了？"

老蔡抽了抽鼻子，道："后来这金玉楼便开张了，当时它的生意很差，客人们吃惯了咱醉仙楼的味道，当然不太愿意换新口味。再说金玉楼的厨子做的菜，味道确实没咱们醉仙楼好，金玉楼的掌柜急了，于是用卑鄙无耻的方法来整咱们……"

"什么卑鄙无耻的方法？"

"金玉楼暗里花银子请了一些市井泼皮,每日来咱们醉仙楼里坐着,也不吃饭,每人占了一张桌子,一壶茶五文钱,一坐就是一整天。老汉那时当掌柜,眼看这么下去不是办法,于是找了泼皮头儿去说项。那泼皮头儿许是得了金玉楼莫大的好处,根本不买账。后来他们愈发地变本加厉,朝咱们大堂内扔死老鼠,泼粪,放蛇,还打客人。掌柜的您说,这样下去,醉仙楼怎么可能还有生意?"

宋小凡眉头皱了起来:"这些事难道陈老东家不知道?"

老蔡苦着脸道:"怎么不知道?泼皮闹事的当天,老汉就去禀报了老东家。"

"那他为何不去报官?"

老蔡摇头道:"报不了,不能报啊……金玉楼是有来头的。"

"什么来头?"

老蔡声音小了许多,压着嗓子道:"它实际上是黄知县开的酒楼。"

宋小凡眼睛都直了:"怎么可能?朝廷官员是不准经商的……"

这点常识宋小凡还是有的,朱元璋特别痛恨商人,早就下过旨意,凡朝廷官员或官员家眷行商者,一律撤职查办问罪,黄知县有这么大的胆子敢顶风作案?

"官员当然不能经商,不过黄知县的表面功夫做得好,金玉楼的掌柜姓周,看起来跟黄知县八竿子打不着,谁也查不出问题。可实际上这位周掌柜是黄知县一位老家仆的侄子,那位老家仆是黄知县出了五服的远亲,早就回乡养老了,就算当年的锦衣卫还在,也查不出这金玉楼跟黄知县的关系呀……"

宋小凡面容有点苦涩:"这关系确实绕得挺远的……"

"世上没有不透风的墙,这事儿其实县里衙门的那些官吏差役,还有乡绅都知道,没人明着说罢了。事情一传开,为了知县的面子,您说,谁不得屁颠儿屁颠儿去金玉楼吃饭,拍知县的马屁呀。那些泼皮来闹事,老东家敢报官吗?那不是给家里惹祸?老东家吃了这么个暗亏,只好忍气吞声,眼睁睁看着金玉楼把咱们醉仙楼挤兑得一天不如一天了……"

宋小凡闻言义愤填膺,他气啊,气得揪头发啊……

老蔡见宋小凡满脸怒色,连面孔都扭曲了,急忙安慰道:"俗话说民不与官斗,掌柜的,已经是这样了,您就别气了,恶人迟早会遭报应的,老天会惩罚他……"

这诅咒咒得真消极……

宋小凡气道："我会为这个生气吗？"

"那您气什么？"

宋小凡眼睛快喷出火了。

原以为当掌柜是报答，现在才知道是惩罚，陈四六这个老家伙，太卑鄙了！不就是没娶你女儿吗？至于这样打击报复我？要我跟背景强硬的金玉楼打擂台，这不是把我架到火上烤吗？

当鸭子他不介意，可他不喜欢当烤鸭！宋小凡脑子里飞快闪过一道名菜的做法。

北京烤鸭，选白嫩肥美鸭子一只，甜面酱一百克，麦芽糖六匙，料酒三匙，均匀刷在鸭子身上，炉火正面烘烤二十分钟，反面烘烤二十分钟，烤啊烤啊……

热！好热！热得冒油……

陈四六面带狞笑刷着甜面酱，烤啊烤啊……

一边烤还一边关心地问："宋掌柜，热不热？快中暑了吧？别急，你马上熟了……"

宋小凡觉得自己应该做点什么。

不论他对陈四六有多大的怨恨，毕竟自己是醉仙楼的掌柜，这已经是事实，他不能眼看着醉仙楼在自己的任期中轰然倒闭，那简直是对穿越者的侮辱！

宋小凡觉得自己已经被古代人侮辱过很多次了。

陈四六，这个黑了心的商人，能在一二十年内博出如此大的家业，确实不简单，宋小凡有种被他算计了的感觉。

刚当上掌柜，宋小凡便碰到一个强劲的对手，金玉楼。

这个对手有着深厚的官方背景，陈四六都惹不起，自己区区一个窝囊姑爷，当然更惹不起了。

但是……不惹它却不行，醉仙楼眼看就要被它挤兑得倒闭了，陈四六家大业大，倒了这一家还有别的店铺，对他来说影响不大，可自己却丢不起这个脸。

黄知县开的酒楼，若换了以前，宋小凡是不敢打它的主意的，黄知县在江浦可以算是一手遮天，惹了它岂不是给自己找麻烦？

不过现在不同了，幸好宋小凡知道最近江浦县来了一位曹县丞。

有势之时，无妨强硬一些，无势之时，那便只好借势了……

宋小凡坐在桌边，手指无意识地在桌面上画着圈圈，脑子飞快地运转。

他同时也在猜想，陈四六把他安排到这醉仙楼当掌柜，莫非是看上了自己与曹县丞的关系，所以故意不动声色地利用自己来戳火曹县丞跟黄知县打擂台；曹县丞赢了，醉仙楼得救，陈家得了好处，曹县丞输了，陈四六完全可以装作不知道这回事，甚至很有可能把宋小凡推出去当个替死鬼……

商人的心理好黑暗啊……

难怪朱元璋不待见商人，宋小凡现在很理解朱元璋的心态了，商人果真没一个好东西，估计老朱揭杆子造反时，在商人身上吃过不少亏，一如现在的宋掌柜……

陈四六的梁子可以暂且按下，不论如何，醉仙楼倒不得，它若一倒，宋小凡肯定由陈家的功臣又变回陈家的罪人，也许要再次面临被赶出陈家的危机。

将来的某一天，宋小凡必然是会离开陈家的，但他绝不希望是以被人赶走这种方式离开。

没过多久，宋小凡的嘴角忽然微微勾起，眼睛也渐渐露出了亮光。

他想到了一个办法，一个能解决醉仙楼倒闭危机，同时还可以让陈四六吃个闷亏，肉痛得晚上睡不着觉的办法……

黄睿德和曹毅仍在县衙三堂西侧的花厅里客气地寒暄着，说的都是一些没营养的废话。

气氛不冷不热，官场之中就是这样，若无生死大仇，就算心中再有怨恨，谁也不会直接撕破脸。

玩游戏要懂得游戏规则，做官也是一样。

二人身处不同政治圈子，根本毫无共同语言，明眼人都知道，未来的江浦官场，这二人将会有一番殊死拼杀，二人中只有一个能留下来独掌一县之政。

他们敌对的立场，可以说是天生便注定了的。

两个敌对的人坐在一起能有什么话说？一席客套话翻过来覆过去，二人心中都有些不耐烦，可仍不得不强打着精神貌似亲热地继续说着废话。

一阵急匆匆的脚步声传来，厅内光线一暗，一个年轻男子出现在花厅门口。

"爹，陈家竟然没事了，您可得帮孩儿再想个办法……"

黄睿德勃然变色："孽子闭嘴！没见老夫这里有客人么？"

曹毅目光闪动，扭头朝门口看去，却见一个年约二十来岁，面目阴沉，身子虚浮，显然是酒色过度的年轻男子站在门口，正一脸尴尬之色地瞧着曹毅。

黄睿德狠狠瞪了年轻男子一眼，然后朝曹毅强笑道："本官管教不严，孽子轻浮无状，让曹大人见笑了。"

说着黄睿德沉下脸，朝年轻男子怒声道："没规矩的东西，还不快来见过县丞曹大人！"

年轻男子沉着脸，随意扫了曹毅一眼，敷衍般拱手道："在下黄惟善，见过曹大人。"

曹毅没回礼，以长辈的姿态点了点头，然后笑道："令郎年轻俊朗，一表人才，县尊大人好福气啊，呵呵。"

黄睿德苦笑摇头："曹大人谬赞了，孽子殊乏管教，不学无术，终日只知惹是生非，本官实在拿他头疼不已，去年托了本县县学的教谕李大人，将孽子送进县学，指望他明年能中个功名，给祖上门楣添些光彩，谁知他根本不是块读书的料，唉……"

曹毅笑了笑："不会读书也不打紧的，大丈夫建功立业，并非只有科举进士这一条路……"

黄睿德眼中闪过几分鄙夷，没答话。

话不投机半句多，曹毅见气氛冷清，于是起身拱手道："令郎找县尊大人有事，下官便不打扰了，下官告辞。"

黄睿德起身回礼笑道："曹大人客气，有暇之时，不妨多来走动走动。曹大人好走，本官不远送了。"

曹毅走到门口，黄惟善急忙侧过身子，躬身让开。

曹毅忽然在黄惟善身前停下了脚步。

"你刚才说陈家，是不是说陈四六？"

"啊，曹大人，是的。"黄惟善低头回道，然后又很快抬起头，试探道，"听说曹大人刚来江浦时，陈四六的独子陈宁便得罪了您，不知可有此事？"

曹毅点点头，又摇头，然后哈哈大笑道："本官是粗人，不打不相识的事儿是经常有的，陈家与本官只是一场误会。呵呵，过去了，都过去了……"

曹毅瞧着黄惟善，笑得颇有些意味深长："有道是得饶人处且饶人，黄公子，你说是不是这个理儿？哈哈，黄大人，下官告辞。"

黄睿德与黄惟善父子闻言，眉梢一齐跳了跳。

曹毅的身影很快消失在花厅外。

黄惟善这才跳起来，气道："爹，那家伙刚才最后一句话是什么意思？

怪腔怪调的……"

"你闭嘴！不知深浅的东西！"黄睿德怒道。

黄睿德哼了一声，道："这么明显的话，你都听不出来么？他这是暗中提醒咱们，不要拿他和陈家的恩怨做文章。哼！狂妄，狂妄之极！"

黄惟善一窒，立马闭上嘴，随即他又想起正事，急忙道："爹，陈家竟然没事了，爹，您帮孩儿想想办法，孩儿一定要娶陈莺儿……"

"混账东西！你已有妻室，怎么还能再娶？大明律法早有定论，男子若无功名，四十岁且无子方能娶妾，你有功名吗？你有四十岁吗？混账！"

黄惟善急道："律法是死的，人是活的，孩儿把她娶来养在外宅便是。您是这江浦的知县老爷，什么事还不是您说了算……"

"你……孽畜！你简直要活活气死老夫！"黄睿德气得浑身直哆嗦，怒道："且不说你不能娶妾，便是能娶，陈莺儿早已许配人家，这是江浦县内人尽皆知的事。你若娶了她，不怕被人骂，老夫还怕丢了脸面呢！"

黄惟善撇嘴道："孩儿知道，陈莺儿许配给一个农家子弟，真不知陈四六脑子里怎么想的，听说许配的那小子姓宋，县里都知道他是个窝囊玩意儿，孩儿去吓唬他几句他肯定屁都不敢放一个，乖乖地让我娶了陈莺儿……"

黄睿德怒道："你只知道他姓宋，老夫却知道得比你多，你可知陈家这次撞到曹毅手里，本来是家毁人亡的下场，最后为何却平安无事了吗？"

"为何？"

"全因你嘴里说的那个窝囊玩意儿，那位姓宋的姑爷从中斡旋游说，陈家才逃过一劫！这样的人，你敢说他窝囊？你有何资格说他窝囊？"

黄惟善愣了，急忙问道："爹，这到底是怎么回事？"

黄睿德捋了捋颌下青须，慢慢道："陈家得罪曹毅之事，老夫当晚便知道了，原本老夫打算等陈家家破以后，趁机将陈莺儿带出来，充入府里当个使唤丫头，那时她无依无靠，你还不是想对她怎样就怎样，甚至连名分都不必给她。没想到啊，那天下午，陈家那位宋姑爷竟然孤身入了官驿，在里面与曹毅待了两个多时辰才出来。他出来以后，陈家的危机便已化解开，连老夫都不知道那姓宋的小子到底是如何说服曹毅放过陈家的……"

"那小子竟有这般本事？"黄惟善愕然道。

"本是一出坐山观虎斗，老夫坐收渔利的好戏，却被那小子化解于无形之中，可惜了啊……"黄睿德慨叹，眼中阴鸷之色愈盛。

"爹，不能就这样算了！"

"你懂什么！曹毅欲收拾陈家，完全是做给老夫看的，他想立威！哼，不知为何他又放弃了，听说那位宋姑爷现在已被陈四六安排进醉仙楼当了掌柜。你最近安分一些，那曹毅和姓宋的小子都不是省油的灯，你莫给老夫惹祸，听到了吗？"

黄惟善急了："爹，那曹毅有燕王做靠山，咱们被他死死压着，岂不是一辈子都不能抬头了？孩儿不甘心！"

黄睿德瞪了他一眼："你急什么！哼，有燕王做靠山又如何？老夫便找不到靠山了么？"

"爹，您这话什么意思？"

黄睿德眼中闪过几分得意之光："你可听说过许观其人？"

"许观？谁啊？"

黄睿德捋须，慢悠悠地道："许观，原姓黄，与老夫同姓。其父黄古，入赘贵池上清溪许家，遂改许姓。后来许观在洪武二十三年到二十四年，应科试，连中解元、会元、状元，乃我朝第一个连中三元之人，时人赞曰：'三元天下有，六首世间无。'许观状元及第之后，皇上任他为翰林院修撰，今年年中，皇上惜其才，已将他升任礼部右侍郎，正二品之职，并允其恢复原姓，他现在已名叫黄观了……"

黄惟善恍然："原来爹说的是黄六首，他可是天下闻名的大才子啊……"

"呵呵，黄六首之政见与老夫不谋而合。据老夫所知，他多次上疏，力陈藩王之弊，而诸王之中，以燕王、宁王最为势大，黄观对这两位拥兵极众的王爷忌惮甚深，今年他升任礼部右侍郎，对老夫来说，可算天赐良机啊，呵呵……曹毅虽有燕王做靠山，可燕王远在北平戍边，对京师朝政鞭长莫及；而黄侍郎却是居于京师，终日伴驾，若论影响，孰强孰弱？呵呵……"

"可是……爹，人家是正二品的侍郎，您只是……只是七品知县，相差甚远，黄侍郎会接受您么？"

"呵呵，无妨的。你忘了，黄六首是洪武二十四年的头甲状元，而老夫也是洪武二十四年的二甲进士，老夫与他有同年之谊。官场之上，这层关系是最为宝贵的，他必不会拒老夫于门外，老夫已派人至京师黄府送上拜帖，明日老夫便去拜会这位状元公……"

说着黄睿德眼中厉色愈盛，冷笑连连："江浦域内，尚不知是谁家之天下……"

黄惟善也松了口气，脸上喜色甚深，眼中凶光一闪而逝。

醉仙楼掌柜？哼哼……

◎ 第十五章 ◎

月黑风高　受禄同船

醉仙楼内。

宋小凡趴在桌上，无意识地用手指虚画着圈圈。

太虚捋着胡须，好奇道："你在想什么？"

"我在想我的岳父……"

太虚笑道："你应该想你岳父的女儿才是。"

宋小凡抬眼看着太虚道："你真的会武功？"

太虚高深莫测地点头："略懂。"

宋小凡兴奋道："给你找个赚钱的差事怎样？"

太虚眼睛亮了："什么差事？"

"去把我岳父干掉，我给你十三两五钱银子。"

"你……无量寿佛，贫道是出家人，不是刺客……"

宋小凡叹了口气，又趴到了桌上，他现在对岳父陈四六很有怨言，他实在想不通，自己明明是陈家的救命恩人，陈四六怎么还要算计他，良心被狗吃了么？跟金玉楼作对就等于跟黄知县打擂台，陈四六未免太看得起自己了。

太虚看了宋小凡一眼，又开始诱惑他："不如你跟贫道学武功吧，学成之后，你可以亲自动手除掉你岳父，岂不快哉？考虑考虑……"

邪恶的老道士……

以宋小凡的聪明睿智，当然不会接受这么危险的建议。

太虚叹了口气，正色道："金玉楼不好对付啊！你岳父让你来当醉仙楼的掌柜，估计没安什么好心眼儿……"

听了老蔡的介绍后，太虚也为宋小凡担心了。对平民百姓来说，知县便是天一般的大人物了，跟知县开的酒楼叫板，简直是疯狂的自杀行为。

宋小凡想了一下，然后站起身，道："说要对付也不难，不过我得先回陈府一趟，找我岳父授个权，没他点头这事儿办不了……"

"你要办什么事？"

"佛曰：不可说，不可说……"

太虚不悦。

宋小凡改口："……三清道君也曰：不可说……"

太虚转怒为喜。

于是宋小凡风风火火地回了一趟陈府，然后很快又出来了。

见陈四六的过程很顺利，面对宋小凡时，陈四六很心虚，毕竟连救命恩人都算计，陈四六心再黑，也会感到有点尴尬的。

宋小凡挟怨言以令岳父，陈四六只好咬着牙答应了宋小凡的要求，只不过他答应的时候脸上的肥肉一颤一颤的，简直比挨刀还痛苦。

宋小凡出来时，手里捧着一本厚厚的账本，后面还跟着两名陈府的下人，下人抬着一口沉甸甸的木箱子。

经过前院的花园时，宋小凡看见陈莺儿站在一株梅树下静静地发呆，神情萧瑟，不知在想什么。

宋小凡是个很大度的人，他早已忘了那天晚上的不愉快，出于礼貌，宋小凡急忙远远地朝她挥手打招呼，可惜碰了一鼻子灰。

陈莺儿看见他后，萧瑟的神情很快变得清冷淡漠，然后一扭头，很骄傲地从鼻孔里哼了一声，抬步便走，走路的姿势像一只极有优越感的天鹅。

陈莺儿身后的抱琴同仇敌忾，当然跟着小姐一起走，走了几步抱琴忽然回过头，凶巴巴地朝宋小凡挥舞了一下小拳头，又做了个鬼脸儿，很是可爱。

不被人待见的宋小凡只好摸着鼻子，讪讪地走出了陈府大门。

等候在陈府外面的太虚大吃一惊，看着他身后下人抬着的大箱子，拉着宋小凡的手颤声道："你真把你岳父干掉了？而且这么快就把他装进了棺材……"

宋小凡愕然……

太虚低头，又看见宋小凡手里捧着的账本，不由得愈发肃然起敬："……岳父尸骨未寒，你已经开始接收家产了？贫道没看错人，做事如此狠戾神速，你果然是练武的奇才，跟贫道练武吧……"

宋小凡无语。

老道士这是什么逻辑？做事狠戾跟练武奇才有什么关系？

不过宋小凡还是对出家人疯狂的想象力表达了一定的敬佩。

当宋小凡和太虚，还有身后抬箱子的两名下人走在街上时，夜幕已经降临。

江南的冬天不太冷，夜风拂过，宋小凡微微觉得有些寒意。白日喧闹的大街此时已安静下来，明朝没有夜总会 KTV 酒吧等等娱乐活动，为生计劳碌一天的人们早早地睡下了。

街道上空荡荡的，夜风吹得两旁店铺的旗幡招牌四下摇摆，不时飘过几片枯黄的树叶，满目萧然。

这场景真的很适合古龙版的高手决斗。

月黑风高，正是宋小凡办事的好时机。

宋小凡和太虚并肩走着，侧过头，见太虚正一边走一边用他那又脏又黑的手指抠挖鼻孔，挖得一脸陶醉。宋小凡皱眉，不自觉地离他远了些。

"你跟着我干吗？你不忙吗？"宋小凡很奇怪地问道，骗子的业务应该很繁忙的吧？

太虚懒洋洋地道："天黑收工了，最近人们好像变得聪明起来，都不喜欢算命测字，这真不是个好习惯。"

"你晚上住在哪里？"宋小凡有点惭愧，这个朋友当得真不称职，连他的住处都没问过，将来被他骗了钱，上哪儿找他去？

太虚伸手往东一指："城外。"

"城外有道观？"

"道士不一定要住道观的。贫道是个很随和的人，百姓家的柴房、地主家的马厩，甚至和尚庙都可以……"

宋小凡点头，明白了，除了手中多了一块"铁口直断"的破幡子，这家伙跟叫花子没什么太大的区别。

"你晚上可以睡在醉仙楼，几张桌子拼起来，睡得应该比地主家的柴房舒服，而且也没有睡在和尚庙那么大的压力，三清道君没有你这么随和，看见你睡和尚庙，他老人家会不高兴的……”

太虚满脸感激："宋老弟果然是个好心人，贫道代三清道君多谢了……"

"我只招待你，不招待三清道君。"

"那是，那是……宋老弟打算去哪里？"

"去拜访曹县丞。"

"拜访他干吗？"

宋小凡笑了，笑得坏坏的："我不敢跟金玉楼叫板，但曹县丞肯定敢。"

曹县丞仍住在官驿。

宋小凡上次混了个脸熟，而且那五钱门敬银子的效力还没过期，于是驿卒很痛快地就把宋小凡连同抬箱子的两名下人放了进去。太虚则一脸高深莫测地跟驿卒开始了忽悠："这位仁兄，你有凶兆……"

……

曹毅的卧房里点着蜡烛，昏暗的光线下，他正喝着酒。老仆人像条苍老而忠心的狗，一言不发地站在他身后。

宋小凡走进来，然后向曹毅长揖："草民宋小凡，见过二老爷。"

曹毅眯着眼睛嘿嘿笑了。目前为止，整个江浦县让他唯一看得稍微顺眼的人，恐怕只有宋小凡了。这种感觉很奇妙，跟身份地位无关，完全是男人之间的互相欣赏。

眉梢朝桌上的酒坛挑了一下，曹毅很随意地问道："这么晚了，你特意来跟本官喝酒？"

宋小凡面带惧色，急忙摇头："……不是。"

"不喝酒你跑来干吗？"

宋小凡什么也没有说。

他觉得这位县丞大人更适合做个酒囊饭袋。

打开门，宋小凡朝门外一招手，两名下人将箱子抬进了屋。

曹毅眉头皱了起来，沉声道："这是什么？"

宋小凡没答话，打开箱子上的铜扣，然后掀开了箱盖，整个屋子顿时满室添辉。

整箱的银子！十两一锭的私铸银锭摆满了一箱子！

官面上来说，从洪武八年，朱元璋发行大明宝钞起，原则上是禁止用银子作为货币的。可是宝钞由于涉及滥印、通货膨胀、伪造等原因，购买力比银子低了很多，民间仍习惯用银子和铜钱作为交易货币。

一箱子的银子，粗略估计该有两千来两，箱盖一掀开，那银灿灿的光芒，顿时令曹毅和他身后的老仆人睁大了眼睛。

短暂的惊愕之后，曹毅的脸沉了下来："你这是什么意思？想贿赂本官么？"

宋小凡微笑，挥手将两名下人打发出去，然后态度恭谨地将手中的账本递到曹毅面前，温声道："大人，这是陈家醉仙楼今年整年的收支账簿，今年除去所有开支，一共盈利四千余两银子，每笔收支都有账可循，请大人过目。"

曹毅没有接账簿，只是眯眼盯着宋小凡，目光锐利，直透人心。

"你们醉仙楼的账簿，与本官何干？你把账簿给我看有什么用？"

宋小凡微笑道："当然与大人有关系，因为……醉仙楼有一半是大人您的，您是醉仙楼的大股东啊。"

"本官什么时候成了醉仙楼的……股东了？"

满箱银子仍在屋子里散发出耀眼的光芒，曹毅斜眼瞟了一下账簿，似笑非笑地道。

宋小凡从怀里掏出一张契纸，从容不迫地递上前，道："大人贵人多忘事，草民提醒一下大人，这张契纸上已经写明了，醉仙楼有大人一半的份子，朝廷明令不准官员经商，所以，契纸上没写名字，也许这位股东是大人的朋友，也许是大人的远亲，也许是张三李四，大人可以自己填一下。另外，眼看年底了，醉仙楼今年的红利，草民自作主张给大人送来了，一共是二千一百两银子，请大人查收。"

曹毅接过契纸，没急着看，却紧紧盯着宋小凡，心中有些震惊。

这世上送贿行贿的手段千奇百怪，曹毅常年跟随燕王身边，自是看得多了，可行贿行到这般境界的，委实还从未见过。别人送礼送银子，送珍玩，送美女，可宋小凡却直接送股份，这一手玩得漂亮！几乎可以说是把行贿这种见不得光的事情合法化了，哪怕被上面的人知道，谁来查也查不出结果。这宋小凡不简单呐！

宋小凡当然觉得很平常，前世的时候，这样的行贿方式已经很常见了，他只是借来用一用而已，只不过古代人见识不广，如此行贿妙法却很少有人用。

大明王与商人婿

只因古人行商都是习惯家族式的，与人合伙的股份制生意本就不多，更别提以送股份的方式行贿了。

曹毅弹了弹手中薄薄的契纸，淡淡问道："无功不受禄，本官无缘无故的，为何要拿这笔银子？"

宋小凡微笑道："大人言重了，您是直爽磊落的汉子，草民不跟您说客套话，直说了吧，陈家是生意人，生意人做买卖，没有靠山是不行的……"

曹毅一脸平静，看不出情绪。

"所以陈家打算以本官为靠山？别忘了，在这江浦县，本官上面还有黄知县，本官一个刚上任的外来户，何德何能做你们的靠山？"

"大人菲薄了，草民曾说过，大人是个很有上进心的人，不可能一辈子都只是个八品县丞……"

曹毅笑了："你这话够大胆的，传出去若被黄知县知道了，你猜陈家会是个什么下场？"

宋小凡眼皮一跳，仍恭声道："做生意是有风险的，一笔银子投进去，也许一本万利，也许血本无归，草民这一注已经押下，是个什么下场，已不是草民所能左右的了。"

曹毅忽然敛起笑容，眼神渐渐变得锐利起来，一股无形的威势在屋内散开。盯着宋小凡许久之后，冷哼道："你说要投靠本官，本官便必须让你投靠么？陈家当本官是什么？陈四六豢养的打手？走狗？"

"草民不敢，大人言重了！"宋小凡心头剧跳，脑门已沁出一层细汗，咬了咬牙，低声道，"大人请恕草民妄言之罪。如今整个江浦，不论官场还是民间，都知道大人您与黄知县必是二虎相争之局，草民试问大人，除了陈家，何人有如此气魄，在二虎欲争未争之前，敢向大人下如此重注？陈家一片诚意，还请大人莫要误解。"

曹毅说不出话了，宋小凡说的是事实，如今整个江浦县衙之内，无论主簿、典史、书吏，还是捕头衙役，对他和黄知县之间即将开始的权力争斗，都抱着一种坐山观虎斗的态度。曹毅不是白痴，他当然看得出，陈家敢在他和黄知县之间毫不犹豫地站在他一边，说实话，果然是好胆量，好气魄，这样识时务的商人，曹毅怎么好意思把陈家往外推？

宋小凡见曹毅不说话，于是接着道："大人甫任县丞，正是需要培植势力之时，陈家虽只是低贱的商户，可在这江浦县内，多少还有几分人面，大人与黄知县争权在即，不论大人收不收这股份，大人要做的事情，终归还是要做的，与其如此，大人又何必拒绝陈家锦上添花？大人培植势力，打造班底，所需的银子可不是一笔小数……"

曹毅想了想，终于展颜笑了，屋内慑人心魄的气势顿时消散于无形，宋小凡浑身一轻，悄悄松了口气。

好可怕的霸气……

曹毅看也没看，便将契纸收入怀中，端起桌上酒坛，大灌了一口酒，然后淡淡道："你倒是好一张利口……罢了，你回去吧，从今日起，陈家之事，便是本官之事，银子本官收下了，告诉陈四六，本官承情，不过承的不是陈家的情，而是你宋小凡的情。"

宋小凡闻言大喜，躬身长揖道："多谢大人抬举，草民感激不尽！"

曹毅似笑非笑地盯着宋小凡，意味深长地道："本官看出来了，你小子不是凡物，今日将醉仙楼送一半给我，想必出自你的主意吧？呵呵，脑瓜子挺够用的，别客气，说不定以后本官还有求着你的时候。"

宋小凡满脸喜色，没怎么把这句话放在心上，而是立马打蛇随棍上："说到陈家之事，眼前便有一桩，还请大人帮忙做主。两个月前，醉仙楼对面开了一家金玉楼，据说……是黄知县暗里开的……"

曹毅沉默了一下，道："本官知道了。"

宋小凡不好多说，施礼道："如此，草民告退。"

转身刚走两步，曹毅在身后叫住了他："宋小凡……"

"草民在。"

"……老子怎么说也是死人堆里爬出来的，陈家有如此气魄，本官岂能不如那个陈胖子？放手做吧，官面上的事情，本官自有斟酌，但是切莫闹出人命，现在还没到跟黄知县撕破脸的时机，明白本官的意思么？"

宋小凡心中狂喜，没说一句话，只长长朝曹毅作了一揖，然后向官驿门口走去。

唯有真金白银的利益，才是官商勾结的最好手段，宋小凡很明白这个道理。送座金山出去，还不如送只每天会下金蛋的母鸡，长久的利益驱使下，曹毅才有可能跟自己一条心。

从现在起，曹县丞便跟陈家、跟醉仙楼彻底绑在同一条船上了。

有了这座靠山，金玉楼算什么？

算个屁!

第二天，宋小凡吩咐醉仙楼关门。反正没生意，不如关上门好好想想，怎样应对金玉楼这个对手。

"多请两个厨子，再多招些伙计，以前被辞掉的那些人，看能不能把他们再请回来……"宋小凡对老蔡吩咐道，"开酒楼的，味道第一，菜做得好别人才肯光顾，这是基础，不能忽视。"

老蔡点头应了。

"……再把这大堂里的摆设全都拆了，重新布置一遍，东侧靠墙的位置留个两丈见方的空地出来，在上面搭个木台子，然后不定时请些戏班子、说书先生，或者青楼的清倌人，弹弹唱唱的，弄热闹点儿……"

老蔡点头，随即面带难色道："掌柜的，这样做有什么用？金玉楼压着咱们，请的人再多，没客人上门岂不是浪费开支了？"

宋小凡笑得很神秘："大家都是做生意的，金玉楼的掌柜也许哪天忽然想通，不再为难我们也不一定……"

老蔡愕然，这位掌柜……是不是太过天真烂漫了？

"老东家那里会不会同意咱们这么干？"

"放心，他会答应的，在他眼里，醉仙楼已经是匹死马，既然已是死马，当然没了价值，随便咱们怎么折腾，他都不会有意见的。"

正与老蔡低声讨论醉仙楼如何东山再起，变故忽然间便发生了。

只听得大门砰的一声巨响，厚厚的门板被人重重一脚踹开，一个狂妄无礼的声音大声喝道："哪个王八蛋叫宋小凡？给老子滚过来！"

◎ 第十六章 ◎

狐假虎威 善解人意

醉仙楼里，老蔡和两名店伙计以及一名厨子，所有人都愣了。

门口光线一暗，一个身着白色绸衫的年轻男子，在一群泼皮混混模样打扮的人簇拥下，趾高气扬地走了进来。

宋小凡心一紧，找麻烦的来了。很多经典的影视作品里演过，这个时候进来找麻烦的人，其神态肯定是两眼望天。

果然，年轻男子走进来后，将手中把玩着的折扇啪地一收，两眼望天大声道："叫宋小凡的王八蛋是谁？站出来！"

老蔡、店伙计和厨子吓得面无人色，急忙往后一退。

宋小凡左右看了看，不由指着自己的鼻子苦笑道："我就是宋小凡，不过我不是王八蛋。"

年轻男子长相颇为英俊，只可惜面色太白了些，一双眼睛细长微眯，看起来很阴森，走起路来脚步虚浮，一看就知是长期的酒色过度。

男子望住宋小凡，冷声道："你就是宋小凡？陈家的窝囊女婿？"

宋小凡无奈点头，"窝囊"二字似乎已成了他的招牌，人见人夸。

男子见宋小凡承认，眼中闪过几分戾色，他用大拇指指了指自己的胸口，气焰嚣张道："知道我是谁么？"

宋小凡摇头，皱眉道："我看各位来势汹汹，阁下面目狰狞，虽不知道你们是谁，但可以肯定，你们绝非善类。"

年轻男子俊脸立马阴沉下来，眼中怒火万丈，冷声道："死到临头还敢耍嘴皮子！宋小凡，你记住了，我叫黄惟善，是黄知县的独子。来人，给老子揍他！打死不论，我担着了！"

黄惟善身后的泼皮混混闻言齐齐应了一声，挽起袖子便往前凑。

宋小凡眼皮猛跳，他听过这个名字，黄惟善，黄知县的独子，早就惦记陈莺儿的美色，一直想把她收为妾室，严格说来，他与黄惟善目前是情敌关系——情敌见面，分外眼红，杀人也就很符合逻辑了。

一转眼，这群泼皮混混已经围了上来，他们手里拿着棍棒长刀，一个个目光歹毒地盯着宋小凡，嘿嘿冷笑。

老蔡和店伙计们早已吓得瑟瑟发抖，呆站着一动不动。

情势危急，宋小凡若再不想办法的话，恐怕今日性命不保。

正当泼皮们举起刀棍，准备朝宋小凡当头劈下时，宋小凡浑身一抖，忽然开口暴声大喝道："慢着！"

众人一愣，宋小凡两眼怒睁，不退反进，往前站了一步，伸手指着黄惟善，冷声喝道："黄惟善，你可想清楚了，你确定要杀我吗？"

黄惟善似乎没想到宋小凡临死前会这么问，不由得好笑道："想清楚了，杀一个草民而已，有什么大不了的？我爹乃江浦知县，你若死了，陈四六就算有胆子帮你喊冤都没处喊，杀了你又能怎样？"

宋小凡心中有些悲凉，在这种官二代的心里，老爹的权力就是自己的权力，老爹视百姓性命如蝼蚁，官二代也视百姓性命为蝼蚁。这种观念已经根深蒂固，更可悲的是，这偏偏是事实。黄惟善一进门便欲杀他，根本连理由都懒得找，大家都明白是怎么回事。

而现在，自己就是一只挣扎着求生存的可怜蝼蚁。

一想到生存，宋小凡立马冷静了，努力压抑住畏惧的心理，盯着黄惟善冷笑道："黄公子，我只是一介草民，对你来说，我死不足惜，杀便杀了，不会给你带来任何麻烦。不过，我劝你三思而后行，有的事情做得太过鲁莽，后悔也来不及了……"

黄惟善脸色一变，冷冷道："杀一个贱民我会后悔？笑话！整个江浦数万人，死一两个有什么打紧？你们这群混蛋愣着干什么？给我杀了他！"

"你们谁敢！"宋小凡大喝，令泼皮混混们不由得一窒，隐隐散发出来的威势让众人迟疑了，一时竟吃不准这文弱的年轻人到底是什么来头。

宋小凡一声大吼，醉仙楼内情势顿时陷入一群与一人相对峙的僵持局面。

"黄惟善，你可想清楚了，你若真杀我，我敢保证，绝对会给你家老子惹祸，你信不信？不信你就动手试试！"

黄惟善一呆，心中也有些吃不准劲儿，色厉内荏道："你少给老子胡说八道，一介贱民，杀了你又怎样？"

宋小凡面沉如水，阴阴一笑，令场内剑拔弩张的气氛愈发诡异。

"真的吗？我问你，你来这醉仙楼闹事，可有经过你父亲黄知县的授意？"

黄惟善脸有点黑了……

他当然没经过老爹的授意，说白了，今日他来这醉仙楼，根本就是寻衅报复。他想得很简单，直接弄死宋小凡，然后去陈家逼婚，把陈莺儿弄到手。典型的纨绔子弟欺男霸女行为，他老爹去京师拜会礼部右侍郎黄观了，怎么可能知道？

宋小凡见黄惟善的表情，心里终于松了口气，好了，性命保住了，只要不是黄知县的授意就好，至于这位官二代，吓唬吓唬他倒不在话下。

"黄公子，我再问你，你今日领人打上门，已经做好准备了吗？"

"什……什么准备？"

宋小凡再次抛出一颗重磅炸弹："黄知县跟曹县丞撕破脸的准备，你做好了吗？你确定要杀了我，完全不必顾忌曹县丞的面子？"

黄惟善震惊了："曹县丞？你……你跟曹县丞是什么关系？"

宋小凡高深地笑了笑："陈家得罪曹县丞，是我居中一手调解的；曹县丞到江浦的第二天，我进了官驿跟他喝酒，你说我跟曹大人是什么关系？"

黄惟善愣住了，江浦县并不大，一点小小的风吹草动很快便人尽皆知，他知道宋小凡说的全是实话。

听宋小凡话里的意思，他跟曹县丞居然关系不浅，这下事情有点麻烦了。

宋小凡趁热打铁："你知不知道曹县丞后面站着的人是谁？"

"知道，燕……燕王殿下。"黄惟善艰难地吞了吞口水。

"你知不知道曹县丞是行伍出身，他的办事风格剽悍粗犷，惹毛了他，你猜你黄公子是个什么下场？"

"不……不知道。"

"你知不知道杀了我等于直接跟曹县丞撕破脸，跟曹县丞撕破脸就等于跟燕王殿下撕破脸，跟燕王殿下撕破脸就等于跟朝廷和皇上撕破脸？你确定你们黄家要跟皇上撕破脸吗？"

这顶帽子扣得够大的，黄惟善脸都绿了，身子有点发软："不……不知道。"

"行走官场如履薄冰，每一步都必须走得小心翼翼，你今日之举，你知不知道会给令尊惹下多大的麻烦？"

"不……不知道。"黄惟善脸色变了，嘴唇开始哆嗦。

他是纨绔子弟，但他不是白痴，跟随父亲耳濡目染之下，他当然知道官场的凶险。清醒之后他惊惧地发现，宋小凡问的每一句话实在很有道理，如果宋小凡和曹县丞真的关系不浅的话，今日若杀了宋小凡，其后果恐怕很不妙，现在他开始深深地感到后悔了。

宋小凡开始叹气，望向他的目光充满了怜悯："你什么都不知道，居然就带着这群泼皮混混上门杀人行凶，黄公子，我很好奇，你那莫名其妙的勇气哪里来的？难道真的是无知者无畏吗？"

黄公子脸部表情有点无助……

宋小凡对他的表情很满意。他从容走到黄惟善身前，将自己的脑袋朝他伸过去，道："该说的我都说了，黄公子，来，杀我吧，我让你杀。"

黄公子吓了一跳，脸色变白了，连连谦让道："不……不用了。"

"来嘛，别客气，杀了我，你能消了心头一口恶气，何乐而不为？来，动手吧，用你生平最厉害的招式，狠狠地打在我身上，千万不要手下留情……"宋小凡不停地怂恿。

"不……不……今天是个误会，误会……"黄公子吓得连退好几步，并不自觉地将双手背到身后，生怕一不小心碰到宋小凡，把他给碰死了似的。

"来吧来吧，宋小凡本不该生啊，宋小凡应该死啊……"宋小凡盛情邀请，表情诚挚得令人感动。

"不……我不要……我真的不要……"黄公子像个被流氓堵住的少女，一边后退一边无力地苦苦哀求……

一旁的老蔡、店伙计，以及手执刀枪棍棒、杀气腾腾的众泼皮目瞪口呆。

咱们不是来杀陈家姑爷的吗？杀人怎么杀出这副光景来了？

"你真的不杀我了？"宋小凡表情好像很失望。

"我觉得今天这事闹成这样，肯定是一场误会……"黄惟善表现得很诚挚。

他心中惊疑不定，宋小凡的话在他心里扎了根。江浦县的官场不大，可小圈子照样也是圈子，所谓牵一发而动全身，如果曹县丞真的跟宋小凡有着不浅的关系，那么今天是绝对不能动宋小凡一根汗毛的。纨绔子弟并非都是两眼望天、不可一世的白痴，他们也懂得思考，更懂得纨绔的权力是老爹给的，如果给老爹惹了祸，影响了他的仕途，那么自己这个纨绔子弟也做到头了。

敌情不明，黄惟善选择了暂时退让，他要回去好好查清楚，宋小凡跟曹县丞到底是什么关系。外面的人都说陈家这位姑爷是个窝囊废，但从宋小凡今日的表现来看，黄惟善觉得说这话的人都瞎了狗眼，有把知县公子逼得几乎走投无路的窝囊废么？

宋小凡现在的形象在黄公子心里有点深不可测。老爹没说错，宋小凡跟曹毅一样，都不是省油的灯。

"宋……宋掌柜，没什么事的话，我，我先走了……"黄惟善面孔抽搐了几下，领着一群泼皮混混，神情讪然地准备走人。

"等一下！"宋小凡叫住了他。

"你想怎样？"黄惟善眼睛眯了起来，莫非这家伙不打算放过他？好大的狗胆！再怎么说自己也是一县衙内，反过来若被一介贱民欺负了，以后他还怎么抬头？

宋小凡微笑着将黄惟善拉到一边，低声道："黄公子，今日既是一场误会，这事就算了。不过俗话说冤家宜解不宜结，今日黄公子领着这么多人打上门，若什么事都没干，就这么走了，黄公子脸面上是不是太没光彩了？"

"你什么意思？"黄惟善一脸警惕。

宋小凡笑道："民不与官斗，草民当然惹不起黄公子您，更不敢让黄公子丢了面子，所以草民想了个折中的法子，让您找回脸面，草民也好给自己留一线日后与您相见的台阶……"

"什么法子？"

宋小凡叹了口气道："打人是不对的，不过砸店却没关系，草民为黄公子的面子着想，您若实在觉得下不了台，草民给您提个建议，不如干脆把这醉仙楼给砸了，这样您面子里子都有了，黄公子意下如何？"

黄惟善一听眼睛立马亮了，接着又警惕地看着宋小凡："你是这醉仙楼的掌柜吧？你会这么好心，让我把店砸了？你到底什么意思？莫非想给我下套？"

宋小凡叹气道："草民当然不乐意，但是我实在不想得罪你，你若心里有气，我的日子也过得不安稳，这是无奈中的法子……"

黄惟善想了想，觉得砸店确实是个能出气又能找回面子的好办法。

"你……这可是你说的啊，可不能反悔，店是你让我砸的，将来就算到曹县丞面前，我……我也不怕，我占着理呢！"

"那当然，草民得罪谁也不敢得罪您黄公子啊……"宋小凡急忙指天画地保证，顺便还好心地问道："黄公子砸店需要工具吗？草民可以提供。"

黄惟善脑子转了很久，终于确定把醉仙楼砸了宋小凡也不能拿他老爹怎样，于是一咬牙，恶声道："不用！我们自己有！"

宋小凡立马识趣地站到一旁。

黄惟善走到那群泼皮混混面前，哼了两声，气焰又恢复了刚进店时的嚣张。

"你们这些混蛋还愣着干吗？给老子把这破店砸了！"

众泼皮一呆，接着开始群情激奋，一扫刚才黄公子哀哀退避时的颓势。

一名贼眉鼠眼的泼皮不怀好意地打量宋小凡两眼，凑到黄惟善面前讨好地道："公子，要小人教训教训这小白脸吗？"

啪！黄惟善一个耳光狠狠扇到他脸上，怒道："……只砸店，不准打人！"

于是众人举起手中原本是杀人凶器的刀枪棍棒，开始了轰轰烈烈的……砸店。

尘土喧嚣，热火朝天，气氛热闹得像是赶集，没过一会儿工夫，醉仙楼的大堂内顿时被砸得鸡零狗碎，乱七八糟，桌子椅子柜台酒坛，在泼皮们的肆意打砸下，全部化为垃圾。

众人打砸得凶狠，干劲十足，但是对一旁站立的宋小凡、老蔡和店伙计却碰都不碰，秋毫无犯。

此刻黄公子形象正义得一塌糊涂。

老蔡站在宋小凡身旁，在一片打砸声中浑身瑟瑟发抖。

"掌柜的，这……这可如何是好，他们砸得一点儿都不剩了啊……这……"老蔡急得脸都绿了。

宋小凡一脸平静地看着泼皮们卖力砸店，眼中居然露出了几分欣赏。

"老蔡，你能不能淡定一点？"

"掌柜的，淡定不了啊，这……怎么向老东家交代？完了，完了！醉仙楼被砸烂了，我肯定会被老东家辞了……"老蔡一脸绝望。

宋小凡叹了口气："老蔡我问你，这位黄衙内带人来之前，咱们是怎商量的？"

"怎……怎么商量？商量什么？"老蔡一副懵懂的模样。

宋小凡又叹了口气，耐心地道："咱们不是说，要把醉仙楼重新装修吗？大堂里所有的一切全都要拆了重建，你想想，我是不是这么说的？"

"是……是啊。"

"请人拆大堂是不是要花钱？"

"是……是啊。"

宋小凡叹了口气，目光感激地望着正砸得热火朝天的泼皮们，语气无限唏嘘："现在，有这么多热心的小伙子免费帮咱们拆，给咱们省了一笔开支，你还急什么？你应该心怀一颗感恩的心才是……"

老蔡闻言愣住了，焦急的面孔瞬间便恢复了平静，接着，眼中流露出一丝若有若无的笑意，笑意渐渐扩散、蔓延……

"掌柜说得很有道理，老汉真应该感谢他们才是……"老蔡的语气带着几分抑制不住的欢快。

这位宋掌柜实在……太坏了！哈哈。

很快，泼皮们将大堂砸得灰飞烟灭，黄惟善瞧着满目疮痍的大堂，其状肃然无比，他不由得满足地笑了，喘着粗气走到宋小凡面前，当着众泼皮的面，开始交代场面话。

"宋小凡，你看清楚了！以后若再敢得罪我，这醉仙楼就是你的下场！"

宋小凡低眉顺目，唯唯诺诺道："是是是，黄公子神威，令草民仰视畏惧不已……"

黄惟善见宋小凡一脸恭敬，心中不由得对他产生了些许好感，这位宋掌柜做事八面玲珑，懂得在小弟面前给他留面子，为了他的面子还大方地任他把店给砸了，此人所言所行，实在令他倾心不已。

虚荣心得到空前满足的黄公子，领着一大帮泼皮混混，扛着各种工具，像一群刚干完活风尘仆仆的施工队，心满意足地离开了醉仙楼。

宋小凡看着黄公子得意扬扬的背影，神色欢愉地长出一口气。

"什么叫双赢？这就叫双赢啊……"

◎

第十七章

◎

道爷发火　月下闹棍

醉仙楼门口围着一大群人，都是听到动静后来看热闹的百姓，其中不乏同情者，当然，也少不了幸灾乐祸的人。人生百态，只消看一眼这些围观者，便能体会出其中五味。

黄惟善领着泼皮们走后，围观的百姓也三三两两散去。

跋扈衙内怒砸醉仙楼，如此狗血的桥段，却成了一场不明不白的闹剧，宋小凡打心眼儿里感激黄公子的慷慨，这让他不但省了开支，也省了麻烦。

这件事的起因当然是为了陈家千金，说实话，宋小凡有点想不通，陈莺儿到底哪点好，值得这位衙内为她大打出手？陈莺儿除了长得漂亮外，宋小凡根本没看出她有什么别的优点，许是在深闺待得久了，养得性格淡漠、古怪、善变，这样的女人娶回家，不说话时还能看着养养眼，一开口会把人得罪死。宋小凡是个注重内在的人，脾气合不来，再漂亮他也不要。

不过宋小凡知道，经过这一次砸店之后，醉仙楼，不，正确地说是陈家，算是正式在江浦县公开地与曹县丞站在了一起，很快整个县城就会知道这个消息。当然，对江浦的官场来说，一个商人站在哪一边，根本无关官场大局，在这个朝代，商人能起到的作用太小了，陈家顶多只是给刚上任的曹县丞造一造声势。

从古至今，站队是个大问题，但是宋小凡相信自己的选择是正确的。

黄知县背后站着什么人他不知道，他只知道，曹毅背后站着燕王朱棣。朱棣是什么人？数年之后，大明王朝的第三任统治者，雄才大略的明成祖永乐皇帝，这就是穿越者的优势所在，他永远不会担心自己站错队，历史已经帮他选择好了，他只要依照历史的轨迹顺势而为便可无往不利。

黄公子走后，醉仙楼已是一片狼藉，老蔡和店伙计忙着将桌椅门窗的碎片收拢归置，气氛虽然沉默，可众人脸上的表情都很平静，一点也没有被人欺负后的颓丧。

宋小凡摸着下巴，考虑该怎么开口向陈四六讨要些银子，醉仙楼要重新装修，没银子是开不了工的。

到了晚上，以算命忽悠为生的太虚回了醉仙楼，宋小凡承诺过，以后晚上可以睡在这里，拼几张桌子的事，并不麻烦，太虚终于有了一个相对长久的栖息之地，自然是满心欢喜。这个时候正是倦鸟归巢的时候。

不过很显然，今天不是太虚的幸运日。

刚跨进醉仙楼的大门，太虚便被眼前这凄凉破碎的景象惊呆了。

用范先生《岳阳楼记》里的一句话来形容："登斯楼也，则有去国怀乡，忧谗畏讥，满目萧然，感极而悲者矣。"

这句话很适合太虚现在的心情。

太虚当场怒了："谁？谁干的？"

他不能不怒，他已经把醉仙楼当成了家，无论谁的家园被人残害成这样，都会发怒的，出家人也不例外。

太虚脖子都粗了，花白的须发俱竖，布满皱纹的老脸一阵阵地抽搐，连呼吸都粗重了许多。

"谁？到底是谁干的？还有王法吗？还有法律吗？"太虚怒发冲冠。

宋小凡急忙劝解："道长莫气，出家之人不可犯嗔戒……"

太虚一惊，急忙敛神静气，长长宣道："无量寿佛——"

接着，太虚又暴跳如雷："无量他娘的个鸟寿佛！道爷我找个睡觉的地方容易吗？出去一天就被人拆了，出家人也是人，怎么就犯不得嗔戒了？"

宋小凡擦汗，老骗子也是性情中人啊……

"宋老弟，你说，到底是谁干的缺德事儿？道爷我这就去抽死他！"

宋小凡揉了揉鼻子，苦笑道："俗话说冤家宜解不宜结，既然已经被砸了店，还是退一步海阔天空吧……"

有句话宋小凡没忍心说，按他的计划，醉仙楼本来就是要全部砸了重新装修的，人家黄公子当了活雷锋忙活一下午，若再追上去揍他一顿，未免也太不讲道理了。

"不行！你必须告诉我谁干的！道爷我红尘修行，遇着不平事当然要管一管，更何况还是宋老弟你的不平事，道爷我更要管了！"太虚不依不饶。

宋小凡顿时肃然起敬，想不到老骗子还是个古道热肠的侠义之辈，以前太小看他了……当然，也不能排除他是为了泄私愤，毕竟他睡觉的地方被人砸了，他又成了无家可归的流浪道士，俗话说光脚的不怕穿鞋的，太虚的这种情绪很符合逻辑。

伟大的革命导师马克思说，无产者失去的只是锁链。这话实在很有道理，翻译成通俗语，那就是舍得一身剐，敢把皇帝拉下马。这两句话套用在出家人身上照样很合适。

宋小凡转了转眼珠，一抹熟悉的坏笑在嘴角勾出一道弧线。

"你确定要揍他？"

"当然！道爷今日也来个替天行道！"

"好吧，我带你去找他。那人砸了店后四处花天酒地，应该不难找的。"

宋小凡是个很随和的人，既然太虚如此热情地帮他找场子，不答应他好像说不过去，毕竟人家老道士现在雄性荷尔蒙分泌得很旺盛，不给他找个情绪的发泄口，恐怕他会发狂。

于是一老一少在漆黑的夜幕中，鬼鬼祟祟地出了醉仙楼的大门，满大街地找黄衙内，准备复仇大业。

正如宋小凡所说，黄衙内并不难找。

江浦只是个小县城，晚上的娱乐场所只有那么几家，宋小凡和太虚很快找到了黄惟善。

黄惟善正在一家名叫"藏春阁"的青楼里喝花酒。今日大砸醉仙楼，他觉得很威风很畅快，大大满足了衙内横行跋扈的心理，于是他呼朋引伴，在藏春阁聚集了一大帮人，每人抱着个粉头狎玩。

今日宋小凡敬畏的表情让他又一次体会到权力的妙处。

在这小小的江浦，他老爹黄睿德就是天，他黄衙内同样也是天。哪怕来了个欲与天公试比高的曹县丞，也改变不了现状。黄睿德正在京师拜会礼部黄侍郎，他相信老爹会带来好消息，燕王贵为王胄又如何？一个戍边的王爷，若论在京师的影响力，比得上常伴圣驾的侍郎大人吗？当今皇上早已定下皇太孙，燕王再怎么折腾也当不了皇帝，大环境决定小环境，黄惟善左想右想，都觉得曹县丞必然斗不过自己的老爹，此时的他，正可谓近日无虑，远日无忧。

至于公开投靠曹县丞的陈四六，还有那个时常皮笑肉不笑的讨厌姑爷，待到曹县丞轰然垮下之时，便是陈家倒霉之日，相信那一天不太远了。

陈莺儿，那个商人家的女儿，最后必然也会入他黄衙内的彀中。

黄惟善对此很有信心。

藏春阁外，街角的巷子口，宋小凡看着里面热火朝天的喧闹景象，不由得懒洋洋地打了个呵欠，然后感到一阵冬日的寒意，于是又轻轻跺了跺脚。

"要不，咱们回去吧，明天再来找场子……"宋小凡劝道。

时间很晚了，已经习惯古代人的早睡早起，宋小凡现在一阵又一阵的困意，他实在提不起精神来复仇。不论黄衙内心里怎么想的，事实上砸醉仙楼这种行为并没做错，人家累死累活忙活了一下午分文未取，现在又要去找他麻烦，宋小凡觉得这种行为很禽兽……

"不行！道爷我今儿跟他耗上了！我没地方睡，他也别想好过！"太虚目光灼灼地盯着藏春阁的大门，愤愤道。

宋小凡叹了口气，他觉得太虚太热心了，相比之下，自己这个真正的受害者反倒太不敬业，居然有点陪太子读书的意思，实在应该反省一下。

二人有一句没一句地躲在街角巷楼闲扯淡，眼睛却一眨不眨地盯着藏春阁的大门。

不知过了多久，喝花酒喝得面红耳赤的黄惟善终于东摇西晃地出来了，狂妄大笑着跟那群狐朋狗友挥手作别，然后独自一人往东走去。

宋小凡眼睛一亮，点子来了！

像变戏法儿似的，宋小凡不知从什么地方掏出两样物事，一条二尺余长的麻袋，还有一根拳头粗的大木棍儿。

宋小凡将两样物事递到太虚面前，道："你选哪一个？"

太虚下意识拿过木棍儿，然后两眼发直道："你……你这是什么意思？"

宋小凡很耐心地道："你不是说要帮我报仇吗？"

太虚懵然点头。

宋小凡"嘿嘿"一笑，指着不远处正摇摇晃晃走着路的黄惟善，道："看见那孙子了吗？今日就是他拆了咱们的醉仙楼……"

太虚目光顿时变得炽热，眼睛仿佛快喷出火来。

"你说吧，咱们应该怎么做？"太虚摩拳擦掌，战意盎然。

宋小凡是个谦谦君子，至少他自己是这么认为的，君子哪怕作奸犯科，说话的时候也要文雅一点。

于是宋小凡很腼腆地道："我是这么想的，为了让他得到教训，我打算让他双目暂时性失明，接着用钝器对他的肉体进行无差别殴打、凌辱，然后从他身上获得一些受害者该得的赔偿，最后飞快撤离殴打现场……"

太虚"呸"了一声，万分鄙夷地道："说了那么多，不就是套麻袋、敲闷棍么？"

宋小凡仰着头想了一下，最后点头道："不错，我觉得你的概括很准确，一针见血。"

东市青石大街上，黄惟善一个人摇摇晃晃地往家中走去，浑然不觉两个不怀好意的人已经盯上了他。

黄惟善没带随从家丁，不能怪他大意，他老爹是知县老爷，县城里头一号掌权人物，在江浦县内，哪怕他黄衙内学螃蟹横着走，谁敢找他麻烦。

久怠必有祸。黄惟善当然想不到，在这江浦县内，居然真有人敢找他麻烦。

祸事已经悄悄临近。

漆黑的夜幕下，两条人影正鬼鬼祟祟摸了上来。

一人扯着麻袋，另一人手执木棍儿，像极了摸鬼子炮楼的土八路。

黄惟善仍在摇摇晃晃，嘴里哼着跑了调儿的黄色俚曲，今晚在藏春阁，黄公子玩得很"high"，除了嗑药，坏人该干的事儿他都干了。

宋小凡远远跟在后面，看着黄公子这副郎当模样，说实话，自认正人君子的宋掌柜都忍不住想抽他。前世无数的文学作品和影视作品里，对黄公子这种人有一个统称："人渣"。

本来对敲他闷棍有些歉意的宋小凡，现在忽然觉得，其实年轻人偶尔受点挫折和打击，还是很有必要的。也许受过这次打击后，黄衙内会培养起"生于忧患，死于安乐"的危机意识，更能明白"夜路走多终遇鬼"的人生道理。

想来想去，宋小凡觉得今日敲他闷棍的行为，简直是行善积德。

于是，正人君子宋小凡坦然了，甚至还有些自豪感充斥于心间。

小时候捡到五毛钱交给警察叔叔时，他也有同样的感觉。

教育衙内，是身为正人君子必须具有的社会义务，等同于除灭四害，人人有责。

离黄惟善还有丈余距离的时候，宋小凡暗暗朝太虚丢了个眼色，太虚点头会意。

黑暗中，两条人影暴起飞扑，醉醺醺的黄公子根本来不及反应，脑袋就被人从身后用麻袋套住，刚待出声惊呼，脑后一阵劲风，太虚已狠狠一棒子敲在他头上，最后……黄公子不负众望，晕过去了。

整个敲闷棍行动为时不超过三秒，眨眼工夫便完成，二人配合得天衣无缝，动作如行云流水，利落之极。

太虚扔下棒子，狠狠朝躺在地上不省人事的黄惟善吐了口口水，然后又使劲踹了他几脚，边踹边骂："道爷不发火，你当我是泥捏的？叫你砸我床铺，叫你为非作歹，叫你嫖姑娘，道爷今儿就废了你……"

说着便抬脚朝黄惟善的命根子踢去。

宋小凡大惊，急忙拉住他："道长，教训一顿就够了，杀人不过头点地，让人断子绝孙就过分了啊……"

太虚踹得气喘吁吁，闻言顿醒，面色一整："无量寿佛——贫道失态了，罪过，罪过！"

宋小凡同情地看了满脸脚印的黄公子一眼，蹲下身，将黄惟善随身的钱袋扯了过来，放在手里掂了掂，大概有几十两之多。宋小凡眼睛放出亮光了，有了！

事实再次证明，抢劫实在是很有前途的一门职业。

老实不客气地将钱袋收入自己怀中，宋小凡心中顿时涌起一阵幸福的眩晕感。

他并没对自己的行为感到羞愧，砸店图的是个酣畅爽快，可是……你砸过之后总得要赔钱吧？不然这世上还有王法吗？还有法律吗？

太虚捋须，低头看着昏迷不醒的黄惟善，他对自己敲的那一棒子感到很满意，无论力道还是角度，都恰到好处。

"对了，忙活了半天，这家伙到底是谁呀？"太虚终于想起这个很重要的问题。

宋小凡朝太虚拱手笑道："这家伙姓黄，是咱们江浦黄知县的公子。恭喜道长，贺喜道长，您今日终于犯下滔天巨案……道长您红尘修行，又多了一件不平凡的阅历，实在是可喜可贺……"

夜幕之下，太虚黑油油的老脸霎时变得苍白。

"道长，您流汗了，很多……"

"道长，您为何不说话？"

"道长……您怎么了？"

半晌，太虚抖抖索索道："你……你怎么不早说？"

宋小凡眨着眼睛无辜道："你又没问……"

"宋老弟啊……贫道近日感觉体内气机牵引，似有所悟，看来离羽化飞升的大成之境不远了，贫道决定从明天……不，从现在开始，云游四海，漂泊八方，求证天道……"

宋小凡一把拉住他往醉仙楼走去："道长你真会开玩笑，醉仙楼有吃有喝，证什么天道呀，这样的日子给个神仙都不换……"

太虚不停地挣扎："宋老弟，宋老弟，你听我说，听我说啊，贫道真的快羽化了……"

"得了吧，鸟才羽化呢，你一老头儿顶多骨质钙化。道长今日两肋插刀，咱们回去好好喝几杯……"

"宋老弟，今日之事，你要发誓保密啊……"

"好，我发誓，绝不将今日之事泄露半句，不然罚我跟你一样当道士……"

"宋老弟，咱们还是把黄公子送回去吧，把他丢在这里多没礼貌，着凉了怎么办……"

黄知县的儿子黄惟善晚上被人打昏在街角巷口，身上财物被洗劫一空，怀疑有人谋财害命。

这条消息在平静的江浦县如同一颗核弹般炸开了。

黄知县雷霆大怒，这简直是对他这一县之令的严重挑衅！

刚从京师回来的黄知县，立时将县衙的刘捕头和一干衙役捕快召集起来，把他们骂了个狗血淋头，并严令他们各处查访，用最快的速度破案。

上自县衙官吏，下至平民百姓，大家都知道，江浦县不平静了。

而这件大案的制造者、江浦县陈家女婿宋小凡同志，却若无其事地坐在陈府前堂内，没事人似的看着面孔不断抽搐的陈四六。

"银子送给曹县丞了？"陈四六沉声问道。

"送去了，曹县丞表示很高兴，直夸岳父大人您是个风格高尚的人……"

陈四六挤出个比哭还难看的笑脸："能不高尚吗？两千多两银子啊，唉！"

好像存心看陈四六不痛快似的，宋小凡适时地补充了一句："岳父大人，不止两千多两银子，还包括醉仙楼一半的股份，也就是说，以后醉仙楼不管赚了多少银子，都要分一半给曹县丞。就算生意做不下去，要关门大吉，醉仙楼卖掉后，得的银子也要分一半给他……"

陈四六脸色顿时变绿了，捂着胸口半晌说不出话。

宋小凡同情地看了他一眼，不太忍心告诉他一个更残酷的事实：银子和股份曹县丞都收下了，不过人家明明白白说了，承的是他宋小凡的情，跟陈四六没啥关系。

这话若说出来，估计陈四六会当场气死。

于是宋小凡想了想，还是没说。他是个善良的人，岳父健康是他的心愿。

良久，陈四六缓过一口气，长长叹息道："罢了，商人若要寻个靠山，这些银子是必须要花的……"

深深地看了宋小凡一眼，陈四六道："贤婿啊，这银子和股份一送出去，咱陈家便意味着直接跟黄知县敌对了，咱们这么下的这一注……下对了吗？"

"岳父大人，曹县丞身后站着的可是燕王殿下。燕王雄才大略，世之枭雄，咱们站到燕王一边，肯定是没错的。黄知县必然斗不过曹县丞，江浦一县，早晚是曹县丞的天下，岳父大人尽管宽心。"

陈四六点点头，然后又犹豫道："要不，咱们在黄知县那里也下一注吧，两边都讨好，两边都不得罪……"

宋小凡笑了，笑得很坏："岳父大人，来不及了，开弓没有回头箭，您还是踏踏实实地跟曹县丞绑在同一条船上吧……"

陈四六见宋小凡坏坏的笑容，顿时心腔一抽。

"你什么意思？"

"岳父大人，昨日黄知县的公子黄惟善带人砸了醉仙楼，这事儿您知道了吧？"

"知道。"

宋小凡微笑道："再后来，黄惟善晚上被人敲了闷棍，这事儿您也知道了吧？"

"知……知道。"陈四六浑身开始发抖，他忽然有了一种很不祥的预感："这跟咱们陈家有什么关系？"

"当然有关系，那事儿正是小婿干的……呵呵，岳父大人要为小婿保密哦，不然整个陈家就遭殃了……"

陈四六脸色忽然变紫，捂着胸口，翻了翻白眼，肥腿蹬了两下，晕过去了。

◎ 第十八章 ◎

貌似忠厚　预谋挑衅

宋小凡没想到自己的岳父居然是个如此脆弱的男人。

所以陈四六晕过去以后，宋小凡只得吩咐下人赶紧叫大夫对他进行抢救，然后讪讪地摸着鼻子走了。

他觉得很不爽，他本来打算接下来跟岳父讨个赏的，毕竟别人砸了陈家的店铺，是他宋小凡帮陈家报了仇，功劳不敢说，好歹有几分苦劳吧！

陈四六晕得很及时，宋小凡怀疑他是不是猜到了自己接下来要说什么，所以适时地装晕过去了。

事实再次证明越有钱的人越抠门儿。

接下来的几日，江浦县显得非常的平静，平静得分外诡异，有种山雨欲来的压抑感。

黄知县仍每日在衙门里大骂刘捕头，敲他儿子闷棍的凶手还没找到，黄知县只此一子，当然要给儿子报仇，所以最近几日除了这件大案要案，黄知县根本没心思去管别的事情。只苦了衙门的刘捕头，每天卯时总是先被黄知县骂一顿，骂完以后灰溜溜地领着衙门的捕快衙役们上街查访，像群没头苍蝇似的瞎转悠。

捕头挨了骂，满肚怨火总要找个地方发泄出来，所以下面的人日子也难过了。如此循环之下，江浦县开始进入了严打时期，游荡在街头无所事事的泼皮混混们倒霉了，捕快们根本不管他们犯没犯事，不问青红皂白便将他们拿进了大牢，江浦县的治安空前良好，简直可以用"路不拾遗，夜不闭户"来形容。

这一切的始作俑者宋小凡同志浑然不觉，他已经将心思全部投入到他的事业上。

都说认真的男人最帅，这话实在很有道理。宋小凡最近照镜子的次数越来越频繁了，按这样的进展继续帅下去，以后何必奋斗事业？擎等着富婆们打破头来包养自己吧。

外面一干捕头捕快们脸色铁青地找凶手，宋小凡却忙着在醉仙楼里搞装修。

空荡的大堂已换上了一批新制的水柳木桌椅，仿造前世咖啡厅那种有些错乱的格局，三三两两地摆放；东侧靠墙的位置上，已经搭建好了一个两丈见方的木台子，台子上铺了红地毯，柜台酒架也换上了新的，整个大堂看上去富丽堂皇，颇具贵气。

同时，宋小凡也新请了近十名手脚麻利、眼力灵活的店伙计和三位掌勺大厨，一切准备停当，便准备重新开张了。

装修期间，对面金玉楼的周掌柜过来看了看，然后皮笑肉不笑地跟宋小凡寒暄了几句。周掌柜说话的神态很客气，不过话里的意思却不怎么客气了，他眼含轻蔑不轻不重地表示，金玉楼是有着深厚背景的酒楼，哪怕你醉仙楼装修成天堂，江浦县内也没人敢上你这儿来吃饭，还是别白费力气了。

周掌柜的一番话给宋小凡提了个醒儿，醉仙楼的生意若想东山再起，首先必须要把金玉楼这个竞争对手整趴下才行。

于是，周掌柜嘿嘿冷笑着告辞后，宋小凡陷入了沉思。

这个时候，一副仙风道骨模样的太虚走了进来。

最近太虚的日子不太好过，满城尽逮敲黄衙内闷棍的凶手，太虚老道感到压力很大。活了一百三十多岁，按说已经饱经风霜，看破红尘了，可直到认识了宋小凡以后，他才悚然惊觉，这一百多年好像白活了。一个不到二十岁的年轻小伙子，就是这样将一位百岁老寿星一步一步地引向堕落的深渊，在犯罪的道路上越走越远……

算卦骗钱为生的江湖骗子，改行敲人闷棍，本来专业就不对口，更何况敲的居然是知县大人的公子，太虚百来年都没干过这么不冷静的事儿。他愈发怀疑，那晚被宋小凡有意当了枪使，那小子长得一副斯文模样，可太虚却深深地发现，一个人的外表太具有欺骗性了，那小子满肚子的坏水儿，无时无刻不在咕噜冒泡儿，不能不防。

这几日睡在醉仙楼，太虚上上下下都混熟了，进来后见宋小凡坐在桌边沉思发呆，太虚也不客气，径自坐在宋小凡身旁，拎起茶壶给自己倒了杯茶，一饮而尽，然后胡乱擦了擦嘴。

"哎，想什么呢？"

宋小凡回过神，见太虚正看着他，目光中有些关切的意味，宋小凡心中微微感动，这是他来到明朝后的第一个朋友，也是目前交到的唯一一个朋友。

"哦，没什么，今日这么早就收摊了？生意如何？骗了几个人？"

太虚叹气道："别提了，生意倒是不错，麻脸姑娘问姻缘，穷酸书生问功名，快断气的老头儿问寿数……啥人都有，红尘百相啊。"

宋小凡敷衍似的拱手道："那可恭喜道长了，道长初至江浦不过旬月，已经打开了江浦县的忽悠市场，实在是可喜可贺……"

太虚唉声叹气道："生意确实不错，可我没心思张嘴骗啊！宋老弟，最近风声很紧啊，听说刘捕头这几天抓了好多泼皮，就是为了那晚……"

宋小凡大声咳嗽，太虚一惊，赶紧左右瞄了瞄，闭上了嘴。

宋小凡转移话题，苦口婆心劝道："这么好的生意你怎么能没心思做呢？道长，做人要勤奋啊，这世道赚银子不易，有人送上门让你忽悠，当宰则宰啊……"

太虚面有苦色："可能贫道今日状态不好，随便忽悠了几句，反倒得罪了顾客，想了想，还是早点收摊子回来吧，再胡说八道没准人家会砸了贫道的招牌……"

宋小凡好奇道："你是怎么忽悠的？"

"贫道心绪不佳，于是对麻脸姑娘说，若问姻缘，先去找块磨刀石把脸磨平了；又对穷酸书生说，明年科举必又落榜，以后你会慢慢习惯的……"

宋小凡眼睛瞪大了："道长你这嘴可真……真直爽啊！"

太虚拍着大腿叹道："心里担惊受怕，贫道哪还管得了别人？不过对那快断气的老头儿，贫道倒是嘴下积德，一句话都没说……"

"道长宅心仁厚……"

"哪儿呀，贫道虽没说一句话，不过却指了指街对面的棺材铺，老头儿当场就哭了，哭得那叫一个伤心呀……"

"把人埋汰成那样，他们没揍你？"

太虚傲然道："贫道会轻功的，你忘了？"

宋小凡赞叹不已，有武功就是牛逼，得罪人了也不怕，反正撒丫子就跑，别人追不上，实在是作奸犯科、招惹是非的良好善后工具……

太虚叹了一会儿气，又神情紧张地凑在宋小凡的耳边道："宋老弟，你说……黄公子那事儿，衙门里的差人应该不会抓到咱俩吧？贫道记得那晚咱们是先用麻袋套住了黄公子的脑袋，再敲的闷棍，黄公子应该没瞧见咱们的脸……"

"道长莫要担心，这事儿干得天衣无缝，衙门找不到咱们头上……"

宋小凡随意宽慰了几句，看着太虚紧张的老脸，忽然"嘿嘿"笑了，笑得很奸诈。

他忽然又有了一个不怎么善良的主意……

真奇怪，为什么每次看到太虚，总能让他产生这种不善良的灵感？太虚实在应该好好检讨一下自己的长相了。

"道长，肚子饿吗？在下做东，请你吃饭。"宋小凡表现得比狼外婆还诚挚。

太虚嗤道："你是酒楼的掌柜，哪一顿不是你做东？别废话了，贫道今日还吃狗肉火锅，快叫你们厨子做……"

"道长，老在醉仙楼吃，也该换换口味了。道长若不嫌弃，在下请你到别处吃饭如何？"

"哪里？"

宋小凡嘿嘿笑着指了指对面富丽堂皇的金玉楼："道长，听说金玉楼的酱肘子乃江浦一绝，道长想不想尝尝？"

太虚吞了吞口水，刚待点头，却见宋小凡一脸奸诈，太虚立生警觉。

"你有什么意图？"白岁老寿星一把年纪毕竟没全部活到狗肚子里，马上觉得其中有阴谋。

宋小凡很诚恳地道："单纯的吃饭而已，道长多虑了。在下略读过几本圣贤书，行事向来光明正大，怎会做那宵小之事？道长你要相信我的人格。"

太虚呸了一声，道："金玉楼是你醉仙楼的冤家，老死不相往来，你没事跑到金玉楼吃饭，贫道就不信你小子没意图。贫道老早就看出来了，你小子是个貌似忠厚、实则奸诈的小人，这会儿肯定想着怎么算计金玉楼呢……"

宋小凡咳了两声："道长这么说就冤枉在下了，在下其实是个读书人，读书人都是受过圣贤教诲的……说了这么多，道长到底去不去？酱肘子在向道长招手啊……"

"去！怎么不去！不去是王八蛋！你怎么算计金玉楼贫道不管，反正贫道只管吃喝，绝不掺和其中恩怨。若然发现事情不对，贫道会轻功，撒腿就跑，嘿嘿……"

"道长真是义薄云天……"

于是，半炷香之后，宋小凡和太虚二人坐在了金玉楼的一楼大堂内，神色平静地点好了菜，等着店伙计端菜上来。

等待上菜的过程是漫长的，因为金玉楼的生意实在太好了，几乎可以说是座无虚席。宽敞的大堂里，每张桌子都坐着客人，他们推杯换盏，高声谈笑，店伙计端着托盘在桌子间来回穿梭，如鱼入水，一片忙碌喧嚣的景象。

宋小凡嫉妒得眼睛都红了，如果不是金玉楼有着深厚的背景，这么好的生意本来应该属于醉仙楼的，满堂食客不知有多少都是冲着黄知县的招牌来的，这是一种含蓄的拍马屁的方式。

咳了两声，宋小凡低声对太虚道："你就不问问我为何要请你来金玉楼吃饭？"

太虚一派悠闲模样，从容地捋着胡须，悠然道："贫道活了一百多岁，若连你这点小心思都看不穿，这把年纪岂不是活到狗肚子里去了？不过贫道只管张嘴吃，不管醉仙楼和金玉楼的恩怨，你若在这里惹事，贫道拔腿就跑，别忘了，贫道会轻功……"

宋小凡恨得牙痒痒，轻功果然是个很牛逼的本事，这一刻宋小凡忽然有点想跟着太虚学功夫的冲动了，前提是，这个老道士没骗他，真的会功夫。不过宋小凡怎么看怎么都不觉得太虚会功夫，按逻辑来说也说不通呀——武侠小说里，除了丐帮弟子，哪个武林高手会混到以拐骗忽悠为生，惨得差点去要饭的地步？那些高来高去的高手缺银子花了，通常都是纵身一跳，跳进某个倒霉催的富户人家，顺手取用一些银子，还美其名曰："劫富济贫……"

眼前的太虚老道，跟宋小凡印象里的武林高手完全没有共同点，左看右看，怎么看都像一个混得特穷途末路的江湖老骗子。

于是宋小凡很快打消了跟太虚学武的念头，做人还是理智一点的好。

店伙计端菜上来了，黑红色的酱肘子泛着晶莹的油光，照亮了宋小凡和太虚二人的眼睛。

两人二话不说，举筷便开吃，吃得满嘴油亮，浑然不顾经过桌边的店伙计们或鄙夷或惊奇的目光，吃相很是难看。

据说这道菜是金玉楼的招牌菜，味道确实不错，金玉楼的掌柜人品不怎么样，可厨子还是有几分看家本事的。

胡吃海塞之下，满桌子的菜很快见了底儿，宋小凡和太虚瘫在椅子上，抚着胀鼓鼓的肚皮打饱嗝儿，一脸满足的表情。

"好吃吗？"宋小凡仿佛连抬头的力气都没有了，懒洋洋地翻起眼皮问道。

太虚点头："不错，味道与你醉仙楼比起来，各有千秋。"

宋小凡笑了，他眨了眨眼，道："吃饱喝足，咱们是不是该走了？"

太虚嗑着牙花子道："甚好甚好，那你就去结账走人吧。"

宋小凡脸上的笑容越来越坏："有个好消息，还有一个坏消息，你先听哪个？"

太虚眉梢一跳，忽然有种不祥的预感：稍不留神，不会又着了这小子的道儿吧？

"先听好消息。"太虚小心翼翼地道。

"好消息是：这顿饭咱们不用付钱。"

太虚松了口气，脱口问道："太好了……哎，为什么不用付钱？"

宋小凡赞道："道长这个问题问得很犀利，一针见血。为什么不用付钱呢……"

说着宋小凡眼珠转了转："……因为我没带钱。"

"啊？"太虚大惊失色，冷汗不由自主地冒了出来。

"你……你怎么能不带钱呢？"太虚急得直冒白毛汗，刻意压低了声音，显得有些气急败坏地问道。

宋小凡特无辜地眨巴着大眼睛："我忘了。"

"忘……忘了？"太虚张大了嘴，两眼发直，半晌才狠狠跺了跺桌子底下的脚，"你怎么能忘了呢？醉仙楼就在对面，你速速拿银子来……"

"醉仙楼最近装修，银子都花光了……"

太虚说不出话了，他现在才回过味儿来，果然又一次着了这小子的道儿。

百岁老寿星一次又一次栽在这个毛头小伙子手里，大把年纪确实活到狗肚子里去了。

"贫道早就算出今日必有凶兆，果然……唉，宋老弟啊，贫道不知你来金玉楼搞什么鬼，不过贫道刚才可是有言在先，只管吃喝，不管你和金玉楼的恩怨。现在吃饱喝足，贫道要运轻功遁去了，你就留在这儿慢慢跟他们纠扯吧……"

宋小凡痛心疾首道："道长，你怎么能这样？吃过喝过，鞋底抹油，只能同富贵，不能共患难，你太没义气了！"

太虚面带赧色，接着回过神，又怒了："你是有目的的！你今日必是故意来金玉楼找碴儿了，以为贫道看不出么？"

"道长，我一直引你为人生知己……"

太虚暴跳如雷："闭嘴！有你这种变着法儿坑人的知己么？"

"道长，责难的话还是等咱们脱困后再说。道长百岁高龄，可谓人中极端，人生阅历想必丰富无比，可有办法助咱们脱此困境？"

太虚怒哼一声，狠狠瞪了宋小凡一眼，又心虚地看了看来回走动的店伙计，然后翻着白眼儿，开始凝神。

宋小凡等了一会儿，见太虚终于睁开眼，宋小凡不由喜道："道长有办法了？"

太虚捋须，沉默半晌，这才掐着手指道："……贫道先算一卦，卜卜吉凶。"

宋小凡擦汗："……道长，这样会不会太儿戏了？"

太虚心里那个恨呐！这小子把自己莫名其妙拖下水，现在反而说他儿戏。

"不然怎么办？"太虚怒道。

宋小凡坏笑道："道长若无办法，在下倒有一个法子……"

太虚白眉一挑，今日宋小凡带自己来金玉楼搞这么多名堂，现在终于点到正题了。

"你有什么法子？"

宋小凡"嘿嘿"笑了两声，温文尔雅的模样顿时变得奸诈狡猾起来。

在店伙计莫名其妙的目光下，二人交头接耳，窃窃低语了几句。

于是，金玉楼中，杯觥交错、宾客满座的大堂内，一名年迈苍老的老道士吃着吃着，忽然口吐白沫儿，浑身打起了摆子，接着一阵杯碟落地的碎裂声，老道士在众人愕然的目光注视下，狠狠摔到了地上。整个过程虽然时间不长，可动静闹得很大，堂内高谈笑闹的宾客们都注意到了，整个大堂顿时安静下来，

大明王与商人婿

大家纷纷好奇地看着这位老道士躺在地上不停战抖吐白沫儿。

事情还没完，店伙计还没反应过来，老道士旁边坐着的一位年轻人忽然飞快地蹿到老道士身边，悲愤惊呼道："道长……道长……你怎么了？你到底怎么了？！"

老道士一边战抖，一边艰难地抬起手，目光愤恨地指着不知所措的店伙计，断断续续道："你们……你们给贫道的菜里……下了什么东西？"

金玉楼内一名长得白白胖胖，好像是堂内主事的胖子擦着冷汗，脸色铁青地走出来，见到老道士的模样，顿时急道："这位道长没事吧？快！快给道长叫大夫……"

老道士颤抖的手指着胖子，恨声道："你们……到底在菜里下了什么东西？"

胖子急得快哭了："咱们是正正当当的酒楼，除了做菜的作料，哪敢放别的东西呀？"

老道士置若罔闻，气若游丝地哀哀道："解药……求你们了，给贫道解药……贫道吃了你们的菜，快死了……"

堂内宾客闻言大哗，忙不迭地各自使劲儿抠着自己的喉咙眼儿，生怕自己也吃进了什么毒药类的东西，大堂内只听得哇哇的呕吐声此起彼伏，不绝于耳。

胖子主事急得脸都白了，还没等他叫掌柜，只听得老道士仰天长啸一声，悲声大叫道："贫道纵横江湖一甲子，没想到今日竟命丧这小小酒楼之内，张三丰师兄，师弟我……不该贪嘴啊！报应，报应！"

言毕，老道士软软倒下，再无声息。

年轻人趴在老道士的遗体上放声悲恸："道长……道长……魂兮归来！你若撒手去了，叫我怎么跟张三丰老神仙，也就是全一真人、道号玄子，同时也叫玄一道长的张仙人……交代哇——"

"哗——"整个大堂的食客像被火星点着的火药桶，轰然炸开了。

◎ 第十九章 ◎

以牙还牙 重新开张

当宋小凡像给人发名片似的，将那位素未谋面的张三丰老神仙的名号从头到尾念了一遍以后，金玉楼大堂内的食客和店伙计们顿时哗然。

"他说的是张老神仙？"

"躺地上的这位邋遢道士难道是张三丰的师弟？真的假的？"

"哎哟！这金玉楼做的菜到底有多邪门儿？连张老神仙的师弟都着了道儿，菜里面掺了什么……"

"嘘，小声点儿！你不知道金玉楼是谁开的？不要命了你？别瞎嚷嚷了，顶多下次咱们不来了便是……"

"对对对，咱们还是赶紧走吧，顺便找个大夫给瞧瞧，看咱们是不是也中了毒……"

"……"

众人议论纷纷，然后眨眼的工夫，大家便一轰而散，逃命似的争先恐后跑出了金玉楼。

店伙计急了，追在食客们身后大喊："哎哎，都别走呀！还没付账呢……"

"回来！别拦了，由他们去吧！"胖子主事终于觉得事情不对，擦了擦满脑门的汗，望着地上一死一哭的二人，目光中凶色愈盛。

"二位，你们存心搅局的吧？别演了，人都走光了，起来吧。"

宋小凡仍在嘤嘤哭泣："道长，魂兮归来……"

"够了！这位朋友，明人不说暗话，今日来我金玉楼闹场，所为何因？咱们以前结过梁子吗？"

人都走光了，宋小凡的目的也达到了，于是宋小凡止了哭声，抬起头望向胖子主事。

胖子主事一见之下大吃一惊："这不是陈家姑爷么？"

宋小凡苦笑："你应该叫我宋掌柜……兼陈家姑爷。"

胖子冷笑："我道是谁这么大胆子，敢来金玉楼闹事，原来是你！今日宋掌柜唱这么一出，意欲何为？"

宋小凡和善地笑道："没什么，你们金玉楼把张三丰的师弟给毒死了，刚才道长临死之前交代了遗言，他说你们金玉楼的大堂聚风藏气，南北通风，正是一块上好的风水宝地，他最后的心愿是请我把他老人家埋在你们大堂正中。金玉楼的各位都是爽快之人，想必不会拒绝道长这个小小的心愿吧？"

金玉楼的店伙计们闻言顿时怒了，这也太欺负人了！俗话说泥菩萨还有三分土性，更何况这酒楼的幕后大老板乃黄知县，众人群情激愤，挽着袖子便欲上前揍人。

躺在地上一动不动装死的太虚也跟诈尸似的跳了起来："呸呸呸……说什么呢？晦不晦气？有你这么咒人的么？"

宋小凡气得跺脚："不是让你好好装死吗？你怎么不听话呢？"

"贫道再装死你就要把我埋了，我能不诈尸么？"

"那酱肘子的钱你给啊……"

……

刚刚气绝身亡的道长原地复活，而且还活蹦乱跳，胖子主事脸色一阵青一阵白，半晌才怒道："二位，玩够了吧？金玉楼与你们无怨无仇，二位这是存心绕梁子来了？"

宋小凡从容地拂了拂衣裳，微笑道："种恶因，得恶果，金玉楼以前对付咱们醉仙楼的时候，用的手段也不怎么光彩吧？在下只是投桃报李而已。这位管事，今日之事你管不了，回头告诉你们周掌柜一声，鄙人宋小凡来过，向周掌柜问好。"

转过身，宋小凡斜睨了太虚一眼："道长打算继续在这儿吃酱肘子，还是跟我一起回去？"

太虚急忙咧嘴一笑："贫道还是觉得醉仙楼的狗肉火锅好吃……"

"那咱们就回吧。"

在众人仇视的目光下，二人施施然走出了金玉楼。宋小凡这一刻忽然想起了小李飞刀李寻欢，在少林寺众僧的包围中，李寻欢手捏一把飞刀，与众僧对峙，那么多武功高强的和尚，愣是没人敢出来受他那出手第一刀。此时此景，自己与李寻欢多么的相似。

不过他觉得自己比李寻欢更牛逼，人家手里有飞刀，自己手里却空无一物，金玉楼的众伙计也不敢拿他怎样，这是何等的气势。

金玉楼众人恨恨地盯着二人的背影消失在街角，拳头攥得紧紧的，一名店伙计凑到胖子主事面前恨声道："管事怎么不把他们留下？咱们这么多人揍他个半死……"

"啪——"胖子管事一个巴掌狠狠甩在伙计脸上。

"闭嘴！你懂个屁！知道他是谁吗？"

"他不就是陈家的窝囊姑爷……"伙计捂着脸不服气地道。

"哼，窝囊姑爷？人家早就抱上了新任曹县丞的大腿，上次黄公子领了一票人砸醉仙楼，那么多人愣是不敢动他一根手指，你难道比黄公子还有种？"

"那……也不能由着他胡来吧？咱们金玉楼可是……大老爷的家业，就这样被一个赘婿给欺负了？以后别人怎么看我们？"

胖子主事咬了咬牙："我马上去见周掌柜，请他定夺！"

出了金玉楼，冬日冷风一吹，宋小凡顿时觉得背后一阵凉飕飕的，伸手一摸，全被冷汗浸湿了。

太虚"嘿嘿"笑道："老弟，怕了吧？你猜今日他们若真的动手揍你，你会是个什么下场？"

宋小凡擦了擦额头冷汗，镇定地道："他们不会动手的，陈家现在已公开跟曹县丞站在了一起，正所谓打狗也要看……咳咳，不对，是投鼠忌器，金玉楼那几个管事和伙计是不敢动我的。但是如果黄惟善在场的话，那就说不准了，我就是笃定了这一点，才敢上门闹事……"

"你怎么知道黄惟善没在金玉楼？"

宋小凡奇怪地看了太虚一眼："黄惟善被你一棍子敲得卧床不起，道长莫非忘了？"

太虚惊出了一身老汗，急忙心虚地瞄了一眼四周。

"既然你笃定他们不会动手，怎么还吓出一身冷汗？"太虚嗤笑。

宋小凡很诚恳地道："我这是阳火旺盛，小时候有个算命先生给我算过，说我五行属火……"

"编，你就接着编！贫道老早看出来了，你小子绝不是个善茬儿，得亏你无权无势，你若当了官，必是个祸国殃民的主儿……接下来你打算怎么做？金玉楼估计没人敢上门了，醉仙楼是不是可以开张了？"

"还不行，搅和金玉楼的生意只是计划的第一步，还有第二步……"

太虚望向宋小凡的目光都不同了："你小子的阴损招数一套接一套，你还打算干吗？"

宋小凡不怀好意地看了太虚一眼，太虚被他看得毛骨悚然，不自觉往后退了一步。

"你……你不会又想利用我吧？贫道刚才陪你演了一场戏，已经仁至义尽了，适可而止啊……"

"道长，你老跟我吹嘘会轻功，到底真的假的？"

事涉师门，太虚一挺胸，傲然道："当然是真的！"

宋小凡笑了："物要尽其用，人要尽其才，哪怕是一张厕纸，都有它的用处，更何况道长比厕纸有用多了。既然是真的，那在下再麻烦道长一件事……"

"你想怎样？"

"帮我贴传单去！"

"老爷，老爷……不好了！"陈管家气急败坏地奔进了陈府前堂。

"出了什么事？慌慌张张的！"陈四六精神有些颓丧地坐着，不满地瞪着陈管家。

陈管家跺脚道："老爷，姑爷……宋小凡他，他竟公然在金玉楼闹事，把金玉楼彻底得罪狠了，现在已闹得满城皆知……"

"什么？"陈四六吓得浑身一抖，面色立马变得苍白起来。

"这个……这个混蛋！他……他怎敢如此大胆？他不知道金玉楼是黄知县的家业么？"

敢跟黄知县叫板，宋小凡这混蛋莫非真是个疯子？哪怕你有曹县丞撑腰，也不该如此张狂啊，人家曹县丞是正主儿，不也没公开跟黄知县撕破脸么？

陈四六现在很想哭，更想死，不论这个疯子做了什么，人家黄知县必然会把这笔账算到陈家头上，人家是一县父母，陈四六估计他听不进什么"冤有头债有主"的屁话……

如果杀人不犯法的话，陈四六现在很想到厨房去抄把菜刀，然后亲自把宋小凡剁成一片一片的，最后再蘸上血，在墙壁上写下"杀人者，陈家四六也"……

陈管家急道："咱陈家只是个商户，宋小凡身上早就打下了陈家的烙记，黄知县若发雷霆之怒，这笔账还不得算到陈家头上？咱们可得罪不起黄知县呀……"

陈四六怔忪了一会儿，忽然捂住胸口，痛苦呻吟："快……快给我把宋小凡叫回来！"

陈管家慌忙出去了。

陈四六欲哭无泪，原本安排宋小凡当掌柜只是表明个态度，敷衍一下他的，没想到当日的敷衍之举，竟给陈家埋下了祸因，宋小凡啊宋小凡，你就不能让我省省心吗？

江浦官驿内。

曹毅豪迈的大笑声惊起一群栖息枯枝的鸟儿。

"哈哈……你真把金玉楼闹得人去楼空？"

宋小凡面带赧色："草民行事太过孟浪，实在惭愧无地……"

"哈哈，你惭愧什么？商人做买卖，本就跟战场杀敌一样，不是你死就是我亡，金玉楼以前对付醉仙楼时，用的不也是下三滥的手段嘛。"

曹毅笑着笑着忽然眯起了眼睛，盯着宋小凡道："本官跟你也打过几次交道了，这双招子自信没走过眼，你不太像那种做事冲动的人。这次大闹金玉楼，彻底得罪了黄知县，你难道不知会有什么后果吗？"

宋小凡笑道："大人见谅，草民虽名为醉仙楼掌柜，可这醉仙楼实际上是您和岳父的，草民食人之禄，自当忠人之事，醉仙楼若赔本儿，草民丢脸事小，大人没了进项事大啊！这个时候，草民也就顾不得什么黄知县的面子了……"

曹毅"嘿嘿"笑了几声，用手点了点宋小凡，道："你小子还是没说实话，怎么？本官是那种昏庸糊涂之人，听不得一句真话么？"

宋小凡犹豫了一下，这才道："既然大人要听真话，草民就说几句不知进退的话了……"

"尽管说。"

"大人您是有抱负的人，您将来的成就，绝不止于做一个小小的八品县丞。官场上若思进取，平稳渐进才是正道，草民妄自揣度，这些日子大人想必四处拉拢结交江浦县衙的大小官吏吧？大人身后有燕王偌大的权势，如今又有陈家倾力而注的财力，拉下一个小小的知县，想必不是难事。今日草民孟浪，大闹金玉楼，实际上也是给大人提供一个试探的良机，大人何不借此事来试一试江浦官场的深浅？"

"如何试？"

宋小凡摸着鼻子苦笑："不出意外的话，草民也许很快就成阶下囚了……"

曹毅皱眉道："你是说黄知县会拿你下狱？他用什么罪名拿你？"

宋小凡叹息道："大人在军中日久，自是不知官场腌臜之事，当官的若要拿一个微不足道的贱民入狱，还用得着找罪名吗？"

曹毅目光闪动，似有所悟："本官明白了……"

看了一眼宋小凡，曹毅沉声道："你小子是个人物，且去吧，放心，本官保证，你进不了大狱！"

宋小凡恭谨拱手而退，转身之后，嘴角微微勾出一道弧线。

宋小凡走后未多时，曹毅的老家仆走进了厢房，低声道："按老爷的吩咐，老奴已悄悄给衙门的谢主簿、李典史、刘捕头等分别送去纹银五百两……"

"他们都收下了吗？"

"都收下了。这几年黄知县暗里捞银子，却不给属下官吏分一杯羹，下面的人怨气颇重……"

"他们说了什么？"

"谢主簿说得很直接，以后唯老爷马首是瞻；李典史和刘捕头执一县刑狱，倒是说得颇为含蓄，不过话里的意思，皆言愿与老爷同进退……"

曹毅哈哈大笑："万事备矣！"

接着又压低了声音叹道："燕王殿下送来密信，嘱我尽快主政江浦，我正烦恼此事，却没想到宋小凡那小子给我帮了个大忙……"

"老爷有意抬举他么？"

曹毅沉吟道："不忙，这小子不是池中物，待我拉下黄知县，真正主政江浦后，再好好看看他的本事。"

宋小凡大闹金玉楼的第二天，江浦县内上自官吏富绅，下至贩夫走卒都还没从这个大事件中回过神来，又一个震撼性的新闻事件在全城开始蔓延。

这确实是一个可以称得上前无古人后无来者的新闻。

一大清早，江浦的大街小巷、城门院墙都贴满了一张又一张的小报。

这个时代的人对小报这种东西当然很陌生，除了县衙外专门张贴朝廷公文和悬赏缉捕朝廷钦犯江洋大盗的公示栏，谁见过这种满大街乱贴的小报？

国人喜好热闹，更喜好爆炸性的新闻，聊以做谈资，于是，好奇之下，识字的书生和百姓们纷纷凑到小报前，仔细观看小报上的内容，有好事者还大声朗读出来，给那些不识字的百姓听。

小报内容很简单，它有个很具震撼性的大标题。

"惊！缺德酒楼食中下毒！怒！拷问掌柜道德良知！"

这个标题真可谓触目惊心，振聋发聩。

小报以匿名的形式，述说着一个事实：某年某日，某酒楼不知出于什么目的，竟在端给客人的食物中下了毒药，致使一位传说是张三丰师弟的可怜老道士不幸中招，目前生死茫茫，不知其果……

小报通篇没指名道姓说是哪家酒楼，不过江浦县就这么大，一点小小的风吹草动都能传得人尽皆知，更何况这么具有爆炸性的新闻事件？

于是，整个江浦沸腾了。

金玉楼的商誉瞬间被降至冰点，开酒楼的在酒菜里下毒，谁还敢去吃？知县开的酒楼又怎样？哪怕你是玉皇大帝开的，没活够的人怎会再上门？拍知县的马屁也犯不着把命搭上啊。

短短一天之内，金玉楼的名声便臭遍了江浦县的大街小巷，以后怕是连东山再起都不可能了。

当然，明眼人也看出了这条消息的深意，小小的江浦，要变天了。

小报贴出后的当天中午，装修一新的醉仙楼紧锣密鼓地开张了。

这次的开张颇富创意，门口铺着鲜红的地毯，从台阶一直延伸到街边，地毯上撒满了万紫千红的鲜艳花瓣；一水儿的美貌姑娘穿着统一的比襟扣甲长裙，胸前斜披着一条红色的绶带，上面写着"欢迎光临醉仙楼"的字样，排成整齐的两列，笑颜如花地站在醉仙楼大门口；长长的炮仗放个没停，一旁锣鼓喧天，热闹得跟成亲似的。

这些噱头在前世来说，当然很普通，见得太多了，可现在是明朝初年，谁见过这样的开业场面？一时间城内的百姓们都被吸引来了，远远地站在外面，好奇而又充满畏惧地看着醉仙楼的大门。

场面很热闹，可是真正敢跨进醉仙楼大门的人，一个都没有。外面站着迎宾的姑娘们仿佛也感受到这诡异的气氛，她们脸上的笑容不自觉地僵硬起来。

宋小凡仍旧穿着一身旧长衫，他脸上堆满了笑，心头却很沉重。

黄知县果然淫威甚重，一句话没说，整个江浦竟无一人敢惹他不痛快。醉仙楼的开业摆明了是要跟对面的金玉楼打擂台，试问谁敢轻捋黄知县的虎须？

陈四六作为醉仙楼的大老板，当然也在迎宾之列。他神情沮丧，脸色苍白，明明是开业典礼，他的表情却像在出席某个葬礼，沉痛得如丧考妣。

宋小凡实在看不下去了，慢慢走到陈四六身边，不着痕迹地低声道："岳父大人，笑一笑嘛，这是开业，不是出殡……"

陈四六抬眼，非常愤怒地瞪了他一眼，眼睛一瞟，看见对面金玉楼的周掌柜正阴沉着脸，如同看杀父仇人一般看着他，陈四六不自觉瑟缩了一下，心虚地低下了头。

"贤婿啊，你……唉……你把事情闹成这样，打算如何收拾？"陈四六根本没有一丝业大展鸿图的喜悦，反而愁眉苦脸地重重叹气。

"岳父何意？小婿不是很明白……"宋小凡堆着笑装糊涂。

"你知不知道由于你的胡闹，咱们陈家已经彻底地得罪了黄知县？一个处置不当，也许会致陈家灭门之祸！你看看，你把场面搞得这么热闹，有一个人敢上门吗？"

虽说宋小凡出面拉拢了曹县丞，可谁知道黄知县收拾陈家的时候，曹县丞会不会出手相助？当官的吃拿索要不办事的德性，陈四六见得太多了，自己只是一介商人，想来曹县丞也不会为了一个低贱的商人，而跟黄知县翻脸吧？

陈四六越想心里越没谱儿，眼中渐渐布满绝望之色，看着满目的美女迎宾、红地毯、鲜艳花瓣和锣鼓乐手，不由得颓然叹了口气，哭丧着脸道："罢了，罢了，我就当出席自己的葬礼吧……还真的挺热闹的。"

宋小凡乐了："岳父大人如此开朗豁达，实在是陈家之幸。有位老道士说过，苦心中，常得悦心之趣。今日如此热闹，就算是葬礼，也算是喜丧了……"

宋小凡侃侃而谈，陈四六抓狂了，脸色愈发难看，暴跳道："你闭嘴！闭嘴闭嘴闭嘴！"

"岳父大人冷静，这么多人看着你呢……"

陈四六怒哼一声，然后面向围观的百姓强挤出个比哭还难看的笑脸。

"岳父大人笑得真迷人……"

陈四六的脸开始抽搐……

宋小凡看了看天色，忽然意味深长地笑道："岳父大人莫急，小婿这样做自然是有用意的。且放宽心，很快就会有位贵客登门庆贺了……"

◎ 第二十章 ◎

祸事将至　峰回路转

县衙三堂西花厅内。

啪！

一个耳光狠狠甩在金玉楼周掌柜脸上，周掌柜白净的脸庞顿时印上一个鲜红的五指印。

"大人恕罪！"周掌柜扑通一声跪了下来，颤声求饶。

"本官把金玉楼交给你打理，你就是这样打理的？"黄睿德脸色铁青，浑身不自觉地轻颤，平素看来温文儒雅的脸，此刻布满了狰狞，像一头受了伤来回游走的野兽，为官的体面和仪态统统都抛到了脑后。

"大人容禀，那宋小凡行事委实太过卑鄙，而且毫无章法规矩，小人不察，这才着了他的道。他先是故意在金玉楼寻衅，破坏咱们的生意，后又满城张贴谣言，败坏金玉楼的名声。他……他如此作为，分明是没将大人您放在眼里，其手段之阴险无耻，令人防不胜防……"

"一个如草芥般低贱的贱民，有何本事，敢把这江浦的天捅个窟窿？"黄睿德的脸已经开始扭曲，身为一县父母，被一个贱民如此挑衅，这是他绝对不能容忍的。

周掌柜嗫嚅着嘴唇，犹豫了一下，低声道："小人还听说……"

"还听说了什么？"

"……黄公子被人打昏的当天，曾与那宋小凡起过争执，后来因忌惮宋小凡背后的曹毅，于是只砸了店，并未伤人，结果当天晚上公子就被人打昏在街角……"

黄知县眼皮跳了一下，竟奇异地平静下来，缓缓道："你想说什么？"

周掌柜小心地看了他一眼，期期艾艾道："大人……黄公子被人打昏，会不会……跟这宋小凡有牵连？"

黄知县面容抽搐了几下，道："刘捕头大索全城，未有寸进，不管是不是与宋小凡有关，此人绝不可留！"

周掌柜低头道："大人英明。"

"你去跟刘捕头说一声，吩咐他即刻去将宋小凡拿入大狱，不得延误！"

"是，可是……大人，咱们找不到宋小凡打伤公子的证据呀……"

黄睿德冷笑，眼中厉色闪动："证据？本官的话就是证据！在这江浦，本官要谁死，谁就得死！拿下宋小凡以后，叫庞师爷随便寻个死罪定下，明年秋后菜市问斩！还有，陈家也别想好过，马上命人查抄陈府，陈家所有人等，全部拿下！"

"是。"

周掌柜惶惶退下，黄睿德看着厅外被寒风吹得摇摆不定的枯叶，眼中杀机愈盛。

宋小凡若非仗着曹毅撑腰，怎敢如此大胆，挑衅一县之父母？曹毅，本官今日便断你一臂，让你知道什么叫强龙不压地头蛇！

锣鼓喧天，鞭炮齐鸣，醉仙楼门前仍是一片喧嚣，门外远远地围了一大群看热闹的百姓，却没一个人敢主动登门，两列花枝招展的姑娘们俏脸渐渐僵硬，再也笑不出来了。

宋小凡仍挂着满脸笑容站在最前面，潇洒的模样好像T台上站桩子的男模特，或手托腮，或手叉腰，或抬头四十五度仰望天空，每种姿势维持四分之一炷香时间，吸引了不少少女少妇们爱慕的眼神。

陈四六看不下去了，他实在没料到这个貌似老实忠厚的女婿居然有如此风骚的一面。

"贤婿，贤婿……"

"啊……岳父大人，小婿在……"

"你动来动去的，身子不舒服吗？"

"不是啊岳父，被这么多人注视着，小婿认为应该把最美好的一面呈现在大家面前，这样才能得到大家的好感……"

"你……你这是什么歪理？"

宋小凡耐心地解释道："一个企业必须要有自己的企业文化，小婿认为咱们陈家的企业文化应该是'阳光，健康，向上，奋发'……"

陈四六两眼发直："什……什么叫企业？企业那个……文化是什么意思？"

"这个，一时半会儿解释不清，反正咱们摆姿势也是企业文化的一种，而且很有必要……岳父大人如果也有兴趣的话，小婿教您一种剪刀手造型，非常的卡哇伊，岳父您试试？"

陈四六没有搭话。

醉仙楼开业的气氛渐渐陷入尴尬之境时，突然发生了变故。

东边街角处，周掌柜领着衙门的刘捕头和十几个衙役气势汹汹朝醉仙楼走来，他们手里拿着抓人时必备的铁链铁尺，还有枷具，周掌柜嘴角噙着冷笑，一双眼睛如毒蛇般阴恶地盯着宋小凡。

宋小凡和陈四六互视一眼，两人心头一沉，该来的还是来了，黄知县终于要出手了。

刘捕头三十多岁，是个矮小但精悍的汉子，由于常年抓捕犯人，所以面孔显得非常冷硬，永远是一副不苟言笑的表情，眼睛小而有神，看人时非常锐利，直透人心。

宋小凡表情一肃，深呼吸一口气，迎上刘捕头，微笑道："草民见过刘捕头。"

刘捕头在宋小凡面前站定，上下打量了他一眼，冷声道："你就是宋小凡？"

"草民正是。"

"宋小凡，本捕头奉知县之令，即刻缉拿你和陈四六等人下狱。来人，给他们上枷具，带回衙门！"

刘捕头身后的衙役们回应一声，其中二人走上前来，便欲锁拿宋小凡和陈四六。

陈四六脸色苍白得像个死人，豆大的汗珠顺着臃肿的脸庞缓缓流下，肥短的双腿一软，情不自禁便往地上瘫去。

"且慢！"宋小凡伸手大喝，制止了上前拿人的衙役。

"敢问刘捕头，草民和我岳父所犯何罪？"

刘捕头眼神复杂地瞟了一眼身旁不停冷笑的周掌柜，冷冷道："本捕头奉命拿人，其他的一概不知。你若有冤屈，可着人去县衙门口击鼓鸣冤。"

一旁的周掌柜站出来哼道："宋小凡，金玉楼是那么好得罪的吗？枉你活到这么大，何事可为，何事不可为，没人教过你？你区区一介贱民，有什么资格跟金玉楼叫板，可笑又复可怜！"

宋小凡斜眼瞟着周掌柜，道："你有没有听过一句话：笑到最后才是笑得最好……"

周掌柜一愣："没听过。"

宋小凡喃喃道："没文化真可怕，我估计你跟我岳父可能比较有共同语言……"

随即宋小凡对刘捕头道："刘捕头，你奉命拿人，草民自是不敢不从。不过草民有个不情之请，能否请刘捕头再多等片刻？"

刘捕头眼中光芒一闪，仿佛听出宋小凡话里的意思，于是低下头，沉吟不语。身后的衙役们见头儿没发话，自是不便上前，场面一时陷入僵局。

周掌柜觉察出气氛不对，转过头盯着刘捕头道："刘捕头，他说要你等你就等吗？别忘了你可是奉知县之命来拿人的。你们还愣着干什么？还不赶紧给我把宋小凡和陈四六拿下！若再迟疑不前，当心县尊大人打你们的板子！"

众衙役面面相觑，不知所措，大家都纷纷看向刘捕头。

刘捕头眼中怒色一闪，冷冷道："周掌柜，我才是这江浦县的捕头，做事自有分寸，用不着你这开酒楼的商人指手画脚！"

周掌柜见刘捕头语气强硬，不由得一窒，随即冷哼道："好，刘捕头，在下不再多言，只希望你在县尊大人面前交代得过去。你别忘了，这江浦是何人做主！"

刘捕头愈发强硬道："怎么交代是本捕头的事，这江浦县总不会是你周掌柜做主吧？"

周掌柜怒哼一声，不再言语，悻悻退到了一边。

刘捕头转过头，望向宋小凡，平静地道："宋小凡，不能等了，本捕头拿的是朝廷的俸禄，县尊有令，不敢不从，你还是跟我们回县衙吧。"

宋小凡听刘捕头对他说话客气，心中愈发有数，这位捕头大人多半已被曹县丞拉拢了。江浦就这么大，既然站到了曹县丞的一边，自然清楚宋小凡是个什么人物了。

当下宋小凡拱手笑道："草民不敢令刘捕头为难，咱们这便走吧，这世上总有个讲道理的地方。"

刘捕头冷酷的眼中浮出一抹难得的笑意，淡淡道："不错，世上总有个讲道理的地方。"

刘捕头还是通了一次人情，没有给宋小凡和陈四六上枷具，众衙役不紧不慢地将宋小凡和陈四六围在中间，一行人举步便欲向县衙走去。

周掌柜拢着手站在路旁，满脸得逞的笑容，阴冷地注视着宋小凡。

众人刚走出醉仙楼门口不远，便听到一道高亢嘹亮的声音大喝道："县衙曹县丞到——县衙谢主簿到——县衙李典史到——静街——回避——"

众人一愣，宋小凡脸上飞快闪过一抹喜色，长长舒了一口气。

曹县丞来了，宋小凡终于松了口气，等了他这么久，就是为了这一刻。

权力确实是个好东西，上位者一句话，便能轻易定人生死，宋小凡很清楚，他若真被拿进了大牢，其结果不用想都知道，绝对是一个死字，没有人彻底得罪了知县之后还能安安稳稳活下去，当官的要整死一个普通的百姓，实在太容易了，容易得几乎懒得费劲找什么借口和罪名。官要百姓死，百姓不得不死。

宋小凡再一次亲身体会到权力的妙处，他开始觉得自己活得太悲哀，大丈夫手中无权，在这风云诡变的大明朝，只能如蝼蚁一般活着，那样有什么意义？这次曹县丞救了自己，下次呢？下下次呢？难道自己一个穿越者，每次还得等着别人来救？

男人终究还是要靠自己，权力才是最让人产生安全感的东西。

一丝力争上位的野心，终于在宋小凡心中悄悄萌芽、破土，以一种疯狂的长势，飞快占据着宋小凡心中的沃土，不可抑制。

听到街角传来的大喝声，陈四六绝望如死人的神色终于有了些许生机，他不由得精神一振，扭过头以一种近乎感恩的表情望向宋小凡。

宋小凡朝他微笑点头，然后伸出手，貌似潇洒，实则风骚地向他摆了一个剪刀手的造型，非常的卡哇伊。

曹县丞未穿官服，只着一身花团锦簇的长衫，面色沉静地向他走来，一干衙役前呼后拥开道，声势浩大，官威十足，街边看热闹的百姓纷纷低头回避，不敢直视。

他的身后还跟着两位身着便服的中年男子，宋小凡稍一打量，便知是衙门的谢主簿和李典史了。瞧他们走路时一左一右隐隐落后曹县丞两步，神态中带着几分恭敬，宋小凡不由得暗暗吃惊，这曹县丞本事不小，这么短的时间内，就把衙门里最为重要的主簿、典史和捕头都拉进了自己的阵营，这恐怕不仅仅是银子能办到的事，多半还是他们看中了曹县丞背后燕王朱棣的显赫尊位。

曹毅此人看似粗犷豪迈，不拘小节，实则精明能干，不可小觑。宋小凡有些庆幸，幸好自己站对了位置，跟这样的人做朋友，远比做敌人要愉快得多。

思绪纷乱之时，曹毅已走到了宋小凡面前。

宋小凡回过神，拱手道："草民宋小凡见过县丞大人、主簿大人、典史大人。"

曹毅锐利的眼神飞快地扫了一眼不远处目瞪口呆的周掌柜，又不易察觉地对刘捕头点了点头，随即大笑道："宋老弟不必多礼，今日本官与衙门的同僚皆是便装前来，听说陈东家的醉仙楼今日开业，本官冒昧，倒是想厚着脸皮讨杯发财酒喝，哈哈。"

围观的百姓轰然大哗，这位新上任的县丞大人刚才称宋小凡什么？宋老弟？

古人向来以礼为先，称呼问题可不是小事，堂堂朝廷八品官员，竟对一个寄人篱下的赘婿称兄道弟，这位陈家姑爷……还是当年的窝囊女婿么？他什么时候竟跟县丞大人拉上了关系，而且瞧着架势，关系还非常亲密。

陈四六原本陷于即将家破人亡的大悲情绪之中，却没想到情势峰回路转，很快又从地狱回到了天堂，听得曹县丞这样说，长着玲珑心窍的陈四六哪有不懂意思的道理？

尽管浑身仍在微微发抖，陈四六却努力平复了情绪，恭声道："有劳二老爷挂念，陈家商号上下感激涕零，曹大人纡尊降贵亲临草民的小小酒楼，实在令鄙酒楼蓬荜生辉。"

曹毅闻言豪迈地哈哈大笑，仿佛根本没看见刚才衙役欲缉捕宋小凡的一幕，只朝宋小凡挥了挥手，道："这么多人站在门口干吗？宋老弟，走，陪本官进去喝几杯。你小子人是机灵不错，可惜酒量实在太糟糕，本官得好好操练操练你……"

宋小凡摸着鼻子苦笑道："大人要喝酒，草民当然不敢不陪，只可惜现在恐怕不行，草民不小心冒犯了黄知县的虎威，现在正准备跟着刘捕头去大牢吃牢饭呢……"

曹毅闻言假装怔了一下，然后沉下脸来，目光渐渐变得如刀刃般锋利，盯着刘捕头道："怎么回事？县尊大人要拿宋小凡？本官怎的不知道？宋小凡所犯何罪？"

刘捕头飞快与曹毅交换了个眼神，然后一副公事公办的模样，淡淡道："小人只是奉知县之命拿人，宋小凡所犯何罪，小人委实不知。"

曹毅原本轻快的表情收敛起来，眉间渐渐蹙成一个川字，明眼人一看便知，这位县丞大人不高兴了。

转头看向身后的李典史，曹毅问道："李大人，你是典史，主管本县刑狱，县尊大人欲缉拿宋小凡，你可知宋小凡所犯何事？"

李典史皱着眉道："下官也没听县尊大人提过此事，许是下官能力菲薄，县尊大人又惯来乾纲独断，缉拿人犯不与下官知会，也是平常得很。"

围观的百姓闻言倒吸一口冷气，李典史这话可说得太重了，虽字面上的意思对黄知县仍是恭敬，但话里隐藏的意思却太恶毒了："乾纲独断"，这个词儿向来是用在皇帝身上的，李典史却不假思索地用来形容黄知县，这话当着众多围观百姓的面说出来，若传到京师朝堂，甚至传到皇上耳中，会对黄知县产生什么印象？

明朝洪武年间，朱元璋对民间文字言论的控制可谓是严厉之极的，任何不恰当的或对皇权有威胁的文字言论，必将得到最严厉的处置，轻则入狱充军，重则诛灭九族。朱元璋对此毫不手软，雷厉风行，由此也衍生出"锦衣卫"这个臭名昭著的特务组织，其主要作用就是为了监控士大夫和民间的文字言论。幸亏自从胡惟庸、蓝玉谋反案之后，由于锦衣卫大索天下胡蓝同党，牵连无辜过甚，朱元璋不得不当着朝堂众官的面，当场尽焚锦衣卫诏狱的各种刑具，撤裁了锦衣卫这个恶名满天下的特务组织，朝堂和民间这才得了几年喘息。

这若是当年的锦衣卫还在的话，李典史的这番话说出来，不出半个时辰，黄知县就会被锦衣卫的某个百户或总旗客客气气地请到京师镇抚司的诏狱之中喝茶，并享受谋反嫌疑的钦犯待遇。运气好的话，黄知县或许还会得到当今皇上朱元璋同志亲笔御批"其罪当诛"的圣裁。

宋小凡愣了一会儿才听出李典史话里的意思，不由得心惊胆战地擦了擦额头的汗：都说读书人阴狠，以前还不觉得，直到现在才算真正领教了，读书人……果然惹不起啊！一句轻飘飘的话都能杀人。

这说明什么？知识就是力量！

宋小凡决定日后闲暇之时，一定要多读书，读好书，用以充实和武装自己，立志做一个满肚子坏水的读书人……

连曹毅听到李典史的话后，眉梢也禁不住微微一跳，颇带几分惊悚地看了李典史一眼。

场面一片死寂，在场的百姓纷纷注视曹毅，眼中的兴奋之色愈盛，明眼人都看出来，江浦县大老爷和二老爷的正面较量借由这件事开始了。

一旁伫立无言的周掌柜见李典史竟然说出这等诛心的污蔑之语，矛头直指黄知县，大感意外之下，不由得急了，赶紧越众而出，大声道："宋小凡涉嫌伤害知县公子，故县尊大人命刘捕头缉拿，请曹大人明鉴！"

曹毅皱眉冷声道："你是何人？"

周掌柜吓得往后退了半步，强做镇定道："草民姓周，乃金玉楼的掌柜……"

"你有功名在身？"

"……没有。"

"既无功名，见了本官为何不跪？你竟敢如此轻慢本官！"曹毅怒道。

周掌柜闻言吓得腿一软，扑通一声跪下了，然后可怜兮兮地看了宋小凡和陈四六一眼，目光中的含义很清楚，他们也无功名，为何不跪？

宋小凡差点笑出声来，这曹县丞怎么老喜欢玩这一套？记得第一次见他时，他也对自己来了这么一出，莫非是他骨子里的自卑感衍生出来的偏执倾向，非得要人跪着跟他说话才舒坦？

曹毅哼了一声，没理会周掌柜幽怨的目光，转身对刘捕头大声道："既为朝廷命官，理当爱民如子，宋小凡一无劣迹，二无罪名，无缘无故缉拿入狱颇为不妥。或许是县尊大人对宋小凡有所误会也不一定，刘捕头你且叫众衙役回去，宋小凡之事，本官自会在县尊大人面前担当。"

围观众人闻言又是一阵惊异。

曹毅这话明着听起来客气，可实际上话里的意思，分明已经在当众抽黄知县的脸了：二老爷当着这么多人的面，当场否决了大老爷的命令，此事不出一个时辰，便会传至江浦县的大街小巷，而黄知县的面子和威望，已经是丢得不能再丢了。

刘捕头眼中快速闪过一抹笑意，然后仍是一副公事公办的模样，平静地道："既然曹大人有命，小人不敢不遵，这便带弟兄们回去了。"

周掌柜仍跪在地上，曹毅仿佛忘记了他这个人似的，也没叫他起身。

不过周掌柜也没在意这个，他现在浑身冰冷，刚才发生的一幕在他脑海中不断回放，再看着曹毅身后笑得意味深长的谢主簿和李典史，还有明着不偏不倚，实则阳奉阴违的刘捕头，一股莫名的寒意忽然沁入周掌柜全身。

怎么会这样？江浦难道真的变天了？

想到这里，周掌柜不由得浑身颤抖，惶然失措。

远处一声震耳的铜锣敲响，惊醒了沉思中的周掌柜。

"本县县尊黄大人亲临，静街——回避——"

◎ 第二十一章 ◎

江浦换天 尘埃落定

听到衙役的这一声大喝，围观的众人如潮水般纷纷往后退去，隔老远看着一乘锡顶绿呢官轿在四名衙役的簇拥下，自东边缓缓行来。

众人顿时呆了，为了缉拿小小的一个商户女婿，竟劳动本县大老爷和二老爷同时到场，这宋小凡到底有何本事，令执掌一县之首脑如此大张旗鼓，劳师动众？

宋小凡听得黄知县到来，虽是胸有成竹，心头仍忍不住剧跳了一阵。转头见曹毅脸上一片平静之色，宋小凡这才平复了心跳，神态恭谨地半躬着身子，跟其他百姓一样，静静地退避到一旁。

他知道，现在已经不关自己什么事了，当着这么多人的面，现在是知县老爷和县丞老爷的表演时间，作为一个配角，当然要懂得分寸。而且宋小凡也巴不得当个配角，朝廷官员之间勾心斗角，他一个小小的百姓，还没有资格参与其中。

官轿离醉仙楼越走越近，曹毅回过头，飞快地与谢主簿、李典史、刘捕头交换了一下眼神，然后不易察觉地点了点头。随即曹毅整了整衣冠，领着衙门里的这几位小吏，当先向官轿迎去。

官轿离醉仙楼大门数丈之遥便停下了，轿夫压轿，一手伸向前，将轿子内穿着七品官袍的黄知县搀了出来。黄知县下轿后静静地站在轿前，一双如鹰隼般锐利的眼睛缓缓扫过众人，虽不言不语，但他身上散发出令人窒息的官威，使得在场所有人皆惶然垂头静默，不敢发出丝毫声响。

曹毅哈哈一笑，率先向黄睿德拱手行礼道："想不到一个小小的醉仙楼开业，竟劳动县尊大人亲临至此，陈四六的脸上可是愈发光彩了。下官曹毅，见过县尊大人。"

黄知县先朝跪在地上的周掌柜瞟了瞟，又凌厉地瞪了刘捕头一眼，然后也微微笑道："曹大人多礼了，本官听说衙门里各位同僚尽出，二堂签房内空无一人，好奇之下，一问方知原来各位同僚都来这里了。呵呵，本官也想来看看，到底是什么人有如此能耐，竟能同时请到衙门上下这么多官吏……"

黄知县语含机锋，隐隐有些指责曹毅及众官吏结交商户，有官商勾结之嫌。

曹毅仿佛根本没听出黄知县话里的意思，仍是哈哈一笑，豪迈道："下官与众同僚无事在城里闲逛，体察一下民情，正巧遇着陈东家酒楼开业，下官是好酒之人，再说与陈东家也有一段不打不相识的浅薄交情，于是邀着各位同僚厚着脸皮前来叨扰一杯水酒。县尊大人既然亲临，那是再好不过，若县尊大人不嫌弃，不如与下官一齐进去喝上两杯如何？"

黄知县目光闪过一道阴霾，然后也微笑点头道："如此甚好，说来本官也有多日未与众位同僚饮酒了，今日既然曹大人有此雅兴，本官借花献佛，正好与各位痛饮一番……"

曹毅闻言侧身一让，伸手请黄知县入内。

围观众人心中一齐暗暗叹息，原以为大老爷和二老爷会因缉拿宋小凡一事而上演一场争斗，却没想到两位大人根本连提都没提及这事，彼此说话客客气气的，竟是好一出"相见欢"的和谐景象，等着看好戏的众人大感失望。

正在大家失望摇头，打算散去之时，意外再一次发生了。

黄知县在众官吏的簇拥下，朝醉仙楼的大门走了几步，忽然停住脚，好像刚想起什么微不足道的小事似的，转过头不经意地淡淡道："刘捕头，本官不是叫你拿人么？赶紧把人拿进大狱关好，然后再回来，这些日子你辛苦了，本官还要敬你几杯酒呢。"

众人举步的动作顿时僵住了，热热闹闹的场面如同被定了格似的，忽然间陷入死一般的寂静，所有人的目光都情不自禁地看向曹毅。

半晌无人应话，黄知县轻轻皱眉，沉声道："怎么了？有何不妥吗？"

沉默被打破，曹毅忽然大笑了几声，道："不知县尊大人要拿何人？"

黄知县表情渐渐严肃："陈四六之婿，宋小凡。"

曹毅惊讶道："宋小凡？县尊大人要缉拿他？您是不是搞错了？据下官所知，宋小凡是个文弱的年轻人，守法安分，热情上进，是个不可多得的好男子呀……"

人群中的宋小凡闻言忍不住悄悄抚了抚自己的脸，心中有点小得意，他觉得曹毅对他的概括很准确，领导的目光是雪亮的，不论自己将优点隐藏得多么深，领导总是能够一眼发现自己的闪光点，要不人家怎么能当领导呢？水平就是高……

黄知县淡然的笑容渐渐变成了冷笑："守法安分？热情上进？曹大人，咱们说的到底是不是同一个人？据本官所知，这个宋小凡横行不法，为非作歹，是个实实在在的刁民，于市井之中民愤极大，本官今日正是要缉拿他，以正我江浦风气，为民除害！"

宋小凡一张俊脸渐渐凝固，他发现刚才的想法还是有些错误，并不是所有的领导都有曹毅那样雪亮的眼睛，也有那瞎了狗眼的……

曹毅"嘿嘿"笑道："县尊大人是不是对宋小凡有点误会？所谓横行不法，为非作歹，究竟所指何事？"

黄知县冷冷道："前些日子，本官犬子晚上被人打昏在街角，身上财物被洗劫一空，经本官多日查访，证实那晚对犬子施暴之人，正是宋小凡！曹大人，你说这样的歹徒，本官不该拿他吗？"

陈四六闻言腿一软，身子不由自主往人群中一缩，苍白着肥脸对宋小凡低声嘀咕道："完了完了……陈家被你害死了！你不是说这事儿你干得神不知鬼不觉吗？他怎么会知道？"

宋小凡目光注视着曹毅，嘴唇轻嚅道："岳父大人，你能不能淡定一点？黄知县那是瞎蒙的……"

"瞎蒙都能蒙中？完了完了，陈家要被你害得进大牢了，怎么办？怎么办……"

宋小凡毫不在意地道："怎么办？打死都不承认呗，他又没亲眼看到我敲他儿子闷棍，既然没证据那就是诬陷，你没听到曹大人刚才对我的评价吗？"

"什……什么评价？"

宋小凡耐心地道："曹大人说我守法安分，热情上进。像我这样的谦谦君子，怎么可能去做敲人闷棍的勾当？简直是滑天下之大稽……"

陈四六佩服得眼睛都直了："我行商半辈子，见过不要脸的人太多了，不过吃干抹净不认账到你这种程度的，老实说，你是第一个……假话说得比真话还真，这得多大本事呀……"

宋小凡很认真地道："但凡说谎，说出来首先自己要相信它，谎言若说得连自己都不信，怎么能取信他人？所以，人说一次谎话不难，难的是一辈子都说谎。最难的是，说了一辈子谎话的人偏偏还认为自己是个忠厚老实的正人君子。没有一定的恒心和毅力，是无法做到这一点的，小婿愿与岳父大人共勉之……"

陈四六愣了好一会儿，这才点头道："能把歪理说得这么冠冕堂皇，我不如你……"

翁婿二人耍嘴皮子，醉仙楼门口的气氛却已经有些紧张了。

曹毅飞快瞟了一眼人群中淡然自若的宋小凡，然后对黄知县笑道："宋小凡若真做出伤人劫财之事，当然应该拿他。不过……县尊大人，你我乃朝廷命官，自当爱民如子，不枉不纵，俗话说捉奸捉双，抓贼抓赃，县尊大人执掌本县多年，当然明白这个道理，欲定人罪，须得拿出证据来，否则若任凭谁空口白牙便拿人，恐怕会开民间诬构之风。下官敢问县尊大人，宋小凡打昏令郎，又劫走令郎财物，县尊大人可有证据定其罪？若有证据的话，下官愿为县尊大人代劳，将宋小凡这刁民打入死牢，判他个斩监候，如何？"

黄知县闻言脸色顿时阴沉下来，这些年来他拿人入狱定罪，一般都是先抓进大牢，几次用刑下来，犯人不招也得招，不认也得认，何曾讲过什么证据，他又如何拿得出证据！

"你……曹大人，哼，你要搞清楚，你是县丞！县丞的职责是辅佐令长，代撰文书，监管官仓；刑狱之事自有本县典史、捕头行管。宋小凡有罪无罪，便不劳曹大人费心了！"

说完黄知县重重地一拂袍袖，面色已寒如秋霜。

知县不悦，旁边的大小官吏和围观的百姓们更是噤若寒蝉，不过他们目光中的兴奋之色却越来越浓，任谁都清楚，这已不是简简单单的一件刑案，而是决定江浦未来谁掌握话语权的一次交锋，大老爷 VS 二老爷。

曹毅仍是一副笑吟吟的模样，丝毫不以黄知县的态度为忤，平平淡淡地道："县尊大人此言差矣。一县之地，有着正式品阶，而且在吏部造案登册的官员，只有你我二人，咱们代天子守牧一方，能否造福百姓且不说，至少不能随意以官威压人，乱诬其罪吧？下官忝为本县县丞，县尊大人做得有失偏颇之处，下官为黎民福祉计，以县尊大人清名官声计，却不得不站出来说几句公道话。"

说着曹毅不顾黄知县越来越阴沉的脸色，远远朝人群中站着看热闹的宋小凡招手，将宋小凡叫到黄知县面前，曹毅当着众人的面，咳了两声，道："宋小凡，县尊大人说你前几日伤人劫财，可有此事？今日当着知县和众多百姓的面，你把事情说清楚，不得诳语，否则本官定要将你重重治罪，听明白了吗？"

说到最后，曹毅已是声色俱厉。

宋小凡抬头看了看黄知县，又马上垂下头，然后浑身一抖，扑通一声跪了下来，带着哭音悲愤大呼道："大人！青天大老爷啊！草民——冤枉呐！"

黄知县眼睛渐渐眯起来，盯着跪在地上喊冤的宋小凡半晌，阴森森地道："你就是宋小凡？"

宋小凡呜咽点头道："草民正是，草民冤枉——"

黄知县眼中厉色一闪，忽然暴喝道："刘捕头，给本官将他拿下，押进大牢！本官说他有罪，他就是有罪！谁敢不服？"

曹毅眉毛一挑，当先站出来，拱手大声道："县尊大人，下官不服！"

"曹毅——你敢顶撞上官？"

曹毅仰天哈哈大笑，神情豪迈地将胸脯拍得啪啪直响，暴烈大声道："有你这种公报私仇、是非不分的上官，顶撞又如何？老子当官是给百姓造福，不是为了当你的应声虫。当年燕王军中，老子顶撞上官的事儿干得还少吗？今日多你这一桩能怎样？"

人群中一片惊呼哗然之声，宋小凡跪在地上，眉毛跳了两下，心中暗暗叹息，终于还是撕破脸了……

黄知县气得浑身发抖，脸色已变得铁青，指着曹毅颤声道："你……你这粗鄙的武夫，不懂规矩的鲁莽粗人，本官……本官今日不与你计较。刘捕头，你还在等什么？！本官乃一县令长，江浦县内本官最大，还不赶紧给我拿下宋小凡！"

刘捕头闻言眼皮一抬，飞快看了一眼仰头望天的曹毅，忽然将手高举，止住了身后众衙役欲上前拿人的动作，然后刘捕头放下手，眼睑垂下，抱胸站在原地，不言不语，如同一位入定的老僧。众衙役看着头儿这个神态，哪有不明白意思的道理？众人抬眼看了看曹毅，目光中皆露出一种明悟的神色，然后有样学样，都跟刘捕头一样站在原地，闭目不言不动，十几个衙役如同站着睡着了一般。

黄知县见此情形，心中一紧，他又飞快回头，望向曹毅身后的谢主簿和李典史，二人却同时将头扭到一边，装作什么都没看见的模样。

看着曹毅那满脸冷冷的笑容和冰冷嘲笑的目光，黄知县浑身剧烈颤抖起来，一种被孤立被背叛的恐惧感顿时充斥心间，原本志得意满的心情，此时却如坠入冰窖一般，越来越冷，冷得浑身仿佛失去了知觉……

不知不觉间，后来者居上，大老爷 VS 二老爷，二老爷，完胜。

小小的江浦，换天了。

黄知县踉踉跄跄上了官轿，回衙门去了。

县丞以势强压知县，最后知县竟被逼得狼狈退走，这简直是亘古未有之事，偏偏在这小小江浦却发生了，这种极不正常的政治氛围，从今以后将主宰江浦官场。

围观的人群发出满足的叹息声，今日倒是让他们看了一出精彩的好戏，以后很长的一段时间内，他们都有着充足的谈资了。

曹毅仍恭恭敬敬地施礼将黄知县送上官轿，与谢主簿、李典史等人目送着黄知县离去，做足了身为下属官员的礼数，直到轿子消失在街角，他们才回过头，互相交换了一下眼神，然后彼此会意地一笑，一切尽在不言中。

陈四六哈着粗肥的水桶腰，满脸谄笑地将曹毅等人迎进醉仙楼。

宋小凡不经意间回头，见金玉楼的周掌柜仍傻傻地跪在醉仙楼门口，神情呆滞，一副失魂落魄的模样。宋小凡皱了皱眉，走上前去，当着还未全部散去的人群，先朝周掌柜露出个温文尔雅的微笑，然后忽然神情一变，抬手狠狠一记耳光，重重地掴在周掌柜的脸上。

啪——

清脆响亮的耳光声再一次令围观的人群驻足，频频张望。

周掌柜被宋小凡这记耳光打得脑袋嗡嗡作响，终于回过神来，捂着脸不敢相信地看着宋小凡，半晌才说道："你……你竟敢打我？"

宋小凡耸了耸肩："打你很正常啊。"

"你……你为什么打我？"

宋小凡愣了，对啊，为什么打他？他又没得罪我，我打他干吗？这样多没礼貌……

看着周掌柜悲愤的眼神，宋小凡有点不好意思，仰着头想了半天，终于找到了一个理由，于是宋小凡蹲下身，很诚恳地对周掌柜道："因为你长得很讨厌，在下失礼，实在忍不住，所以……你懂的。"

话没说完宋小凡便住了嘴，很同情地看了周掌柜一眼，然后站起身，轻轻拂了拂衣袖，转身进了醉仙楼，丢下一脸愤恨却不敢开口的周掌柜。

跨进醉仙楼的宋小凡微微一笑，这记耳光打得很爽，他不怕得罪黄知县，反正已经得罪了，那就得罪得更彻底一些吧，做男人若连这点胆子都没有，那还叫男人吗？

醉仙楼三楼最豪华的雅阁内，与谢主簿、李典史、刘捕头杯觥交错之时，曹毅转头对侍立身后的老家仆悄声耳语："派人给燕王殿下送密信，我已主政江浦。"

老家仆应声退下。

江浦县衙三堂，黄知县浑身抖个不停，努力平复良久，终于冷静下来，随即眼中凶光一闪，叫来身边长随，冷声吩咐道："备轿，去京师，礼部黄侍郎府上。"

醉仙楼重新开业了。

开业的当天，江浦的知县老爷和县丞老爷因为陈家姑爷宋小凡彻底撕破了脸，一番争斗下来，县丞老爷完胜，这个消息如同瘟疫一般，顷刻间传遍了整个县城。

风向变了，从此黄知县再也不是那位说一不二的掌权者了，明眼人都看得出来，现在主政江浦的，是新来的八品县丞曹大人，黄知县已被完全架空了。

政治风向一变，醉仙楼自然迎来了八方宾客。从古至今，世上从来不乏见风使舵的势利之人，醉仙楼开业那天曹县丞领着衙门里的大小官吏亲临庆贺，还因为醉仙楼掌柜宋小凡而跟黄知县撕破了脸皮，有那心窍玲珑之人哪还不明白曹大人的意思！

于是，醉仙楼生意兴隆了。

醉仙楼宋掌柜的心情当然也随着水涨船高，少了官场人物的掣肘，现在正是他大展鸿图之时，宋小凡有信心凭着穿越者的优越见识把生意做大做强，这毕竟是他的第一份事业。尽管还是为陈四六打工，不过他并不介意为岳父做嫁衣，宋小凡是个有野心的人，他未来的成就当然不止于此，现在的他只是想通过这种方式尽快融入到古代中去，只有适应了环境，才能有更远大的前途。

大堂内，宋小凡正趁着下午客人不多的时候，给老蔡和最初两名店伙计分配工作。

"老蔡，你的任务就是收钱、管账，流水每日一结，拿给我看，账目要清晰，而且不准贪污……"

宋小凡说着忽然露出了白森森的门牙："知道当今皇上是怎么对付贪官的吗？"

老蔡被宋小凡狰狞的模样吓到了，惶然摇头。

"贪六十两银子者，剥皮实草示众。"

老蔡愈发战栗。

"知道啥叫剥皮实草吗？就是让刽子手用小刀把他的皮整张地剥下来，这个时候人还没断气，然后再把他的肚皮划开，趁着人还有口热乎气的时候，把他肚子里的下水全掏出来煮巴煮巴喂狗，下水掏干净，肚子空了怎么办？很简单，塞两把稻草进去，整个人看起来就比较饱满了……"

老蔡和俩店伙计听得脸色铁青，一副想吐又吐不出来的模样。

"害怕吗？"

"怕——"三人一齐点头。

宋小凡微笑着拍老蔡的肩："所以说，莫伸手，伸手必被捉……"

老蔡被拍得浑身一个激灵，忽然哭丧着脸道："掌柜的，我错了，我真的错了，下次不敢了……"

说完老蔡从怀里掏出三四两散碎银子，小心翼翼地搁到柜台上，惊惶道："老汉对天发誓，这两天总共只贪了这么一点点，老汉下次再也不贪了……"

俩店伙计顿时满脸崇敬地望向宋小凡。

宋小凡眼睛都直了："我只是随便吓唬吓唬，你还真伸手了……"

"飕"的一声，宋小凡飞快出手，将柜台上的散碎银子纳入自己怀中。

"赃银没收充公！"

下属捞银子，那叫贪污；自己捞银子，那叫合法收入，有本质区别。

转过头再望向两名店伙计，这二人就是当初跟宋小凡赌骰子的那两位，他们的名字很通俗，高个子的叫狗子，满脸青春痘的叫大栓，二人算是醉仙楼的元老，属于骨灰级的……店伙计。

"前些日子咱们新招了十个伙计，其中五个负责大堂，五个负责二楼三楼的雅阁，狗子和大栓，我升你们为大堂经理和雅阁经理……"

"掌柜的，什么叫经理？"

"……就是管事，主管。狗子管大堂的那五个伙计，大栓管雅阁的五个，各负其责。"

狗子和大栓立马落下感动的泪水："掌柜的看得起我们，知道我们比那新招的十个废物强，掌柜的，小人愿为掌柜的出生入死……"

宋小凡慢悠悠地道："其实你们也别想得太多。说句实话吧，你俩跟那十个新招的伙计一样，都是废物，若一定要分出个不同的话，我只能说你俩顶多是比他们资历老一点的废物而已……"

分配完工作后，宋小凡搬了张凳子，放在醉仙楼大门口，然后坐在凳子上仰着头眯着眼，开始享受冬日下午暖洋洋的阳光。

偷得浮生半日闲，这句话的关键字眼不是"闲"，而是"偷"。人之一生忙碌不休，享受也就成了难得的休闲，不过人生的真谛并不在于如何享受，而在于懂得享受。从这一点来说，叫花子唱歌穷开心，跟富翁酒池肉林的豪奢生活，其实两者性质上是一样的。

宋小凡是个懂得享受的人，从前世混得成了抢劫犯，还不忘顺便打劫两瓶酒来看，他的骨子里除了冒险和胆大以外，还有着血红色的革命浪漫主义因子，峭壁之上邀月对酒，危墙之下击缶高歌，人生当须如此快意。

微微刺眼的光线忽然一暗，宋小凡有些不满地睁开眼，却见一个俏立袅娜的身影，遮住了他头顶的阳光。

宋小凡眼睛一亮，忘情地抓住了这道袅娜身影的手："小甜甜，你来看我了？"

小甜甜就是抱琴，今生与前世，两道倩影总在宋小凡的脑海中不停地变换，分开，然后又重叠，这道孰是庄周孰是蝶的课题，总让宋小凡分辨得很辛苦，而且大多数时候，他的分辨都是错误的。

抱琴被宋小凡热情的动作吓得放声尖叫，然后又是害怕又是愤怒地瞪着宋小凡。

"你放手！"

"不，我不放！"

抱琴急了，另一只手化拳为掌，疾若流星追月，一招"力劈华山"，狠狠击在宋小凡的脑门顶上。

"你放手放手放手放手——"

宋小凡只好放手，因为他要腾出手来揉自己生疼的脑门，再说他也实在不愿意自己的脑门被她劈柴一般劈了一下又一下。小丫头数日不见，力道越发大了，宋小凡怀疑她是不是终日躲在家中苦练掌力，然后特意跑到醉仙楼来收拾他。

武侠小说里，某少侠身负血海深仇，不小心掉落悬崖，很奇怪，每个悬崖下面都有一本绝世武功秘籍等着少侠去练，没秘籍的悬崖不是好悬崖。然后少侠一心苦练，长则数年，短则几个时辰，少侠破关而出，手刃亲仇……

宋小凡觉得抱琴有些朝这方面发展的趋势，而且还是被他给逼的，这是个苦难深重的小丫头……

抱琴现在正气鼓鼓地瞪着他，浑身保持着一种高度戒备的状态，望着宋小凡的眼神就像看着一个变态。

宋小凡隐隐觉得有些心痛，世上的误会就数这一种最无奈，宋小凡对她并没有坏心，相反，由于抱琴与前世的情人有着一张极为相似的面孔，宋小凡对她尤为上心，只可惜最初的误会令抱琴对他戒心极重。

这是宋小凡不愿看到的，相比那个陈家千金陈莺儿，宋小凡心中其实更有意于抱琴。

不喜欢小姐，反而喜欢丫鬟，这不是犯贱，男人看女人，首先看的并不是她的光环和身份，喜欢就是喜欢，不喜欢就是不喜欢，若一定要问个为什么，宋小凡也回答不出。他只觉得抱琴比陈莺儿更多了几分灵气和魅力，这种灵气和魅力吸引了宋小凡的目光。

而陈莺儿许是在深闺之中养久了，性子方面显得有些呆板木讷，更让宋小凡觉得不舒服的是她那清冷淡漠的眼神。如果可以的话，宋小凡真想问问陈四六，能不能只娶丫鬟，不要小姐？估计陈四六不让，更有可能会抄刀宰了他。

宋小凡定定地望着抱琴，一动不动，脑子里思绪万千。

抱琴被宋小凡的眼神盯得一身发麻，鸡皮疙瘩爬满全身。她双腿微曲，一副情况不对撒丫子就跑的小模样，令宋小凡忍不住想把她抱在怀里好好疼爱怜惜。

"抱琴姑娘，你来这醉仙楼做什么？"宋小凡尽量让自己的表情和善一些，至少不能在她眼里像个变态。

宋小凡的和善起了作用，抱琴果然稍稍放松了戒备，迎着宋小凡儒雅的微笑着的面孔，抱琴甚至感到俏脸有些发红——哪有少女不怀春？宋小凡本来就是一个英俊的年轻人，如果不是由于当初那段不愉快的过去，宋小凡这样文质彬彬的英俊少年绝对有实力让抱琴的小心肝如小鹿乱撞。

抱琴的小心肝现在已经跳得很快了。她并不是一个很记仇的人。

"我……我家小姐要来，命我先过来跟你……跟宋公子打声招呼。"抱琴说到最后声音已经低不可闻，如同蚊蚋，她的头也越垂越低，几乎要埋到胸脯里去了。

面对这个无限娇羞的小丫头，宋小凡一时竟失了神。

"你……你在看什么？"抱琴被宋小凡盯得浑身不自在，不自觉地轻轻扭了一下身子。

"抱琴……"宋小凡充满深情地低唤。

"嗯？"抱琴依旧娇羞地垂着头。

"数日不见，你……"

"我怎么了？"抱琴的俏脸已红得像夕阳中的晚霞。

"你……发育得更饱满了。"

沉默……

良久……

抱琴开始尖叫。

"啊——你这死无赖！狗改不了吃屎！看掌——"

啪——

◎ 第二十二章 ◎

不解风情 江浦来客

当宋小凡揉着通红的额头迎接陈莺儿到来之时，陈莺儿很奇怪地看了宋小凡一眼。

"你额头怎么了？"

宋小凡面无表情地吸了吸鼻子："……撞门框上了。"

"什么门框如此神奇，撞得整个额头都红了？"陈莺儿很有求知欲。

"如果受力均匀的话，就能撞得整个额头都红了。"宋小凡一丝不苟地解惑。

"那也不对呀，额头的形状是一道弧线，如何受力均匀？门框难道也是弧线？"

"额头从上而下是一道弧线，但如果横着的话，就不是弧线了……"

"你的意思是说，为了受力均匀，你是特意横着脑袋往门框上撞的？"

宋小凡脸色越来越黑："小姐真是冰雪聪明……"

"扑哧——"陈莺儿身后的抱琴再也忍不住，喷笑出声，然后背过身子肩膀使劲耸动。

陈莺儿仍在孜孜不倦地求学："可是……额头撞门框上至少应该鼓起一个包包吧？"

宋小凡终于失去了耐性："小姐，你特意来醉仙楼研究我的额头？"

陈莺儿语塞，随即轻轻哼了一声，又小小地白了宋小凡一眼，然后径自往醉仙楼里走去。

宋小凡顿时目瞪口呆，这还是那个性子清冷淡漠的陈家小姐吗？那个小小的白眼竟蕴含了无限的风情和娇媚，充满了成熟的韵味，实在是勾魂夺魄。

陈莺儿走在前面，仿佛也觉得刚才那个娇媚的白眼有些过了，于是不自在地轻咳一声，整张俏脸顿时布满了潮红，看起来分外动人。

看着陈莺儿羞红的俏脸，宋小凡愈发吃惊，这位小姐今天怎么了？

陈莺儿走进了柜台，在老蔡的谄笑中装模作样拿起一本账簿翻看，似乎在掩饰刚才的失态。宋小凡将抱琴拉到一旁，非常严肃地低声道："你家小姐出门前吃了什么东西？"

抱琴满头雾水："什么都没吃呀，只喝了一口茶……"

宋小凡瞟了瞟翻看账簿的陈莺儿，然后很认真地对抱琴道："你还是赶紧带你家小姐去看看大夫吧……"

抱琴吃惊地道："为什么？"

宋小凡凑到抱琴耳边神秘地道："……我怀疑你家小姐吃了春药，你瞧她刚才那媚眼飞的……"

"你……你这混蛋……"抱琴抬手就想再来一记力劈华山，见陈莺儿在，又恨恨地放下了手。

宋小凡在这当口赶紧走到陈莺儿面前，微笑道："小姐今日亲临醉仙楼，有什么事吗？"

"你……可不可以别叫我小姐？"陈莺儿说完顿时双颊殷红欲滴，眼睑垂地，不敢看宋小凡，连声音都轻细了许多。

"我听说……醉仙楼的生意被你盘活了，所以……想来看看。"

宋小凡不解地挠头，一个饭馆酒楼而已，有什么好看的？不过人家是董事长的千金，她要视察工作，自己身为打工仔，当然不能拦着。

于是宋小凡笑了，微微露出几颗洁白的牙齿，很帅很阳光。陈莺儿忽然觉得心跳得很快，宋小凡的笑容像一坛深埋多年的醇酒，令人不知不觉迷醉其中。

这世上不仅仅是男人看着美女会流口水，事实上，女人看到帅哥也会发呆的。

诗云：窈窕淑女，君子好逑。这句诗是站在男性的角度说的，于是世人往往认为只有君子求淑女，可他们大多都忘了，淑女也是人，她们也会求君子的，只不过求的方式比较含蓄而已。

正如青楼里唱的那些黄色小调儿，男人唱《十八摸》，女人唱《五更想郎》，男女之间，女性并非永远担当着被动角色，看到心仪的帅哥，女人也会含蓄地表达她的好感。

宋小凡很年轻，他有着英俊的面孔，温文尔雅的性格，以及阳光灿烂的笑容，这一切加起来，使得他有足够的资本被女人关注、吸引。

陈莺儿仿佛已经忘了前两次见他时发生的那些不愉快，在她眼前的，是一个年轻有为的男子。他面若冠玉，文质彬彬，同时他为陈家化解过灭顶之灾，跟新任的曹县丞有交情，甚至在他若有若无的谋划下，黄知县被架空，曹县丞上位，陈家也因此而水涨船高……

不说不觉得，一说起来，陈莺儿惊奇地发现，原来他是这么的能干，而且从不张扬，这个人，却是她名义上的未婚夫，是她一个人的男人。

想到这里，陈莺儿羞涩中竟夹着几分幸福的感觉，她仿佛看见一颗蒙尘多年的明珠，擦拭过表面的尘土之后，渐渐放射出耀眼璀璨的光芒。

拥有这颗明珠的人，就是她陈莺儿。自从黄知县与曹县丞醉仙楼门口交锋之后，稍知内情的她，忽然觉得自己应该趁这颗明珠还没有光芒万丈、世人皆知之时，紧紧把它握在手心中，妥善保管，细心珍藏。女人天性都是很小气的，有些东西只能自己一个人悄悄地欣赏，旁人不容染指。

于是，在这个暖洋洋的下午，陈莺儿带着抱琴来到了醉仙楼。

未婚妻来看看未婚夫，天经地义。

"小姐……呃，陈姑娘随便看，在下为陈家打理醉仙楼，不敢稍有懈怠，若有什么不合意的地方，只管提出来，在下一定改。"

宋小凡笑得很和善，说话很客气，这种客气或多或少有点陌生疏远的味道。

陈莺儿叹息："你一定要用这种语气跟我说话么？"

宋小凡的笑容有些僵硬，说话客气也有错吗？莫非这陈莺儿今日来者不善，是来找碴儿的？

陈莺儿脸又红了，低下头轻轻道："在家里，爹娘都叫我……莺儿。"

"啊！好名字，这名字取得真有文化，陈姑娘真是人如其名……"

宋小凡不明所以的称赞，那口气跟外交辞令没什么区别，他还没听出这句话的暗示，更不知道在古代，一个未出阁的女子，主动告诉一个年轻男子自己的闺名代表着什么。

陈莺儿恼了："你……你真是个呆头呆脑的木头！"

宋小凡摸着鼻子不说话了，他发现女人这种生物，从古代到现代，都是一如既往的莫名其妙，喜怒无常，在女人面前除了闭嘴，似乎没别的办法皆大欢喜了。

看见宋小凡讪讪的表情，陈莺儿也感觉很无奈，对这种不解风情的家伙，她还能说什么？难道要她冲上前去抱着他的大腿，一把鼻涕一把眼泪地求他娶自己？

两人都不说话，场面一时显得有些尴尬，抱琴在一旁捂嘴偷笑，被陈莺儿瞪了一眼后，赶紧敛了笑容，肃立不语。

轻叹了口气，陈莺儿决定大度一点，不跟这个笨蛋计较。有些人反应迟钝，你跟他生气也气不出个结果，反而令对方莫名其妙，白白气坏了自己，就算气死了，这呆头鹅没准还会以为自己是天妒红颜，自然死亡……

转头从抱琴手上接过一个锃亮油光的陶罐，陈莺儿满脸羞涩地递上前，然后轻笑了一下，道："我听爹说，你日夜打理醉仙楼很是辛苦，我亲手给你炖了一罐老鸭汤……"

尴尬的沉默被打破，宋小凡松了一口气，陈莺儿话未说完，宋小凡哈哈笑道："陈姑娘真是有意思，咱们开的是酒楼，我天天在这里，还怕没东西吃？哈哈，你可是白忙活了……"

陈莺儿如同被人当头淋了一盆冷水，俏脸立马冷了下来，狠狠地一跺脚，怒道："抱琴，咱们走！"

说完陈莺儿一扭头，将陶罐重重蹾在柜台上，气冲冲地走出了醉仙楼的大门。

抱琴的小鼻子微皱，也狠狠地哼了一声，赏给宋小凡一个大大的白眼，然后跑到宋小凡面前，莲足轻抬，又重重落下，狠狠地踩在宋小凡的脚面上。

"笨蛋，大笨蛋，你怎么不笨死算了？"

留下这句话后，抱琴也一扭头，蹬蹬蹬跑掉了。

宋小凡龇牙咧嘴瞧着主仆二人怒气冲冲的背影，转头莫名其妙道："她们怎么了？我做错了什么？"

老蔡站在柜台里面，摇着头长长叹了口气，嘴角却微微勾了起来，心中不免有许多感慨：年轻，真好。

骨灰级店伙计狗子凑了上来，很严肃地道："掌柜的，我怀疑她们是来砸场子的……"

宋小凡点头，若有所思地沉吟："有道理……"

随即给狗子的后脑勺儿狠狠来了一记。

"你有病啊？整个酒楼都是她家的，谁会没事砸自家的场子？"

京师应天，礼部右侍郎黄观府上。

砰——

一声巨响打破前堂的宁静，下人们吓得一颤，纷纷垂头敛目，不敢稍动。

黄观是大明朝第一位连中三元的才子，洪武二十四年，他以状元之才入翰林院，被任为翰林修撰，深受帝宠。直到今年，洪武皇帝惜其才，他又被升迁至正二品礼部右侍郎，常随圣驾，是年他才三十多岁，乃朝堂中极为罕见的少壮权臣，风光无限，正可谓春风得意之时。

现在的黄观很生气，狠拍了一记桌子后，仍觉得不解气，犹自在前堂内来回走动。

"这个燕王实在太跋扈了！远在幽燕之地领军戍边，却把手伸进了京师应天府，麾下百户将领由武将转成文官，本已是荒谬，如今还胆大包天，夺了知县的权。燕王此举狼子野心，昭然若揭！"

一旁的江浦知县黄睿德闻言面带讪色，惭愧得满脸通红。

黄观看了黄睿德一眼，张了张嘴，见他表情尴尬，终于长叹一声，不忍再说一句重话。

"睿德兄啊，你乃一县之令长，怎会被一个下属县丞给架空了？你代天子牧守一方，却闹得这么个结果，生生被下属篡了权，实在是有负皇上，有负朝廷啊……"

黄睿德羞得脸色越来越红，垂头黯然叹道："尚宾（黄观的字）兄，下官只是个小小的七品知县，得罪了曹毅便是得罪了燕王，燕王势大，我又怎生得罪得起？"

黄观忍不住又高声喝道："燕王虽贵为王胄，却不过是个戍边的王爷而已，你怕什么？皇上早已定下太孙为皇位承继，燕王将来顶多也只是个皇叔，这天下还轮不到他做主！"

黄睿德苦着脸道："天下谁做主下官不知，下官只知道，燕王要将我这个小小的七品知县置于死地，却是易如反掌……"

黄观闻言斜眼看着他，目光中满是失望鄙夷。

黄睿德舔了舔干枯的嘴唇，涩声道："尚宾兄，当年你是金榜题名的状元公，下官亦是同榜进士，你我有同年之谊，这次下官危难，还望尚宾兄义伸援手……"

黄观怒哼道："区区一个八品县丞，行事如此张扬跋扈，完全不顾官场规矩，若任由此人在江浦一手遮天，整个天下岂不是乱套了么？哼——本官不信他能反了天去，过得几日，我将亲临江浦，倒要看看这位县丞大人的官威，能否压得住我这礼部侍郎！"

黄睿德闻言大喜过望，忙不迭地拱手道谢。

黄观长叹一口气道："燕王……唉，燕王，我朝立国不足三十年，便已生出诸多动摇国本之隐患，其中最大的隐患，莫过于藩王。皇上将诸皇子分封各地，代替边将戍边，藩王掌一地之军政大权，权柄过甚，其中尤以燕王、宁王二人拥兵甚众，实乃国之祸因，皇上此举实在是……唉——"

黄观话未说完就住了口，再说下去难免有谤君之嫌了。

"尚宾兄，下官听说你早预见到藩王之患，为何皇上却不纳你之言呢？"

"行走朝堂，如履薄冰。当今天子起于布衣草莽，打下这一片万世基业，自是雄才大略。分封诸皇子，而代边将戍守各地，天子自然有天子的深意，我等臣子只能尽为臣之道，进谏其弊。就算是进谏，言语间也须委婉，天子若不采纳，我们也是无可奈何。君岂不闻洪武九年，叶伯巨之鉴乎？"

叶伯巨，浙江宁海人，明洪武初年，以通经学入国子监，洪武八年，叶伯巨以国子监学生的身份，被分发山西，任平遥儒学训导。洪武九年，天生异象星变，臣民皆认为是上天示警，标志着国有大难，洪武皇帝朱元璋遂下诏，命天下士子上书朝廷，指出政治得失或朝廷处事不公之处，并提出批评和建议。于是叶伯巨便上书，称当今朝政有三大弊端，其一，分封太侈；其二，用刑太繁；其三，求治太速。朱元璋见书盛怒，气得大叫："小子间吾骨肉，速速逮来，我要亲手将他射死！"

于是叶伯巨被拿入京师，下刑部大狱，受尽折磨虐待后，被活活饿死。

有这么个反面教材立在前面，朝中众臣谁还敢向朱元璋再提削藩之事？

黄睿德默然无语，他只是七品知县，对天下的大局和朝堂之事，尚没有太深远的见地。对他来说，夺回主政江浦的权力，才是目前最重要的事。

寒风呼啸，时已至隆冬。

京师通往西面江浦县的官道上，徐徐驰来数骑快马，隆隆的马蹄声在官道上卷起一片尘土，又很快消散于风中。

众骑士中以一位年轻的男子为首，众人隐他围护其中。此男子大约十八九岁年纪，面若冠玉，眸若星辰，长得颇为英俊，只是白净的面孔显得有些稚嫩，双目中威严绽放，却又夹着几分书卷气。他穿得很简朴，只是一袭质料很普通的长衫，下着一双麻布鞋，左肩还斜斜地挎着一个土布制成的布包，看上去就像一个寒门学子，只不过他行止神态中，却流露出一股雍容华贵之气。

众人策马奔行中，已远远瞧见了江浦县的城墙，年轻男子当即勒马，看着城墙叹了口气，神色颇为迷茫。

其中一名侍卫模样的人朝他恭声禀道："殿下，前面便是江浦县了，是否进城歇歇脚？"

年轻男子一副无所谓的神色，懒懒道："随便吧，去与不去都行，皇祖父说，要多了解民间疾苦，要经常在民间四处走走看看。黄先生却说，天下学问尽在书中，千金之子坐不垂堂，读得万卷书，便能治好天下……唉——我都不知道该听谁的了……"

侍卫笑道："自然是皇上的话对，皇上的话肯定是没错的。"

年轻男子愁眉苦脸道："可黄先生是皇祖父钦定的东宫侍讲，他说的话若是错的，那岂不是意味着皇祖父的任命错了？！"

侍卫尴尬挠头："殿下，呵呵，标下是粗人，实在不懂……"

年轻男子终于绽出些许笑容，道："罢了，我跟你说这些做什么，既然都快到江浦城门了，咱们就进去看看吧。记着，进城以后别叫我殿下，就叫我朱公子吧。"

"是！"

众人齐声应了，策马向江浦奔去。

未多时，一行人由城南门而入，入城之后，众人便下了马，牵着缰绳在繁华的江浦大街上慢行。年轻男子眼中满是兴奋之色，似乎对什么东西都感到很新奇，在买了一堆华而不实的小物件，挨了数名无良小贩的宰客刀以后，年轻男子这才意犹未尽地收手，不自觉地捶了捶腰，感到有些疲乏了。

一旁的侍卫适时地道："朱公子，前面有家酒楼，名曰醉仙楼，公子若累了，不妨进去歇歇脚，喝杯茶，稍解乏累如何？"

年轻男子眼睛一亮，笑道："如此甚好，今日我不回京师了，你们去寻个客栈，把我刚买的这些小物件儿放进房中，我独自去喝茶便是。"

侍卫急道："公子万万不可，您身边不能没人，依小人之见，还是留下几个人供公子听用吧。"

年轻男子不耐烦道："你怕什么？皇……咳，在我祖父治下，朗朗乾坤，民风淳朴，难道还怕我会遇着什么危险不成？快去快去，祖父说了，要我体察民间疾苦，被你们时刻圈着围着，我怎么体察疾苦？"

侍卫犹豫了一下，又环视周围一圈，觉得附近貌似并没有什么碍眼的歹人，终于点头道："如此，公子且请先去，小人们定好了客栈房间，马上就过来接公子……"

年轻男子不耐烦地挥手："快走快走！"

说完他便迫不及待地抬步走进了醉仙楼。

醉仙楼内。

宋小凡正站在柜台里面向狗子和大栓分派任务。

"你们去跟东市的酒水商人打声招呼，就说本酒楼大量收购好酒，女儿红、竹叶青、米酒、烧酒，都可以。还有，藏春阁的宋妈妈不是说最近有好几个姿色不错的姑娘用多年积蓄给自己赎了身吗？去把她们找来……"

狗子打断道："掌柜的，你还兼职陈家姑爷呢，没成亲就找窑姐儿，而且一找就是好几个，这个……贪多嚼不烂啊……"

啪——一记巴掌拍在狗子后脑勺上，宋小凡没好气道："不要对正人君子说这种淫秽之语，本掌柜是那种好色的人吗？"

"那……掌柜的意思是？"

"饭菜膳食毕竟得利不多，既然名叫'酒楼'，当然要在这'酒'字上下功夫，一坛上好的花雕，别人叫一声'小二上酒'，咱们只能卖二钱银子，可若是这些从了良的莺莺燕燕来卖这坛花雕呢？几个媚眼飞过去，一坛酒收他一两银子，别人就算嫌贵，又怎会在女人面前弱了面子？再说，咱们把包装弄得精美一些，酒质更甘醇一些，又有红袖添香斟杯，价格仅仅只高了不到一两银子而已，经常下馆子的客人会在乎这个吗？如此，客人得美色佐酒，而咱们呢，多赚了不少银子，包括那些从了良却没了进项的姑娘们，也有一份固定的收入，一举三得，何乐而不为？"

宋小凡话音刚落，狗子还未表示什么，却听得旁边一个身着普通长衫的年轻男子惊奇地"咦"了一声，然后睁大了眼睛，仔细盯着宋小凡看，好像发现了一个什么好玩的玩具。

宋小凡也睁大了眼睛看着他，心中纳闷不已，这客人进了门不找桌子老实坐着吃饭喝酒，反而半趴在柜台上盯着自己看，那眼神盯得人直发毛，莫非他以为我开的是鸭店？

"这位客官，不好意思，本掌柜不坐台……"宋小凡很有礼貌地将可能发生的误会扼杀在摇篮之中。

年轻男子眨了眨眼，语气带着几分命令的味道，道："你出来。"

"不好意思，本掌柜也不出柜……"

年轻男子眉毛一竖，似乎对别人的拒绝很不习惯，接着又恢复了表情，颇带几分新奇地道："你刚才的话好像很有些道理，没想到一个酒楼卖酒也能卖出这么多道道。哎，我问你，如果你的酒卖得太贵，别人不愿买怎么办？"

难得有如此显摆穿越者优越感的机会，宋小凡站在柜台内负手傲然道："很简单，我就换个策略，搞个买一赠一的活动……"

"何谓买一赠一？"

"比如说，负责帮我推销花雕的姑娘们，每坛酒卖一两银子，别人不愿买，我就涨价，每坛酒卖二两银子，不过买一坛却可以白送他一坛。按照国人喜欢贪便宜的性子，你猜他们会不会趋之若鹜呢？更有甚者，每买一坛酒，我再加送一道现炒的佐酒菜，惠而不费，如此算来，我会赚得更多……"

年轻男子击节赞道："买一赠一，果然是好法子，你这人倒有些门道儿……"

"那是当然……"自负而又故作矜持地笑了笑，宋小凡忽然一愣，愕然盯着年轻男子道，"对了，你是谁呀？"

趁着宋小凡端起茶盏喝茶补充水分的当口，年轻男子笑嘻嘻地一拱手，道："好说好说，我叫朱允炆，这位兄台，幸会幸会……"

"噗——"一口热茶顿时被宋小凡喷了出去，淋了朱允炆满脸。

朱允炆擦了擦脸，非常镇定地道："从你这口新鲜的热茶中，我感觉到，你好像认识我。"

◎ 第二十三章 ◎

冒牌皇孙 醉打皇孙

朱允炆！

听到这个名字，宋小凡的第一反应是下意识地拔腿便跑。

一个商户家的女婿，喷了朱元璋亲孙子，当今皇太孙殿下，大明王朝的第二任皇帝满脸茶水……

这罪名怎么也够得上犯驾了吧？少说也是个不敬之罪，甭管哪条，都足够砍十次脑袋有富余了。

抛开一切，天涯海角当个被朝廷通缉的亡命之徒去。

这个念头在宋小凡脑海中一闪而过。

他甚至还考虑到了逃亡后的盘缠问题，实在不行，干脆就把这位皇太孙殿下给抢了，反正已经得罪了他，不在乎多得罪一次。

不过幸好宋小凡有一个尚算冷静的头脑，最初的惊惶之后，他立马冷静下来了。

他真是朱允炆吗？他怎么会出现在我醉仙楼里？身为皇太孙，大明朝的皇位继承人，他的出行怎么也应该前呼后拥、扈从如云吧？可眼前的这位太孙殿下一个随从都没带，身穿一袭质料很普通的长衫，脚穿麻布鞋，肩上斜斜挎着一个土布制的布包，怎么看怎么像一个耕读多年、进京赶考的寒门酸秀才。

就算他是微服出巡，也不必把自己搞得这么寒碜吧？

宋小凡总结了一下，归根结底，这家伙是个冒牌货，而且是个胆大包天的冒牌货，连当今皇太孙都敢冒充，这就罢了，还冒充得这么不专业，他当天下人都是傻子？

想到这里，宋小凡惊惧的表情渐渐收起，脸上甚至浮出了几分冷笑。

骗我？找错人了！我的神经早已被太虚老骗子忽悠得无比坚韧，革命的警惕性如何保持？怀疑一切，否定一切！

冒牌的朱允炆当然不知道，在这短短的时间内，宋小凡的内心已经走过一个复杂而坎坷的心路历程。

冒牌朱允炆半趴在柜台上，眨着眼轻笑："知道我的身份了么？你怎么不跪下迎驾？"

宋小凡真想再在他脸上呸一口口水。

"你真是朱允炆？"

"那当然。"

"你若是朱允炆，那我就是……"宋小凡说到一半忽然住了嘴，他原本打算说自己就是朱元璋来着，后来非常理智地刹了车，这话太犯忌讳了，他可以不要命，我不能不要。

于是宋小凡瞄了瞄四周，发现没人注意他们后，这才摆出一副苦口婆心的嘴脸，殷切劝道："这位兄台器宇不凡，何必冒充这么有高难度的大人物！若被官府查出来，你自己小命不保不说，轻则诛九族，重则诛十族，你跟你家人亲戚朋友有那么大的仇么？非得害死他们不可？"

冒牌朱允炆两眼直了，不敢置信地指着自己的鼻子："你怀疑我是冒充的？"

宋小凡眼睛一瞪："莫非你以为你是真的？"

冒牌朱允炆又急又气，原地直跺脚："我真是朱允炆！"

宋小凡渐渐失去了耐性，摆了摆手道："好吧好吧，你就当我相信了，没别的事你到别处忽悠去，咱们店不招待七品以上官员……"

"我不是官员，我是当今皇太孙！"

"本店还有一个规矩，皇太孙与狗不得入内……"

"你……你敢骂我？放肆！好大胆子！"

"轻点儿声！你真不怕把官府的人招来？不想活了？"宋小凡冷喝道。

冒牌朱允炆气得浑身直颤，张了半天嘴，却不知该怎么证明自己并非冒充。

气了半晌，冒牌朱允炆狠狠跺了跺脚，一巴掌使劲拍在柜台上。

"我……我要吃饭！"

宋小凡欣慰地笑了："孺子可教也，本店一直奉行顾客是玉帝的服务理念，温暖热情、宾至如归是我们的服务宗旨，你早说句人话，我也不会这么对你了……"

冒牌朱允炆咬牙，有种想哭的冲动……

抬手指了指大堂的某个角落，宋小凡慢吞吞道："看见那张空桌子了吗？你坐那儿去，我叫人给你上菜。"

"……我不喜欢这闹哄哄的地方，楼上有清静的雅阁吗？"

啪——

宋小凡一巴掌不轻不重地拍在冒牌朱允炆的脑门顶上，这一招的灵感来源于抱琴的力劈华山。

冒牌朱允炆不敢置信地呆愣半晌，然后开始暴走："你……你敢打我，来人……"

"闭嘴！你个倒霉孩子，穿得这穷酸样儿，家里肯定不富裕，父母挣钱不辛苦吗？跑外面胆大包天，坑蒙拐骗不说，吃个饭还尽摆谱儿，拿父母的血汗钱瞎糟践，还雅阁呢，牢房里吃饭更清静，你去不去？"

冒牌朱允炆眼中渐渐升出薄雾，眼泪儿在眼眶中打转转，神情显得特委屈。

宋小凡善意地摸了摸他的后脑勺儿，温声道："你年纪跟我差不多大，怎么就这么不懂事呢？冒充皇太孙可是诛九族的大罪，你用这个身份骗了多少人？骗人就骗人吧，骗过之后你也应该低调一些，节省一些才是……"

指了指大堂角落的空桌子，宋小凡摸着冒牌朱允炆的脑袋道："乖乖地坐到那里吃饭喝酒，别再瞎嚷嚷你是什么皇太孙了，你不要命，我这店里的伙计客人可不想陪着你死……"

冒牌朱允炆眨巴两下眼睛，晶莹的眼泪终于流下来了，闻言一句话都不说，转过身便朝空桌子走去。今日的遭遇是他这辈子都没经历过的，既感委屈的同时，却也觉得有些新奇，这也是他没掉头走人的原因。

宋小凡满意地笑了："这就对了，诚实的孩子才是好孩子……"

冒牌朱允炆忍不住回头再次强调："我真是朱允炆……"

啪——又是一记力劈华山。

"闭嘴，你还说！倒霉孩子，再胡说八道我可真叫官府的人来逮你了。"宋小凡声色俱厉。

冒牌朱允炆抹着委屈的泪花儿，嘟囔着坐在了宋小凡指定的位置上。

此时已过了饭点，大堂内客人不多，宋小凡想了想，还是拎了一壶竹叶青走到冒牌朱允炆的桌边。

他决定好好劝劝这个年轻人，不知为何，他对这年轻人很有些好感，不忍心看他冒充皇太孙而最终落得身首异处，宋小凡决定要把他劝得迷途知返。

"会喝酒吗？"

冒牌朱允炆哼了一声，气鼓鼓地道："当然会！"

"我请你喝酒，不过饭菜你还是要掏钱的。"宋小凡一跨步坐在桌边。

于是两人便开始对坐着喝酒。

酒过三巡，菜过五味，宋小凡便摆出一副苦口婆心的模样，道："你说你好好的干吗非要干这掉脑袋的勾当？当今的皇太孙你也敢冒充，就算你想四处骗点银子花，也该冒充个身份小点的朝廷官员呀……"

冒牌朱允炆怒了，砰的一声使劲拍着桌子，抓狂道："我真是朱允炆！"

啪——宋小凡又是一记力劈华山，打得冒牌朱允炆彻底没了脾气，眼泪像断了线的珠子似的，不停往下掉。

"倒霉孩子，好说歹说你还是不听劝，你那么想掉脑袋，我懒得管你了，吃过饭就给我赶紧走，别连累我这酒楼遭殃……"

冒牌朱允炆抹着眼泪重重叹气，低着脑袋一口接一口地喝酒。

宋小凡见他不言不语，也没什么好跟他说的，两人刚认识，有好感是一回事，别人若拿着自己的好心当驴肝肺，宋小凡也不愿再跟他啰唆，毕竟宋小凡离活雷锋的境界还差很远。

二人之间气氛一时陷入低迷。

宋小凡也一口接一口地喝起了闷酒，脑子里却走了神。

宋掌柜也有宋掌柜的烦恼。

穿越的日子不短了，他觉得自己现在已经完全融入了这个陌生的古代世界。

既然融入了，便该给自己的未来做一个规划，在他心里，陈家姑爷和醉仙楼掌柜这两个身份他都不是很满意，他觉得自己的成就并不止于此。

该做什么呢？

当然是做官，这世上还有比做官更美好的事吗？大权在握、一呼百应的感觉，显然比当掌柜当女婿满足多了。人活着的目的，在于体现自身的价值，宋小凡同志的价值，当然是做一个留名青史的大官，如此方不枉穿越一场。

现在的问题是，怎样才能当官呢？

按正常的科举程序，十年寒窗苦读，与万千学子争着去挤那条独木桥？宋小凡立马否决了这个不现实的想法，老实说，古代的繁体字他还没识全呢，这种实力怎么可能会考上？

可是除了科举，哪还有别的办法？如今朱元璋当政，对官吏的任用考核非常的严酷，走后门拉关系花钱买官等等偏门的手段那是想都不用想的。更重要的是，朱元璋立过一条不怎么人道的规定——也许老朱同志造反前受过太多大款的欺压，也或许他年轻时买过太多假冒伪劣的商品，老朱一生对商人的怨念非常之重，可以说是历朝历代的皇帝中，对商人最为歧视的一个了——他规定：凡商人者，不准穿丝绸，商人子弟不准入官学，更不准考科举。

也就是说，身为商户女婿的宋小凡，别说做官了，连考个秀才的资格都没有。

这个残酷的事实令宋小凡有些沮丧。他是真心想为大明朝的朝堂添砖加瓦，发挥一下光和热……

莫非自己这辈子真只是个当掌柜做别人家上门女婿的命？

宋小凡沉沉叹气，酒喝了一口又一口。

两只闷葫芦就这样坐在醉仙楼的大堂里，沉默无言地喝着酒，宋小凡是满腹心事，冒牌朱允炆则是满腹委屈。

宋小凡的酒量并不好，可以说很糟糕，前世喝两小瓶二锅头都能喝死的人，实在不能指望他穿越之后忽然变得量大如牛。

结果很显然，宋小凡醉了。

两壶竹叶青下肚，宋小凡满脸潮红，眼珠子发直，神志也有点不清楚了。

冒牌朱允炆好奇地看着宋小凡，毕竟是少年心性，本来很生气很委屈的他，一会儿的工夫就把刚才的不愉快忘记了。他仿佛对身边的一切都很有兴趣，仿佛什么都没见过似的，对什么都感到新奇。

转过头打量了一眼大堂内的格局，冒牌朱允炆推了推宋小凡的胳膊，道："喂，你在这东面墙边搭个台子是做什么用的？"

宋小凡抬起沉甸甸的脑袋，醉眼惺忪地扫了一眼东面的台子，随意道："那是表演节目用的。"

"何谓表演节目？"

"就是请说书先生来说书，请青楼里的清倌人弹琵琶、唱小曲儿，或者请戏班请杂耍班子……总之就是吸引客人的注意，让他们吃饭的时候眼睛耳朵也不闲着，最大限度地吸引回头客……"

冒牌朱允炆两眼一亮，啧啧道："原来是这样。我在京师也进过不少酒楼，头一次发现酒楼里搭个台子还有这般妙用，这法子是你想出来的么？"

尽管醉意醺然，不过有人夸自己，宋小凡还是听得很清楚，闻言不由得意地笑了。不管年纪多大的男人，其实都跟孩子一样，总希望时刻得到别人的认可和表扬，宋小凡当然不例外。

宋小凡这一刻觉得这个年轻人实在很顺眼，越看越顺眼。

"雕虫小技而已，算不得什么，呵呵……"宋小凡还是颇为矜持地谦虚了一下，然后又醉醺醺地打了个酒嗝。

酒这种东西能解愁，也能让人很快忘记不愉快的经历。男人若非太小心眼儿，通过喝酒很快便能建立起良好的关系，宋小凡和冒牌朱允炆都不是小心眼儿的人，刚才的不愉快随着几声清脆的碰杯声，便全然消散于无形。

二人就这样打开了话匣子，从民生到风俗，从趣闻到逸事，天南海北，无所不谈，大概两炷香之后，二人的关系就好得只差没斩鸡头烧黄纸结拜为异姓兄弟了。

冒牌朱允炆也喝得有点高，而且酒品显然不怎么好，喝高了话特别多，宋小凡对这种人向来很鄙视的。

冒牌朱允炆仰头干了几杯，然后抱着宋小凡的胳膊，打着酒嗝大着舌头哭道："宋兄，我告诉你实话，你千万要相信我啊……我，我真是皇太孙朱允炆！"

啪——一记狠辣的力劈华山。

"呜……你干吗老打我啊？"

"不解释，你懂的……"

"呜呜……我真是冤死了！"

酒足饭饱，两个醉鬼互相搀扶着起身。

宋小凡乜斜着一双醉眼，拍了拍神情颓丧的冒牌朱允炆："不怕掉脑袋你就继续冒充皇太孙殿下吧，吃饱喝足，我走了。"

冒牌朱允炆一双手在怀里腰间摸来摸去找钱袋，一边高喊伙计结账。

然后他嘴里还直哼哼："你等着，你给我好好等着，我会让你相信的……"

摸了半天，冒牌朱允炆脸色有些尴尬了。

凭宋小凡的眼力当然一看就知道怎么回事，四周瞄了一眼，然后轻声道："没钱？"

冒牌朱允炆讪讪点了点头，接着又摇头："有钱，不过都在我侍卫身上呢，我没有带银子的习惯……"

啪——力劈华山。

自打认识这个冒牌货以后，宋小凡觉得自己变得特暴力，看到冒牌货挨掌忍痛的样子，他便从心底里油然而生一股难以名状的快感。

"没钱你下什么馆子？还侍卫呢，都混到这地步了还装逼……"

冒牌货眨了眨眼皮，眼泪又掉了下来，神情既悲愤又委屈，还夹着几分可怜兮兮的意味。

"我没装，我真是皇太……"

"闭嘴！"宋小凡冷叱一声，使劲摇了摇醉得发晕的脑袋，他仿佛又回忆起前世打劫小杂货铺二锅头的美好日子，将满是酒味儿的嘴凑到冒牌货耳边，道："我看你这人还可以，今日就救你一次，听着，吃过霸王餐吗？"

冒牌货睁大了眼："何谓霸王餐？"

宋小凡坏坏地笑："霸王餐就是——跑！"

话音刚落，宋小凡不由分说，抓起冒牌货的手，趁着老蔡还没过来结算饭钱，二人化作两道黑烟，眨眼的工夫便消失在醉仙楼的大堂外，外面青石大街上只见两道人影飞快一闪，便不见了踪影。

老蔡两眼发直，拨算盘的手凝固在半空中，狗子也呆愣在一旁，大堂内众伙计如同被人使了定身法似的，人人呆立不动，表情木然地瞧着宋掌柜拉着冒牌货的手，几个呼吸之间便绝尘而去。

良久，狗子仿佛被人踹了一脚似的跳了起来，愕然道："老蔡，老蔡，掌柜的这又是玩的哪一出啊？"

老蔡皱眉苦思："掌柜的行事高深莫测，如羚羊挂角，无迹可寻，今日此举，必有深意……"

狗子挠头道："该不会是他喝高后忘了自己是这家酒楼的掌柜，吃完饭身上没银子，所以干脆吃霸王餐……"

啪——狗子后脑勺儿挨了老蔡一记锅贴。

"别胡说！掌柜的怎么可能犯这种糊涂？"老蔡义正词严斥道。

宋小凡拉着冒牌朱允炆一口气儿跑了三条街，这回跑得很顺利，没有老骗子忽然蹦出来抓着他的手说他有凶兆。

但是冒牌朱允炆很明显受不了如此剧烈的运动，最后实在跑不动了，挣脱了宋小凡的手，弯着腰两手扶着膝盖，喘着粗气道："停——打住，打住——不跑了，跑不动了……"

宋小凡也喘粗气，二人跑了半天，终于将体内的酒精挥发了出去，头脑清醒了许多。见冒牌朱允炆喘气喘得直翻白眼，宋小凡不由得深深叹息："身体是坑蒙拐骗的本钱，你这弱身板儿太单薄了，哪天失了风被官府逮住了怎么办？你实在应该多锻炼一下的……"

冒牌朱允炆翻了翻白眼，懒得再解释了，喘了一阵粗气才道："哎，宋兄啊，你拉着我没头没脑地跑这一通，到底是为什么？"

"为什么？你不是没银子吗？除了吃霸王餐，你有更好的办法？"

"可是……就算我没银子，你请我一次不就完了么……"

宋小凡"嘿嘿"直笑："我请你？得了吧，我跟你一样，也是穷人，拿什么请你？"

冒牌朱允炆睁大了眼睛，愕然道："你不是那家醉仙楼的掌柜么？怎么请不得我？"

宋小凡如梦初醒，脸上笑容凝固："对啊……我忘了，我是掌柜来着，干吗要跑呢？"

冒牌朱允炆同情地看了他一眼，悠悠道："我喝高了顶多啰唆一点儿，不是什么大毛病；你喝高了连自己的买卖都坑，这一点我不如你……"

宋小凡脸色尴尬。

他现在才发现，自己对陈氏企业醉仙楼这么没有归属感，陈四六实在应该检讨一下自己的人品才是……

二人呆立原地，木然对视，宋小凡眼神中充满沮丧和懊恼，冒牌朱允炆眼中却笑意愈深。

无言相对之时，远远跑来十数名劲装打扮的汉子，腰间皆佩着腰刀，众人一窝蜂围了上来，为首一名虬髯大汉口中大呼道："殿……公子，你没事吧？"

冒牌朱允炆瞧见众人，不由得眼睛一亮，推了推宋小凡，笑道："你总说我是冒充的，我的侍卫来了，这下你该相信我没骗你了吧？哈哈。"

宋小凡睁大了眼睛，看着众人飞奔而至，然后三四人为一组，飞快将冒牌皇太孙和自己隔开，众人右手按在腰间刀柄上，望向自己的眼神颇为不善。

冒牌皇太孙得意地笑了两声，挥手分开挡在他前面的侍卫，笑道："无妨的，你们别紧张，他这人并无恶意……"

众侍卫这才放开了包围圈，不情不愿地任由二人相对而立，不过众人的眼神仍紧紧盯着宋小凡，目光满是警惕。

冒牌皇太孙调皮地朝宋小凡挤了挤眼，然后一本正经地道："宋兄，我现在郑重地再跟你说一次，孤的名字叫朱允炆，乃当今洪武皇帝嫡孙，受封皇太孙，绝非冒充，你还不速速跪下见礼！"

宋小凡愕然呆立，似乎还没从这巨大的变故中回过神来，望着朱允炆既得意又调皮的眼神，久久无语……

良久……

宋小凡忽然哈哈大笑道："原本以为你是走单线的小骗子，原来你们还是个有组织的诈骗团伙，我真是走眼了……"

话音一落，众侍卫还未反应过来，宋小凡又是亲昵又是热情地反手一掌，不轻不重地拍在朱允炆额头上。

啪——

声音清脆利落，仍是那一招熟悉的力劈华山。

众侍卫大惊："太孙殿下——"

接着锵的一声，刀剑齐出鞘，剑光刀锋指住了宋小凡，空气中顿时充满了凌厉的杀气，只待朱允炆一声令下，宋小凡立马就会被剁成十七八段。

"慢着！住手！"朱允炆适时开口，拦住了众侍卫。

此时他脸上早已不复得意的模样，神情万分悲愤幽怨，瞪着宋小凡狠狠跺了跺脚，道："你怎么还是不信呢？来人，把你们的腰牌给他看……"

"飕"的一声，十几块金灿灿的腰牌出现在宋小凡眼前，牌子上清一色的"大明锦衣亲军校尉"，晃得宋小凡的眼睛直发花。

宋小凡又一次愣住了，迎着众侍卫嘲讽、不屑、冷厉的目光，宋小凡当机立断，忽然仰头望天，喃喃自语道："刚才的酒……劲道好大，我的头越来越晕了……"

话音刚落，宋小凡便往地上一倒，白眼一翻，晕过去了。

这下换朱允炆和众侍卫傻眼了。

一名侍卫愣了半晌，低头望着不省人事的宋小凡，语气满是敬佩："真狠啊……"

朱允炆看着晕过去的宋小凡，有些失措，低头瞧了半天，终于跺了跺脚，狠狠道："罢了罢了，我们走！下次我再来，看你还怎么晕！"

于是一群人簇拥着朱允炆，一脸悻悻之色往城外走去。

众人走后老半天，宋小凡才睁开眼，一骨碌爬起身，小心翼翼地往城门方向看了几眼，想起刚才在朱允炆脑门上拍了无数次力劈华山，浑身不由得一个激灵，再摸了摸背后，发现自己的衣裳已被冷汗浸湿了。

回京师的路上，一名侍卫看着朱允炆通红的脑门顶，问道："殿下，你的额头为何通红一片？"

朱允炆哼了哼，似笑非笑道："我的脑门被刚才那个人拍了八下，劈了十下，怎能不红？嘶——这家伙手还真重啊……"

侍卫们闻言大惊失色，接着怒火冲天："好大的狗胆，竟敢对殿下如此无礼，属下请命，诛杀犯驾恶贼！"

朱允炆回头瞪了他们一眼，道："嚷嚷什么！我要你们杀他了吗？"

"殿下，犯驾太孙，其罪当诛九族，为皇家威严计，为大明律法计，此人不可不杀啊！"

朱允炆摆手笑道："袁忠，你别扣那么大的帽子。他不知我身份，或者说他不相信我的身份，不知者不罪。再说，我从小到大，还从未有人敢如此待我，挺有意思的……"

说着朱允炆回头望了一眼渐行渐远的江浦城门，笑道："想不到小小的江浦竟有这么个趣人，嗯，得暇之时，我要再来看看……"

回头缓缓扫视众侍卫，朱允炆脸上浮出一片威严之色："今日之事，回去后谁也不准跟皇祖父提起，违者斩！"

"……是！"

◎ 第二十四章 ◎

燕王之谋 还君明珠

　　江浦县仍如往常一般平静，在经过知县和县丞一场争夺权力的交锋后，人们在心里已经承认了这个事实，不管愿不愿意，城里有身份有地位的员外、乡绅都开始改换门庭，或直接或含蓄地以各种方式向曹毅示好，向来冷清的江浦官驿一时间车水马龙，热闹无比，手拿拜帖或担着礼盒的各家下人们蜂拥而至，排着队地等着被曹毅接见。反之，以往门前车马簇簇的县衙三堂、黄知县的宅院，却已变得冷清无比。

　　这就是世道人情，冷暖炎凉是一个必然的过程："金陵玉树莺声晓，秦淮水榭花开早，谁知道容易冰消。"

　　按说宋小凡应该得意的，因为最近江浦政局易主，正是他一手造成，他才是藏在幕后的最大黑手，除了曹毅，整个江浦没人知道这一切都是一个商户女婿设计所为，曹毅也好，黄知县也好，都成了宋小凡手中借势的工具。牛刀初试，效果不错，该打垮的敌人打垮了，该上位的县丞上位了，该得到利益的商家得利了，一切事情在预料中顺利发展、推动。

　　可是宋小凡现在却一点也得意不起来。

　　正所谓一波未平，一波又起。

　　他发现自己又招惹上了一个麻烦，这个麻烦可是个天大的麻烦。

想想自己在大明朝第二任皇帝的脑门顶上拍了无数巴掌，宋小凡便忍不住浑身冷汗淋漓。

这种行为比摸老虎屁股的性质更严重，自己拍的可是实实在在的龙脑袋啊……

宋小凡一直很奇怪，为何当朱允炆的侍卫赶过来后，他没让侍卫把自己剁了，反而拦住了他们。后来冷静下来后，宋小凡想通了，这跟朱允炆的性格有关。

历史上的建文帝朱允炆，是个仁厚得近乎软弱的皇帝，正是他那种软弱单纯的性格，才丢了江山，被皇叔篡位。这么一联系起来，他没当场砍了自己也就很正常了，这是个真正心怀仁义的皇帝，在他的眼中，自己只是个不知其身份的子民而已，他不会因这点小事跟自己计较。

宋小凡很庆幸，得亏那天遇上的不是洪武皇帝朱元璋，否则若自己也在他脑门顶上拍几下，照老朱那个暴虐嗜杀的脾气……

尽管如此，宋小凡仍担心了好几天，生怕那位皇太孙殿下回了京师以后，又回过味儿来，觉得这么放过自己太便宜了，派人来找后账怎么办？史书只是史书，谁知道真实的朱允炆是个什么样的人呢？

辗转反侧，夜不成寐，宋小凡担心了好几天，终于还是决定来找曹毅商量，自己认识的官场人物只有他了，也许他能将皇太孙的脉摸个大概。

官驿门前聚集着不少人，有的担着礼盒，有的拿着拜帖，曹毅身边的老家仆则一脸漠然地堵在门口不让人进，那些送礼的拜会的人却不敢丝毫表露不快，仍是满脸赔着笑，朝老家仆递着软话，求他放自己进去。

宋小凡一眼就看明白了，这又是一出行贿者死乞白赖，被行贿者道貌岸然的戏码，毕竟洪武皇帝痛恨贪官，别人送礼若曹毅真的来者不拒的话，估计很快就会被人参上吏部，曹毅的下场可想而知，反而这样堂而皇之将行贿者挡在门口，外人见了倒会觉得这位县丞大人清正廉明，给人一个清官的好印象。

宋小凡暗暗点头，曹毅是个有脑子的人，初掌江浦之权还没得意忘形，不枉自己帮他推了一把。

宋小凡走到官驿门口时，老家仆便看到了他，见他两手空空走来，老家仆眼中亮了一下，漠然的老脸竟也绽出些许笑意。

宋小凡拱了拱手，道："草民求见县丞大人，望老人家代为通传一声。"

老家仆侧身一让，温声道："老爷早有吩咐，宋公子若登门，尽可自行找他，不必通传。宋公子里面请。"

宋小凡愣了愣，然后揉着鼻子笑了，迎着外面或拜会或送礼人又羡又妒的目光，宋小凡一撩下摆，跨进了官驿的门槛。

被挡在外面的人大声质问老家仆。

"这人是谁呀？怎么他可以进去，我们却不能？"

老家仆合着眼，古井不波道："他是宋小凡宋公子，与我家老爷乃至交，当然可以进去。"

众人说不出话了，宋小凡，这个名字最近在江浦可谓无人不知，县衙内两大巨头争锋，可不就是因他而起吗？遍数整个江浦，谁比他有资格进去？

宋小凡进了官驿，来到曹毅厢房外面的院子时，看见曹毅正坐在院中老槐树下的石桌边看书。

宋小凡惊奇地瞪大了眼睛。

这是他头一次发现曹毅手中拿的是书本，而不是酒杯，这太叫人惊奇了！原本曹毅在他心中是个鲁莽武夫的形象，顶多再加几分精明世故，这一次曹毅却让他刮目相看，三日不见，已非吴下阿蒙，看来权力这个东西，是男人上进奋发最好的催化剂，初掌江浦之权的曹毅，现在也知道要学习、要进步了，这是个好现象。

宋小凡欣慰地笑了，上前两步躬身施礼道："草民见过曹大人，曹大人身居官位而不忘刻苦读书，实乃我辈楷模……"

曹毅抬头一愣，接着粗犷的虬髯大脸上绽出笑容："原来是宋小凡啊，呵呵，我还道是谁呢……"

扬了扬手中的书本，曹毅目光充满期待："……来找我喝酒？"

宋小凡笑容凝固："……不是。"

"不喝酒你来找我干吗？"

宋小凡叹气，曹毅还是曹毅，端着书本照样像个酒囊饭袋……

"大人，您……咳咳，您不是在读书吗？"

曹毅一愣，接着表情不太自然地看了一眼手中的书本，哼哼哈哈道："这个……咳咳，不错，本官确实在读书……"

宋小凡凑上前一看，奇道："咦？大人，您手上的书……"

"怎么了？"

"……拿倒了。"

"啊？是吗？"曹毅看了看，然后若无其事地将手中印着《春秋左氏传》的书本随手一扔。"飕"的一声，书本划过一道哀怨的弧线，不知所踪。

宋小凡满头黑线……

"那什么……本官听到脚步声，以为有外人来找本官，所以嘛，随手抓本书出来摆摆样子。其实我原本并不是在看书，老子看见书就头疼……"

"大人刚才原本在干吗？"

曹毅"嘿嘿"一笑，变戏法似的从石桌底下拎出一坛子酒来，还有一只用油纸包着的烧鸡……

宋小凡顿时深深拜服。

酒都摆上桌了，宋小凡当然也无法再推拒，只好跟曹毅你一口我一口地喝了起来。

好在相识日久，宋小凡知道这位武将出身的县丞大人并没有什么官架子，是真心拿他当朋友，所以宋小凡也就不用装模作样摆出一副草民惶恐的模样恶心自己，二人相对而坐，像一对老朋友那样一边喝酒一边聊天。

"大人接掌本县政务进展如何了？"

曹毅咧嘴笑道："不错，很顺利，谢主簿、李典史他们都很上道，现在本县的户籍、缉盗、农桑、税赋、水利等等事宜，他们再也不进三堂呈送黄睿德了，而是直接呈报给我，由我定夺，江浦之政务，尽在我手中……"

"恭喜大人得偿心愿，不过黄知县仍是名义上的知县，应天府下发公文，朝廷新出的举措，每年吏部对官员的考核等，还是必然要先经过他的。大人现在可不能掉以轻心，最好想个法子把他挤走，大人彻底坐实了知县这个名分，才能尽展大人胸中抱负。"

"哈哈，这些我自然晓得，不瞒你说，只要我掌握了江浦的实际政务，上面……"曹毅神秘地指了指头上，悄声道，"……上面自然有人为我打点，放心吧，黄知县在这江浦蹦跶不了几天了。"

宋小凡心头一紧，曹毅所说的"上面"，除了燕王还会有谁？

燕王如此在意江浦一县之权，他到底有什么目的？江浦县离京师不过一个时辰的路程，可以说是拱卫京师西面的最后一道屏障，难道燕王现已经开始为篡位做准备了？如果燕王挥师南下，朝廷各卫所官兵做抵抗之时，拱卫京师西面的屏障忽然失去作用，尽落燕王之手……

将这个想法再延伸一下，天下之大，从北到南，有多少城池被燕王这样渗透进去了？

宋小凡心中暗叹，朱允炆啊朱允炆，相比你皇叔，你真的太嫩了……

宋小凡想不到自己误打误撞一番谋划，却间接地帮了燕王，导致江浦易主，这却是始料未及的，此举是对是错？宋小凡自己也不知道。

曹毅唾沫横飞说了半晌，见宋小凡默然无语，这才问道："对了，你今日来找我干吗？"

宋小凡叹了口气道："我有烦恼……"

曹毅顿时一脸了悟之色："想女人了？"

"然也……啊！不是不是……"宋小凡急忙摇头否认。

曹毅一副知心哥哥的表情："我也是你这个年纪过来的，想女人就想女人，又不是什么丢人的事。哎，我听说你在陈四六家住了四年，那个陈胖子硬是拖着日子，没让你跟他女儿成亲，陈胖子什么意思？要不要我帮你敲打敲打他？"

"啊，不用不用，陈四六倒是提过成亲的事儿，不过被我推了……"

曹毅想了想，点头道："推了也好，陈家是商户，你是他家上门女婿，若真跟他女儿成了亲，以后就彻底沦为商户人家了，我朝有商户不得出仕的规矩，你若成了商户，以后想当官都当不了。宋老弟，你是个人才，将来必然会出人头地的，莫要被陈家挡了你的前程啊！"

宋小凡感动不已，这才是真正朋友说的话，为自己着想，为自己打算，从里到外透着那么一股子知心。

"多谢大人金玉良言……"

"行了，别一口一个大人的，我比你年长，叫声曹大哥吧。"曹毅哈哈笑道。

"曹大哥……"宋小凡平复了一下情绪，道，"其实我今日来找你，不是因为陈家，而是……"

"而是什么？"

"咳，而是我好像又惹了麻烦……"宋小凡不好意思地道。

曹毅眼睛都直了："你又惹了麻烦？他娘的！看不出你一副斯斯文文的模样，却是个惹祸精啊！说说，你又惹了谁？主簿？典史？或者还是黄睿德那个老匹夫？不用怕，我都可以帮你解决……"

宋小凡臊得汗都流出来了，通红着俊脸局促不安地道："这次惹的麻烦比较大……"

曹毅愣了："比黄知县还大？天呐！你到底惹了谁？难道是京师的府尹？"

"再大一点点……"

"朝中侍郎？"曹毅声调有些变了。

"咳，再大一点点……"

"六部尚书？"

宋小凡脸都快藏桌子底下去了："……再大一点点。"

曹毅脸都绿了，抓狂道："再大一点，再大一点，你吹猪尿泡呢？比六部尚书都大，你到底惹到谁了？"

宋小凡眨着眼睛无辜地看着曹毅，用很天真的声音道："我不小心拍了别人几巴掌，后来又不小心发现，我拍的那人是当今的皇太孙殿下……"

曹毅仰头望天，竟无语凝噎……

当宋小凡用腼腆的表情，含羞带怯的语气，惴惴说出醉打皇太孙的经过后，曹毅已经维持瞠目结舌的表情很久很久了。

宋小凡不安地看着他，小心翼翼道："都说皇家气度不凡，有包容天下之胸襟，想必太孙殿下应该不会跟我这个草民计较吧？"

曹毅面孔僵硬，闻言不由抽搐了一下面皮，嘶哑着声音道："气度不凡？呵呵……宋老弟啊，你可知皇家的气度是靠什么堆砌出来的？千万条人命，森森的白骨，流成河的鲜血……"

"曹大哥，你可别吓我……"

"吓你？哼——因懿文太子之故，当今圣上对太孙极是宠溺，平日里连句重话都舍不得说他，你倒好，劈头盖脸拍了他脑门无数次，若被皇上知道……"

宋小凡冷汗下来了，哆嗦着嘴唇道："没那么严重吧？"

曹毅深深看了他一眼，叹气道："我真是没看出来，你一副文弱儒雅的样子，竟干出这么不要命的事。说句实话，你比我有种……"

宋小凡腼腆地道："曹大哥你谬赞了……"

随即宋小凡的脸很快垮了下来，现在不是听表扬的时候，而且听曹毅话里的意思，他也不太像是表扬自己……

"曹大哥，你说我该怎么办呢？"宋小凡苦着脸道。

曹毅沉思道："你刚才说，皇太孙的侍卫们本来刀剑已出鞘，要杀你的，后来被皇太孙拦下了？而且后来他们就那样离开了江浦，没动你一根汗毛？"

"对。"

"如此说来，皇太孙没对你起杀心啊，否则，你便有一百条小命，也交代在那里了。锦衣亲军校尉，那可都是一等一的大内高手啊……"

宋小凡一愣，接着茅塞顿开，都说当局者迷，这话果然不假，朱允炆当时没杀我，这就说明他没起杀心，那么以后多半也不会杀我的。史书并没说错，朱允炆是个仁厚宽容的皇帝，这样的皇帝是不习惯杀人的，数年后燕王起兵造他的反，他居然还对平叛的将领耿炳文说："勿杀我皇叔，使我背上弑叔的罪名。"

造他反的他都不忍心杀，自己只是拍了他几下脑门，想必更没什么大不了的吧？

想到这里，宋小凡一颗悬着的心终于放下了。

曹毅看着宋小凡紧张而后又轻松的神色，他眼中飞快闪过几分复杂之色。二人沉默了一会儿，曹毅道："宋老弟，上位者的心思捉摸不定，你我今日在这里胡猜，也是做不得准的，也许皇太孙哪天又想起这事儿来，那时你可大事不妙了……"

"曹大哥的意思是？"

曹毅拎起酒坛灌了一大口酒，胡乱擦了擦嘴边的酒渍，道："我有一个万全的法子，可保得你平安无事……"

"什么法子？"

曹毅"嘿嘿"一笑，抬手往北边一指，道："男儿志在天下，你久居陈家，做那寄人篱下的赘婿，终非大丈夫行径。我见你心思灵巧，智谋超凡，听老哥哥一句劝，就此离开陈家，往北方去……"

宋小凡心头一颤，凝神望向曹毅。

曹毅仿佛没看见宋小凡凝重的目光，径自道："我来江浦上任之前，想必你也知道我背后站着什么人。不错，我昔日受燕王殿下抬举，数次随燕王殿下北征残元，累战功而升百户将领，如今燕王雄踞幽燕之地，戍守国门以北，麾下甲士数万，猛将如云……"

宋小凡打断了曹毅，静静道："曹大哥的意思，是想让我投奔燕王？"

曹毅笑道："正是，男儿生于世间，当建功立业，用双手给自己搏个好前程。燕王麾下猛将虽多，可智谋之士却奇缺，唯今也只有道衍大师能为燕王分劳解忧。如今天子圣明，三十年前荡清宇内，然残元未除，多年来频频袭边，国境战事尤多，燕王奉皇命戍守北平，为保大明国境安宁，现在正是求贤若渴之时，你若投了燕王，自有大好功名等着你去取。若得燕王殿下抬举，五年十载必会赐你个官位衣锦还乡，岂不比你赘居陈家，做个窝囊女婿强上百倍？"

宋小凡满脸微笑地静静听着，眼皮却不易察觉地猛跳了几下。

残元未除，这大概是冠冕堂皇的表面理由吧，如今朱元璋还活着，燕王的动作不敢太过张扬，只能打着扫除残元的名号，满世界搜罗人才，他真正的目的是什么，别人不知道，宋小凡难道还不知道？

按照真正的历史发展，朱元璋死后，燕王终究还是从侄子朱允炆手中夺过了这锦绣江山，坐稳了皇位，开创了长达二十二年的永乐盛世。

自己应该投奔他吗？帮他征残元，帮他巩固北方，甚至帮他谋朝篡位……

宋小凡忽然笑了，自己只是个平民百姓而已，哪怕真实的身份是穿越者，在这风起云涌的大明朝，难道真可以左右天下政局？凭什么？投不投奔对他们来说，有那么大的意义吗？前世的时候宋小凡就知道，切莫太高估自己了，这个世界没有谁是真正的傻子，缺了谁这世界照样转，历史照样按它划定的轨迹往前徐徐推动，这不是一个人的力量就可以改变的。

"曹大哥，小弟才疏学浅，既无超凡的智谋，也没有万夫不当的勇武，燕王麾下皆是智勇之辈，岂能容得下我这样平庸之人？此事还是暂且放一放吧……"

宋小凡终于还是拒绝了，他并不后悔做这样的决定，各人有各人的际遇，凡事随缘便好，他不喜欢太过刻意地去做某件事情，包括投奔燕王，亦是如此。

曹毅深深地盯着宋小凡良久，目光充满复杂，沉默半晌之后，曹毅终于展颜哈哈一笑，道："我早看出来了，你小子是不见兔子不撒鹰的主儿。罢了，不去就不去吧，北方气候寒冷干燥，你这弱身子板儿估计熬不下去，若你哪天改变了主意，再来找我便是。"

宋小凡感激地看着他，道："小弟拒绝了曹大哥一番美意，你会不会怪罪我不识抬举？"

曹毅眼睛一瞪，豪迈道："你把你老哥哥看成什么了？咱们既然兄弟相称，那便是一家人，兄弟之间怎么想的就怎么说，什么抬不抬举的，你当我是这么蛮不讲理的人么？"

二人对视一眼，同时放声大笑，端起酒碗互敬一番，些许不快便烟消云散。

喝得酣畅淋漓之后，宋小凡带着八分醉意，告辞而去。

曹毅看着宋小凡略有些踉跄的背影，眼睛眯成了一条缝，良久忽然慨叹一声："还是火候未到啊……"

话中"火候"之意，也不知是说宋小凡，还是说拉拢宋小凡这件事，抑或是另有所指。

端起酒碗一饮而尽，曹毅又皱起了眉，敲着石桌沉吟："皇太孙……他到江浦来做什么？"

拒绝了曹毅，宋小凡把精力放在打理醉仙楼上。在其位而谋其政，他知道现在自己是醉仙楼的掌柜，虽然仍是为陈四六打工，可这只是暂时的。

潜龙在渊之时，他需要的仅仅是一个机会，一个能够一飞冲天的机会。朱元璋还活着，天下却已隐隐形成了两个阵营——藩王和太孙，不管站到哪一方，现在都不是最好的时机，这也是他拒绝曹毅的主要原因。

黄知县被夺了权，醉仙楼如今已是宾客满座，生意兴隆，大堂内那个两丈见方的木台起了很大作用，说书的唱戏的杂耍的，轮班上场，吸引着一批又一批的客人，每天热闹得跟过年似的。当然，客人们钱袋里的银子也是哗哗地流入了陈四六的腰包。

宋掌柜欣慰的同时，也有了一些淡淡的忧愁。

他愁的不是自己，而是另一个人。

一个还未脱贫的酒楼掌柜，自己还在向小康的道路上拼命奔跑，结果蓦然回首，却发现自己竟然还养了一个食客。

这让宋掌柜悲愤莫名。

食客是一位老道士，他有个人如其名的道号，太虚。

黄知县与曹毅斗法那两天，城内风声四起，政局动荡，人人惶恐不安，那两天太虚却不见了人影，等到风声平静、尘埃落定之后，太虚又神奇地出现了。而且这一出现，便赖在醉仙楼不走了，每天举着他那破幡子满世界招摇撞骗，晚上回来面无惭色地享受醉仙楼厨子的美食，吃完了便拼好两张饭桌往上一躺，哼着黄色小调沉入梦乡，日子惬意得连宋小凡都眼红了。

宋小凡觉得这样下去不行，出家人红尘修行修得这般惬意，实在是罪过，三清道君会不高兴的。

于是在一个打烊后的寒冷夜晚，宋掌柜坐在了吃饱喝足、正跷着腿剔牙的太虚旁边，开始跟他谈判。

谈判的主题只有一个，怎样让一个白吃白喝不创造价值的出家人迷途知返。

太虚笑得有点心虚，他也觉得这样很不好，吃白食吃得太没名目了，毕竟跟宋小凡非亲非故的，人家没有义务养他。

"要不我教你武功吧，你拜我为师，师傅吃徒弟，天经地义……"太虚恬不知耻地道。

宋小凡叹气道："道长，我不反对学武功，不过跟你学武还是免了吧，我估摸着这么多年，你就嘴皮子上的功夫厉害点儿……"

"你别小看我，我的武功可不是吹的，当年江湖上多少人哭着喊着要拜我为师，我理都不理。当今天下，若论武功排名，唯有我师兄张三丰在我之上……"

宋小凡挥手打断了太虚的自吹自擂："好吧，武功的事咱们就别提了，人尽其才，物尽其用，我看道长在外面坑蒙拐骗也不是个事儿，这样吧，我给你在醉仙楼找个差事……"

太虚两眼放光："什么差事？"

"你的老本行。"

第二天，醉仙楼的食客发现大堂与往常有了些许不同。

众人吃饭喝酒的当口，一名衣着邋遢、神态鬼祟、形如叫花子一般的老道士，老脸堆着笑，正一桌一桌挨个儿地问："哎，算卦吗？免费的，醉仙楼新推出的酬宾活动……"

"啊！这位兄台，贫道观你印堂发黑，眉间含煞，兄台，你有凶兆啊！"

"滚你娘的！你才有凶兆，你全家都有凶兆！"

"兄台莫怒，贫道免费给你画个桃符吧，不但辟邪，而且避孕……"

第二十五章

收婿入彀　流水无情

陈府内。

陈四六挺着肥胖的肚子，正一脸惬意地享受女儿陈莺儿给他捶腿。

最近陈四六的心情不错，黄知县与曹县丞之争，他半自愿半被宋小凡强迫地将宝全数押在了曹县丞身上，事实证明他押对了，曹县丞没让他失望，果然一手掌握了江浦，名为县丞，实际上却行使着知县的权力。

政治风向变了，作为商人的他，自然要开始收获属于他的彩头，要知道，当初他可是押上了陈家的阖府身家性命，高风险意味着高回报，现在回报自己的时候到了。

这几天他忙着接收店铺，以前护翼在黄知县羽下的竞争对手，见黄知县失了势，害怕曹毅新官上任的三把火烧到他们头上，于是纷纷售出了江浦县内的店铺，离开了这座让他们心碎的伤心地。

陈四六这几天笑得眉眼不见，这些店铺被他毫不客气地用低得离谱的价格，全数买了过来，不但占了天大的便宜，而且还大大扩张了陈家商号在江浦商圈的势力，现在的陈家有了曹毅做靠山，已然隐隐成为江浦县的第一大富商了。

赌博的感觉真不错，尤其是政治赌博，赢得一注后，那丰富的彩头，令陈四六的心到现在还在不正常地快速跳动。

女婿是个好人，是个能人呐！

陈四六在心中慨叹，这次若非他，怎么可能占到这天大的便宜？

只可惜这位女婿太霸道了一些，几乎是以裹胁的方式，逼着自己把宝押到曹毅身上。其实你好好跟我说，我当然也会答应的，以我陈四六多年的眼力，难道看不出谁会是最后的大赢家？用得着以强迫的方式逼着我押宝吗？我又不是不讲道理的人……

陈四六眯着眼，美滋滋地在心里放着马后炮，脸上咧得大大的嘴角，却已深深地出卖了他。

陈莺儿抬头，见父亲笑得满脸褶子，好奇道："爹，你在笑什么？"

陈四六看着女儿，心中顿时升起一股危机感。

女婿是个有本事的人，而且这些日子以来，他已越来越多地展现出他的能力，不但看出了曹毅主掌江浦之政，而且还与曹毅相交莫逆，最近打理醉仙楼的种种作为，也显露出他不凡的商业才能。明珠拂去尘埃，渐渐绽放耀眼的光华，宋小凡已在不知不觉间，将宾主易位，如今陈家竟隐隐有些倚靠他的味道了。

陈四六收获完胜利的果实后，忽然才想起来，这位本事大的女婿，目前而言，好像还不完全算是自己的女婿……

当初自己嫌他贫寒，一直拖着没给他和女儿成亲，一拖便是四年，甚至一度还打算退婚悔亲，把宋小凡扫地出门，现在看来，那是个多么愚蠢的决定。

飞鸟化凤，潜龙腾空，宋小凡已不是当初那个内向懦弱的宋小凡了，从他最近的种种表现来看，他注定会有一个远大得令自己无法想象的前程，这样的人，还愿做自己的女婿吗？

若他不愿，也许他会离开陈家，那时陈家该如何自处？

陈四六感到一丝惶恐，他绝不能容许这种事情发生。

世事真的很好笑，以前他千方百计地想退婚，将宋小凡赶出去，现在却完全颠覆过来，变成了千方百计地留下宋小凡，不能让他离开。

陈四六苦笑，难怪别人都说商人低贱，现在看来，商人果然很贱……

"莺儿啊，最近……宋小凡有没有找你说过话？"

陈莺儿美丽的面孔顿时浮上几许幽怨，轻摇蛾首道："没有，他每日在醉仙楼忙碌，几乎很少回府……"

陈四六一愣，按说有这么个一心扑在陈家事业上，俯首甘为陈家牛的女婿，他应该感到高兴才是，可为什么他心中的不安却越来越盛？

自己的女儿丰姿绰约，花容月貌，他宋小凡怎么就不动心呢？这样下去可不行。

"莺儿啊，要不你半夜的时候钻到……咳咳，为父失言了……"陈四六大声咳嗽，哪有让女儿主动钻男人被窝的？自己委实太过猴急了。

陈莺儿年已十八，该懂的事情都懂了，她当然听出父亲话里的意思，闻言顿时嫣染霜颊，羞得蛾首深深垂了下去，不敢再抬。

"爹，你……你说什么呢！女儿怎么可能做出那等轻贱之事？"陈莺儿粉面含羞，薄嗔不已。

陈四六擦汗干笑道："是爹失言了，呵呵，莺儿，宋小凡平日里难道就没对你流露过喜爱之意吗？"

陈莺儿娇羞之色退去，面容渐渐苍白，愁苦摇头道："他……他根本一点表示都没有，见女儿就仿佛是伙计见了东家一般，有礼，但是疏远得很……"

"伙计见了东家？这……这可怎生是好？"陈四六急了，这种反应可不是他希望看到的。陈四六希望看到什么？最好是宋小凡兽性大发，晚上把自己的女儿强行推倒，然后叉叉圈圈……

陈莺儿幽幽道："许是他眼界高，女儿柳蒲之姿入不了他的眼吧……"

"胡说！我的女儿花容月貌，顾盼生辉，在整个江浦也是一等一的美人儿，怎么就入不了他的眼？"陈四六怒道。

陈莺儿默然轻叹，神情却愈发悲苦。

陈四六见女儿悲苦的模样，不由得温声道："莺儿啊，你今年都十八了，平常人家的闺女，十三四岁便嫁了人，你却一直被养在深闺，这都怪那宋小凡耽误了你……"

陈四六说这话的时候，浑然忘了正是自己看不上那贫贱女婿，一直拖着女儿的婚事，此刻却全怪到了宋小凡的头上，委实无耻之极。

陈四六接着道："……那宋小凡是个有本事的，咱们陈家香火不继，你弟弟宁儿年纪小，而且是个纨绔性子，将来是指望不上他了，唯有将宋小凡尽快笼络住，才能保得陈家偌大的家业不至败落。你与宋小凡自小便定了亲事，是名正言顺的未婚夫妻，我会尽快开始筹备你们成亲之事，此事不宜再拖了，再拖没准儿他就跑了……咳咳，那个，平日里你不妨对他主动一些，对他和气一些，多寻他说说体己话儿，莫端着你那小姐架子，今时不同往日，咱们陈家现在可是倚靠着他呀……"

陈莺儿满面羞红地默默点头，父亲的话她当然明白，那意思就是，胆子更大一些，思想更解放一些，哪怕你把宋小凡勾引上床都行，总之一定要让这位陈家姑爷实至名归。

于公于私她都无法拒绝，她与宋小凡的夫妻名分早已是板上钉钉的事了，与自己的未婚夫多说些话儿，对她来说，并没有什么心理障碍。

只是一想到宋小凡那不解风情的木头性子，陈莺儿不由得幽幽叹了口气，欢喜的神情渐渐又变得凄然悲苦。

这杀千刀的冤家！莫非真要我脱光了钻进你的被窝，你才懂我的心思么？

此时的宋小凡浑然不知陈家父女正欲把他收入彀中，他还在为陈氏醉仙楼忙活着。

这两天他的心情挺不错，醉打皇太孙好几天了，京师也没见派人出来缉拿他，这说明皇太孙已不跟他计较那事儿了；还有就是那位吃白食的太虚道长，这几天的表现可圈可点，虽然来酒楼吃饭的食客们人人皆带凶兆，常引得客人们勃然大怒，拍桌骂娘，不过这至少说明了人家老道士在认真给他办事，为醉仙楼的生意兴隆默默发挥他的光和热，只是发光发热的方式颇值得商榷。

高兴之下，宋掌柜大发慈悲，酒楼打烊之后要给老道士加菜加酒。

太虚丝毫不懂啥叫客气，捋着胡须悠然道："……我要吃狗肉火锅。"

宋小凡充耳不闻，转头问厨子道："今日剩了什么菜？"

厨子呵呵笑："剩了两份过油肉，一份猪下水，一份羊肚……"

"去，煮一锅炖上，全给道长吃。"

太虚很不高兴地被迫接受了。

第二天打烊之后，宋掌柜继续给太虚加菜。

"今日剩了什么？"

"一份风鸡，一份酱牛肉，一对猪蹄儿……"

"去，煮一锅炖上，全给道长吃。"

第三天，第四天……

太虚受不了了，跑来向宋掌柜抗议。

"你太过分了！贫道我每天帮你给客人算卦，多辛苦呀，你倒好，整天喂我吃那大杂烩，贫道吃得差点儿羽化飞升……"

宋小凡愕然道："道长何出此言？我可是每天大鱼大肉地供着你呀，你每天算卦辛苦，我这不是在奖励你吗？你瞧瞧你现在油光满面，哪像'太虚'呀，现在的你应该改个道号，叫'不虚'才对……"

太虚跺脚气道："有你这么拿剩饭剩菜奖励人的么？我算看出来了，这哪是什么奖励呀，分明是拿道爷当成泔水桶，什么乱七八糟的东西都往道爷肚里倒……道爷命苦呐！"

宋小凡道："道长，要惜福呀！甭管剩不剩菜的，你想想，整日大鱼大肉的，你什么时候过过如此逍遥的神仙日子？"

太虚一窒，狠狠跺了跺脚，泪奔而去。

没多久，骨灰级店伙计狗子惊慌失措地跑来。

"掌柜的，不好了！你快躲躲，咱东家的女儿又来砸场子了……"

宋小凡一愣，还未开口说话，却听得门外一个苍老的声音斩钉截铁道："这位姑娘，你有凶兆，你真的有凶兆！"

宋小凡对陈莺儿的到来感到颇有些意外。

这姑娘怎么回事？隔三岔五往这醉仙楼跑，她是饿了还是怕我贪酒楼的银子？

不能怪宋小凡总以最坏的恶意来推测陈家千金，初识时的不愉快经历，到后来又是一副上司对下属的冷漠神情，现在却又来了个一百八十度大转弯，又是看望又是炖汤的，这态度未免转换得太生硬了，宋小凡怀疑陈家父女是不是有所图谋。

宋小凡不知道，他这是以小人之心度君子之腹了，陈家父女的图谋，充其量只是想把他绑在陈家这条船上而已，实在是很善意的图谋。老陈连女儿都搭上了，还引得宋小凡一阵怀疑，委实有明珠暗投之憾。

老板的千金来了，身为掌柜的，当然要迎接，宋小凡心里对陈莺儿感觉很平淡，丝毫没有未婚夫妻见面的那种羞怯或心动，在他心里，陈莺儿是上司，是主人，是陈四六的女儿……她有很多种身份，唯一令他有些排斥的，是自己未婚妻这个身份，没有感情基础的婚姻是他不能接受的，或许古代人觉得无所谓，但宋小凡却不能认同。

门口光线一暗，一道袅娜的身影出现在宋小凡眼前。

今天陈莺儿似乎刻意打扮了一番。她穿着浅绿色的对襟小袄，同色镶荷边百褶长裙，头发挽成高高的髻，以前稍显浓粗的眉毛，仿佛也被细心地描过，显得又细又长，分外柔顺，腮晕潮红，羞娥凝绿，顾盼回眸间，撩人心怀。

宋小凡在心底暗叹她的美丽，同时也在深刻反省，这么漂亮的女人，自己怎么就对她不动心呢？莫非自己瞎了狗眼？

努力酝酿了一会儿情绪，宋小凡终于还是泄气地垮下肩膀，没办法，不喜欢就是不喜欢，勉强都不行。

"宋小凡见过小姐。"宋小凡拱手施礼。

陈莺儿俏面一红，侧身让过这一礼，细声道："宋公子不必如此，妾身担当不起的。"

妾身？

宋小凡愕然望着陈莺儿，这自称未免也太……那啥了，咱们还没熟到这份儿上吧？

揉着鼻子笑了笑，宋小凡的眼睛却忍不住望向陈莺儿身后。

仿佛知道宋小凡心中所思，陈莺儿垂头低声道："……妾身今日是独自来的，没让抱琴跟来。"

"啊？哦……"宋小凡讪讪收回目光，欲盖弥彰道，"我只是想跟她探讨一下武学方面的问题……"

陈莺儿也不说破，只是俏生生地扔给他一个小小的白眼。

"小姐今日来醉仙楼有事？"

陈莺儿叹气道："你就不能叫我的名字吗？我们之间为何要这般生疏？"

宋小凡搓着手干笑："不太熟，不好意思叫名字……"

陈莺儿心头涌上几许悲苦，连称呼的门槛都跨不过去，还谈什么终身大事？想到这里，她不由得有些灰心丧气。

但是父亲的话又在脑海中回响，这个模样俊俏、又有本事的郎君，若不花些心思留住，恐怕时日久了，便会弃陈家而去，如此，自己这个未婚妻将如何自处？

于是陈莺儿又强打起精神，勉强露出个笑脸，道："我来这里看看，听爹说，你将醉仙楼打理得很好，我有些好奇。"

原来是领导视察工作，宋小凡松了口气，微笑道："小姐随便看吧。"

陈莺儿点点头，俏目流转，见着大堂内仿造前世咖啡厅的格局，不规则摆放的桌椅，奇道："这些桌椅为何摆放得这般错乱？"

宋小凡笑道："乱有乱的美感。既然客人们是来吃饭的，这种错乱的格局能让他们放松心情，令他们的情绪也如同这些桌椅一样，随便而且惬意，对客人的食欲很有好处。"

陈莺儿目中放彩，轻笑道："爹最近常说你是个有本事的人，此话果然不错，于细微处将客人的心思拿捏得如此精妙，你确实有不凡之处。"

被美女夸赞当然是一件很满足的事，宋小凡笑得嘴巴咧得大大的，却还假模假样地谦虚道："哪里哪里，你谬赞了，其实我很平凡……"

陈莺儿又注意到大堂东面的台子，不由奇道："搭这个台子有何用处？"

"表演节目用的，比如说书、唱戏、杂耍等，吸引客人的注意，用来招徕回头客。"

"用心良苦，聪慧睿智，你将来必有大成就……"

"哈哈，小姐过奖了，我只是站在巨人的肩膀上而已……"

"怀才而不傲物，虚怀若谷，你是谦谦君子……"

……

……

宋小凡陪着陈莺儿在醉仙楼内到处转悠，陈莺儿一张小嘴跟抹了蜜似的，走一路夸一路，而且夸赞的力度非常之大。宋小凡刚开始还假模假样地谦虚几句，到后来他谦虚的词儿都用完了，陈莺儿犹自夸得滔滔不绝，宋小凡张着嘴实在不知该怎么回应了。

被人夸宋小凡不反对，可把他照死里夸，他就有点受不了了。陈莺儿今日这是怎么了？如此卖力地赞美自己，莫非她也读过卡耐基？

店里的老蔡、狗子等伙计全都目瞪口呆地盯着陈莺儿，不说不知道，原来这个酒楼在东家千金的眼里评价如此之高，这让他们惊喜若狂。

从大堂到三楼，再从三楼到大堂，陈莺儿把该夸的都夸完了，一时间竟沉默下来，看来她也实在找不到东西来夸了。

宋小凡冷眼看她，淡淡道："都夸完了？再仔细找找，有没有什么遗漏的地方，找出一两样来，继续照死里夸。"

陈莺儿俏脸羞得通红，蛾首低垂，轻轻摇了两下。

宋小凡好心地建议道："东西夸完了，你可以夸人呀，比如说，你可以夸我长得很英俊……"

陈莺儿扑哧笑出了声，俏脸愈发通红，看来她也觉得自己夸得太过了。陈莺儿虽然年已十八，但她的感情世界仍是一片空白，对感情的表达也很生涩，除了一味地夸赞，她实在不知道该如何曲意奉承讨好心仪的男人了。

宋小凡从容地道："好吧，现在可以告诉我，你到底来干什么？"

陈莺儿已不复当初盛气凌人的模样，闻言红着脸低声道："我……我其实是想来看看你，真的。"

"来看我？"

陈莺儿抬头看了他一眼，又赶紧低下头，显得有些怯怯地道："你……你终日忙着打理醉仙楼，几乎都不回府住了，爹说……爹说有事情想与你……商议。"

有事情？宋小凡神情一凝，沉声道："你爹有什么事情？"

陈莺儿羞红满面："……你猜。"

宋小凡想了想，惊喜道："莫非你爹打算把醉仙楼送给我？"

陈莺儿一窒，羞色稍退："……你再猜。"

"莫非你爹愿意把抱琴给我做通房丫头？"

陈莺儿银牙暗咬："……你再猜。"

宋小凡泄气道："除了这两样，我实在想不出还有什么事能跟你爹商议的，你知道，我和他有代沟……"

陈莺儿心里那个气呀，莫非我和你的婚事，你就一点儿都没放在心上么？落花有意，流水无情，空有一番女儿待嫁心思，奈何良人懵然无知，陈莺儿气愤之中，不由得生出"奈何明月照沟渠"之慨。

原本很和谐很客气的场景，现在却陷入一片尴尬的沉默。

陈莺儿固然气愤难当，宋小凡也有点知所措，他不是傻子，陈莺儿把话说得这么明白了，他怎能不知她的意思？只不过还是那句话，不喜欢就是不喜欢，他不想勉强自己，但又不忍心伤害这位名义上的未婚妻，于是只好装傻充愣，躲过一时算一时吧。

没过多久，沉默便被打破。

一阵凌乱的脚步声传来，宋小凡抬头一看，却见曹毅正儿八经穿着官服，神色焦急地领着衙门里十几名衙役，急匆匆地进了门。

"曹大人，您这是……"

曹毅严肃地地看着他，沉声道："刚才得京师锦衣亲军飞马快报，皇太孙殿下乘御驾出了京师，全副仪仗启行，正奔着咱们江浦县来了。锦衣亲军要咱们衙门准备接驾……"

宋小凡呆愣住了。

曹毅盯着宋小凡，面色古怪道："皇太孙殿下出行，声势如此之大，该不会……是冲着你来的吧？"

◎第二十六章◎

皇孙再临 广告效应

宋小凡欲哭无泪。

该来的总会来，出来混，迟早要还的，早该知道，打了皇太孙怎么可能一点事都没有？

宋小凡这一刻想到了跑路，他不想傻乎乎地伸出脑袋让朱允炆砍了，那未免太窝囊，作为一个有理想有文化有品位有预知能力的四有穿越者，虽不能散王霸震虎躯，可也不能软弱到任人诛杀吧？他穿越的目的不是为了挨宰的。

"曹大人，保重！小弟出城避避风头，咱们青山不改，绿水……"

"来不及了！"曹毅焦急地打断了宋小凡的江湖套话，沉声道，"太孙殿下仪仗已快到了，左军都督府的官兵已经分守住了四城，而且整个江浦净水泼街，无论何人皆不得四处走动，你现在想出城，除非你有本事把守城门的官兵除去……"

宋小凡脸都绿了："……我不过是拍了他几下脑门儿，他要杀我随便派几个大内高手就是了，干吗还非得启用仪仗亲自大老远跑来杀我？一群人从京师出来，浩浩荡荡的就为了杀我这么一个酒楼掌柜，我有那么大罪过吗？"

曹毅面色又浮上几分古怪："皇太孙启用仪仗，从京师出来赶了一个时辰的路，就为了杀你？此事亘古未有，透着怪异，我估摸着，他可能不是为了杀你而来……"

宋小凡如同抓住了一根救命稻草似的，眼睛放出亮光，急切道："真的吗？那他是为了什么？"

曹毅摇头道："上位者的心思，曹某不敢妄自揣测……"

拍了拍宋小凡的肩，曹毅沉声道："是福不是祸，是祸躲不过。你还是在醉仙楼里等着，不要乱跑，我与黄知县赶去东城门接驾。若太孙殿下真有杀你之意，他也不会当场杀人，必将把你先拿进京师天牢候斩，那时我再想想办法，定要保你周全……"

曹毅说完便领着衙役匆匆走了。

宋小凡脸色苍白，浑身发抖，眼神也变得空洞麻木。

死亡离他越来越近，近得让他战栗，他只是平凡人，没有视死如归的勇气，面对死亡时，他与普通人没什么不同，一样的害怕，一样的畏惧。

皇权，多么可怕的字眼，集暴力与强势于一体，顺从它的人，得到安抚；反抗它的人，受到屠戮。

但是宋小凡却还是与普通人有不同之处，就算是死，他也不愿老老实实伸长了脖子挨刀。

站在大堂内怔忪了一会儿，宋小凡忽然转身进了厨房，从案板上抽出一把剔骨用的尖刀，撩起衣衫，将它藏在后腰处。

平素温文尔雅的模样已完全不复，他眼中闪过一抹凶戾之色，一双清秀有神的眸子布满了血丝。他已打定主意，若朱允炆真要拿他，他就抽刀把这位皇太孙干掉，临死也拖个垫背的。

宋小凡外表儒雅，一派斯文，可他骨子里却流淌着凶狠的血液，别忘了，他上辈子可是做过抢劫犯的，敢干这种高危工种的人，胆子当然不会太小，该玩命的时候，他会豁出一切。

无人可以依靠时，同归于尽也是一种反抗的方式。

看着宋小凡又恢复了平静的表情，一旁的陈莺儿早已惊呆了。

她发现自己对这个男人了解得太少，他什么时候认识了当今的皇太孙殿下？而且听曹县丞的口气，貌似他还把皇太孙得罪得不轻，眼看就要大祸临头了。

现在不是刨根问底的时候，陈莺儿咬着银牙，颤声道："宋小凡，你……你还是先躲起来吧，待官兵走后，我再带你出城……"

宋小凡心中有些感动，微微摇头道："我不能走，我若走了，官兵抓不到人，你们陈家就该遭殃了，连曹县丞都会受到牵连。”

陈莺儿呆住了。是啊，宋小凡说得没错，众所周知，他是陈家的女婿，若他跑了，自己的父母、弟弟，包括她自己，肯定会被连坐，尽管他们与此事毫无关联，但皇权之下，谁会跟他们讲道理？

看着宋小凡那张平静得古井无波的俊脸，陈莺儿泪如雨下，银牙咬碎，终于痛下决心道：“不管了，你先躲起来，谅那些官兵也不会牵连无辜，顶多只是把我们拿进监牢关一阵子，很快就会没事……”

宋小凡心中愈发感动，原本清冷淡漠的女子，此时却有如此担当，令他颇有些意外。能做出这样的决定，看来自己在她心中的分量，并不止于一个父母之命的未婚夫，而是确实占据了很重要的位置。

宋小凡“呵呵”地笑，然后摇头，一脸淡然。

陈莺儿急了，跺脚道：“这个时候了，你还笑得出，你……你真气死人了！”

宋小凡笑道：“我只是忽然想起了你爹，自从我这个女婿接掌醉仙楼后，陈府便一直家宅不宁，我惹的麻烦一次比一次高级。如果这次你爹知道我惹到了当今皇太孙殿下，不知会是何样表情……”

江浦县东城门，古朴陈旧的铁木门已被数十名锦衣校尉牢牢把守，黄知县和曹县丞老早便一左一右跪在城门两边，他们身后跪着衙门的大小官吏和衙役，一群人战战兢兢等着皇太孙的到来。

两炷香后，东面官道上远远扬起漫天尘土，六面绣着四爪金龙的龙旗打头，黄旗居中，左前青旗一，右前赤旗一，左后黑旗一，右后白旗一，每旗执弓弩军士六人，服各随旗色。车辇后有班剑、吾杖、仪刀、骨朵各四，再其后，又有红罗曲盖绣伞、红罗素圆伞、红罗素方伞、青罗素方伞等朝仪用物，所执者皆是锦衣校尉，旗幡遮天，罗伞蔽日，一行数百人浩浩荡荡向城门行来。

还未至城门，凝重的皇家天威便铺天盖地压向城门口迎驾的众人，从黄知县开始，每个人皆被这股威势深深震撼，众人跪在尘土中，以头触地，不敢稍动，仿佛连呼吸都开始变得困难起来。

仪仗刚到城门，黄知县便朝太孙车辇磕了一个头，大声道：“微臣江浦知县黄睿德，率江浦县衙同僚，恭迎皇太孙殿下御驾，太孙千岁！”

众官吏磕头，同声唱道：“太孙千岁——”

太孙车辇充耳不闻，只是在经过黄知县时顿了一下，里面一道清冷的声音遥遥传出："摆驾醉仙楼。"

然后车辇便径自入了城，往南城行去。

黄知县跪在地上，神情一愣，接着若有所思地看了曹毅一眼。

曹毅一言不发，紧随着车辇站起身，神情一片凝重地跟在车辇最末，不紧不慢地走着。

醉仙楼门外早已被锦衣亲军团团围住，宋小凡等人跪在地上，惶惶不安地等待皇太孙仪仗的到来。

老蔡和一众店伙计跪在宋小凡身后，面色苍白，浑身瑟瑟发抖，甚至包括四五名从了良在醉仙楼推销酒的青楼姑娘，也是吓得花容失色。她们没想到，卖酒原来也是玩命的行当，没招谁没惹谁的，怎么被官兵给围住了？

陈莺儿也跪在宋小凡左侧，满脸凄苦地看着他，神情万分悲伤，眼泪不停地往下掉。

恐惧并没有维持多久，很快，长鞭静街，铜锣开道，朱允炆的仪仗便开到了醉仙楼的门口。

金色的车辇正好在宋小凡身前停下，一名大汉将军跪在车辇前躬身，宋小凡垂着头，只看见一双暗黄色的锦靴踩着大汉将军的背，走下了车辇，并且缓缓走到他的面前。

"草民宋小凡，拜见大明皇太孙殿下，太孙千岁——"

甭管有罪无罪，先把礼数做到再说，于是宋小凡便率先高声唱道。

"哼——宋小凡，抬起头看着我！"一道略带笑意的声音故作威严地道。

宋小凡一副战栗的模样，哆嗦着身子慢慢抬头，只见朱允炆身着明黄四爪蟒袍，正一脸笑意地看着他。

"宋小凡，现在孤正式告诉你，孤乃大明朝皇太孙，是洪武皇帝的亲孙子，哼——你敢不相信我？你凭什么不相信我？"

宋小凡身躯一抖，匍匐在地颤声道："太孙殿下头角峥嵘，龙行虎步，实乃未来大明朝帝王之相也，草民有眼无珠，罪该万死！"

朱允炆闻言气得直跺脚："哼——头角峥嵘那是被你拍的！你知道该死就好，我且问你，你拍我脑门儿这笔账该怎么算？"

"草民……惶恐！"宋小凡脸都白了。

"我想起来了，你还骂我是倒霉孩子，这笔账该怎么算？"

“草民……惶恐！”宋小凡擦汗。

“你还喷过我满脸茶水……”

“草民……惶恐！”宋小凡擦不完的汗……

“你还说醉仙楼皇太孙与狗不得入内……”

宋小凡连话都懒得回了。

朱允炆奇怪地眨了眨眼，道：“你怎么不惶恐了？”

宋小凡叹气道：“草民罪孽深重，任杀任剐，反正死猪不怕开水烫了……”

“哈哈……”朱允炆乐得哈哈大笑，见随从和黄知县等人一脸怪异地瞧着他，于是立马敛了笑容，板着脸道：“宋小凡，你知道冒犯太孙是要杀头的吗？”

“草民知罪。”宋小凡低头认罪，一只手却仿佛不经意地伸向后腰处，只要朱允炆下令拿他，他就打算跟朱允炆拼了，二人相距不过数尺，他有把握能够顺利捅他一刀。

朱允炆浑然不觉悄然临近的杀机，仍沉声道：“既然你快死了，说说，临死前有什么未了的心愿，看在你请我吃了一顿饭的份儿上，我便成全你。”

宋小凡摸向腰间的手一顿，颇有些诧异地抬头望向朱允炆，要被砍头了还能完成心愿？大明朝的律法如此人道？

一看之下，却见朱允炆满脸笑意地瞧着他，眼中一抹调皮的光芒一闪而逝。那种善意的神色，令宋小凡停住了所有动作，只为那张充满笑意的年轻脸庞，温暖而灿烂，一如这冬日下午的暖阳。

人生的际遇，往往只在一念之差，摸刀的手停住了，宋小凡的命运从此也被完全改变；这一念，甚至影响了一个古老民族的国运，影响了一个朝代的兴衰。

藏在腰间的刀，终究没有拔出来。

宋小凡却笑了，笑容里透着一股轻松。

“什么心愿都可以？”

朱允炆点头笑道：“什么都可以。”

宋小凡眨眼：“可以让人给草民殉葬么？”

朱允炆奇道：“你想让谁给你殉葬？”

宋小凡抬手一指不远处跪着的黄知县：“他。”

黄知县吓得浑身一抖，匍匐于地，带着哭音道：“殿下，微臣无辜啊……”

朱允炆愣了一下，接着失笑道：“想不到你比我还胡闹……”

然后朱允炆板着脸道：“罢了，看在你这人还算忠厚的份上，孤便饶你冒犯太孙之罪。宋小凡，孤且问你，现在你相信我是真正的皇太孙，不是冒充的了吧？”

“草民坚信不移！”

“那你害怕吗？”

“殿下威武，草民畏惧……”

朱允炆得意地一笑，大声道：“哼，知道害怕就好，孤今日来，就是让你怕一怕的……来人，摆驾回京！”

说完朱允炆头也不回地登上车辇，整个仪仗数百人掉头便走，很快便消失在众人视线之内。

宋小凡愕然抬头，与曹毅面面相觑，二人脸上均是一片不解之色。

“这……就这样走了？”宋小凡吃吃道。

曹毅仍跪在地上，非常迷茫地挠头：“太孙殿下到底来干什么的？难道吓唬你几句就完事了？”

宋小凡不满道：“我怎么觉得太孙殿下没砍了我，你好像特不满意似的？”

曹毅遗憾地咂摸着嘴，道：“若太孙殿下真斩了你，那黄知县就随你殉葬了，省了我多少麻烦呀……”

宋小凡没有接话。

朱允炆的车辇走了，数百人的仪仗在尘土飞扬中翩然出城，踏上了回京师的官道。

宋小凡鼻子都揉红了，他还是想不通，朱允炆大张旗鼓地弄这么大排场，大老远跑到江浦到底干吗来了？难道就像曹毅说的，特意吓唬自己几句，见自己害怕便心满意足地走人？这人未免也太无聊了吧？王孙公子过的都是这种生活？

想不通的事情就不要去想，宋小凡最后给这件事下了个结论：有权有势的人日子太空虚了，全都是吃饱了撑的！

危机过去了，宋小凡的心情自然便好了起来。不论朱允炆表现得多么无聊，但他的行为却让宋小凡打心底里赞赏，宋小凡的逻辑很简单，杀自己的太孙不是好太孙，不杀自己的太孙，将来必是国之明君。

转过头，见陈莺儿仍泪痕满面地瞧着他，目光中有喜有怨，分外复杂。

宋小凡禁不住心头一暖，走到她面前柔声道："让你受惊了，没事了，都过去了。"

陈莺儿呜咽一声，终于失声痛哭起来："我……我以为你会被他们……被他们……"

想起大难之前，陈莺儿坚持要让自己先躲起来，甚至不怕连累她和家人，一个女人能为他做到这些，已经很不容易了，宋小凡为她那片心意而感动着。

深情地注视着陈莺儿，宋小凡柔声道："你对我的好，我都记在心里，正所谓疾风知劲草，板荡见真情，我以后会……"

宋小凡话未说完，陈莺儿仿佛被电了一下似的，"呀"的一声惊呼，然后又急又羞地环视四周，跺脚嗔道："当着这么多人，你……你说什么胡话呢……要说回家去说，我……我先走了。"

说完陈莺儿羞红满面，捂着耳朵飞快地跑了。

宋小凡眼睛睁得老大，朝着她的背影叫道："哎，你能不能听我把话说完呀？真是没礼貌……"

曹毅凑了上来，瞧着陈莺儿的背影，"嘿嘿"坏笑道："小两口说情话也不避讳着点儿，人家是大姑娘，面嫩得很，你那没说完的情话还是说给我听听吧，你刚才说你以后会怎么样来着？"

宋小凡盯着陈莺儿的背影叹息道："我只是想说，我以后会尽量少贪醉仙楼的银子，给她爹和曹大人你好好当掌柜……这能算情话吗？陈小姐的心思太复杂了……"

曹毅满头黑线。

皇太孙走了，街禁一撤，百姓们也纷纷走上了街头。在听说皇太孙竟然驾临江浦县之后，大家既惊奇又疑惑，皇太孙没事跑到这个县城来干吗？互相一打听，众人便知了个大概，皇太孙仪仗入城之后，径自去了醉仙楼，与那位陈家姑爷——醉仙楼掌柜宋小凡——说了几句话，便回了驾。

看热闹是百姓们的天性，一听这么轰动的事情居然又跟最近江浦的风云人物宋小凡有了关系，大家便三五成群，一齐拥到了醉仙楼门前的空地上，看看这位宋掌柜有何出奇之处，不但与曹县丞相交莫逆，竟还引得当今皇太孙殿下大驾光临，这可是顶了天的人物呀，未来大明的国君！能认识太孙殿下，莫不成这位宋掌柜以后真要飞黄腾达了？

即将要飞黄腾达的人，当然要多看两眼，沾一沾贵气，那可是跟皇太孙殿下说过话的人呀……

于是，原本宽阔的醉仙楼门前空地上，很快便挤满了人，百姓们望着宋小凡，却因宋小凡是未来的"贵人"而不敢上前跟他说话，只是远远地围着，朝他"嘿嘿"地笑，神情颇为敬畏。

宋小凡迎着众人的目光，满脸羞涩地道："想不到我也有被惨无人道围观的一天，真难为情呀……"

曹毅笑道："我大明子民万万千，认识皇太孙殿下的能有几个？你说你能不招人稀罕吗？"

宋小凡腼腆地扭了扭身子。

曹毅"嘿嘿"一笑，望向宋小凡的目光有些意味深长："人之际遇真是难说得很，高低起伏仅在数日间。原以为你得罪了太孙殿下，前景堪忧，却没想到太孙殿下对你颇有好感，你和他从此以后算是有了交情了……"

宋小凡笑道："我只是沾了一点太孙殿下的光环而已……"

曹毅的目光越来越深邃："你与我有交情，与太孙殿下也有交情，问句犯上的话，你跟谁的交情更深？"

宋小凡一愣，看着曹毅似笑非笑的脸，忽然惊醒，差点忘了，曹毅身后站着的是燕王呀，将来要取皇太孙而代之的枭雄之辈；换句话说，燕王与朱允炆可是不死不休的死对头，自己无意间跟两大阵营同时有了交情。曹毅这话问得貌似平淡，可实际却凶险之极，这是在让自己站队呢。

想到这里，宋小凡脊背发凉，于是正色道："曹大哥，小弟才疏学浅，只是个碌碌无为的商户女婿，蒙你高看，也蒙太孙殿下高看。朋友贵在相知，若多了功利之色，朋友便不能叫朋友了，无论是八品县丞，还是当今太孙，在我眼中皆是朋友，我实不愿在与你们的交情中掺杂别的东西。朝堂政局是你们大人物做的事情，与小弟无关……小弟的意思，你可懂了？"

曹毅目光一阵闪动，沉默半晌，终于哈哈大笑，拍着宋小凡的肩道："是老哥哥我着相了，我在这里给你赔个不是，以后这话再也休提。老弟你是性情中人，老哥哥又岂能不如你？哈哈……"

宋小凡"嘿嘿"直笑，心中却松了口气，有件事他一直很奇怪，自己也没表现得很出色，为什么这曹毅却一次两次地拉拢他站到燕王阵营之中？他到底看上自己哪一点了？

无论如何，现在还不是站队的时候，能拖便拖过去吧，那种散王霸震虎躯，然后收一帮牛逼小弟打天下的狗血情节太不靠谱儿，饭要一口口地吃，事情要一件件地去做，野心，也要一步步地去实现，凡事不可能一蹴而就。

百姓们还围着宋小凡看热闹，宋小凡和曹毅旁若无人地说说笑笑，他们却忘了，远处还站着一位大人物，正是刚才领着衙门的大小官吏迎驾的黄知县。

黄知县根本不知道皇太孙今日驾临江浦到底有何目的，懵懵懂懂地接了驾后，一路跟随太孙车辇到了醉仙楼。通过太孙与宋小凡的对话，黄知县终于将事情弄清了，合着这位太孙殿下是由于被宋小凡拍过脑门不服气，今日全副仪仗开到江浦，却是找场子示威来了。

这个事实让黄知县惊出了一身冷汗，险些被吓尿了裤子。

他不能不受惊吓，宋小凡是他治下的子民，这个子民狗胆包天，竟敢殴打太孙殿下，此事若被当今皇上知道，按皇上对太孙极是宠溺、对治下臣子又极为严酷的性子，怎能不雷霆大怒？天子一怒那可是流血千里呀！官场之内人人皆知，当今天子不但治下严酷，而且最喜连坐，当年简简单单的胡惟庸、蓝玉谋反案，这两件案子加起来追查了十三年，前后被牵连诛杀者竟有四万余人，杀得朝堂几乎为之一空，连开国第一功臣李善长也被牵连进去而惨遭灭族，这便是当今天子的脾性！

这样一位杀人如麻的开国皇帝，你宋小凡长了几个脑袋敢打他的亲孙子？你不要命无所谓，你想害死我这个江浦知县吗？天子若责问下来，一说便是我这个知县治理无方，以致治下出了这等刁民，宋小凡固然死定了，自己这个知县估计也免不了一死，那时自己死得冤不冤呐？

幸好当今皇太孙殿下没有遗传到他祖父的暴戾基因，反倒是本性仁厚宽容，这么大的事都不予追究，要不然今日没准还真得为宋小凡这个刁民陪葬了。

看着不远处宋小凡和曹毅还在若无其事地说说笑笑，黄知县肺都快气炸了，笑，你们还有脸笑！

被曹毅夺权的旧恨，再加上刚才差点被宋小凡牵连的新怨，黄知县火冒三丈，顾不得眼前还有众多百姓围观，蹭蹭蹭地跑到宋小凡和曹毅二人面前，指着曹毅的鼻子大喝道："曹毅，你这昏官！你勾结同僚夺上官之权，又结识匪类纵人冒犯当今太孙，我江浦县衙上下险些被你一人所累，你实在是罪孽深重，本官忍无可忍，定要向应天府，向吏部参奏你！"

曹毅冷眼看着气急败坏的黄知县，慢吞吞地道："县尊大人，请你注意一下自己的仪态，你是知县，官场的体面都不要了吗？你说下官结识匪类，下官斗胆问您一句，谁是匪类？"

黄知县一指宋小凡，激动道："此人不是匪类吗？"

宋小凡愕然指着自己的鼻子："我怎么成匪类了？"

黄知县冷冷道："你冒犯太孙，犯驾不敬，已是万死之罪，莫非你以为你是良民？"

宋小凡委屈地道："我又不是故意的，那只是个误会……"

"你闭嘴！曹毅，你夺我之权，在江浦倒行逆施，仗着背后燕王撑腰，目中无人，不顾官场规矩，这倒罢了，今日还差点害死本官，你若不把宋小凡这刁民拿入大狱，本官与你誓不甘休！"

被人指着鼻子叫骂，曹毅也来了脾气，闻言冷哼道："你不甘休又能怎样？去吏部参我？你若丢得起这脸，我也不在乎。不过我告诉你，宋小凡是本本分分的百姓，我断不可能拿他入狱！冒犯太孙只是个误会，太孙殿下都没计较，你一个七品知县跳出来叫嚣什么？"

黄知县气得浑身发抖，颤着胡须大叫道："太孙殿下没计较那是他气量大，但宋小凡冒犯太孙，按大明律法，其罪当诛，曹毅你敢罔顾王法吗？"

……

二人就这样你一言我一语地吵开了，围观百姓见两位父母官不顾体面，在大庭广众之下吵架，他们当然也不介意再免费看场热闹，毕竟父母官吵架的戏码可不多见呀，于是人群又开始沸腾了。

与百姓们的兴奋情绪不同，宋小凡却有些郁闷了。

做人低调当然是有必要的，可该争镜头的时候也不能太过谦让呀，两位父母官吵架的地方可是醉仙楼的门口，而自己却是醉仙楼的掌柜，一次二次都在醉仙楼的门口吵架，风头尽让他们出了，醉仙楼图个什么？

宋小凡觉得这个时候不能再装谦谦君子了，君子是个很吃亏受气的职业。

宋小凡狡黠地转了转眼珠，趁着二位大人吵得口沫横飞、浑然忘我的当口，他转身挥手，招来了几名刚从青楼从良、目前正在醉仙楼推销酒的姑娘，凑在她们耳边轻声问道："前些日子我教你们唱的广告歌，你们可还记得？"

姑娘们眼中一片莫名其妙，仍是点了点头："记得的，不但记得歌儿，我们还编排了舞呢……"

这几名姑娘原本是青楼出身，唱歌跳舞是她们的老本行，自然是一点即会，举一反三。

场地正中，两位大人吵架已升级到了人身攻击的程度。

"你这粗鄙不文的武夫，不懂做官便回家种地去，江浦多了你这县丞，简直是一大祸害！"

"老子做官碍你什么事了？你这种无能知县，只配关在屋子里读死书，出来当官简直是祸国殃民，你早点滚蛋才是为民造福，他娘的也不撒泡尿照照自己什么德性！呸——"

宋小凡见缝插针，趁二人一缓的当口，一个箭步冲上前，两手一伸将二位大人隔开。

"停——"宋小凡举手做了一个暂停的手势，"二位大人，麻烦暂停一下！"

二人吵得兴起被人打断，觉得很不爽，于是同时瞪向宋小凡，语气不善地异口同声道："你想干吗？"

宋小凡严肃地看着二人，半晌，这才神色凝重道："……现在是插播广告时间！"

黄知县两眼发直："广告？"

宋小凡翻了翻白眼，傻逼古代人，啥都不懂，在我的地盘吵架，总得要为我创造点效益才是。

宋小凡没理他们，而是将手一挥，飕的一声，醉仙楼门前的空地上顿时多了五名花枝招展的姑娘。五人站成一排，每人手里挥着一方绿色的手绢儿，迎着围观百姓们愕然的目光，水袖一舒，手绢轻摇，袅袅娜娜地摇摆起她们诱人的身姿，随即齐声开唱。

"肚子饿了也不怕不怕啦，醉仙楼在这儿，不怕不怕不怕啦……"

哗——

围观百姓吓得猛地往后一退。

趁着姑娘们唱广告歌的当口，宋小凡赶紧上前将曹毅拉到一边，在他身后卖力地帮他揉起了肩膀。

"曹大哥，待会儿广告结束后，你再上去跟知县继续死磕，争取下一回合彻底骂死他！"

曹毅被揉得龇牙咧嘴，嘶嘶有声道："我说你到底在搞什么鬼？这几个姑娘唱的啥词儿？"

宋小凡笑道:"这是广告,任何商家店铺都需要广告宣传,才能让百姓们广为传知,咱们要的就是这种效果。曹大哥,醉仙楼可有你的一半呢,我这是在为你赚钱呀⋯⋯"

曹毅张了张嘴,还未说什么,场地正中的广告已接近了尾声。

五名姑娘歌儿唱完了,开始了最后的旁白。五人先朝围观百姓飞了个媚眼,然后其中一名领头的姑娘娇滴滴地道:"欢迎各位光临醉仙楼⋯⋯"

最后五人齐声深情地念道:"醉仙楼,青春的楼,友谊的楼⋯⋯"

飕——

五人退场。

紧接着哐的一声,铜锣敲响。

宋小凡沉声道:"广告结束,两位选手上场!"

然后宋小凡使劲地一推曹毅,曹毅就这样蒙头蒙脑地被推到了中间,与黄知县大眼瞪小眼地互相对视着,二人眼中布满了迷茫。

宋小凡在曹毅身后使劲挥了挥拳头,小声道:"曹大哥,你们接着吵呀,别冷场!观众需要激情!"

曹毅与黄知县同时张嘴,却不知道该如何继续,被宋小凡这么一闹,刚才吵架的兴致早已消逝无踪。

二人沉默无言,围观百姓也陪着沉默无言。百来人聚集的醉仙楼门前鸦雀无声。

良久良久⋯⋯

黄知县恶狠狠地瞪了宋小凡一眼,然后对曹毅冷哼道:"哼——本官懒得跟你吵!"

曹毅不甘示弱,也重重地拂了一下衣袖,恶声道:"我还懒得跟你吵呢!操,瞧你那姥姥不亲舅舅不爱的揍性!"

二人仿佛被谁中间放了一个又响又臭的屁熏开了似的,冷哼一声后,同时转身背道而行,走得又快又急。

宋小凡站在原地遗憾地叹气:"怎么就不吵了呢?我这儿刚编了一段 RAP 呢⋯⋯"

◎ 第二十七章 ◎

帝王祖孙 泰山有请

大明皇宫，武英殿内。

武英殿位于外朝熙和门以西，面阔五间，进深三间，与外朝以东的文华殿一文一武，遥相对应。武英殿是大明开国皇帝朱元璋的斋居，由于朱元璋以武立国，所以武英殿也成了朱元璋习惯常住的大殿，平日里召见文武大臣也在此殿。

殿东的暖阁内摆放着四个铜炭盆，盆内燃着通红的贡炭，一位佝偻苍老的老人正坐在椅子上闭目养神。他外貌老迈，形容枯槁，一张如同被风吹皱橘皮般的老脸上布满一块又一块的老年斑。他的头发雪白而稀疏，松松垮垮地上梳，在头顶挽了一个髻，岁月在他脸上留下了深刻而残酷的痕迹，多年的征战和治国，已经掏空了他的精血，此刻的他看起来就像一个很平凡的、行将就木的普通老人。

可是谁也不敢小看这位貌似普通的老人。

因为这大明的万里锦绣江山正是他一手打下，直到今日仍牢牢握在他手中！

昔日的敌人，早已一个个地倒在他脚下，前元皇帝、前元朝廷、陈友谅、张士诚……

昔日的战友，也一个个死在他的屠刀下，李善长、刘基、傅友德、胡惟庸、

233

宋濂……

大浪淘沙，淘尽英雄。当今世上，舍他之外，谁敢称英雄？

他是雄才大略的英武帝王，他赶走前元，光复汉人江山，开创大明盛世！

他是杀人如麻的魔王，他猜忌刻薄，尽戮功臣，刑罚残忍，只为保他朱家江山万年久安！

打了一辈子的仗，也杀了一辈子的人，杀戮和鲜血堆砌了他荣耀光辉的一生。

功过只凭后人述，他不在乎后人怎么说。

他不是别人，他是朱元璋！

暖阁内，朱元璋穿着明黄便服，服上前襟绣着一条张牙舞爪的五爪金龙。他眼睛微合，仿佛不堪疲累，正在打瞌睡。

他的脚前，正跪着一名身着飞鱼服的锦衣校尉。校尉很年轻，在朱元璋面前，校尉的神态恭谨得像是一个虔诚无比的信徒在膜拜神明。

他正在向朱元璋禀报皇太孙的行止。

"洪武二十九年腊月十八，太孙殿下微服出京，携锦衣护卫十余人，一行往西，进入应天府治下江浦县。行至路途，太孙殿下很迷茫，他说为何皇祖父说要多体察民间疾苦，而东宫侍讲黄大人却说天下学问尽在书中，千金之子坐不垂堂，太孙殿下很疑惑为何两种言论矛盾……入城后太孙殿下支开我等护卫，独自进了江浦县一家名叫醉仙楼的酒楼。待我等护卫赶到时，发现太孙殿下被酒楼姓宋的掌柜……冒犯，我等拔刀欲诛杀之，被太孙殿下强行阻拦，然后太孙殿下便领着我等回了京师。"

朱元璋听到这里，忽然睁开了眼，眼中厉芒激射，很难想象一位年高老迈的老人，竟有如此阴沉如鹰隼、锐利如刀锋的目光。

校尉头皮发麻，急忙深深匍匐在朱元璋脚下，半晌不敢出声。等了很久，见朱元璋没有说任何话，校尉又继续禀报。

"洪武二十九年腊月二十一上午，太孙殿下命锦衣亲军准备全副仪仗再次出京，数百人行走一个多时辰，到了江浦县。时有江浦知县黄睿德率县衙一众至江浦东城门接驾，太孙殿下未与衙门官吏照面，径自入城，再临醉仙楼，并与酒楼掌柜名曰宋小凡者，交谈数语后，摆驾回了京师。"

待校尉禀报完毕，朱元璋闭着眼，语气苍老而平淡，缓缓道："太孙被平民冒犯，你们却没在场护驾，朕要你等锦衣亲军有何用？"

校尉闻言浑身一震，颤声道："标下万死，皇上恕罪！"

朱元璋眼皮都没抬，语气平淡得如同谈论天气一般："那日护驾太孙的十余个锦衣亲军，全部斩首菜市，另于锦衣亲军中选派得力之人，常随太孙驾侧。至于袁忠你，念你多年伴驾，忠心耿耿，责你三十军棍，罚俸一年，仍在太孙驾侧留用。太孙若再出差错，夷全族。"

袁忠以头触地，脸色苍白，冷汗一颗颗滴落在暖阁内的猩红地毯上。

"标下谨遵圣旨，谢皇上开恩。"

朱元璋叹道："以后太孙支开你等，当须派人暗中留守，不能什么都由着他……"

"皇上圣明，标下遵旨！"

朱元璋仍闭着眼，淡淡道："那个名叫宋小凡的人，冒犯太孙，罪不容赦，传朕旨意，诛宋小凡九族；江浦县衙由知县至杂役，一律拿入京师，着刑部严办……"

"皇上明鉴，当日太孙殿下仪仗入江浦，曾当面亲口对那名叫宋小凡的酒楼掌柜说，赦了他冒犯不敬之罪……"

朱元璋眼睛又睁开了，目光复杂地盯着袁忠道："太孙亲口赦免了他？"

"标下不敢欺君，太孙殿下确实赦免了他。"

朱元璋长长叹息，神情颇为失望："允炆的性子，和他死去的父亲懿文太子一样，太软太弱，满怀道德仁义，这样的性子，做官犹可，为帝便不妥了。唉……"

抬眼淡淡扫了一下校尉，朱元璋咳了两声，道："袁忠，去宣太孙来见朕……"

"遵旨。"

未多时，朱允炆便奉诏进了武英殿。他微微笑着，丰神俊朗，面若冠玉，顾盼间尽显风流之态。

朱元璋原本冷硬刻板的老脸，在见到朱允炆后便放松了下来，甚至眼中还闪过一抹若有若无的笑意，神情极是宠溺。

"孙儿允炆拜见皇祖父。"朱允炆一进暖阁便很乖巧地拜了下去。

"呵呵，允炆不必多礼，来，快平身，坐到祖父身边来。"朱元璋绽出难得的笑脸，伸出枯槁的手，亲热地向朱允炆招手。

这一刻，他不再是手握至权的九五至尊，也不是令天下臣民闻风丧胆、战战兢兢的洪武皇帝，在朱允炆面前，他只是个普普通通的老人，一个普普通通的疼爱孙儿的祖父，跟平常人家的祖父并没有什么区别。

朱允炆顺势起了身，脸上带着甜甜的笑，上前走了两步，坐在朱元璋的身边，并乖巧地轻轻为朱元璋捶腿。

"允炆啊，这几日都在做什么？朕交给你看的那几份大臣奏本，你都看了吗？"

"皇祖父，那几份奏本孙儿都看过了，琉球、安南、朝鲜、乌斯茂使者入贡，这个可着鸿胪寺卿接待；楚王和湘王二位皇叔奉诏入京来朝，皇祖父或可于宫中设宴，酌加厚赐，以彰严父圣君之德；至于西北不稳，盗寇频繁，乱象渐生，可在朝中选得力仁厚之官员，入西北安抚……"

朱元璋笑着摇头道："前面两件说得不错，最后一件却是有些不妥。西北不稳，非一日之寒，安抚实非正道，乱象必须严治，不是派个大臣下去安抚便能竞功的。这个时候，当派武将精兵，巡视西北，凡盗寇者，当须尽数诛戮，以令西北民众无虞，以安西北百姓乐业。朕已下旨，命长兴侯耿炳文为征西将军，武定侯郭英副之，选精锐步骑，明年开春后，于正月出师西北，巡视边备。"

朱元璋顿了顿，望向朱允炆，叹道："允炆啊，你要记住，这世上的事情，不是全靠仁义道德便能解决的，当动刀兵之时，便须毫不留情。跟敌人说仁义，无异对牛弹琴。要做皇帝，你的性子还须更狠辣些才是，否则如何治得这天下万民，如何驾驭满朝文武？"

朱允炆张了张嘴，似乎想反驳几句，可是迎着朱元璋肃然而威严的目光，朱允炆终于还是低下头，讷讷道："是，皇祖父，孙儿谨遵教诲。"

朱元璋笑道："最近可有跟着春坊黄侍讲读书？"

朱允炆甜甜笑道："有的，黄先生今日还教了孙儿《论语》呢。"

朱元璋点了点头，道："黄子澄此人，学问倒是不错，他都教了你什么？"

"孙儿学的是《论语·子路篇》，子曰：'如有王者，必世而后仁。'"

朱元璋微微蹙眉，又很快舒展开，淡然道："何以解？"

"孔圣人的意思是说，如有一位施行王道的君主，也必定要花费三十年的时间，才能使仁道盛行于天下。"

朱元璋笑道："允炆，你欲行仁道，这是不错的。祖父问你，除了仁道之外，君主还需以何道辅之？"

朱允炆抬头愕然道："皇祖父，治天下当然只能行仁义之道。圣人之说，传世千年，难道有什么不对么？"

朱元璋目光顿时有些黯淡，神情浮出些许失望之色。

摆了摆手，朱元璋沉声道："不说这个了，朕问你，前日你仪仗出京，听说只为吓唬一个酒楼掌柜，这是何因？"

朱允炆闻言开心地笑了："皇祖父，孙儿在江浦认识一个挺有意思的人。刚认识他时，他死活不相信孙儿是当今太孙，孙儿还挨了他好几下打呢，后来孙儿回京后，左想右想不服气，于是开了全副仪仗出京，就是要给他看看，孙儿不是冒充的。"

朱元璋哼了一声，沉声道："你简直是胡闹！太孙仪仗，那是朝会、典礼、重大国事之时才准启用的，你却拿它去吓唬一个酒楼掌柜，满朝文武知道了，他们会怎么看你？简直荒唐！"

朱允炆吓得往后一退，低着头不敢发一语。

朱元璋瞪了他一眼，终究还是舍不得说重话，叹了一声，接着道："还有，你说那酒楼掌柜打了你？此人狗胆包天，竟敢殴辱皇孙，按大明律，此人该诛九族！"

朱允炆闻言急忙抬头，急声道："皇祖父，孙儿并不怪他，所谓不知者不罪，孙儿也赦免了他的罪，求皇祖父开恩……"

朱元璋叹了口气，道："既然你赦免了他，此事便作罢了吧……"

朱允炆不敢置信地睁大了眼，他不明白，为何向来乾纲独断、从不听劝的皇祖父，这次却如此轻易地放过了宋小凡，一句作罢便真的作罢了。

朱元璋看着孙儿迷惑的脸，终于展颜笑了："你是不是很奇怪，为何朕如此轻易地放过了他？"

朱允炆点头。

朱元璋叹道："等你当了皇帝，也许能明白朕的用意。允炆啊，这世上的事情，并无对错是非之分，帝王杀人，不看这人有罪无罪，而在于这人该不该死。当你觉得某人对你有了威胁，那时他便无罪，也该死；当你觉得某人对你用处甚大，那时他便是罪恶滔天，亦不能杀……"

朱允炆满脸迷茫之色，显然，朱元璋的话让他非常不明白。

"……朕之一生，杀人无算，其中真正有罪之人能有多少？李善长真有罪吗？傅友德真有罪吗？宋濂真有罪吗？其实他们都没罪，可他们却该死，所以他们死了。"

朱允炆神色愈发迷茫。

朱元璋叹道："孙儿啊，你还是不懂，唉……朕为何要杀这么多无罪之人？甚至朕不惜背负昏君暴君之恶名，尽数屠戮开国功臣名将？孙儿啊，朕做的这些，都是为了你，为了咱们朱家的子孙后代呀！朕就是担心那些功臣名将恃功自傲，不服我朱家后人做皇帝，甚至生出不该有的心思，朕只能在活着之时，尽数杀了他们，朕要留给你一个除去荆棘的铁桶江山！"

"可是……皇祖父，这跟不杀宋小凡有何关系？"朱允炆一脸懵懂道。

朱元璋笑了："因为赦免宋小凡的话是你说的，你是未来的大明皇帝，君无戏言，你说不杀，那便不杀，这是皇帝必须具备的威信。君主一言九鼎，朕做了那么多不该做的事，杀了那么多不该杀的人，为的，就是给你树立新君的威信，令天下臣民遵从你的号令，你说出的话，朕怎能去否定它？那朕做了这么多岂不是白做了？树威信需要五年十年，但威信崩失，却只需一句话而已，你懂了吗？"

朱允炆脸上仍带着少许迷茫："皇祖父的话，孙儿似乎懂了，又似乎没懂……"

朱元璋慈爱地望着他，笑道："不懂没关系，总有一天你会懂的，朕以后慢慢教你，在你登基为帝之前，朕会将帝王之术全数传予你的。欲治天下，此术必须要学会，否则你便守不住江山。"

宋小凡的生活又恢复了平静，他浑然不知，在京师皇宫之内，自己的性命已经在鬼门关打了个转。

宋小凡每日便是在醉仙楼的柜台里坐着，然后睁着空洞的两眼，开始畅想未来。

自己的未来该是什么样的呢？

妻妾成群自然是免不了的，家财万贯更是不能少的，扈从如云那是必须的……

可是，如何才能拥有这么美好的生活呢？

当然是做官了。在古代若想出人头地，除了做官，便是造反当皇帝了。不过造反的技术含量太高，以宋小凡的能力，估计不太可行，朱元璋老先生还活着呢，自己若敢造他朱家的反，估计老朱能活生生把他给嚼巴嚼巴吞了，连烹都不用烹。

问题又绕了回来，怎样才能当官呢？老实说，当官对宋小凡而言并不难，朱允炆也好，燕王也好，两方都对他表示了相当程度的好感，只要他一点头，就能轻而易举地当官了。这就是生在古代的好处，你不一定得多有能力，也不一定要文才盖世，你只要抱住某个大人物的大腿就可以飞黄腾达了。

宋小凡跟别人不一样，他一不小心抱住了两条大腿，两条大腿粗壮且性感。

对别人来说，这是令人又嫉又羡的际遇，可熟知未来的宋小凡却并不这样认为，他比谁都明白，这两条大腿分属于不同的主人，而且过不了几年，大腿的主人会分道扬镳，越走越远，最后翻脸，成为生死仇敌。

站队是个很要命的问题，一个高尚的人不能脚踏两条船，这跟道德有关。同样的，一个惜命的人也不能同时抱两条大腿，这跟脑袋有关，必须要有所取舍，只能铁了心地抱紧一条腿，然后一条道儿走到黑。

问题是，舍谁取谁呢？

历史是个黑心的马车夫，他笑眯眯地把燕王拉上了车，然后又狠狠一脚将朱允炆踹了下去。笑到最后的，是篡位成功的燕王。

跟随他吗？宋小凡有些不乐意，据说燕王雄才大略，但心性刻薄寡恩，比起他老子朱元璋来，爷俩儿对杀人有着共同的爱好，燕王青出于蓝，比朱元璋更多了几分阴狠歹毒；良禽择木而栖，燕王或许是一代明主，但他不一定能让自己活到寿终正寝，一不小心说错一句话，也许他就会把自己给宰了。

那么反过来，投奔皇太孙朱允炆？

宋小凡神色越发苦涩了。

那个挨了打只会哭的家伙，能当好皇帝吗？宋小凡越想越觉得朱允炆很不靠谱儿……

随缘吧随缘吧。

宋小凡觉得，朱元璋既然没死，自己做个酒楼小掌柜，其实也挺不错的，洪武一朝，当官可是高危工种呀……

如果陈四六不死乞白赖地把女儿硬塞给自己，那就更美好了……

"姑爷，老爷请你回去，有事与你商议。"抱琴娇脆的嗓音打断了宋小凡对未来的畅想。

抱琴穿着湖绿色的夹袄，像一只翩翩飞舞的蝴蝶，带着满身暖暖的阳光，飞到了醉仙楼门边的柜台外。

她脸蛋微红，似乎是一路蹦跳着过来的，还微微喘着气，娇小的胸脯起伏不定，大大的眼睛却看着柜台内的宋小凡，眼睛里有一种叫灵气的东西，看得见却捉不到。

相识时的不愉快早已烟消云散，抱琴并不记仇，跟宋小凡说话的时候，她的脸上甚至还带着笑，露出了嘴角两个令人沉醉的梨涡儿，一股青春洋溢的气息，萦绕在宋小凡沉迷的眼底。

宋小凡自己没发现，他的眼睛已经变成了两颗怦怦跳动的红心。

"抱琴呀，你来找我干吗呀？"

抱琴敛了笑，秀眉微蹙："姑爷，是老爷找你，不是我找你，你刚才没听清吗？"

宋小凡看着抱琴如花儿般娇艳的芳颜，心不在焉道："哦，原来是老爷找我，老爷找我有事吗？他是不是要嫁给我？"

"啊？"抱琴惊得花容失色。老爷与姑爷的基情，在这个十四五岁小姑娘的心里，是绝对不能接受的。

"啊——错了，我的意思是，你是不是要嫁给我？"

抱琴望着宋小凡一脸同情："完了完了，姑爷的疯病又犯了，我回去禀报老爷……"

说完抱琴转身就跑。

伊人芳颜不见，宋小凡的疯病立马痊愈。

"哎，抱琴，回来！我没疯，我跟你一块儿回去见老爷……"

……

认识曹县丞，认识皇太孙，飞黄腾达指日可待，他完全可以不用再理会陈四六，但是宋小凡不想用这种背景去炫耀，在他看来，这是别人的光环，不是属于自己的，用别人的光环给自己贴金，那是低级趣味。

宋小凡想做个高尚的人，就算暂时高尚不了，至少要做个脱离了低级趣味的人。

陈四六施召唤术，宋小凡身为晚辈、女婿兼打工仔，当然要回去。

回陈府的路上，宋小凡与抱琴并肩走着。

阳光洒在二人的背上，暖洋洋的，在身前的地上映出两道长长的影子，恬静怡然，萦绕着淡淡的幸福味道，宋小凡感觉很舒服，宛如置身隔世的初恋。

"姑爷，你的疯病真好了吗？"抱琴瞧着满脸笑意的宋小凡，小心翼翼地道。

宋小凡脸有点黑："……真好了，一口气儿上五楼，不费劲儿。"

抱琴闻言终于松了口气，然后嘻嘻一笑，便开始蹦蹦跳跳起来，还调皮地用莲足去踩身前地上宋小凡的影子，踩着了便咯咯娇笑，银铃般的笑声飞扬在午后的青石大街，整个世界仿佛笼罩了一层梦幻的金光。

"抱琴，喜欢看金鱼吗？"宋小凡充满期待地问道，"哥哥我带你去看金鱼怎样？很漂亮的哦……"

抱琴停了蹦跳的脚步，蹙眉看着他："我不喜欢金鱼……"

"为什么？"

"那东西不好吃……"

宋小凡擦汗："……那你喜欢什么？"

抱琴两眼放出渴望的光芒："我喜欢王八……"

"姑爷，府里前院的石潭里养了好些王八呢，你捉来咱们一块儿吃好不好？王八可好吃了……"

宋小凡无语……

这就是装着对陈莺儿不解风情的报应呀！

"抱琴呀，将来若你家小姐嫁给了我，你呢？你是不是也跟着小姐一块嫁给我呀？"

抱琴欢快的神情顿时变得有些娇羞，忸怩道："小姐说了……她若与你成亲，我也要跪在小姐后面，跟你一块拜堂的……"

宋小凡笑道："那你呢？你自己愿不愿意嫁我呀？"

抱琴小脸皱成一团，愁眉苦脸道："我只是下人，愿不愿意的，怎能由着自己？老爷和小姐要我嫁，我便只好嫁了……"

宋小凡心疼了，下人的命运是悲惨的，不由自己的，像抱琴这般灵气十足的女子，却没能投个好胎，终究还是主宰不了自己的命运。

宋小凡暗自决定，就算不娶陈莺儿，也一定要把抱琴赎出陈府，反正那时自己多半做了官，不论是用银子赎，还是用官威压，总之一定要陈四六交出抱琴。

深情地望着抱琴，宋小凡的声音沉稳而有力："抱琴，相信我，我一定会救你出火坑的！"

"姑爷……"抱琴美眸中泛着晶莹的光亮。

啪——一招力劈华山毫不留情地印在宋小凡的脑门。

熟悉的挨打滋味令宋小凡龇牙咧嘴。

"嫁给你才是进火坑呢！"

抱琴蹦蹦跳跳，翩然远去。

◎ 第二十八章 ◎

成亲之议　臣强君弱

宋小凡揉着脑门回到陈府时，抱琴蹦蹦跳跳地早就不知跑到哪里去了。

陈府前堂内，陈四六正坐立不安地等着宋小凡。

若论陈四六如今对宋小凡的感觉，真可谓又爱又怕。

皇太孙驾临江浦，仪仗径自去了醉仙楼，并与宋小凡交谈数语后，摆驾回了京师。

这个消息如今在整个江浦已传得沸沸扬扬，身为当事人的岳父，醉仙楼的大东家，陈四六怎么可能不知道？他不但知道得清清楚楚，更从女儿的嘴里打听到更八卦的内幕。

就跟陈家与曹县丞的恩怨经过一样，原来宋小凡与皇太孙又是一出不打不相识，这位胆子大得不知该如何形容的女婿，居然敢打当今太孙殿下，听说太孙殿下当时被他打哭了……

想到这里，陈四六的裤裆便吓得一阵湿意。

这可是诛九族的大罪啊！陈四六左盘算右盘算，他陈家不论怎么算，都在被诛的"九族"之内，换句话说，宋小凡差点又害死他全家了……

为什么说"又"？

因为宋小凡干这种胆大包天又祸连陈家的事儿，已经不止一次了……

陈四六觉得很费解，他想不通，那个内向懦弱腼腆的女婿，现如今怎么变成了一个专门惹是生非的惹祸精，而且闯的都是高级祸，这位女婿究竟经过了怎样坎坷艰难的心路历程，才变成如今报复社会的急先锋？

陈四六甚至在反省，是不是因为自己当初将他与女儿的婚事拖了四年，导致这位女婿心火旺盛，房事没有着落，因此性格产生了异变……

幸好当今太孙殿下仁厚，不但不计较宋小凡犯驾之罪，反而与他交上了朋友，这对陈家来说，是大惊之后的大喜，陈四六既感纠结又觉得欢欣。

眼看这位女婿越爬越高，认识的人也越来越尊贵，陈四六觉得有件事不能再拖了。

那就是宋小凡与女儿的婚事，商人要懂得审时度势，要懂得何谓奇货可居。这方面有个千年前的老前辈可以给陈四六作为借鉴，那就是战国时的吕不韦，老吕曾经也是个商人，后来为何能高居相国之位？因为他发现了一颗很有价值的蒙尘明珠：秦异人。

正如陈四六发现了宋小凡的潜力一样，已经尝到政治投资甜头的陈四六觉得，宋小凡这样的人才，在他还未大放光彩之前，一定要将他紧紧握在手里，将来大家一起飞黄腾达。如何握紧他？自然便是他与女儿自小定下的亲事，还有比联姻更好的法子吗？

这便是今日陈四六施召唤术，叫宋小凡来的目的。

成亲！必须的！

宋小凡刚走进前堂，陈四六便两眼一亮，然后从椅子上弹了起来，其动作之敏捷迅速，令宋小凡有种眼花缭乱的错觉。他再次深深地觉得，看似肥胖臃肿的岳父大人，很有可能是个深藏不露的武林高手，至少他的轻功很上得了台面。

宋小凡肃然抱拳："岳父大人，……请了！"

陈四六下意识抱拳回礼："请了！……呃，这是啥礼节？"

"啊，不好意思，小婿换一种礼节……小婿给岳父大人请安。"

"啊哈哈，贤婿免礼，免礼，都是一家人，不必如此客气。"

此刻陈四六站在宋小凡面前显得很局促，现在的宋小凡早已不是当初那个他看不上眼的贫贱农家子弟了，虽然他明面上的身份并没有任何改变，可他身后的背景却着实有些大得吓人，光是一个与他相交莫逆的曹县丞就够陈四六高山仰止了，更别提他最近还新交了一位太孙朋友，那可是当今皇上的亲孙子，将来要继承大明皇位的未来皇帝呀！

以陈四六这种地位低贱的商人身份，何曾想过这位贫贱女婿竟能跟未来的大明皇帝交上朋友？如此大的背景，令陈四六面对宋小凡时感觉很不安，站也不是，坐也不是，生怕缺了礼数而致女婿的反感。

待宋小凡落座之后，陈四六才款款坐了下去，然后彼此之间便开始了"今天天气哈哈哈"之类的寒暄废话。

国人自古尚含蓄婉转，甭管什么事情，总要先说一番废话以后再慢慢扯到正题，这是"犹抱琵琶"之美，陈四六经商多年，自是深谙此道。

但今天他碰到对手了。

一番废话说了两炷香，似乎还没说完，想不到宋小凡一个年轻人竟有如此好的耐性，陈四六渐渐感到不耐烦了。他年岁渐老，正是"老牛自知夕阳短，无需扬鞭自奋蹄"的日暮年纪，他觉得自己宝贵的光阴不能再浪费在陪一个年轻人尽说废话上，论阳寿长短，陈四六多半是活不过宋小凡的，跟年轻人说废话是一件很不划算的事情。

咳了两声，陈四六慢吞吞开口道："贤婿啊，你可知我今日叫你来所为何事？"

宋小凡一愣，接着便明白了，这位岳父大人多半要开口提亲事了。

怎么办？答应吗？前几日大难临近之时，陈莺儿流着泪叫自己快躲起来的模样，至今深深打动着宋小凡的心。在这个女子地位低下的年代，陈莺儿不惜陈家受牵连下狱，也要保自己的性命，能做到这个程度，已经很不容易了，宋小凡可以肯定，陈莺儿是爱自己的。

可是自己爱她吗？

感动终归只是感动，跟爱情并无关系。宋小凡需要那种强烈的，能把自己烧成灰烬的男女之情，很遗憾，陈莺儿给不了他这种感觉。不知为何，宋小凡脑海里总浮现当初陈莺儿俏脸如冰的冷漠样子，或许那才是她真实的一面吧，后来的巧笑嫣然，只是陈莺儿的传统思想作祟，刻意地曲意奉承讨好未来的夫君，她将自己孤绝淡漠的一面深深隐藏了起来。可是……这样能隐藏多久？夫妻在一起，过的是一辈子，一个女人有天大的能耐，她演戏能演一辈子吗？将来性格不合时怎么办？休了她？与其将来反目，又何必开始这段婚姻？

在爱情方面，宋小凡有着自己执拗的坚持，不是他想要的，他便不愿要。人生在世，如果连自己的感情都无法做主，这样活着是不是太可悲了？

拒绝吧。宋小凡暗暗下了决心，他为陈莺儿的真情而感动，但感动与爱情必须分开，两者若是混淆，将来痛苦的是双方。

不过拒绝必须要拒绝得委婉些，毕竟陈家养了自己四年，这是恩情。

"贤婿，贤婿——你怎么了？"见宋小凡久久不说话，眼神空洞地坐在椅子上发愣，陈四六有些急了。

"啊，没什么……不知您今日叫我来，有什么事情吩咐吗？"宋小凡的态度依然恭谨。

"咳，贤婿啊，你与莺儿自小……"

"岳父大人，醉仙楼上个月的纯利已结算出来了，呵呵，一个月赚了千两银子，恭喜岳父大人财源滚滚……"

"啊？是吗？这可真是好消息，哈哈……呃，说正事，你与莺儿……"

"岳父大人，听说前院的石潭里养了很多王八，咱们什么时候把它们捞上来煮了吃，王八补肾，还能壮阳，岳父大人吃了必定雄风长存，金枪不倒……"

"啊？这个……我已久不好此道，你是年轻人，倒是可以多补一补……呃，说正事，你与莺儿……"

"岳父大人，醉仙楼老蔡养的一条母狗居然有了身孕，这狗已十来岁高龄，如今枯木逢春，铁树开花，实在是可喜可贺……"

陈四六终于怒了："我跟你说正事，你跟我提母狗做什么？它怀孕又不是我干的，关我何事？"

宋小凡愣了，半晌才非常诚恳地道："小婿只是随便一提，没想到岳父大人对母狗怀孕一事居然反应这么大。小婿敢对天发誓，母狗怀孕，小婿绝没有怀疑过跟岳父大人有关，岳父大人的人品小婿还是信得过的……"

这话听起来怎么这么别扭？

陈四六张了张嘴，半晌说不出话，于是气哼哼地道："不跟你绕弯子了，我已决定，你跟莺儿的亲事可以操办了。我问过城里的先生，下月初八是黄道吉日，宜嫁娶。你们下月成婚吧……"

陈四六自顾自地宣布了决定，见宋小凡呆坐无语，顿时又有些心虚了：现在这位女婿不比当初，已经不是自己可以颐指气使的窝囊姑爷了。

"你……你觉得我的决定怎样？说说你的想法吧。"陈四六小心翼翼的语气中甚至还夹着几分哀求。

宋小凡仍在沉默。

陈四六艰难地道："其实……下月二十三亦是黄道吉日，要不，这两个日子你随便选一个？"

宋小凡沉默依旧。

陈四六开始诱之以利："莺儿嫁给你，嫁妆可是很丰厚的哦，其中半家醉仙楼亦包括其中。陈宁不争气，以后整个陈家都要靠你打理……"

宋小凡还是不说话，仿佛变成泥塑木雕一般。

陈四六急了："成不成的你到底说句话呀！一动不动地装哑巴算怎么回事？"

良久，宋小凡终于叹了口气，神情变得无限萧瑟，以无比幽怨的语气，悠悠叹道："匈奴未灭，何以家为啊……"

陈四六气道："你少拿匈奴说事儿！人家现在叫鞑子！照这情形，鞑子百十年都灭不了，你这辈子不娶亲了？"

宋小凡继续叹息："年轻人应该一心扑在事业上……"

"你……你的事业都是陈家的，与莺儿成亲，耽误不了你的事业！"

"我还处在青春期，太早成亲，对我的身体发育不好……"

陈四六无语了。

…………

成亲之事不欢而散，宋小凡离开前堂，回醉仙楼去了。

陈府前堂后的山水屏风内，一道袅娜的丽影悄然出现，伴随着轻微的啜泣声，悠悠在寂静的前堂回荡。

陈四六没回头，他脸色冰冷得似乎能刮下一层寒霜，双目阴沉地注视着宋小凡的背影消失在大门外。

"莺儿，这个宋小凡，我陈家怕是留不住了。"

陈四六身后，陈莺儿双拳攥得直发抖，一双美丽的眸子里满是哀怨，泪珠儿顺着姣好的脸庞，流落腮边。她的贝齿狠狠咬着下唇，一线红艳触目的鲜血，缓缓在嘴边流下，腥咸而苦涩。

宋小凡走出陈府时，心情也是沉重的。

拒婚错了吗？不，没错！人生中或许有很多事情需要自己去让步，去妥协，但不包括感情，那是一个人心中最软弱也是最圣洁的角落，任何让步和妥协，都是对它的亵渎。

来到明朝两个多月了，差不多也适应了明朝的生活，宋小凡感觉已经完全将自己融入了这个陌生的环境。那么，是不是到了离开陈家的时候？

说实话，对陈家，宋小凡还是心怀感激的，毕竟陈四六养了自己四年，对宋小凡来说，陈家是收容自己的主人，是有着亲家名分的岳家，只可惜，陈家并不是自己真正的家。

可是，离开陈家后该干什么呢？向朱允炆或燕王讨个官当，或许不难，但现在并非当官的好时机。

宋小凡迷惑了，凡事谋而后行，离开陈家后，终归得找个营生才是。宋小凡想得很头痛，算了，不想了，暗自盘算了一下，这两个月来，自己却攒下了不少银子，包括前身抠抠搜搜存了多年的十两积蓄，敲黄衙内闷棍从他身上劫下的四十余两银子，还有醉仙楼开张后，身为掌柜明里暗里贪污贪得的二十余两银子，加起来自己现在的总资产大概有七十多两银子了。

七十多两，看着不多，可是在这个时代，已经相当于一个中产阶级的家产了。手中有钱，心中不慌，不管干什么都不会饿死的。

盘算过后，宋小凡满意地笑了。财不露白的道理他还是懂的，他决定在离开陈家之前，应该把这七十多两银子藏起来，以后就指着它生活了，最好是藏在自己在陈府的住所之内，哪天离开陈家的时候，径自取了银子便走，既方便，又潇洒。

波澜壮阔的大明朝在向他招手，宋小凡不是池中物，燕雀之窝焉能留住鸿鹄？

宋小凡回到醉仙楼时，已经接近黄昏时分了。

醉仙楼的气氛有点奇怪。原本应该宾客满座的大堂，却空无一人。外面三三两两站着县衙的一些衙役们，手执腰刀铁尺，谁敢接近便轰谁。

两名穿着便服的武士腰佩长刀，肃然地站在大门口，神情冷硬地扫视四周，目光警惕得像两条忠心耿耿的猎犬，见宋小凡进门，二人戒备的神情略微放松，并微微向他躬身施礼。

老蔡和狗子等店伙计一脸惶然地站在楼梯口，神态恭谨而敬畏。

宋小凡皱了皱眉，上前问老蔡道："客人又被赶出去了？"

老蔡瑟缩了一下，小声道："门口站着那两位凶神，客人谁敢进呀……"

"这两人也没那么可怕呀，我怎么觉得你们像是被匪徒挟持的人质似的……"

老蔡神秘地指了指楼上，悄声道："那位……太孙殿下，今日又来了，正在楼上雅阁等您呢……"

大堂楼梯口的桌子边，黄知县和曹县丞则恭恭敬敬地半躬着身子站着一动不动，见宋小凡进门，黄知县便脸不是脸鼻子不是鼻子地低哼一声，目光怨毒得能杀死人。

曹毅则似笑非笑地睨了宋小凡一眼，目光中的含义很模糊，说不清是喜是怨。

宋小凡叹了口气，自从朱允炆摆仪仗来江浦示威过一次以后，这几日又陆陆续续来了三四回，每次都微服出行，来醉仙楼找他。一个出身尊贵皇族，一个出身平民商户，两人实在没什么共同话题，宋小凡自己也是嘴贱，闲着无聊给他讲了个《西游记》的故事，这下好了，朱允炆听得眉飞色舞，跟吸毒上了瘾似的，每日必微服出京，骑半个多时辰快马，在锦衣亲军的护卫下，前呼后拥地进醉仙楼听他更新，每天两个章回，少了他还不高兴。听故事犹可，他却不投推荐票……

偏偏这位太孙殿下忒会挑时间，每次来的时候正是黄昏时分，醉仙楼上客的高峰期，太孙一来，醉仙楼便倒了霉，锦衣亲军们毫不客气地清场，将客人们都赶得干干净净，县衙的两位大佬则必须随侍驾侧，外围警戒由县衙的衙役们负责，在内便由锦衣亲军们接手，这种警戒强度，简直可以说是针插不进，水泼不进。

至于那些吃饭的客人们，当然更不可能进得去了。

宋小凡很想狠狠抽自己一个嘴巴子，真是嘴贱呐！吃饱了撑的给他说什么故事，说故事便说故事吧，挑个短篇的也好呀，自己偏偏挑了一本《西游记》……

这样下去，唐僧师徒还没到雷音寺，醉仙楼估计得先破产了……

一个时辰几十两银子上下的生意，不能被这位不通人情世故的太孙殿下给耽误了，陈四六赚不赚钱他不管，他担心的是醉仙楼没了进项，自己还怎么贪污呀。

宋小凡朝曹毅点头笑了一下，对黄知县的怒目视而不见，撩起衣衫下摆便待上楼拜见太孙殿下。

刚登了一步，楼上有人下来了。

朱允炆穿着一身淡青色的丝绸长衫，手里把玩着悬挂在腰间的一块玉佩，带着一脸淡然的微笑，慢慢走下楼来，正是好一副翩翩浊世佳公子的模样。

宋小凡赶紧往后退了两步，撩起下摆，跪拜并大声道："草民宋小凡，拜见太孙殿下。"

朱允炆仍是一脸温暖而和善的笑，非常随意地挥了挥手，道："你起来吧，认识这么久了，别太多礼。"

说话间，朱允炆已走下了楼，然后一把挽着宋小凡起了身，又着急忙火地将宋小凡拉到一张桌子边，催促道："你上次说到那只猴子大闹王母娘娘的蟠桃会，后来又偷太上老君的仙丹，嘻嘻，那只猴子胆儿可真大，后来呢？后来怎样了？快接着说……"

宋小凡满是笑意地看了他一眼，见面的次数多了，宋小凡对他也就渐渐退了畏惧之心，其实皇族中人也跟平常人一样，有喜怒哀乐，有生老病死，有人性格强硬，有人性格软弱。

除了朱允炆动用仪仗吓唬宋小凡的那一次以外，宋小凡对朱允炆实在生不出多少畏惧，这个事情朱允炆确实该检讨一下自己，他在宋小凡面前毫无一点架子，表现得就像个非常单纯天真的孩子，对什么都很好奇，关于民间的一些话题更是兴致勃勃。也难怪宋小凡对他生不出畏惧——被宋小凡揍得哇哇直哭的皇太孙殿下，你能指望宋小凡多怕他？

迎着朱允炆渴望的眼神，宋小凡慢吞吞地道："那只猴子……"

"那只猴子后来怎样了？"朱允炆表现得比猴子还猴急。

"咳，那只猴子后来死了……"宋小凡表现得如同失去亲人般沉痛。

"啊？死……死了？"朱允炆两眼发直，满脸痛惜，"它怎么会死了？"

宋小凡面无表情地道："它是自尽而死的。"

"自……自尽？"

"它偷了仙丹后，下凡开了家酒楼……"

朱允炆疑惑得直抓头发："猴子……开酒楼？"

宋小凡煞有其事地点头："对，开酒楼！后来没有生意上门，酒楼破产倒闭清算，猴子欠了员工不少工资，无奈之下，跳楼自尽了……"

"为……为何没有生意上门？"

宋小凡一本正经地叹息："因为锦衣亲军老是封门清场，客人都不敢上门……"

啪——朱允炆气得狠狠拍桌子，怒道："猴子招谁惹谁了？这锦衣亲军太可恶了！"

宋小凡使劲点头，大表赞同："就是，殿下总结得很对！猴子开个酒楼招谁惹谁了？"

朱允炆不是傻子，呷摸了几下嘴，立马便回过味来了，不满地瞪着宋小凡："你拐着弯儿地骂我是不是？"

"草民……惶恐！"

朱允炆露出孩子般执拗的神情，哼道："我不管，我要听猴子的故事，你不准再糊弄我，要精彩的，情节要跌宕起伏的。我把锦衣亲军撤去便是，咱们只占楼上一间雅阁，这总行了吧？"

宋小凡微笑拱手："殿下英明。"

醉仙楼放开了门禁，宋小凡领着朱允炆登上了三楼，黄知县和曹毅则继续在大堂里候驾，锦衣亲军们则将三楼封锁，防卫仍旧森严。

雅阁的装潢很上档次，每间阁子都是宋小凡精心布置的，山水、盆景、字画，古朴却不失雅意。为了力求一个"雅"字，宋小凡甚至在阁子东侧墙边的供台上摆放了两把古意盎然的古琴，古琴梧桐为面，通体深紫漆色，透过窗棂外照入的血色夕阳，散发出湛湛的油光，仿如在诉说一段厚重而沧桑的历史。

朱允炆一进门便对这两把古琴产生了兴趣，兴致勃勃地看了一会儿，扭头对宋小凡道："这是真正的古琴吗？宋朝还是唐朝的？"

宋小凡不自在地咳了一声："本朝的……"

朱允炆不可置信道："本朝的？怎么可能？这两把琴少说有两百年历史了……"

宋小凡心中叹气，真是个单纯的小伙子，我这醉仙楼是个吃饭的地方，又不是卖文物的，摆几样物件儿附庸风雅而已，怎么可能会花大价钱买真品？就朱允炆这号眼力，搁在前世，到北京潘家园走一圈，非赔得掉裤子不可。

"这两把琴真是本朝的？"朱允炆还是不愿相信这两把古琴是赝品。

宋小凡笑道："这是本县墨林轩周掌柜的手笔，零售价二两银子，批发价一两五钱，殿下若是有兴趣，草民愿将它送给您，还白搭俩装琴的盒子……"

朱允炆顿时意兴阑珊，随便找了张椅子坐下，挥手便将随侍的锦衣亲军赶了出去，雅阁内空荡荡的只剩下他和宋小凡二人。

众人都出去了，朱允炆的俊脸顿时垮了下来。

他神情寞寞，眉宇间仿佛满蕴深愁。看了宋小凡一眼，朱允炆神色颇为落寞地道："宋小凡，今日便不说故事吧，我心中实在有些烦闷，提不起兴致。"

宋小凡当然乐得轻松，于是赶紧恭声道："是。"

朱允炆叹了口气道："今日黄先生跟我说了一件事情，这件事让我很不开心，可又不知如何是好。此事还不能跟我皇祖父说，我怕他会发怒，在东宫我又没有可以说话的朋友……"

抬眼看着宋小凡，朱允炆目光中有了几分渴望。

"宋小凡，你是平民，与朝政无关，我便跟你说说这件不开心的事，你听过后便忘了，我说出来也舒服了，怎样？"

宋小凡揖道："草民洗耳恭听……"

朱允炆俊秀的脸上顿时现出欢喜的神色，连眼神都生动了许多，不知是因为可以说出心事而欣喜，还是因为多了一个可以听他倾诉的朋友。

"其实……黄先生说这事也是一番好意，他是皇祖父留给我的肱骨之臣，他的忠心，我还是信得过的。"

"敢问殿下，这位黄先生，是何人？"

"黄先生你都不知道？哦，你是平民百姓，不知道也是情理之中。黄先生名叫黄子澄，乃洪武十八年殿试的探花，时任翰林修撰、春坊讲读官，伴读东宫。我的课业都是他教的，他是我的老师，故称先生。"

宋小凡点头，黄子澄，这可是个大大有名的人物，朱允炆登基后，此人便成了削藩之策的急先锋。他的学问是极为渊博的，可惜他的智商跟学问却成反比，朱允炆被燕王打得兵败如山倒，以致燕王攻进了南京，朱允炆丢了江山，建文之败，很大程度上跟这位黄子澄有着关系。

"殿下，黄先生跟您说了什么事？"

朱允炆叹了口气，犹豫了一下，才道："我做个简单点的比喻吧……比如说，有一个很大的家族，族长是我的祖父，他很疼爱我，因为疼爱，他甚至把整个家业都交给了我。可是祖父却不知道，这个举动让我的长辈叔叔们很不高兴，因为家业之承继，自古便是父传子，子再传子，很少有祖传孙的。祖父直接跨过了我的叔叔们，把家业传给了我，叔叔们明着不说，心里还是有芥蒂的……"

宋小凡心里咯噔一下，该发生的终究会发生，看来朱允炆和黄子澄已经意识到削藩的必要性了，这个话题果然很要命，不能跟任何人说，包括朱元璋在内。

朱允炆继续道："……如今祖父仍健在，叔叔们心里纵有天大的埋怨，嘴上也是不敢说的。黄先生告诉我，怕就怕一旦祖父仙去，叔叔们便会按捺不住，谋夺本该属于我的家业。那时我小小的年纪，无论是名望还是辈分，都不是叔叔们的对手，臣强而君弱，亡国之兆也……"

说到这里，朱允炆深深叹息，眉头挤成了一个川字。

宋小凡沉默，无论是身份还是立场，他都无法说什么，这是政治，血淋淋的政治，自己能说什么？一个不小心，没准会把自己的命给搭进去，如今他还没投靠朱允炆呢，根本没有义务为他出谋划策。

二人相对无言，良久，朱允炆抬起头，眼睛盯着宋小凡，道："你有何说法？"

"啊？这个……殿下的故事，说得比草民的《西游记》生动多了，草民仿佛看见那波澜壮阔的朝堂风云……"

"你少说废话！我就问你，你有何说法，这里只有我们二人，法不传六耳，你怕什么！"

宋小凡想了半天，这才犹豫着开口道："殿下的叔叔们谋夺家产，这种行为是很卑鄙的……"

"说正题！"

宋小凡为难地看了朱允炆一眼，试探着道："要不……想个法子将殿下的叔叔们骗进京师，令他们排队集合，然后殿下便挨着个儿地一个一个掐死他们……"

朱允炆仰着脑袋想了一下，然后一本正经地点头："不错，是个好法子……你帮我去掐死他们？"

宋小凡大惊失色："纳……纳尼？殿下，不关我的事啊……"

◎第二十九章◎

高山流水　孤女北来

　　朱允炆继续叹着气："我皇祖父以武立国，以文治国，自入红巾以抗暴元，尔来已有四十余年。皇祖父戎马一生，其雄才大略，堪称一代圣明君王。我自小便对皇祖父很是崇敬，立志将来要做一个像他那样的圣明君王，治理出一个光耀千古的大明盛世！但是……我却未料到，我满腔抱负还未来得及施展，便遇到这般进退维谷的内忧……"

　　"皇祖父有子共计二十六人，这些人中，我父懿文太子早逝，八皇叔潭王因其妻弟宁夏指挥于琥牵连胡惟庸党案，惧连坐而自尽；九皇叔赵王和二十六皇叔皆早夭，其余成年诸王分封各地，手握各地军政大权，兴军备，收赋税，名为戍守天下，实则皆是国中之国。皇祖父健在之时，尚可拿捏住他们，可是若有一天皇祖父驾崩，诸王皆是我叔父之辈，他们如何还肯听我号令，拥我为主？"

　　"诸王之中，尤以四皇叔燕王和十七皇叔宁王拥兵最重，燕王戍北平，宁王戍大宁，二地皆与北元相近，兵多将广自是无可厚非。我担心的是，这二位皇叔将来若不愿奉我为主，命令封地将士们倒戈相向，兵锋直指应天，那时我该如何自处？"

　　朱允炆说了很久，言语间不时长嘘短吁，愁意深深。显然，藩王是他心中最大的隐忧，这种隐忧是不足为外人道的，若真说出来了，旁人必会认为这位太孙殿下还未即位，便想着除去诸皇叔，这对朱允炆的名声颇为不利，再说他本性仁厚，对皇叔们本也下不去手。

宋小凡半合着眼睛，静静听着朱允炆诉说。历史还是历史，这个时候的朱允炆果然还是预见到了分封藩王的大患，这种大患过不了几年便会真正显现，而他嘴里所说的燕王和宁王，便是靖难之役时的乱军之首，最后生生夺了他的江山。

不管怎么说，朱允炆愿意将这种敏感犯忌的想法跟他说，宋小凡心里还是很感动的。他能感觉到，朱允炆确实拿他当了朋友，这种话若非交情深厚的朋友，是绝对不能说出口的。

宋小凡与朱允炆见面不多，朱允炆是个可怜的小伙子，他的身边充斥着满嘴仁义道德的老师、儒臣，充斥着满脸奉承阿谀的宦官太监，上面还有一个严厉的祖父朱元璋，这便是他生活的环境。在他的环境里有很多人，可是唯独没有朋友——可以说笑谈天，可以互帮互助，可以挖心掏肺的朋友。

宋小凡在这个时候出现了，醉仙楼恨其不争的责备，甚至打骂，令朱允炆感到一种被人真诚关心的亲切感，这种亲切感是身边那些儒臣、宦官所不能给予的。

男人的友情很简单，有时候甚至很莫名其妙，说产生便产生了。宋小凡和朱允炆正是如此。

看着朱允炆愁意满面，宋小凡有些不忍心，他总觉得应该说点什么。

"殿下，藩王之患确实是存在的，不知殿下的老师黄先生可有建议？"

朱允炆笑了笑，愁容稍缓："黄先生宽慰我，他说如今陛下健在，藩王成患为时尚早，而且藩王的兵力也没有我们想象的那么多，顶多有个自保的作用而已。万一有一天他们真敢谋反，我们用朝廷大军打败他们，应当易如反掌，容易之极。黄先生还说，汉朝景帝时，七王叛乱，汉景帝以周亚夫、窦婴为帅，只用了十天时间，便平了七王之乱。我朝藩王虽多，所忌者，唯燕、宁二王也，难道区区两个藩王，我们的朝廷大军还打败不了他们吗？呵呵，虽是宽慰之语，不过我也觉得黄先生所言甚为有理……"

宋小凡叹息。

有句话他忍得很辛苦，汉景帝英明果决，你朱允炆能和人家比吗？景帝手下有千古名将周亚夫，你朱允炆手下有谁？能征善战的将领早就杀的杀、死的死，活着的皆是庸碌之辈，能靠得住吗？再说燕王雄才，乃世之枭雄，岂是汉时那些不成器的七国叛王比得了的？

黄子澄，你真是好样的，忠臣当到你这份儿上，奸臣们都该笑死了！历数各朝，最怕的就是朝堂中出现这种忠直不阿的蠢臣！他们满怀忠君报国之心，一门心思地误导祸害帝王，这些人比奸臣更可恨，更该杀！最后害得帝王丢了江山，这些蠢臣们还满脸悲怆地仰天大呼："此天命也，非战之罪……"

天命亦在人为，身为帝王臣子，你早干吗去了？

宋小凡张嘴，便欲劝朱允炆对藩王要更为警惕，不要相信身边那些酸腐儒臣的宽慰之语，免得害国害己。话到了嘴边，宋小凡忽然猛地惊醒，立马住口不语。

自己的身份只是草民，不在其位而不谋其政，有些话大臣能说，但草民是绝对不能说的，哪怕是太孙殿下在民间认识的草民朋友，照样不能说，否则会害死自己。

来日方长，且待以后有了身份，有了机会，再好好劝劝这位单纯的太孙殿下吧。

说出了心里的隐忧，朱允炆心情好了许多，郁闷之情一扫而空，连笑容都灿烂起来。

有些人对朋友诉说心事，其实不一定要朋友给他提供多少正确的处理意见，他所需要的，仅只是一个人能安安静静听他说而已，说完便算了，心灵的垃圾清扫出去，没人会对这堆垃圾进行分析研究。

宋小凡笑道："殿下的故事说完了，还想听猴子的故事吗？今天这出很精彩，大闹天宫哦……"

朱允炆探头看了看窗外西沉的夕阳，满脸不舍地道："今日晚了，我还要赶回京师，明日吧，你多编几段精彩的，明日跟我多说一些……"

扭头正待唤亲军摆驾，朱允炆目光却不自觉地落在雅阁内摆放着的赝品古琴上，然后对宋小凡道："你把琴摆在这里，难道你会抚琴吗？"

宋小凡耸肩道："我只是附庸风雅而已，不过我的未婚妻善抚琴，她还有个名叫抱琴的丫鬟呢……"

朱允炆笑着指了指宋小凡，道："谦虚，你太谦虚了，我早看得出来，你是个深藏不露的人，妻子会抚琴，你身为夫君，怎么可能不会？来，与我相和，我们也来效一效春秋战国时的伯牙与子期，共抚一曲《高山流水》"

宋小凡急得脸都白了："殿下，若论抚摸女人，草民倒是颇有心得，可是抚琴，草民却真的不会……"

朱允炆不信，大笑道："少来，你的话不老实，我决计不会信的！快快拿琴抚来！"

宋小凡苦着脸，闷闷地将阁内摆放着的两把古琴端来。

"太孙殿下，很快你便知道，我这人说话是多么的忠厚老实……"

雅阁内，低如轻诉的琴声悠扬回荡。

朱允炆双手操琴，神情专注，俊秀略带几分稚气的面庞此时显得沉稳而忘情，修长的十指按于琴弦之上，一串动听幽雅的音符自他十指间悠悠流淌而出，飘飘扬扬，像一群无所不在的精灵，瞬间在整座醉仙楼内肆意飞舞……

醉仙楼的大堂内，黄知县微微闭眼，神情陶醉，慨然嗟叹道："巍巍乎若泰山，洋洋乎若江河……人生得遇知音，唯此曲畅述生平快事矣！好一曲《高山流水》，千古绝唱！"

随即黄知县神色又阴沉下来，一想到太孙殿下竟引那个宋小凡为知音，他便满心嫉恨。

一个低贱的商户女婿，他有何资格能为太孙知音？

嫉恨之余，黄知县也开始犹豫了，本欲请礼部黄侍郎相助，来江浦扳倒曹毅和宋小凡，如今宋小凡深受太孙器重，黄侍郎还动得了他吗？

哐——嗞——

一道刺耳的类似于前世重金属摇滚的噪声，划破了悠扬的琴声。

大堂内众人原本陶醉的神情顿时化作满面惊恐，众人情不自禁打了个冷战，同时往后退了一步，一副龇牙咧嘴的难受表情。

三楼雅阁的琴声也为之一顿，然后琴声继续，又悠扬飘出……

接着又是一声刺耳的和声，大堂众人再次后退，琴声又是一顿……

如此周而复始，众人在享受和折磨的双重刺激下，终于听完了这一曲《高山流水》。

雅阁内。

宋小凡喜滋滋地道："太孙殿下，草民以琴音相和，殿下可有产生共鸣？草民发现自己渐渐找到了感觉……"

朱允炆大声咳嗽，然后沉吟道："这个……这个嘛……嗯，我回去想想再回答你。"

挠了挠被噪声刺激得有些发麻的头皮，朱允炆告辞的话都来不及说，便匆匆摆驾而去。

太孙走了，黄知县和曹毅也回了衙门。

醉仙楼内，老蔡龇牙咧嘴地凑上来，道："掌柜的，太孙殿下没事弹什么琴呀……前面弹得挺好听的，就中间那段难听了些……"

宋小凡没好气地瞪了他一眼，道："你懂什么！由琴声而及人，从琴声中可以听出操琴之人的想法和品性，这是文化人最爱干的事儿……"

老蔡茫然不解道："掌柜的，你从太孙殿下的琴声中听出了什么？"

宋小凡面色凝重地沉思道："从太孙殿下的琴声中，我感觉到……他需要朋友！"

回京师的路上，锦衣亲军校尉袁忠上前奉承道："殿下的琴技愈发娴熟了，标下这不懂琴艺的粗人也听得浑然忘情，殿下实在高明。"

朱允炆笑道："由琴及人，古人常谓'闻弦歌而知雅意'，我今日效古之伯牙子期，正是为了引彼此为知音，互诉平生之志矣。知音操琴，能从琴音中听出他所想所思，如此岂不妙哉？岂不雅哉？"

"殿下从宋小凡的琴声中听出了什么？"

朱允炆闻言沉默半晌，仰头凝望星空，满面萧瑟之意，良久他才开口道："从宋小凡的琴声中，我感觉到……他果然不会抚琴！"

隆冬时节的江浦县，近午时分，北城门外来了一群衣衫褴褛的乞丐。

乞丐这个名词，现世最为古老，人类社会自从分出了阶级后，乞丐便应运而生。

这个职业是穷人最无奈的选择，四处流离，无依无靠，人可欺，狗可欺，三餐无继，衣不蔽体，辛酸艰难唯有自知。

这群乞丐有男有女，有老有少，他们每人手中握着一根半人高的竹棒，端着一只残缺的破碗甚至是瓦片，身上穿着如同烂布条一般的破烂单衣。在这天寒地冻的隆冬时节，乞丐们被冻得瑟瑟发抖，一路蹒跚行来。到了城门口，这群乞丐显然犹豫了一番，欲进城门，怕进城门。

他们是一群被苦难折磨得自卑自贱的人，他们已习惯了别人的鄙夷目光，习惯了别人的责打驱赶和嘲骂，为了生存，他们抛去了所有不必要的自尊，只为换来一餐半饱残羹。

一个身躯弱小的女孩，艰难地走在乞丐人群中。

她与所有乞丐一样，神情麻木空洞，仿佛行尸走肉般，高一脚低一脚地随着人群往前走着。

她大约十一二岁的年龄，上穿看不出颜色的破烂单衣，下穿一条土布松裤，裤子太过短小，显得很不合身，露出半截儿如枯柴般干瘦的小腿。她赤着双脚，在这寒冷的冬天，小脚已生了好几处触目惊心的冻疮。她的头发脏乱且枯黄，乱发遮住了她的脸庞，只依稀看出她的脸瘦削娇小，四肢似乎因营养不良而显得愈发纤细孱弱。

小女孩混在乞丐群中，与别的乞丐没什么不同，普通得几乎令人发现不了她的存在。

可她与别的乞丐又有着很大的不同。

不同之处在于她那双遮在乱发后面的眼睛。

那是双认真的眼睛，灵动而富含生机，它们在不断地四下搜巡观察，很认真地寻找着跟生存有关的一切东西。

那是双不屈的眼睛，执拗而充满叛逆，纵然身处绝境，亦要与命运抗争，抓住任何一个生存下去的机会。

那更是双凶狠的眼睛，疯狂而充满暴戾。像一头饿极了的小母狼，为了一片小小的食物，她可以奋不顾身地冲上去撕咬一切竞争者。

很难想象，一个十一二岁小女孩的眼睛里，会流露出如此复杂怪异的眼神。

乞丐们在城门口短暂地犹豫了一会儿，终于还是决定进城了。生存问题面前，一切自尊和畏惧都显得那么的渺小。

小女孩混在人群中，一步一挪地也跟着进了城，她神情显得有些疲惫，脏兮兮的娇小脸庞流露出对生存的厌恶和渴望，两种截然相反的矛盾情绪在她未成年的脸庞上交替浮现。

乞丐们蹒跚着走进了江浦县的城门，城门口的守卒嫌恶地扫了他们一眼，然后便很快移开了目光，望向别处。

大明开国近三十年，或天灾，或人祸，像这样无田无居的乞丐实在太多了，多得几乎引不起守卒们的任何兴趣，连盘查都懒得盘查了。

洪武皇帝将天下子民划为军民灶匠等诸多户种，每户皆有户籍造册于衙门，管束严厉。可是这种四处行乞的乞丐，任何一个朝代都是无法避免的。

众乞丐入了城便很有默契地分开了，各自想法子找食，这是乞丐群不成文的规矩，分散才有更大的概率得到百姓的施舍。

小女孩拄着一根短小的竹棒，沉默无言地独自往南城走去。

走了一小会儿，她便找了个巷角墙根坐了下去，为了节省所余不多的体力，无谓的走动是绝对要避免的，于是她就那样坐在墙根底下，一动不动如同泥塑木雕。

凛冽的寒风呼啸而过，小女孩忽然生生打了个冷战，双手不自觉地搓了搓已经被冻得麻木的手臂，一双灵动的眼睛望向灰蒙蒙的天空，目光中露出深深的怨恨之色。

恶劣的天气，向来是衣食无着的乞丐们的天敌，天道何其不公，予世间权贵富绅锦衣玉食，而穷人却挨饿受冻！

寒风吹进小巷，小女孩似是越来越受不了这彻骨的寒冷，坐了一会儿便无奈地站起身，用仅剩的几分体力，支撑着娇小虚弱的身躯，慢吞吞地继续往前走去，无视大街上的人们对她投来的异样眼光。她小脸紧紧绷着，一手拄着竹棍，另一只手不甘不愿地前伸，一边走一边向行人乞讨食物。可她却不像别的乞丐那般巧言谄媚，她只是紧紧咬着下唇，不言不语，小小的头颅微微上仰，哪怕到了如此绝境，她仍倔强地保留着那份小小的自尊，唯一屈服的，是她那只微微前伸乞食的小手。

这样高傲地行乞自然是毫无收获的。

一直到了正午时分，这个倔强的小女孩仍然颗粒无收。她依旧仰着小小的头颅，神情流露出一股不向现实屈服的执拗神色，沿着青石大街蹒跚行了一段。不远处，一座气派雅致的酒楼出现在她眼前，楼高三层，金字招牌耀眼夺目，上书三个大字：醉仙楼。

小女孩原本黯淡无光的眼睛忽然亮了，眼神中露出一种兴奋的光芒。

醉仙楼内。

宋小凡懒懒地倚在柜台里，耷拉着眼皮，有一句没一句地跟太虚聊着天。

今日醉仙楼里的客人不多，天气太冷，冷得人们躲在家里不愿出门，于是醉仙楼自然便较平常冷清了些。

太虚感到很欣慰，今日有凶兆的人不多，他也乐得清闲，反正宋小凡每日好吃好喝地养着他，对于一位百岁老寿星来说，还有比这更幸福的事吗？

"宋老弟啊，贫道听说你拒绝了陈四六的提亲？有这事吗？"太虚苍老的脸上露出坏坏的笑，很有些为老不尊的味道。

宋小凡愣了一下，然后苦笑道："难怪道教中人以八卦为图腾，原来是有原因的，一百三十岁了还如此八卦……"

太虚笑得满脸褶子："宋老弟，你的选择是明智的，哈哈……贫道早就说过，入户商籍是自甘堕落，宋老弟前途无量，怎能做一个商人家的上门女婿？你若真成了商人出身，以后想当官都当不了……"

宋小凡正色道："道长你误会了，我之所以拒亲，不是因为陈家的身份地位，而是……我与陈家小姐确实产生不了感情。如果我真喜欢陈家小姐，别说是一户商人家，就算她是个乞丐，我也娶定了……"

"你拒绝陈四六提亲，是因为与陈家小姐没感情？"太虚一脸迷茫。

宋小凡点头。

太虚"嘿嘿"一笑，道："好吧，不管是因为什么，反正你拒绝他就对了，拒绝陈四六，就是为你将来飞黄腾达扫清障碍啊……"

宋小凡叹气道："道长，咱俩一直挺投缘的，拜托你不要让我产生一种与你话不投机的感觉好不好？你是出家人啊，怎么比那些世俗之人更势利？"

太虚笑了，笑得很高深："何谓世俗？何谓势利？道法崇尚自然，世间万物强求不来，醉心富贵便是着了相，但你强自菲薄，非要做个商户女婿，何尝不也是着相呢？宋老弟啊，贫道看你命格，乃是极富极贵之相，你可要顺应命理，莫行逆天之举啊……"

宋小凡一本正经指了指大堂内的桌子道："道长，那里有很多人还没享受到咱们醉仙楼的免费算卦忽悠活动，你快去把他们忽悠死，咱们这么熟了，你就不用再来忽悠我了……"

太虚气得跺脚："贫道何时骗过你？贫道跟你说过的每一句话都是真的！"

宋小凡斜睨着他，哼道："我刚认识你时，你便吓唬我，说我有凶兆……"

太虚冷冷道："那次你被我骗了一顿饭，花了五十文钱，吃完饭我还暗地里骂你是傻子冤大头，你花钱不讨好，命中注定破财犯小人，不是凶兆是什么？"

宋小凡两眼直发愣："不说不知道，道长你原来是这种人，我果然是命中犯小人……"

"咳咳，贫道只是举个例子……"

"那后来你又骗我说你会功夫……"

太虚怒了："贫道真的会功夫！这话我说过多少遍了，你怎么老是不信呢？"

宋小凡嗤道："你无非跑得比我快一点而已，这也叫功夫？"

太虚抓狂了，他用力扯了扯自己的头发，苍老的面孔气得微微扭曲，涨红着老脸跺脚道："臭小子，你不信道爷会功夫是吧？道爷这就给你展示展示！"

说着太虚原地一跺脚，嗖的一声，便在宋小凡眼前消失了。

宋小凡眼睛瞪得溜圆，四下张望一番，却见醉仙楼大堂上方，高达两丈的房梁上，太虚正一脸得意地捋着胡须，朝他露出高深莫测、庄周梦蝶般的梦幻笑容。

哗——

大堂内吃饭的食客们顿时惊呆了，短暂的沉默以后，众食客纷纷鼓掌，掌声热烈，众人脸上皆是一副崇敬之色。

太虚哈哈一笑，袍袖一展，像只飞翔的大鸟一般，以无比潇洒飘逸的姿势，慢慢飞回柜台前。

食客们掌声依旧连绵不绝，看来这个时代的武林高手貌似在民间享有很高的威望。

飞回宋小凡眼前的太虚在食客们的掌声中愈发得意，他捋着胡须，高仰着脑袋，从鼻孔里哼了一声，道："现在你相信我没骗你了吧？我这手轻功如何？"

宋小凡两眼愣愣地瞧着他，不言不语，如同痴呆。

此刻他心中震撼无比，轻功，这是真正的轻功啊！原来前世的武侠小说里没乱写，这世上果然有功夫这种神奇的技艺存在，两丈高的房梁，嗖的一下说上就上，完全无视万有引力，只要高兴，想怎么飞就怎么飞……

这老头儿太神奇了！他还是人吗？

宋小凡傻了似的瞪着太虚，嘴巴张得老大，他第一次发现，原来太虚真是个老实人，以前跟他说过的话都没骗他，是自己太不相信他了，实在是对不起三清道君……

"喂——喂喂——你傻啦？"太虚没得到意想中的赞扬，很不高兴地推了宋小凡一把。

宋小凡立马回过神，两眼顿时冒出两颗不停跳动的红心，眼神狂热地盯着太虚，结结巴巴道："你……你真会功夫？轻功？"

太虚傲然点头："你说呢？你刚才不是都看见了吗？"

宋小凡嗖的一下，飞快蹿出柜台，然后伸手在太虚身上摸来摸去，摸得太虚头皮发麻。

"你干什么？"

"我看看你有没有吊钢丝……你知道的，这年头骗子太多……"

太虚气道："贫道从没骗过你！你怎么还不信我呢？"

宋小凡摸了一会儿便停了手，然后一脸崇敬道："信，我信了！"

"那你说，你愿不愿意跟贫道学功夫？贫道可以教你轻功哦……"

宋小凡想了一下，小心翼翼地指了指房梁，道："道长，我刚才没看太清楚，你能不能用慢动作再飞一次？"

太虚欣然笑道："这有何难，飞一百次也不打紧。"

话音刚落，嗖的一声，太虚又飞上了房梁，然后袍袖一挥，再次飞了下来。

"再……再飞一次如何？"宋小凡激动得两眼冒星星。

嗖——又飞上去了。

"太犀利了！"宋小凡仰头望着房梁上的太虚，发自心底地赞叹。

随即宋小凡顺手取过柜台上一只茶杯，叫道："道长，试试高难度的，看暗器！"

茶杯疾若流星，向太虚掷去。

太虚得意之色顿时一室，转而化作满面惊恐："啊——不要！"

啪——

茶杯不偏不倚砸中了房梁上的太虚，太虚"哎呀"一声惨叫，像只被枪打中的肥鸭子，在半空中使劲扑扇了几下，然后便像块秤砣似的，直线坠落了。

砰——

太虚老脸朝下，狠狠摔落在地面上，扬起一阵哀怨婉约的尘土，姿势销魂得如同车祸现场。

宋小凡愣了一下，接着放声悲呼："道长，你怎么了？！没事吧？"

大堂内众食客也呆愣了一下，然后纷纷结账走人，作鸟兽散。

第三十章

年幼沧桑 坐而论商

当太虚呻吟连连、鼻青脸肿地从地上爬起来时，醉仙楼大堂内的食客们早跑光了。

悲呼不已的宋小凡顿时敛声，惊喜万状道："道长，你没事了？我真开心……"

"你……你闭嘴！贫道……哎哟，贫道真想代天收了你这妖孽……哎哟……疼死道爷了！"

宋小凡满眼冒着崇拜的火花："道长受此重创，却仍生龙活虎，实在令在下敬佩万分。道长老当益壮，堪称不死神仙，道长，我崇拜你啊……"

太虚挺着脏兮兮的老脸怒道："你这混蛋，趁贫道不注意，竟然暗算贫道……"

宋小凡无辜地道："你们习武之人不是讲究个眼观六路、耳听八方吗？那么大个茶杯你难道看不见？"

太虚愈发愤怒："你懂个屁！我派轻功梯云纵，全靠一口内气上提，方使身体腾空，你冷不丁一个茶杯砸来，正是贫道半空换气之时，贫道焉能不掉下？"

宋小凡眨了眨眼，泄气道："连个茶杯都接不住，如此说来，轻功除了跳得高一点、跑得快一点，没什么别的用处了？"

"胡说，轻功乃是世间武学中最上乘的武功，怎会没用处？这世上哪种武功比得上轻功？"

"明明只是跳得高一点，跑得快一点，怎么成了最上乘的武功？"

"岂不闻兵法有云：三十六计，走为上计？只要能走得快，便是世上最高明的武功！"

宋小凡眼睛都直了："道长的口才真好，明明是歪理，连兵法都用上了……"

说实话，宋小凡心里对太虚还是很愧疚的，事实证明太虚并没骗他，老头儿的话还是信得过的。如此说来，他说他有一百三十岁高龄，这话想必也很靠谱儿了。一想到刚才自己差点儿在大庭广众之下谋杀了一位百岁老寿星，宋小凡便感到一阵后怕，浑身不由得冷汗淋漓。

一百三十岁啊，这老头儿若被皇宫里的朱元璋知道了，肯定会命锦衣亲军把他抓起来，当成人形祥瑞，关在笼子里天天供老朱瞻仰，没准会来个严刑逼供，问问他到底吃错了什么药，活得这么长……

又或者老朱对他兴趣不大，但是仍然会严刑逼供，问他师兄的下落，因为他说他师兄张三丰已经一百五十岁高龄了……

不过太虚也有不对的地方，一把年纪了，还那么缺心眼，宋小凡让他飞他就飞，百岁高龄还屁颠儿屁颠儿地上蹿下跳，百多岁的年纪莫非全活到狗肚子里了？怎么就一点主见都没有？正应了一句话："寿星公吊房梁——活腻了。"

太虚使劲揉着胸，呻吟连连，满面痛苦之色，龇牙咧嘴的同时，见宋小凡正盯着他出神，太虚不由得警惕道："你这是什么表情？你的目光很不纯，心术不正啊！"

"老寿星……啊，不，老道长，您……真有一百三十岁了？"

"那是当然，贫道什么时候骗过你？"太虚气哼哼地回道，显然余怒未消。

宋小凡担心地瞧着太虚："道长果真是祥瑞……人类的活化石呀！不过，道长，以后算卦时可别见人就说你一百三十岁了，很危险的，你也不想被抓进皇宫关进笼子，供当今天子瞻仰吧？"

太虚一愣，接着哭笑不得："你脑子里到底在想什么？天子岂会如此待贫道？洪武十七年时，天子曾连下两道旨意，召我师兄入宫面圣，旨意中言语甚是客气尊敬。我师兄当时远游，故而未见，天子亦不为忤，无端端的，怎会把贫道关进笼子？"

宋小凡顿时放心，笑道："那就好，道长是不死神仙，您若不乐意，多半进不了笼子……"

太虚气道："你说的是人话吗？你乐意被关进笼子啊？"

顿了顿，太虚道："刚才贫道的功夫你也见过了，以后你跟贫道习武如何？贫道便收你这个弟子于门下。"

宋小凡急忙摇头："不不，我还是不跟你学了，轻功是个逃命的玩意儿，我又不打算上战场，学来无用……"

太虚气得胡子一翘，便欲发怒，却见宋小凡飞快地递过一块抹布。

太虚一愣："干吗？"

宋小凡笑道："刚才我说错了，轻功还是有用处的……"

太虚转怒为喜："你小子终于有了点儿眼力……"

宋小凡笑着指了指太虚刚才掉下来的房梁，道："道长神功盖世，请道长再偏劳一次，跳上去帮我把房梁上的灰尘擦一擦。不瞒道长说，我一直想打扫房梁来着，可惜总找不到那么高的梯子，今日欣见道长露了这么一手，正所谓人尽其才、物尽其用，以后房梁的卫生责任区就交由道长负责了……"

太虚脸黑如墨……

"道长放心，这次我一准儿不再用茶杯砸你……"

任太虚如何引诱劝说，宋小凡非常固执地摇头，坚决拒绝跟太虚练武。

一只茶杯就能被砸下来的功夫，不练也罢。吊钢丝也能达到同样的效果，用不着夏练三伏、冬练三九那么辛苦。

每个男人心中都有一个武侠梦，宋小凡也不例外，他对功夫有兴趣，但他对太虚没信心。

奇怪的是，太虚为什么老是求着宋小凡跟他练武？难道古时候的武林高手收徒弟时姿态都摆得这么低？又或者说，太虚发现宋小凡骨骼精奇，是百年难得一见的武学奇才，于是顿生惜才之心，期待他学成之后维护世界和平……

后面那个猜测有点扯淡了。宋小凡左看右看，也没发现自己有半点天赋异禀的样子，跑累了照样喘粗气，夜深了照样想女人，典型的凡夫俗子……

想不通的事情就不要去想，太虚是世外高人嘛，高人行事，高深莫测，这样一位高人死乞白赖求自己拜他为师，宋小凡觉得自己拒绝得很有成就感。

午后的阳光透过大门，暖暖地照在门口的柜台上。

宋小凡打了个呵欠，手肘懒洋洋地支撑着沉重的脑袋，他决定睡个午觉。

狗子和众店伙计忙着打扫清理大堂，一切都是那么的安静祥和，人生没有那么多激情四射，更多的是在淡然平静中慢慢度过。

于是，在这个平静的午后，宋小凡闭眼睡着的前一刻，他看见了她。

她就那样怯怯地、远远地站在门外，小小的脑袋微微从门边探进，黯淡无光的眼睛，在看到狗子他们手中收拾的残羹冷饭时，忽然散发出灼热的光芒。

那是一种饿极的野兽看见食物的光芒。

宋小凡浑噩的神志在看到她后，顿时为之一清，从他看见她的眼神那一刻起，他的心底便深深为之震撼。

不论是前世还是今生，他从未见过如此复杂的眼神，它隐藏在无害的外表下，一旦看见了食物，便露出认真、灼热，甚至凶狠的光芒。这种眼神在成人眼中都很难浮现，现在却出现在一个十一二岁小女孩的身上，那种历经沧桑、透析世事的目光，不应该属于这个如此弱小的小女孩。

宋小凡从她的穿着上，一眼便看出她是个小乞丐。她的容貌被掩盖在肮脏的尘土中，依稀能够辨出清秀可人的模样，可她的目光却像一头随时可以发动攻击的小母狼。

宋小凡心中叹息，更多的是怜悯，这个女孩，她到底经过了多少风雨沧桑？

小女孩仍站在门外，一副柔弱的样子，黑亮的大眼睛却在打量四周的环境，长满冻疮的小手紧紧地握住竹棍，娇小的身躯微微弯下，她眼中只有狗子手中的残食，却没有看见宋小凡。

宋小凡隔着柜台，静静地看着她的动作。宋小凡知道，小女孩已然蓄势待发了，看来她放弃了乞讨，而是打算用敏捷的行动抢走狗子手中收拾的残食。

一抹凶光闪过小女孩的眼眸，那是一种为了生存而豁出一切的决然。

宋小凡开口了："狗子。"

狗子回头，放下了手中正在清理的残食，转身朝宋小凡点头笑道："掌柜的，有什么吩咐？"

小女孩蓄势待发的身躯忽然停住，黑亮的眸子中闪过几分失望，但她仍执拗地站在门外，眼睛紧紧盯着残食，舍不得离开。

宋小凡不经意地扫了小女孩一眼，心中不由得一疼。

"去厨房看看，拿两张热乎的大饼出来……"扭头再看了看小女孩虚弱的身躯，宋小凡又补充道，"……再弄个油蹄髈，要肥一点的。"

狗子莫名其妙地看着宋小凡，随即看到了门外的小女孩，立时便应了，快步走进了厨房。

宋小凡朝门外的女孩和善地笑了笑，没说什么，只是慢慢地走出了柜台。

小女孩顿时往后退了一步，眼中现出深深的戒意，手中的竹棍微微上举，眼睛死死地盯着慢慢走向她的宋小凡。

见女孩如此模样，宋小凡只得无奈地停步。狗子已从厨房拿出了两张冒着热气的大饼，大饼中间卷着一块油黑发亮的蹄髈。

宋小凡接过大饼，微笑着向前递去，脸上露出最和善的笑容："送给你，不收你钱。"

小女孩惊惧地往后再退了一步，犹疑不定地看着宋小凡。目光游移到宋小凡手中的大饼上时，宋小凡清楚地看见，小女孩的喉头狠狠吞咽了几下口水，她眼中的凶光渐退，取而代之的，是一种充满了渴望的光芒。

宋小凡往前走了几步，然后将大饼伸向前，再次道："送给你，拿去吧。"

小女孩微微再退，终究还是抵不住食物的诱惑，不由自主地又往前走了一步，见宋小凡没有别的动作，终于放心地再向前，颤抖着小手，小心翼翼地接过宋小凡手中的大饼，认真的神情，如同捧着她那微弱黯淡的生机。

宋小凡笑了，比阳光更温暖的笑容，像烙印般深深印入了小女孩的心底。

小女孩的眼中终于浮现出从未流露过的感激。

见小女孩放松了警惕，宋小凡却做了一件错误的事。

他忽然拉住了小女孩枯干肮脏的小手，温声道："你就坐在里面吃吧，我们都不伤害你……"

话音刚落，小女孩却忽然再次露出深深的戒意，随即小脸浮现出疯狂的神情，她张开嘴，像一头暴怒的小母狼，恶狠狠地朝宋小凡龇牙咆哮了一声，然后一手搂着大饼，另一只手却飞快伸出，在宋小凡抓住她的手上狠狠地挠了一下。

宋小凡痛得放开了手，小女孩得了自由，便头也不回地飞快跑远了。

一旁的狗子顿时大怒："这臭叫花子真不识好歹！掌柜的，你没事吧？"

宋小凡看着右手被小女孩抓出的三道血淋淋的爪痕，不由得苦笑。

"你觉得我会没事吗？"宋小凡没好气地瞪了狗子一眼。

"掌柜的，我去帮你把那臭叫花子追回来，痛揍她一顿！"狗子摩拳擦掌道。

宋小凡气道："活该你一辈子都当店伙计，真没眼力见儿！我现在需要的是大夫和金疮药！"

狗子一愣，赶紧出去找大夫，临走又回过头，迟疑道："掌柜的，那个叫花子……"

宋小凡目光看向远处，淡淡道："算了，一个人为了生存，做出任何事都是应当应分的，我们不该责怪她。"

此后的几天，小女孩陆续又来了几次。

宋小凡仿佛完全忘记了曾被小女孩抓伤的事，每次她站在醉仙楼的大门外瑟瑟缩缩探头往里看时，宋小凡便叫狗子将早已准备好的食物递给她。食物很丰盛，有时是肉饼，有时是卤整鸡，有时甚至还搭上一些这个时代冬季里很少见的青菜。小女孩太小，太柔弱了，她需要各种营养。

宋小凡在她面前表现得很小心，面对她时，就像捧着一个易碎的水晶，生怕小小的唐突吓跑了她。

旁人对宋小凡的态度感到很奇怪，这年头的乞丐实在太多了，宋掌柜发善心自是无可厚非，可宋小凡却对这个小乞女表现出非同平常的热心，这便让人费解了。

宋小凡并没有跟任何人解释，他只觉得自己应该这么做，说不上原因。或许他从小女孩的身上看到了自己前世的影子，在那个大雨滂沱的深夜，他独自趴在路边的草丛里，揣着刀子打算抢劫，夜很冷，心更冷，若非逼到绝境，谁会愿意干那危险而且犯法的事呢？

宋小凡可以肯定，小女孩如果没遇到自己，她必然也会走上一条跟他同样的老路。

宋小凡不是慈善家，更不是滥好人，这年头值得同情的人太多了，宋小凡没能力一一顾及，但他就是不愿看到一个未到花季的女孩，从此走上一条不归路。

宋小凡的好心得到了回报，小女孩渐渐对他不再充满戒备，每次从宋小凡手中接过食物时，她总会向他投去一抹感激的目光，她的眼神再也没有泛过凶光，虽然淡漠依旧，但比初认识时，多了几分生气。

有一天，当小女孩接过食物时，没有再像往常般掉头便跑，而是站定了看着宋小凡。

宋小凡温声笑道："怎么了？"

小女孩不发一言，从单薄的衣襟内掏出一株绿色的植物，她三两下将植物上的叶子拔了下来，然后塞到宋小凡手里。

宋小凡愕然看着她，不解其意。

小女孩似乎不习惯与人交流，她指了指宋小凡那只曾被她抓伤的手，然后词不达意地道："紫珠草……嚼碎，敷在上面，止血。"

宋小凡被她抓伤的手早已结痂，她却还送他止血的草药。低头一看，草药上竟还沾着几滴清晨的露水，看来是她亲自去采来的，小女孩用这种特有方式，向他表示歉意。

宋小凡笑了，心腔中有种感动的情绪在蔓延。迎着小女孩期待的目光，宋小凡珍惜地将草药收入怀中，笑道："我过会儿就敷，多谢了。"

小女孩闻言竟然也露出了笑颜，又飞快敛住，恢复了淡漠。那抹笑容如流星一闪，刹那无痕，却如春风化雪，深深印在宋小凡的心底。

小女孩又走了，捧着宋小凡给她的食物，不知躲到哪里吃去了。

寒风呼啸，吹过醉仙楼的门口，宋小凡忍不住打了个冷战，想到小女孩单薄的衣裳，他不由得为她担了几分心事，该给她弄身厚实点的衣裳了，这么冷的天，不知她晚上睡在哪里……

"听说你是商户家的女婿？"

今日的朱允炆一进醉仙楼便劈头问道，神色颇有些气急败坏。

宋小凡一愣，点头道："更正你一下，我是'尚未成亲'的商户女婿，理论上来说，我目前还是单身汉，而且身价不凡……"

"你真是商户女婿？"朱允炆眼睛瞪大了，接着狠狠跺脚道，"你怎么能做商户家的女婿呢？"

宋小凡再次强调："是'尚未成亲'的商户女婿……哎，殿下，我做谁女婿跟你没关系吧？"

朱允炆气道："怎么跟我没关系？我正打算荐你当官呢，我朝律法有规定，凡商户者，不得为官出仕，你若真是商户女婿，这辈子你就甭想当官了……"

说着朱允炆语声一顿："……你刚才说什么？你尚未成亲？"

宋小凡气定神闲地点头。

朱允炆想了一下，接着满面狂喜："没成亲就好，没成亲便不算商户，太好了！只要你没入商户贱籍，我便可以在皇祖父面前帮你开口……你快去把那门不靠谱儿的亲事退了，这破掌柜也别当了，收拾收拾跟我进京吧。来人，帮宋公子收拾东西……"

"是——"朱允炆身后的锦衣亲军轰然应道。

宋小凡愣了一下，然后大声道："慢着！"

转过头，宋小凡望着朱允炆道："太孙殿下，您这是何意？"

朱允炆笑道："你赶紧去把那门商户家的亲事退了，跟我去京师，我在皇祖父面前给你求个官，我便可以天天看到你，以后你便天天陪我说话儿，这样不好吗？将来你好好辅佐我，让我做个好皇帝，你也做个治世名臣，光宗耀祖，岂不比你自轻自贱做个商户女婿强上许多？"

宋小凡睁大了眼道："殿下，当不当官的咱们另说，我做个商户女婿也不算自轻自贱吧？"

朱允炆一撇嘴，道："商户乃贱业，连贩夫走卒都不如，怎么不算自轻自贱？"

宋小凡一听不高兴了，别人有这样的想法无所谓，可眼前这位是未来的大明皇帝，他的想法能左右天下事，他若对商人如此轻视，商人岂不是很可怜？

虽然宋小凡对陈四六这位奸商岳父殊乏好感，但是客观地说，陈四六也只是个追求利益的正当商人，况且他养了自己四年，朱允炆如此评价商人，未免对陈四六太不公平了。

宋小凡决定扭转这位太孙殿下的观念，不夸张地说，这对天下的商人，甚至对大明的国运都有很大的影响。

请朱允炆将随驾的锦衣亲军挥退，宋小凡在心里组织了一下语言，然后用平静的语气，慢慢道："太孙殿下，草民以为，殿下的想法，大谬！"

朱允炆一愣，不解地道："我的想法大谬？莫非你舍不得那位商户家的小姐，不愿退亲？哈哈，男儿何患无妻，你做了官后，我帮你拉媒，命朝中大臣家中有待字闺阁的女儿嫁给你便是，你喜欢什么样的女人，尽管告诉我……"

宋小凡喜道："多谢殿下，草民喜欢腿长胸大的……啊——不是，太孙殿下，草民要说的不是这个！"

"你到底想说什么？"

"草民以为，殿下轻商之念，实乃大谬！"

"哦？此话怎讲？"

宋小凡反问道："殿下心中对商人是个什么印象？"

朱允炆撇嘴，不屑道："商人，逐利忘义之辈，他们不事生产，不劳而获，低进高出以取利，无家无国之念，满身铜臭市侩，只知贪婪取利以肥己，世间百业之中，商人是最低贱的！"

宋小凡暗自摇头，古人受儒学影响，对商人误解太深，朱允炆的想法大概便是所有古代人的典型代表吧。若要扭转他们的想法，怕不是件容易的事。

对于愚昧的古代人，宋小凡决定要耐心一些，讲道理是他的强项。

"殿下，您看啊，商人，说得通俗一些，便是买卖人，何谓买卖人？那就是买进卖出之人，从中收取差额为利，这种行为并没有什么不对，所谓行有行规，以最小的成本，追求最大的利益，便是商人的行规。他们逐利确实不假，若说忘义，此话何来？"

朱允炆笑道："我说商人逐利忘义可不是瞎说的，当年的大明首富沈万三，你听说过吧？他便是商人出身，我皇祖父率天兵与张士诚争夺天下，遂四处募粮饷，我皇祖父敬他是富商名士，折节下交，沈万三这人却八面玲珑，明里给我皇祖父捐粮捐饷，暗里又勾结张士诚，同样也资助他的军队，两头讨好，谁也不得罪，不是忘义之辈是什么？"

宋小凡叹气道："沈万三其实也只是个有钱的平民百姓而已，无权无势，两头资助大军亦是无奈之举。你们两边加起来有数十万大军，而他家里除了银子还有什么？他能不害怕吗？他敢不给钱吗？你不能指望全天下的百姓都坚贞不屈，为你效死，事实上，百姓都是怕死的，谁的刀锋利，他们便只能屈服于谁，这跟忘义有何关系？"

朱允炆仍不在意，笑道："此言差矣！孟子曰，'生，我所欲也，义，亦我所欲也，二者不可得兼，舍生而取义者也。'既然怕死，那便是忘义了……"

"孟子这话没错，但他把人性理想化了，或者说，这是他个人的理想。从上古至今千余年，其间无数次朝代更迭，若按你的意思，哪个朝代的皇帝丢了江山，天下的子民都应该跟着殉国才是。可实际上呢？大家都活得好好的，除了旧朝死忠的大臣，很少有人真正做到了舍生取义，这个要求标准太高。别人都做不到的事情，你为何指望一个商人要做到呢？"

"可是……商人不事生产，便能得获巨利，这总不假吧？"

"他们一没偷二没抢，赚钱凭的是本事，买卖讲的是你情我愿，这有什么不对？"

"这是不劳而获！如国之蛀虫，吸取百姓精血而肥己！"

面对固执的朱允炆，宋小凡的耐心渐渐耗尽。

靠着仅有的一点耐性，宋小凡努力平心静气地道："这不是吸取百姓精血，商人以本求利，照样要担很大风险的，他们是以自身的风险来求回报……"

朱允炆嗤笑道："哈哈，他们能有什么风险？天下万物，他们低价买进，贩运外地再高价卖出，分明是投机之辈……"

宋小凡怒了。

啪——熟悉的力劈华山，再一次狠狠拍在朱允炆脑门上。

"倒霉孩子，好说歹说都不信，商人跟你有什么仇？他们招你惹你了？你就这么不待见他们？"

朱允炆睁大了眼睛，下意识捂住被拍得通红的脑门儿，怔怔地看着宋小凡大发脾气。

半晌，朱允炆黑亮的眼圈便慢慢蓄满了晶莹的泪花儿，两眼渐渐泛红，嘴角一瘪，似要哭出声来。

宋小凡回过神，吓得浑身一颤，急忙扑通一声跪在地上，惶然颤声道："殿下，草民失态……万死，万死啊！"

朱允炆嘴唇颤动，神情无限委屈。

"你又打我……"朱允炆泪眼控诉。

"草民……草民这是爱之深，责之切……"宋小凡语气沉痛。

"有什么话不能好好说吗？干吗非得动手打人……"眼泪在朱允炆的眼眶中打了几个转转，终于掉落下来，顺着他的脸庞流到下巴。

"我佛慈悲，普度众生时亦难免做狮子吼。殿下迟迟不顿悟，草民心急，便效法我佛，来个当头棒喝……"

"你打了我还有理了……"朱允炆泪如雨下，如泣如诉地控诉宋小凡的暴行。

"草民……万死，万死啊！"宋小凡跪拜高呼。

一炷香的时间过去，朱允炆的情绪平静了。

"好吧，你仔细跟我说说，商人为何不是逐利忘义之辈。"

宋小凡刚张嘴，朱允炆又开口。

"哎，有话说话，不许打人啊……"朱允炆心有余悸地再三强调。

宋小凡赞道："正所谓仁者无敌，殿下宅心仁厚，反对暴力，实是我大明未来之明君……"

朱允炆脸上还挂着泪痕，闻言使劲吸了吸鼻子，没好气道："你就别夸了，我是反对你在我身上使用暴力……"

"殿下，你想想，咱们一不种地，二不养蚕，平日里穿的衣，吃的粮，它们是从哪里来的？"

朱允炆道："当然是农户种养出来的。"

"农户种养出来，它们又是如何到我们手上的？"

"用银子买来的呀。"

宋小凡笑道："世上若无商人，敢问殿下，你拿着银子到何处买来？难道殿下要亲自跑到田地里，向农户买吗？"

朱允炆睁大了眼，却说不出话了，眼神中渐渐有了深思之色。

"殿下，商人逐利不假，可这世上缺不得商人，百姓衣食住行，无一不与商人息息相关。商人南来北往，贩运货物，交融万民，于是我们才能身居南方而能吃到北方的小麦，身居北方亦能吃到南方的稻米，南北往来，互通有无，此皆商人之功也。"

"再说商人不事生产，不劳而获，殿下可知，商人贩运一车货物，必要将身家事先投入进去，这一车货物从南运到北，路途遥远，贩运辛苦不说，还要承担货物卖不出去的风险，如果没人买他的货，那么他之前所做的一切便是白费，身家亦赔了进去。商人每做一笔生意，都是凭着他们的阅历和经验在冒险，一不偷二不抢，他们赚钱全靠自己行商累积起来的经验和眼光，何来不劳而获之说？太史公曰：'天下熙熙，皆为利来，天下攘攘，皆为利往'，世人皆为名利奔忙，殿下为何独薄商人耶？"

朱允炆神情愈发凝重，眼中深思之色越来越浓。

良久。

"宋小凡，你为何要跟我说这些？"

宋小凡笑道："我只是想为天下的商人说句公道话罢了。旁人看待商人如何低贱没关系，殿下是大明未来的国君，所思所想皆关乎天下民生，草民不能眼看着殿下对商人存有偏颇之见，而失了仁爱之心。明君爱民如子，商人，亦是殿下的子民。"

宋小凡一番话说完，朱允炆沉默良久，未发一语。

"宋小凡，你的话，听起来确实有几分道理，我……我得回去好好想想你说的话……"

朱允炆起身便往外走。

"来人，摆驾回京。"朱允炆满面沉思之色。

守在门外的锦衣亲军立马将朱允炆迎上车驾。

宋小凡满脸微笑，商人的地位问题，看来已经引起这位太孙殿下的重视了，那么商人的地位将来或许会有所提高。终明一代，商人的未来或许不再那么低贱，这一切，皆因今日与太孙的一番谈话，悄然改变了历史。

蝴蝶，我是美丽的蝴蝶……

一天以后，一道名为"论商人之义利谏"的奏本，悄然出现在朱元璋的龙案上，奏本末尾署名者，乃当朝皇太孙，朱允炆。

满朝哗然。

◎ 第三十一章 ◎

拜师学艺 净身出户

大明皇宫，武英殿东暖阁。

阁内摆着铜盆，铜盆里烧着通红的贡炭，整个屋子温暖如春。

朱元璋穿着明黄龙袍，面无表情地扫视一眼下首站着的几位朝中大臣，锐利的目光令所有人身躯微微战栗不已。

沉默了很久，朱元璋开口道："皇太孙的奏本，你们都看过了吧？"

群臣躬身齐声道："看过了。"

"'商人之义利'，呵呵，他怎么想到这个上面去的……"朱元璋的目光再次回到龙案上一份淡青色的奏本，脸上的表情说不清是喜是怒。

群臣讷讷不敢言声，天威难测，面对这样一位开天辟地的帝王，群臣很难摸清他心里到底在想什么。

朱元璋将头靠在椅背上，缓缓闭上眼，淡淡地道："奏本既然都看过了，你们说说看法吧。"

群臣再次低下头，无人出声，整个暖阁静悄悄的，只听见铜盆内燃烧的贡炭不时发出噼啪的轻微爆裂声。

良久，朱元璋仍合着眼，但语气却分明有了些不耐烦。

"怎么了？尔等皆朝中重臣，连一篇文章都评价不了么？"

群臣身躯顿时一齐颤抖了一下，同时跪拜道："臣等无能。"

能位列暖阁，被朱元璋称之为"朝中重臣"的人，皆是道德文章出众之辈，当然不可能连一篇文章都评不了。

可是这篇文章却很要命，它的作者是当今天子的亲孙子，下一任的皇位继承人；它的内容更要命，通篇只表达了一个意思，那就是为商人正名！

商户为贱户，这是大明立国之初，朱元璋亲自定下的国策。如今天子仍健在，他的亲孙子却提出了不同的看法，这是公然推翻了洪武皇帝以前立下的国策，说得好听是谏言，说得不好听，这是在跟天子唱反调啊。

祖孙俩观念的分歧，旁人怎好说什么？得罪谁偏向谁都不讨好。洪武皇帝的屠刀，杀过的大臣还少吗？胡惟庸、蓝玉两案，整个京师朝堂的大臣们几乎都被天子陛下屠戮殆尽，谁敢轻捋陛下龙须？除了装哑巴，大臣们还能怎么办？

大臣们战战兢兢，一心只求朱元璋能放过他们，让他们把这事跳过去，可朱元璋偏偏不想放过他们。

等了许久，不见有人说话，朱元璋枯槁的手指轻敲了几下龙案，淡然道："黄子澄，你是春坊讲师，又是伴读东宫，教授太孙课业，太孙是你的学生，你先来评一评太孙的这份奏本吧。"

黄子澄四十多岁，是个干瘦矮小的中年人。他双目有神，面孔瘦削，颌下几缕青须，衬映得整个人精神矍铄，十分干练。

听到朱元璋点名，黄子澄浑身也颤了一下，但他不敢有丝毫迟疑，上前一步，想了一下，道："陛下，太孙这份奏本，文采是上上之选，骈句严谨，对仗工整，实是不可多得之佳作……但是，奏本中所言之观点，陛下，请恕臣不敢苟同。"

朱元璋仍合着眼，似是疲累了一般，靠在椅背上，但他脸上若有若无却露出了几分笑意。

"黄爱卿，说详细点，你为何不敢苟同？"

"陛下，圣人云：君子喻于义，小人喻于利。圣人千年前便将君子与小人的区别划分出来了。商人者，无论再怎样粉饰其行，仍脱不了他们逐利的本色，既是逐利之辈，那便是小人，义从何来？臣以为，太孙殿下所言实乃大谬。陛下立国之初便以商者为贱业，是因为商者逐利忘义，不劳而获，只知以低买高卖的投机之法为生，为世人所不齿。所以，太孙殿下所言，请为商人从贱籍中提拔出来，此举乃违背陛下立国之初便定下的祖制，臣万万不敢苟同！"

黄子澄一番话说得中规中矩，不卑不亢，引圣人之言，反驳了朱允炆的观点，群臣听后纷纷点头。这群大臣是从小读圣贤书长大的，对黄子澄的反驳言论自是万分赞同。

朱元璋眼睛微微睁开一条线，细长的缝隙中，一道锐利如刀锋般的目光缓缓扫过群臣，随即他的眼睛又闭上，慢慢吞吞地道："黄爱卿不愧是春坊讲读官，学识文采不俗。呵呵，你们还有何看法？"

群臣低头齐声道："臣等附议黄大人之言。"

朱元璋神色不变，枯槁的手指轻轻敲着龙案，一下又一下，仿佛敲在众人的心上。群臣听着那节奏缓慢的敲击声，脸色齐变，额头上纷纷冒出一层细细的冷汗。

沉默了许久，朱元璋开口道："你们都附议？没人反对黄大人的话么？"

群臣再次齐声道："臣等附议黄大人之言。"

朱元璋微叹了口气，道："朕知道了，尔等都退下吧，太孙所奏之事，缓议。"

群臣纷纷面露喜色，"缓议"是一种比较委婉的说法，实际的意思是搁置，甚至永久不议。

看着大臣们动作一致地缓缓退出武英殿暖阁，朱元璋的脸色忽然阴沉下来。

帝王看待事情的角度与大臣不同，大臣们只看到事情的本身，而帝王看到的，却是与事情有关的整个大局。

朱允炆能提出与他完全不同的想法，朱元璋并不生气，对外他是残暴嗜杀的皇帝，可他对内却是一个慈爱温和的祖父；他的残暴嗜杀，完全是为了朱家子孙。

朱允炆能有自己的想法，朱元璋不但不生气，反而很高兴。这个孙儿是他亲自指定的继承人，将来要从他手中接过这皇位和江山，代替他统治万千子民，一个皇帝若没有自己的主见，如何驾驭臣民？从朱允炆的这份奏本中，朱元璋清楚地感觉到，孙儿长大了，懂得分辨是非了。这个认知让他很是欣喜。

朱元璋感到不满的是今日暖阁内群臣众口一词的声音。

不论他们的观点谁对谁错，对帝王来说，臣子的众口一词，是个很不好的现象，这是臣权驾凌君权的先兆！这种现象十几年前也曾经在朝堂上出现过，那时朝堂上一手遮天、得意狂妄的人，便是宰相胡惟庸！

今日这些臣子满口圣人云的迂腐之调，异口同声地反对朱允炆的观点，将来呢？将来他朱元璋死后，若是朱允炆又提出一个令群臣不敢苟同的想法，他们是不是也如今日一般，异口同声地反对，然后君主的法令便执行不下去，如此一来，君权何在？朱允炆如何坐稳江山？他朱家子孙的皇帝权力岂不是会被座下那些迂腐的大臣们给完全架空了？

朱元璋眼皮猛跳了几下，一股凶戾之气在胸腔中盘旋蔓延，他又有了一种杀人的冲动。他想把这些迂腐固执的大臣们全杀光，再换上一批听话的臣子。天下尽在他朱元璋手中，他不介意多杀几个读书人，更不担心没人当官。

随即朱元璋又冷静下来，他老了，杀了一辈子的人，杀腻了，杀得心慌了，他不想再杀人了。

目光再次落到龙案的奏本上，朱元璋的脸上闪过一抹笑意。

"来人，宣袁忠觐见。"

未多时，一身飞鱼服的锦衣校尉袁忠虔诚地跪在朱元璋的脚下。

朱元璋闭着眼，缓缓道："太孙今日向朕奏言，所奏乃商户之事，你终日伴驾太孙，可知他为何忽然提起这事么？"

一个自小在皇宫长大的皇室贵胄，忽然为民间社会地位最低层的商人正名，这是个很不正常的现象，朱元璋必须要弄清楚事情的来龙去脉。

袁忠匍匐于地，恭声道："回陛下，太孙殿下昨日又去了江浦县醉仙楼……"

朱元璋的眼睛立马睁开，沉声道："江浦县？又是那个名叫宋小凡的酒楼掌柜么？"

"是。"

朱元璋的眉头皱了起来，语气中似酝酿无限杀机："如此说来，太孙所奏之商人事，不是他的想法，而是那宋小凡指使的？"

听着朱元璋阴森的语气，袁忠额头上的冷汗流下，他脑子飞快转动了一下，然后说了一句不太完整的实话。

"回陛下，太孙殿下与宋小凡交谈大约一个时辰，太孙殿下回京师时，一路若有所思，当晚便写下了这份奏本。"

朱元璋冷煞的面容终于渐渐平缓下来，脸上也悄然浮现了一抹欣慰的笑容。

"为君者，需时刻了解民间疾苦，太孙能有自己的想法，又能为民向朕请命，此举大善，呵呵……"

袁忠仍跪拜于地，一动不动，听得朱元璋如此说，袁忠心里不由得大大松了一口气。

长久跟随太孙殿下出入醉仙楼，袁忠与那位酒楼宋掌柜自是熟了，虽未深入结识，却对温文尔雅、不卑不亢的宋小凡有了一些好感，这样的人不该死在他的一句话里。

朱元璋的手指又轻轻敲了几下龙案，目光一片深思之色，口中喃喃念道："宋小凡……又是这个宋小凡……"

随即朱元璋沉声道："袁忠，你去办一件事情。"

"请陛下吩咐。"

"派人去查这个宋小凡的家世，往上查三代，再查这个宋小凡的为人禀性，若他家世不清白，为人又有亏德行操守……"朱元璋说到这里顿了一下，随即双目猛然睁开，目光一片肃杀之气，"……你便杀之！此事不必让太孙知道。"

袁忠浑身轻颤了一下，然后坚定地道："是。"

"朕本起于布衣，并不反对太孙交民间的平民朋友，但朕不能容许一个家世不清白、心怀鬼胎之人跟太孙交朋友！"

"陛下圣明！"

袁忠迟疑了一下，又道："陛下，若查出宋小凡家世清白，为人亦没问题，又如何？"

朱元璋想了一下，微微露出笑意："那就再问问他识不识字，然后把他带进宫来，朕要召见他。"

"遵旨。"

袁忠缓缓退出了暖阁。

朱元璋伸手拾起龙案上朱允炆的奏本，翻开又细细看了一遍。半晌，他抬起头，若有所思，喃喃自语道："朝堂，还需有个不同的声音，允炆身边，也要有个年轻的肱骨之臣辅佐才是……"

……

当晚，京师皇宫的外朝熙和门在夜色中缓缓开了一线，数骑便装打扮的锦衣亲军悄然出宫，奔向京师城外的江浦县，缇骑四出，分明暗两路，开始分头调查宋小凡其人。

身在江浦的宋掌柜，浑然不知一个小小的商人地位贵贱的讨论，已被皇太孙写成了奏本，递到了朱元璋的龙案上，他更不知道，自己的名字已然上达天庭。

他仍然悠然自得地当着他的酒楼掌柜。

——如果那位身负绝世武功的太虚道长不纠缠他，那就更悠然自得了。

相比之下，太虚老道很不悠然，不知为何，他似乎很执着于教宋小凡练武。宋小凡不拜师，他就很痛苦，这些天他吃饭都吃不香了，摆出一副"思想者"的造型，很有几分"老年太虚之烦恼"的味道。

"为什么你就是不肯拜我为师呢？贫道的功夫你也亲眼看见了，不是吹的，当今武林，鲜有能与贫道敌者……"

宋小凡叹气："道长，为什么你一定要教我学功夫？我骨子里其实是个读书人，奉行的是君子动口不动手……"

太虚很不客气地揭穿了宋小凡的本质："呸——你还动口不动手呢，你抢手下伙计的碎银子，这么缺德的事儿都干得出来，蒙谁呢你？"

宋小凡面有赧色："……正人君子偶尔也会犯点错误的。"

太虚继续揭穿他："你还指使贫道敲黄衙内的闷棍。"

"适度的打击，有利于年轻人的成长……"

"你胁迫贫道去金玉楼闹事，砸黄知县的场子。"

宋小凡俊脸有些发黑了："道长知道我这么多不光彩的过去，按正常的做法，我应该把你杀人灭口才是……"

太虚嗤笑道："得了吧，你又打不过我……"

宋小凡顿时泄气了，抬眼瞟了太虚一眼，无力道："道长，你能不能告诉我，为何一定要我跟你学功夫？难不成你看出我骨骼精奇，是万中无一的练武奇才……"

"呸——你骨骼精奇个屁！就你这小身板儿，大风一吹就倒，还奇才呢，简直是块干瘦的废材！" 宋小凡哀求道："那就请道长放过我吧，别再纠缠我了，废材又不是臭狗屎，你想踩就踩啊？我真不是练武的材料……"

太虚哼了一声，神情忽然变得严肃起来，目光中有种莫测的神采隐隐流转。

"贫道之所以要你跟我练武，实乃顺天而为。"

"道长什么意思？"

太虚叹了口气道："贫道以前就跟你说过，你的面相乃是极富极贵之相，命中注定位封王侯……"

宋小凡眼睛直了："啥猴儿？我只听过猿猴、金丝猴，王侯是个什么品种……"

太虚气道："你正经点儿行不行？贫道跟你说实话吧，你虽有王侯之命，但命中注定有征战杀伐，若无功夫傍身，别说王侯了，连你小命都保不了……"

宋小凡脸上露出鄙视的神情，这老神棍，又在忽悠人了，他肯定算不出来，我是受过现代教育的无神论者……

"我学功夫跟顺天而为有何关系？难道神仙给你托梦，要你教我武功？"

太虚满面高深莫测的表情，缓缓道："贫道近年来发现，天象竟隐隐形成杀破狼命格，此象应于北方。紫薇斗数中，七杀、贪狼、破军在命宫的三方四正会照，便成杀破狼命格，此三星一旦聚合，主天下动荡，江山易主……"

宋小凡一脸懵懂。

"洪武二十九年十月，贫道夜观天象，发现南方异星闪耀于京师左近，此星非同寻常，来历蹊跷，易经、斗数中从无记载，却又冲撞了杀破狼之命格，使三星无从聚合。贫道好奇之下，遂急忙赶来京师，终于发现此星应在这江浦县内，于是贫道便留了下来……"

宋小凡打呵欠……

太虚泄气道："以你的智慧，贫道很难跟你解释清楚，算了，咱们说点你能听懂的吧。"

宋小凡如释重负："多谢道长体谅，其实……我也不像道长说的那般一无是处，道长的话我多少还是懂一点的。"

"你懂什么了？"

"我至少看出来，道长的眼睛比天文望远镜还犀利。哦，不懂什么叫天文望远镜是吧？你不用知道，那玩意比你差远了，你左一个天象，右一个异星，别人看不见的东西都被你看见了，肯定是多年在大街上看美女练出来的眼力，绝对的专业水准……"

太虚狠狠地一挥手，满脸决然道："总而言之，你必须要跟我学武功！不学你便是逆天而行，要遭天谴的！"

宋小凡吓了一跳："这么严重？要交学费吗？我可没钱给你……"

太虚脸黑如煤，从齿缝迸出俩字："……不用！"

宋小凡放心了，他就怕老骗子又打他钱袋的主意。

"既然不交学费，我就勉强跟道长学几招吧……"

太虚一脸狂喜之色："你终于答应了？天可怜见，贫道这番苦心终于感动苍天……"

大明王与商人婿

"道长，答应你的是我，不是苍天……"

太虚冷静下来，一脸期待地问道："说吧，你打算学哪种武功？贫道会很多种绝世武学，任学一种便能驰骋天下，所向披靡……"

宋小凡满脸鄙视，吹，你又吹，都混得要饭了，还所向披靡……

太虚仍兴致勃勃地自吹自擂："贫道自小跟随师兄习武，除了梯云纵的轻功外，贫道还会太极拳、云掌、绵掌……"

宋小凡打断道："这些掌啊拳的，若要学至小成，需要多久？"

"呃……少则两三年，多则十年，主要靠的是内家一口真气……"

宋小凡兴趣缺缺地摇头："太久了，我可没那耐心，到时候学个半吊子功夫，连苍蝇都打不死，那也太丢脸了。有快一点的吗？"

"快一点的有十二式阴阳手……"

"名字太难听了，有名字好听点的功夫吗？"

"……龙虎绝户手怎样？"

"这个……貌似是东方不败练的武功吧……"

"本派还有无上内功心法'纯阳无极功'……"

"这名字怎么有点邪乎？不会要先自宫吧？"

"柔云剑法？"

"两仪剑法？"

"神门十三剑？"

"……"

宋小凡跟在菜市场买大白菜似的，挑挑拣拣半天，仍没选好到底学哪门武功，太虚的脸已经越来越黑了。

见宋小凡仍旧不停摇头，太虚气得狠狠拍了一下桌子。

"说来说去，你就是不信本门武功的威力。臭小子，你出来，贫道给你展示一番！"

宋小凡被吓住了："你干吗？不就是多选了几下吗，你不至于揍我一顿吧？"

"少废话，出来！"

说着太虚不由分说，拉了宋小凡跑到醉仙楼门外。太虚冷目如电，飞快地在人来人往的热闹大街上扫视了一番，然后指着一名路过的婀娜女子，道："臭小子，看见那位姑娘了吗？"

宋小凡凝目看了一眼，点头赞赏道："道长眼光不错，此女很是绰约……"

太虚哼了一声，冷冷道："臭小子，你看好了！"

太虚凝神提气，右手并指，然后猛然睁眼，伸手向那女子背后遥遥一指，舌绽春雷般低声暴喝道："开！"

随即令人惊呆的一幕发生了，那名隔着两丈远的女子忽然感到异样，"呀——"的一声惊呼，满面羞红地捂着酥胸，当街蹲在了地上，半天不敢起身，脸上的红潮如同被霞光熏染了一般。

"什么意思？"宋小凡一脸莫名其妙地看着那名女子，又看了看太虚，"你这老不正经的，莫非一指头把人家大姨妈给戳来了？"

太虚略有些得意地笑道："很简单，贫道只是隔空将那女子里面穿的肚兜儿带子给解开了……"

宋小凡眼睛顿时如同黑夜中的灯笼一般闪闪发亮。

"这……这这是……"宋小凡激动得连说话都结巴了。

太虚傲然道："这是贫道自创的一个小招儿，练它只需稍懂运气法门，再加一点点障眼法，数日便可学成。此招能解自身危厄，无论绳索、衣带、布条，皆可瞬间解开，将来你若陷入囹圄，凭此法可轻松脱困……"

"这……这招叫什么名字？"

太虚得意捋须道："此招名为'仙人如意指'。"

宋小凡瞪着两眼，嘴里喃喃自语："现乳一指……果然实至名归，好名堂！"

一想到将来学成之后，大街上女人的肚兜儿满天飞的壮观景象，宋小凡忍不住心旌动荡，骚意绵绵。

"道长，我要学它！"宋小凡非常严肃地提出了要求。

太虚面色一喜："真的吗？你确定学它？"

宋小凡狠狠地捏紧了拳头，激动地道："确定学它！现乳一指，就它了！我不吃饭不睡觉也要学！"

"哈哈哈哈，孺子可教也！拜师吧！"

"师父在上，受徒儿三拜！"

宋小凡就这样成了太虚老道的徒弟，加入了武当派。宋小凡对加入这个武侠小说里常见的名门正派一点儿也不感到意外，既然太虚号称他的师兄是张三丰，那么师门是武当派也就很正常了。

太虚坦然接受了宋小凡的三跪九拜，然后宋小凡捧上了一只又油又肥的大蹄髈，聊充束脩之礼，太虚啃得满嘴流油之余，对宋小凡的礼物表示了高度的赞赏，他认为像宋小凡这样识情知趣的徒弟，将来必是可造之材。

宋小凡的想法却跟太虚有点出入，一只蹄髈就能搞定的师父，肯定不是可造之材，估计本事很是稀松……

不过既然拜都拜了，就跟他先混一阵吧，宋小凡心里却没怎么把这师徒关系太当回事，权当是二人之间开了个类似于过家家般的玩笑。

于是宋小凡便开始正式步入了武学殿堂……

当然，这话有点夸张了，事实上，宋小凡之所学，跟武学并没有太大的关系，太虚早说过了，此"仙人如意指"，只能解绳解带，不能伤人，它只是习武的初级阶段，一个小小的隔空运气窍门而已。

幸好宋小凡也不失望，他只打算练到初级阶段便收手，将来凭这一手销魂的"现乳一指"行走江湖，解世间万千女子的肚兜儿，晚年退出江湖之前，争取解上一万只肚兜儿，方不枉今生穿越一场。

这就是宋小凡的目标，朴素，而且务实。

悲剧的是太虚老道，当他目瞪口呆听完宋小凡的志向之后，半晌不发一语，然后蹲在街边，二话不说便抽起自己的耳刮子，抽得那叫一个狠，一边抽一边泪流满面。

"原以为收了个王侯做徒弟可以光耀师门，扬我道教，不曾想收了一个淫贼，贫道当自绝于师门列祖列宗啊——"

宋小凡安慰他："师父节哀，您要真觉得难受，徒儿便与您联手行走江湖，咱们师徒搭配，您对付少侠，我对付侠女，咱俩在江湖掀起一番腥风血雨，以扬我师门之威……"

"得了吧，你还腥风血雨呢，你掀起的是漫天女人肚兜儿……"

"那也全托本门武功犀利之功……"

太虚一室，接着继续号啕大哭。

这几日宋小凡的感觉有些怪异，他也说不上为什么，总觉得有很多双眼睛若有若无地盯着自己，有时候莫名其妙感到头皮发麻，感觉自己被人剥光了似的，这种感觉让他很不自在。

也许是最近跟太虚老道练那所谓的武当内功"纯阳无极功"所致吧，跟着老神棍练功，自己也变得神神叨叨了。宋小凡决定学会了"现乳一指"后就赶紧收手，学武功这种事，点到即止便好，练多了也不见得有多大出息，师父太虚会的武功多吧？老了老了混得成叫花子了，前途黯淡得一塌糊涂，自己可不能学他。

今日宋小凡穿着一身淡青色的长衫，手里提着几张肉饼夹鸡腿，在江浦县城内转悠了两个圈，飘飘然出了南城，离南城门不远有一座早已荒芜废弃了的山神庙。

"你就住这里？"宋小凡进了山神庙，上下打量了一圈儿，皱着眉问道。

他问的是小乞女。

这几日小乞女与他愈发熟了，毕竟只是个十一二岁的孩子，宋小凡对她好，她便放下了戒意。今日宋小凡给她买了一身厚实的小夹袄，还有一整套暖乎乎的裤子、鞋子，小乞女穿在身上高兴极了，宋小凡便趁势提出要看看她晚上住的地方。

这个要求不论怎么听都有股子趁火打劫、不怀好意的味道，性质类似于带小妹妹看金鱼。

幸好她只是个什么事都不懂的小女孩儿，而宋小凡，他是正人君子。

他对小乞女很不放心，既然有缘与她相识，而且等于是将她从饥饿濒死的边缘救了回来，那么好人要做到底，送佛送上西，她的一切，宋小凡都觉得有义务帮她承担起来。

清洗了肮脏的小脸和满是枯草泥块的头发，换上宋小凡给她买的新衣之后，小乞女整个人都变了，变得精致脱俗，俏然生姿，小小的脸蛋儿虽然还带着几分长期营养不良而造成的蜡黄干瘦，但总算有了些血色，明显比初见她时显得精神多了。长长的睫毛下，两只灵动鲜活的大眼睛乌溜溜地转动，笔挺的小鼻子下，略微有些薄的红唇不时紧紧抿起，从外貌轮廓上可以看得出，几年之后，她必然出落成一个绝色艳丽的美人。

只是她淡漠的神情依旧没有改变，眼波流转间，依然泛出令人望而生怯的冷光，仿佛一头随时可能会发动攻击的野兽，那是一种漠视一切生命的眼神，包括她自己的。

也只有在面对宋小凡时，她才略微表现出同龄小女孩娇俏可爱的神色，平板如同死人的小脸上，才有了些许生气。

宋小凡心间微微生疼。小乞女不爱说话，宋小凡也无从知道她的来历，更不知道她孤苦伶仃地在外面流浪了多少年，受了多少罪。

这是个让人心疼的女孩儿……

宋小凡越来越感觉到，照顾她已成了自己不可推卸的责任。既然有缘相识，那么他有责任照顾这个女孩长大，让她衣食无忧，让她健康成长，更重要的是，让她脸上那种不属于她年龄的冷漠表情渐渐淡去，他要让她快乐起来。

这是他自穿越以来，甘愿背负的第一份责任，这份责任来得莫名其妙，但值得。

抬头四顾这座山神庙，这是小乞女暂住的地方，它很破烂，不知荒芜废弃了多少年。四处结着蛛网，残垣断壁的四周落满了灰尘，寒风吹进，整个庙里充满了一股冷森的寒意。它的房顶是破的，墙壁是破的，总而言之，它绝对不是个适合人住的地方。

宋小凡皱起了眉："你晚上睡哪儿？"

小乞女扬起小脸，指了指庙里正中供奉山神的供桌，桌上稀稀疏疏铺着几根干枯的稻草。

宋小凡眉头越皱越深，很难想象小乞女瑟缩在这破庙的供桌上度过了好些个寒冷的夜晚。

"不行，你不能再住这里了。这不是人睡的地方。"宋小凡下了结论，斩钉截铁。

小乞女抬头，小脸布满疑惑，很是可爱。

宋小凡朝她笑："跟我一起住好吗？我很干净的，每天坚持洗脚，而且隔三五天还洗个澡，我身上不臭。"

小乞女也笑了一下，笑容如昙花一现，随即又很快敛住，然后她摇了摇头。

宋小凡奇道："为什么？你不愿意吗？"

小乞女低头，嗫嚅着嘴唇，半晌才断断续续道："……你，添了麻烦。"

宋小凡心中一酸，如此困境还为他着想，她像个落难的圣洁天使。

宋小凡笑道："我不怕麻烦，我也不觉得你是麻烦。就这么决定了，你不许再拒绝，要知道，拒绝帅哥是很不礼貌的。"

小乞女像个大人般皱眉思考了一下，然后便绽出了笑容，这次的笑容维持了很久，最后她使劲点了点头。

在这个寒冷的冬日下午，宋小凡与小乞女的命运因为这个决定而走到了一起，一生起落，不离不弃，无怨无悔。

没什么东西好收拾，小乞女本来便是孑然一身。

宋小凡与她离开了那座荒芜的山神庙，带着她往陈府走去。

宋小凡决定让她暂时住在陈府。没办法，他自己如今也是寄人篱下，好在陈府不小，给她安排一间能够遮风避雨的屋子并非难事。

路上，宋小凡很自然地牵起了小乞女的手。小乞女很意外，下意识把手往后缩了一下，随即又顿住，最后任由他牵着，小小的脸上忽然露出羞涩而开心的甜笑——笑容如同往常一般，一闪而逝，之后很快便恢复了淡漠。

天色灰蒙蒙的，隐隐有种山雨欲来的压抑感。

宋小凡和小乞女牵着手，像一对感情亲密的兄妹，更像一对相濡以沫、互相搀扶多年的伴侣，二人脸上洋溢着一种名叫快乐的微笑。

陈府仍如往常般，下人们在府里来回穿梭忙碌，热闹但又透着冷清，像个上班的地方，找不出一丝属于家的温情。

至少宋小凡从未将陈府当作家，在这里他找不到家的归属感，陈府对他来说，充其量是个睡觉的地方。

下人们神态恭谨地向宋小凡躬身问好，人人都知道，陈家出了个了不起的姑爷，他有本事，而且并不张扬，没有小人得志那般狂妄，仍如从前一般，低调而踏实地过着属于自己的日子。

穿过前院的花园，再绕过院侧雅致层叠的回廊，宋小凡和小乞女很快便来到了前堂。

一路上下人们对宋小凡投以好奇惊讶的目光，这些目光更多地投注在宋小凡和小乞女牵得紧紧的手上。

姑爷回府并不奇怪，奇怪的是姑爷今日竟带回一个瘦瘦小小的小姑娘，而且他们的神态还如此亲密，这个小女孩是姑爷什么人？

这个疑惑下人们当然没资格问，有资格问的只有陈家的主人——陈四六。

陈四六最近很烦，他烦很多事。家业大了，身为家主，不可避免地要操心很多事。

不过他最烦的还是宋小凡和自己女儿的亲事。

作为一个成功的商人，陈四六从宋小凡的态度中敏锐地察觉到，宋小凡不想与陈家结这门亲事。

上门女婿对岳家这种态度，换了以前，陈四六会大大松一口气，然后毫不客气地将宋小凡逐出陈家，再向他投去非常鄙夷的目光。如果肺活量足够的话，最好远远地朝他吐一口浓稠的口水，借以表达自己的不屑和愤怒，最后心安理得地为女儿再觅一位良婿……

　　很可惜，如此大快人心的想法，现在也只能在他的脑海里YY一下而已，面对宋小凡时，他甚至不得不摆出一副阿谀的笑脸。

　　如今的宋小凡，已不是他这个小小的商人说赶便能赶出去的了。

　　摆在他面前的，是一个无比残酷的事实。短短两个多月，宋小凡不显山不露水，却凭他自己的本事，纵横江浦上下。他暗中布置，操控大局，一手导演了县丞夺知县之权的好戏，与新任曹县丞结成八拜之交。这倒罢了，偏偏鬼使神差地让他结识了当朝皇太孙殿下，听说他与太孙殿下的交情亦非同寻常……

　　陈四六有时候真想把自己肥大的脑袋使劲往墙上撞两下，看看自己是不是在做梦。

　　为什么，为什么两个多月前还是个任谁都可以踩上一脚的窝囊赘婿，如今已成了江浦县炙手可热的大牌人物？这世道到底怎么了？是老天爷吃错了药，还是他宋小凡吃错了药？

　　陈四六感到很惭愧，商人向来以锐利的眼光和阅历来赚取利益，却不曾想竟对自己的女婿看走了眼，明明是腾云万里的蛟龙，自己却将他当成了井底的蛤蟆，女儿终究无福啊！

　　陈四六深深叹息。

　　看见宋小凡和小乞女手牵着手走进前堂时，陈四六的反应与外面的下人们一般无二。

　　"这……这是什么人？"陈四六瞪大了眼睛盯着小乞女。

　　小乞女不习惯地扭过脸，悄然退后两步，躲到了宋小凡身后，但她的手一直不曾与他分开。

　　宋小凡彬彬有礼地笑道："岳父大人，这个小姑娘很可怜，孤苦伶仃地独自在外乞讨。您知道的，小婿是个善良上进而且热情正直的年轻人，所以……"

　　陈四六眼睛直了，傻傻地道："……所以？"

　　"所以小婿就把她带回来了。既是一家人，同进一家门，岳父大人宅心仁厚，陈府又空房甚多，不知可否为她安排一间小小的屋子，遮风避雨便足够……"

　　陈四六看着二人紧紧牵在一起的手，怎么看怎么刺眼。你宋小凡拿我陈家当什么了？收容乞丐的和尚庙吗？还是广结善缘的慈善堂？

　　想是这样想，但这种想法陈四六是死活不敢说出来的。

　　"哈哈，既是贤婿大发善心，当然没问题，我这就叫下人去安排。"陈四六违心地大笑。

宋小凡感动极了，表情诚挚地道："岳父大人，小婿今日才发现，原来您是个好人……"

陈四六的笑声像被人掐住了脖子似的，戛然而止，肥肿的老脸涨得通红，习惯性地捂住了胸口……

急促的脚步声由远及近，前堂后的山水屏风倩影一闪，陈莺儿那张满是哀怨的俏脸出现在宋小凡眼前。

名义上的未婚夫竟带着一个美丽的小姑娘进了陈家的门，这么大的事她怎会不知道？她又怎能不亲自来看看？

美眸痴痴地停留在宋小凡的俊脸上许久，她的目光幽怨中带着恨意，又如春雨般缠绵。

就是这张俊脸，让她终夜哭湿了香枕，让她怨恨得咬碎了银牙，更让她在梦中几番挣扎叫喊哀求，却始终抓不住他那颗渐行渐远的心。在这个以夫为天的时代，留不住丈夫的女人，是耻辱的女人。

父母之言定下的亲事都靠不住了，这世上还有什么值得相信的？陈莺儿恨他的同时，也恨透了自己。同住一片屋檐下四年，为何自己没有早日发现他的珍贵？为何要等到现在他光芒四射之时，才猛然察觉这块瑰宝的耀眼之处？为何自己的父亲这些年对他那般势利？

东风恶，欢情薄。一怀愁绪，几年离索。错，错，错。

哀怨的目光缓缓下移，落到他和小女孩紧紧牵着的手上，陈莺儿哀怨的眼神顿时消逝得无影无踪，取而代之的，是一片深深的嫉妒。

他应该牵着的人是自己，而不是这个干瘦幼小的小姑娘！对一个女人来说，男人当着自己的面牵着另一个姑娘，哪怕只是个十一二岁的小姑娘，那也是对她最严重的挑衅！毕竟，她是他名义上的未婚妻啊！

前堂内，四人分成四个角，相对而立，谁也没说话，但陈莺儿胸腔中的一股怨气冲天而起，将整个前堂充斥得满是阴冷之意。

前堂外，好奇而围观过来的陈府下人们越来越多，众人围得远远的，但都或羡或嫉地看着宋小凡。陈四六一脸无奈之色，看看宋小凡，又看看女儿，然后急得跺脚，又重重叹气。

小乞女仿佛什么也没察觉到似的，犹自牵着宋小凡的手，好奇地四下张望。宋小凡却仿佛没看到陈莺儿，只是扭过头，对小乞女暖暖地笑，笑容满是安慰。

沉默，像一柄杀人的钝刀，反复切割着怨尤的心，不但难受，而且难挨。

良久，陈莺儿开口，语气如同寒天里的冰珠，又如身处地狱般阴森，令人战栗。久积的矛盾，像一颗微小的火星溅到了火药桶上，终于爆发了。

"宋小凡，你……好！你纵是拒婚，又何必用如此手段来羞辱我？你把我陈莺儿当成了什么？你把我陈家当成了什么？"陈莺儿盯着宋小凡，娇躯微微颤抖。

宋小凡愕然道："陈姑娘何出此言？我怎么羞辱你了？"

陈莺儿用力地指着小乞女，晶莹的泪珠儿缓缓滴落，但目光中的怨愤之色愈盛。

"你当着这么多人的面，公然带着这个女子进我陈家的门，这不是羞辱是什么？宋小凡，你纵不愿与陈家结亲，也不必如此过分地抽陈家的耳光吧？好好歹歹，陈家对你也有几年养育之恩，你便是如此报答陈家的恩情么？"

宋小凡闻言一愣，然后苦笑道："陈姑娘，你误会了！陈家待我不薄，我怎么可能羞辱你们？实在是因为……"

话未说完，陈莺儿便粗暴地打断了，她满面泪痕地尖声怒吼："宋小凡，我今日算是看清你了，你是忘恩负义的小人，一朝得志便猖狂！你是恩将仇报的恶人，栖上高枝便不顾往日情分！宋小凡——宋小凡——你这负心绝情的混蛋，终有一日你会有报应的！"

宋小凡仍旧耐心地解释："陈姑娘，你能不能冷静一下，听我解释？"

陈莺儿状若疯狂，歇斯底里尖声道："你不必解释！我只相信我眼睛看到的。宋小凡，嫌我年老貌丑你尽可直说，犯不着领一个十一二岁的女娃来炫耀！十载春啼变莺舌，三嫌老丑换蛾眉。你宋小凡今日已辱我陈莺儿，何不效法白乐天，拿我去换新嫩蛾眉？如此亦可成全你宋公子的风流美名，千古流芳！"

陈莺儿情绪越来越激动，话也越说越难听，宋小凡终于失去了耐性，他俊脸阴沉，语气冰冷道："陈姑娘，你过分了！"

陈四六见状心知不妙，急忙站出来打圆场："贤婿莫动气，事情可以解释的。这样吧，贤婿啊，你若不嫌我陈家粗鄙，不如今日便定个黄道吉日，与莺儿成亲，如此既消了莺儿的误会，也了了我与你父多年前约定的心愿，更平添了一桩喜事，如何？你们这桩亲事定了十几年，按说也早该完婚了……"

陈四六转头看了一眼怯怯又带着几分戒意的小乞女，小心翼翼地瞟了瞟女儿的脸色，又道："贤婿啊，世间的可怜人太多，我们无法一一顾及，这样吧，你跟莺儿成亲，我给这个小姑娘十两银子，请她自谋生路，十两银子可是不少，足够对得起你这番善心了。今日之事，就此过去，如何？"

嘤嘤悲泣的陈莺儿哭声一顿，立马敛声屏气，她想亲耳听到宋小凡的答案。

小乞女闻言眼神一黯，她知道，她还是给宋小凡带来了麻烦，小手微微一挣，便欲挣开宋小凡的手。她眸中泛起淡淡的泪光，但却紧紧抿着嘴唇，坚强地不让眼泪掉下。

谁知她怎么挣也挣不开宋小凡的手，于是抬头望向他，宋小凡正一脸温和地朝她笑，笑容比阳光更温暖，比磐石更坚定。

小乞女怔了怔，也回他一个微笑，她现在已知道，宋小凡不会抛下她，这就够了。

抬起头，宋小凡坦然迎向陈四六和陈莺儿期盼的眼神，微微笑道："陈世伯不必费心了，这个小姑娘从今以后便是我的责任，何处有我，何处便有她！"

轻轻的话语，却如同重鼓一般，狠狠敲击在陈家父女心头。

陈四六紧紧闭嘴，满面无奈。

陈莺儿娇躯一阵摇晃，俏脸渐渐变得惨白，绝望的情绪蔓延全身，她感到某种刻骨铭心的东西，正在悄悄抽离她的身体，掏空她的灵魂，她整个人似乎变成了一副空洞的躯壳。

努力硬撑着即将倒下的身躯，陈莺儿死死维持着最后一丝尊严："爹爹不必再说什么成亲的话了，我陈莺儿……不配嫁给这位前程远大的宋公子，我陈家留不住宋公子，也留不起宋公子。宋小凡，鹏程似锦，富贵荣华，世间一切尊荣华贵在等着你去追逐，莫要在陈家浪费光阴了，请便吧！"

话音甫落，陈莺儿已泣不成声。

听到陈莺儿这句话，宋小凡淡淡地笑了。此刻他心中万分宁静，灵台一片空明，这种感觉就如同卸去了积压心头多年的一副重担，轻松得只想倒头好好睡一觉，消弭这许久以来心头压抑的沉重感。

松开牵着小乞女的手，宋小凡郑重地整了整衣衫，然后朝陈四六长长一揖到地，道："多谢陈世伯四年来衣食养育之恩，宋小凡真心谢过。陈家守业不易，我为陈家解过一次危厄，盘活了醉仙楼，知县和县丞之争时为陈家争取了利益。宋小凡不敢邀功，仅以此三件事，聊报陈家予我之恩情。陈世伯，我宋小凡来得干净，走也走得干净，恩怨就此扯平了吧。宋陈两家婚事就此作罢，日后男婚女嫁，各不相干。宋小凡别过，世伯保重！"

一番话铿锵有力，掷地有声，前堂内外众人被他不凡的气度深深震撼，半晌无人出声。

宋小凡向陈家父女露出最后一抹微笑，然后牵起小乞女的手，转身便向陈府大门外走去，步伐坚定，神态从容。

陈莺儿泪如雨下，她死死咬住下唇，一丝艳红夺目的鲜血顺着嘴角流下，双目中哀怨绝望飞快闪动交替，泉涌般的泪水模糊了美眸，肝肠寸断地盯着宋小凡渐渐远去的背影，目光最后又化作极度的怨毒嫉恨。

她死死攥紧了拳头，尖利的指甲划破掌心，仍不能稍解心头痛楚于万一。失去他了么？以后便永远失去他了么？"男婚女嫁，各不相干"，绝情的话音犹在耳边回荡，如一根尖刺，一下又一下，捅着她那颗流血的心。

宋小凡的身影消失在大门外的前一刻，陈莺儿流着泪，朝着他的背影忽然嘶声尖叫："宋小凡，你会后悔的！你会后悔的！"

大门处光线一闪，已不见了宋小凡的身影，远远的，豪迈的笑声飘荡而来："仰天大笑出门去，我辈岂是蓬蒿人……"

桎梏尽去，天高海阔，大明的锦绣画卷，今日起便在宋小凡眼前徐徐展开！

人已远，声已远，陈府前堂外，众人仍旧呆呆站立，良久无言。

沉默许久，陈四六迷茫地问道："他最后说了句什么话？"

陈莺儿目光仍怨毒地盯着大门处，但语气却平静得可怕："唐朝天宝元年，玄宗下诏，召诗仙李白入京，李白意气风发，遂作此诗，以畅生平之志。"

陈四六恍然点头，神色间却怅然若失，随即又浮上深深的愁色，宋小凡走了，陈家怎么办？

前堂山水屏风后，抱琴柔弱的娇躯怯怯探出来，依恋地望着大门，美眸中亦满是伤痛的泪珠儿。

陈莺儿咬了咬牙，狠狠一抹泪水，俏脸浮上刚强之色。她面朝陈府下人，凄然厉声道："你们都看见了，今日是宋小凡负我，非我负他！我今日受此大辱，心中之痛，犹如千刀万剐，此生绝不敢忘！我陈莺儿对天发誓，今生必雪此辱，以消我心头之恨！"

怨毒的声音，如同九幽地府传出的诅咒，在鸦雀无声的前堂，悠悠回荡。

◎ 第三十二章 ◎

生存问题　卖武求生

仰天大笑出门去，我辈岂是蓬蒿人。

陈府大门外，宋小凡大笑着念完这句诗以后，忽然觉得整个人都解脱了。

从穿越到现在，他身上一直被某种他不喜欢的枷锁禁锢着，动不得，走不得，想做的事情做不得，后来慢慢明白，这道枷锁便是陈家。

他前世从未尝试过寄人篱下是何种滋味，所以一直认为寄人篱下是一件很轻松的事，不需要自己劳动，有人养着自己，有吃有喝有穿，什么都不缺，除了尊严受点委屈外，简直是完美得不可求的天堂生活。

直到穿越以后他才知道，自己的想法大错特错。

他体会到了尊严的重要，吃喝穿用这些物质上的东西，相比尊严来说，简直太微不足道了，拿尊严来换它们，这是一笔很愚蠢的亏本买卖。

才两个多月，宋小凡便已过够了这种日子。他讨厌别人称呼他为"陈家姑爷"，他更讨厌别人向他投来的异样目光，每当别人这样看他时，他总忍不住在猜测他们心里是不是在骂自己是个窝囊废，是个没出息的，是个吃白食的……

好吧，他受够了！他宋小凡不是那种软骨头的人，陈家的饭菜再可口，他也吃不下去。他从未将陈家当作是自己的家，因为它没有家的温暖，更找不到属于自己的尊严。

陈莺儿温婉可人，美丽恬静，无论从哪方面来说，她都是妻子的良选，人家姑娘这些日子以来向他含蓄甚至直白地表达情意，一次两次三次，够多了，他宋小凡不是傻子，岂能看不出来？可宋小凡一直控制着自己的感情，提醒自己，千万不要爱上她，千万不要对她动情，因为一旦爱上她，就必须要在她和自己的尊严之间做个选择——她是陈家的女儿，爱上她以后，自己就得娶她，就得一辈子忍受别人看他的异样目光，无可奈何地坐实了陈家姑爷这个名分。

宋小凡选择了尊严，放弃了红颜。

不管别人怎么看他，他觉得自己的选择是对的，无愧于心。人之一生，总有许多比生命更宝贵的东西，责任、气节、信念，它们都值得用生命去换取。

陈莺儿没了他，不会活不下去，她的人生还有很多选择。宋小凡若失去了尊严，那还不如死了的好。

后来宋小凡一系列的动作，救陈家于危厄，为陈家争取利益等，一方面固然是自己想出人头地，另一方面，何尝不是想向陈家证明自己是个有本事的人。他希望得到别人的尊敬，只有在别人尊敬的目光注视下，他才会觉得自己找到了尊严。

他总以为自己已经在陈家找到了，但今日陈莺儿那番歇斯底里的话惊醒了他，陈家，终究不是自己的家。

今日的风波来得很突然，但一切又是那么的自然，宋小凡心里清楚，这一幕迟早都会发生，他和陈四六都明白，有些矛盾积累久了，爆发是必然的。

净身出户，了无牵挂，宋小凡终于觉得自己是个完完整整的人了。堂堂五尺昂藏男儿，天下之大，何处不可去？

走在依旧喧嚣的江浦大街上，宋小凡心头一片宁静，从现在起，他的身份不是陈家姑爷，而是宋小凡，有名有姓，堂堂正正。

低下头看着小乞女，宋小凡微微笑道："好吧，我现在跟你一样，也无家可归了，咱们相依为命吧。"

小乞女使劲点头，神情似乎很高兴。

接下来怎么办？宋小凡犯愁了，总不能真跟小乞女一样四处乞讨吧？那也太窝囊了。

宋小凡脑子里闪过无数狗血的剧情：一对相依为命的苦命夫妻，白天男人去码头扛包，晚上回来妻子心疼地抱着辛苦得吐血的男人，夫妻俩抱头痛哭，直叹命运多舛……

宋小凡打了个冷战，这个很大众化的营生不适合自己。

宋小凡是聪明人，聪明人做事往往不会太踏实，靠力气养家糊口绝不是聪明人的选择。

幸好宋小凡想起来，自己有个师父，师父名叫太虚。

宋小凡找到太虚的时候，太虚正举着他那块"铁口直断"的幡子满大街忽悠人。

看到宋小凡身边的小乞女，太虚两眼一亮，用非常权威的语气沉稳地道："这位小姑娘，你有凶兆……"

宋小凡赶紧拦住太虚："算了，师父，她比你还穷，你再怎么忽悠也甭想骗到一个子儿……"

太虚再看了看小乞女，嘴硬道："用你说么？贫道早就算出她身上没有一个子儿……"

随即太虚惊咦了一声，道："这位小姑娘命格不错啊，出身不凡，而且亦是大富大贵之相，只是少年多磨难，日后否极泰来……"

宋小凡打断道："师父，您就省省吧，算卦根本没算对，幸亏是熟人，不然别人非把你这破幡子撕了不可……"

太虚气道："你怎么老不信我呢？对了，你不在你的醉仙楼待着，跑外面来干吗？这位小姑娘是什么人？"

宋小凡笑道："师父，有一个好消息，还有一个坏消息，你先听哪个？"

"先听坏的。"

"好吧，坏消息是，我离开陈家了，从此不再是陈家女婿了。"

太虚乐了，笑得眉眼不见："哈哈，这是好消息呀，贫道说过，陈家非你归宿，这是命中注定的，早走早好……好消息呢？"

宋小凡笑得如同天使般纯洁："好消息是，徒儿与师父您孺慕情深，现在徒儿无家可归，打算以后咱们三人相依为命，同吃同住，用师父的双手，创造属于咱们仨的美好明天……"

太虚的老脸顿时变得比苦瓜还苦，深深叹息道："这哪是什么好消息呀，对贫道来说，这是天大的坏消息……"

随即太虚神色一振，激动道："你当掌柜时不是抠抠搜搜弄了几十两银子吗？果真是有远见呐！够咱们逍遥一阵子了……"

宋小凡得意地一笑，人无远虑，必有近忧，弄点银子防身总是没错的……

伸手在腰间的钱袋上拍了一下，宋小凡得意的笑容凝固了。

"怎么了？"太虚看着宋小凡凝固的表情，有一种不祥的预感。

宋小凡苦笑道："我一直认为财不露白这种想法是正确的……"

"没错啊，这世道歹人多，有财当然不能瞎显摆……"

宋小凡面有赧色："……所以我把那几十两银子藏起来了。"

太虚神色有点变了："藏在哪儿了？"

"咳……陈府西厢房的床底下。"

太虚跺脚急道："你去取呀！"

宋小凡看了他一眼，慢吞吞道："我已跟陈家反目，你觉得他们会让我进门拿银子么？"

太虚呆愣着说不出话了。

宋小凡期待地看着他，道："师父神功盖世，睥睨江湖，不如等到晚上，您翻墙进陈府，帮我把银子取出来……"

太虚哼道："我若肯干这种翻墙偷盗的勾当，至于到现在还混得跟叫花子似的？我武当乃名门正派……"

"那怎么是偷呢？那叫取！本来就是我的银子，取回来有什么不对？"

"不问自取是为贼也！反正贫道不干那鸡鸣狗盗之事！"太虚很有骨气地哼哼。

宋小凡佩服得五体投地，他实在想不到，一个以行骗忽悠为生的老骗子，居然如此有气节。很奇怪的逻辑，偷东西不对，但骗人却没关系……

年龄相差会形成代沟，特别是相差百岁以上，老道士的人生价值观还停留在南宋末年。

现在的情况是，三个身无分文的穷光蛋凑在了一起，大家都无家可归，而且每天要吃饭，老道士还喜欢喝两口，顺便啃两只油蹄髈，再涮个狗肉火锅……

没银子，这些事情都干不了。

"怎么办？"太虚很无奈地瞧着宋小凡，离开了陈家，醉仙楼的掌柜肯定也当不成了，三人现在面临很严峻的生存问题。

三人面面相觑，宋小凡和太虚一脸茫然，小乞女却一副随遇而安的模样，不住地东张西望。

一名路人凑过来："哎，老道士，帮我算算流年……"

太虚心烦不已，看都没看他，不耐烦地道："阁下面带煞气，印堂发黑，大限将至，算也白算，走吧走吧！"

宋小凡不乐意了，如此困境还把生意往外推，老道士很明显不是个会过日子的人。

"师父有事弟子服其劳，我帮你算吧，挣得几文算几文……"

说着宋小凡拉过路人甲，学着太虚的模样，表情诚挚而权威地开始忽悠："苍天已死，黄天当立……"

话未说完，太虚大惊失色，赶紧一把捂住他的嘴，拉着宋小凡和小乞女掉头便跑。

跑到一个没人的巷角才停住，太虚怒道："你不要命了！掉脑袋的话也敢乱说！"

宋小凡无辜地道："我觉得我没说错呀，刚才只是起了个头儿，高潮在后面呢……"

太虚叹道："看来这碗饭你吃不了，想想吧，咱们三人能干点什么别的营生……"

上下瞧了宋小凡一眼，太虚道："你除了一肚子坏水儿，还有什么别的特长吗？"

"打劫算不算特长？这事儿我上辈子干过，熟练工种了……"

宋小凡扭头望向小乞女，笑道："以后咱们搭档好不好？我打劫，你望风。"

小乞女一脸幸福地点头。

太虚哭丧着脸："师门不幸，出此孽徒啊！"

然后太虚眼睛又亮了："对了，你不是跟曹县丞交情不错吗？而且还认识太孙殿下，找他们去呀，有这么两座靠山，咱们还用担心生计么？"

宋小凡叹气道："我现在一无所有，混得如此凄惨，怎么好意思见他们？那跟叫花子上门要饭有何区别？"

为了尊严而离开陈府，总不能再降低尊严又去乞求别人吧？宋小凡是个要面子的人，干不来这种事。

"那怎么办？"太虚不太理解宋小凡的想法，就跟他不接受偷盗，但不介意骗人一样，莫名其妙的逻辑。

宋小凡微微一笑："不论如何，咱们总得先找个落脚的地方住下，再做打算。"

"住哪里？"

宋小凡神秘地一笑："咱们住的地方师父您肯定满意，那里离神最近，您可以随时跟神仙探讨成仙的心得……"

太虚眼睛一亮,一脸向往之色。

南城门外。

"这就是你说的离神最近的地方?"太虚板着脸,胡子气得一抖一抖的。

破败的山神庙内,一尊结满蛛网的山神像狰狞地瞪着三人。

"山神也是神啊,师父,你这不拿村长当干部的毛病可不对,我得批评你……"

四下打量这座荒芜得只能住鬼的山神庙,太虚快哭了。

"贫道很久没混得这么凄惨了……"

"师父节哀,这都是劫数,劫数啊……"

太虚气道:"劫个屁!都是被你害的!说,接下来怎么办?咱们仨勉强有个地方住了,以后呢?吃饭,穿衣,老道还要喝酒,怎么解决?"

宋小凡胸有成竹地笑了:"我有手有脚有头脑,还怕饿死不成?师父你就放心吧。"

京师皇宫,武英殿内。

袁忠跪在朱元璋身前,正在恭声禀报宋小凡的一切。

"宋小凡,洪武十年出生,今年十九岁,江浦县下辖宋庄人。其父宋四八,其母王氏,宋家三代以上皆是踏实务农的农户,身世清白,无可挑剔。四年前因患肺痨,宋小凡父母双双去世,因宋父在世时曾救过江浦县富商陈四六一命,陈四六为报大恩,遂为两家子女指婚定亲。父母去世后,宋小凡遵父遗愿,投奔其岳父陈四六。其时陈四六已发达,早有悔亲之念,宋小凡居陈家四年,陈四六绝口不提与其女成亲之事,处境很是尴尬。直到宋小凡偶然结识了江浦县新上任的县丞曹毅,与其交情莫逆,陈四六鉴于此,方才全力促其与女完婚……"

朱元璋眉头一皱,神色有些不悦道:"宋小凡是商人家的女婿?"

袁忠道:"回陛下,宋小凡原本是商人女婿,但昨日却与陈家分道扬镳。"

"为何?"

"因宋小凡前几日于江浦认识了一名小乞丐女子,见其可怜,带她回陈府收养。陈四六之女大发雷霆,执意不准,遂与宋小凡反目,宋小凡便带了小乞女离开陈家，与陈家一刀两断。目前他与小乞女，还有一名老道士住在江浦南城外的一座破败山神庙里。"

朱元璋靠在椅背上，缓缓闭上眼，嘴角却露出了一丝笑意。

"其行可称良善，其人颇具风骨，允炆认识的这位新朋友倒也不错……"

"袁忠，三日后，带他进宫见朕。"

"遵旨！"

袁忠恭谨地退出殿外。

朱元璋若有所思地轻轻敲了敲桌子。

没过多久，内侍在殿外高声道："太孙殿下觐见——"

"皇祖父，孙儿给您上的奏本为何……"朱允炆一跨进殿门便急匆匆地开口。

朱元璋宠溺地看着他，抬手打断了他的话，微微笑道："孙儿，莫急莫躁，先坐下来喝口茶，再慢慢说。"

朱允炆神情颇有些委屈，低低地应了一声，内侍宦官奉上茶水，朱允炆没滋没味地喝了一口。

朱元璋满是欢喜地看着朱允炆，眼神渐渐迷离，从朱允炆身上，他仿佛看见他的长子、英年早逝的懿文太子朱标的影子，那个出生于乱世，自小从刀剑烽烟中长大，受尽诸多磨难苦楚的苦命儿子，可惜刀里火里滚过来了，仍是没有福分继承他的江山，终于一病而去。

朱允炆不但长得像他的父亲懿文太子，连脾气性格都像极了他，一样的优柔寡断，一样的仁义宽厚，一样的软弱善良，丝毫没有为君者应有的霸气和城府。

这也是朱元璋最为担心的。

皇祖父年岁已高，臣子口称"万岁"，但他还没糊涂到以为自己真的能万岁，寿乃天定，他迟早是要死的，他死之后，这个性情软弱的孙儿怎么办？他若驾驭不了满朝文武，统治不了天下千万子民，被人夺了江山怎么办？

朱元璋花了一辈子的时间，只干了两件事，打江山与守江山。杀了无数人，做了无数为后人诟病的恶事，全都是为了这两件事。为这座江山，他付出得太多太多了，他绝不容许别人抢走它，这天下是他朱元璋一刀一枪、血里火里拼了老命打下来的，此后百年千年，这座江山只能姓朱！

朱允炆乖巧地坐在朱元璋身旁，微微嘟着嘴，显示他此刻心情很不好。

朱元璋瞧着孙儿委屈的神色，不由得笑了。

"孙儿，为君者，须有泰山崩于前而色不改的定力和气度，似你这般毛毛躁躁的，将来如何能当好统治臣民的皇帝？"朱元璋不疾不徐地缓缓训道。

朱允炆面色一肃，道："皇祖父，孙儿知错了。"

朱元璋笑道："眼看要开春了，开春以后，戍守各地的诸王皆要进京来朝，你的那些皇叔们各守一方，聚一次也颇不容易，他们可都是为了你在守江山啊！我朱家子孙若世代都如这般各安本分，何愁我大明国祚不能延绵千年万年？呵呵……"

朱元璋自信满满地笑，在这一点上，朱元璋与汉高祖刘邦的看法是一致的。秦之所以国祚短促，是因为秦皇不分封子弟戍守各方，从而导致一方变乱，天下皆反。他吸取了秦皇的教训，觉得只有将朱家子孙分封各地，才能保证这江山彻底姓朱，藩王之策是他此生为数不多的得意手笔。

朱允炆低头不语，眼中却迅速闪过一抹忧虑，这种忧虑他却不敢直言，他知道皇祖父对执行藩王之策的决心是多么的坚定。

"皇祖父，诸王皆要进京吗？"朱允炆轻轻问道。

"不错，包括你的皇四叔燕王，也要进京来朝，"朱元璋笑道，"朕的这些皇子之中，数你四叔燕王戍边最为得力，多次出击残元，屡立战功，为我大明北境之安虞出力不小。呵呵，他若不是皇子，亦可当得起一代名将了。"

"孙儿一定会好好款待各位皇叔的。"朱允炆不敢表露丝毫情绪，只是温顺地附和。

朱元璋瞧着孙儿一天天成熟的俊脸，一种由衷的喜爱之情布满了沧桑的脸。

"孙儿今日此来，可是为了你那为商人正名的奏本？"

朱允炆抬头，见朱元璋满脸慈笑，顿时委屈道："皇祖父，孙儿难得为国事上一回奏本，您若不满意，驳回便是；您若满意，便下发通政使司颁行天下，何故只予'缓议'二字？孙儿奏本所言之事，您到底是答应还是不答应呀？"

朱元璋哈哈笑道："孙儿奏本所言之事，怕是与那江浦的宋小凡有关吧？"

朱允炆一惊，随即又想到天下之事没有他皇祖父不知道的，于是很快便释然。朱允炆笑道："那宋小凡言行颇为奇异，言语间处处透着一股与众不同的想法，为商者正名之说，孙儿便是受了他的启发。"

朱元璋目光渐渐变得深远，缓缓道："孙儿，朕曾与你说过，天下之事，并无是非对错之分，任何一种国策的施行，皆要因时因势。时者，天时也，如朕立国之初，天下不靖，纷乱频生，便需以重典治世，以严法治民，民有所畏，方能守法安分，天下才能稳定。势者，时势也，如当年胡蓝谋反案，朕用锦衣卫大索天下，牵连数万，终使宇内一清，为我朱家子孙扫除了荆棘，对天下臣民示以赫赫皇威，而这个时候，朕便可以收刀入鞘，锦衣卫便没有了存在的必要，于是朕当着文武大臣的面，尽焚锦衣卫刑具，裁撤锦衣卫，对臣民示之以恩，这便是势。"

朱元璋看着孙儿懵懂的脸，笑道："国策施行，时也，势也，缺一不可。允炆啊，你奏本中所言商人之事，若要朕来评价，其实并无对错，唯一不妥的，便是时势未到。当年朕立大明，为何百业皆倡兴，而独薄商人？第一，商者，有悖圣人之训，不论朕赞不赞同圣人的话，全天下的读书人是肯定赞同的。朕立国之初，急需收天下士子之心，朕以武立国，以文治国，这天下毕竟要读书人来帮朕治理的，朕怎能为了商人而得罪读书人？那样岂非舍本逐末了？"

"第二，商人不事生产而获利甚巨是事实，若不将商户划入贱籍，朕恐天下百姓争相效仿，举国上下若皆成商人，何人再去种地务农？何人再去做工为匠？朕不能因商事而废百业。"

"第三，当年朕与张士诚决战于平江，江浙之地的商人富绅皆视朕为乱军，却以张士诚为正统，纷纷踊跃为他捐粮捐物，对朕的天兵反以敌视，朕，恨透了这些商人！立国之后，朕多次减免举国钱粮赋税，唯江浙之地，朕不但未减赋税分毫，反而施以重赋，而且朕还不准江浙之人户部为官，为的便是惩戒他们有眼无珠！朕以商户为贱业，说到底，与当年江浙商人的这些恩怨不无关系。"

说起当年的旧怨，朱元璋脸上恨意盎然，苍老的面庞布满了杀机。

随即他又笑了："罢了，已是过去几十年的事了，朕的恨意亦消退了许多。允炆，天下已定，盛世将至，你所言商人之事，本是没错的，商人于国之益处，朕岂能看不出？若能把握分寸，适当提高商人之地位，亦无不可，但你不该在这个时候提出来，这便是朕缓议的原因。"

"皇祖父，孙儿什么时候提才合适？"

朱元璋笑道："在朕死后，你登基为帝之时，再施行你的主张，才能达到事半功倍之效。"

朱允炆迷茫道："那是为何？"

"你提出为商人正名之主张，乃是仁政，朕若现在答应颁行天下，那么天下臣民心里记着的，是朕的好处，这个人情便落到了朕的头上。呵呵，朕已老迈，况且背了多年的恶名，哪里用得着领这个人情？相反，你登基之时，普天下的臣民皆在看着新皇，他们在等着新皇是否能施行仁政，这个时候，你若为商人正名，便是施行仁政的先兆，臣民们便会真心奉你为主，我朱家的江山便愈发巩固，皇威便愈发深入民心，时势皆为你所用，大明便会在你的治下开创名耀千古之盛世。"

朱允炆闻言顿时感动万分。

不论旁人如何看待皇祖父，至少在他心目中，皇祖父的形象是高大的。他殚精竭虑所做的一切，都是为了给他铺平道路，疼爱之情虽未言声，但他做的却皆因疼爱。

朱元璋看着目泛泪光的朱允炆，慈爱地笑了。

"允炆，你新交的那位朋友，名叫宋小凡的，身世为人皆不错。朕为你留下的满朝文武，皆是老迈之辈，其中充斥太多迂腐儒酸之人，除方孝孺、黄子澄、齐泰之外，难有肱骨之臣。那个宋小凡年未及弱冠，为人品性皆佳，又与你相识相知，将来做你的肱骨之臣亦无不可……"

朱允炆高兴地笑道："那孙儿就替宋小凡向皇祖父求个官，让他天天陪着孙儿说话，将来好好辅佐孙儿当个好皇帝。"

朱元璋摇头笑道："私交与国事，必须分开而论。宋小凡若真有本事，朕何惜高官厚禄？可他若没有本事，你们之间只能是私交甚笃的朋友，不能为君臣。朕的意思，你可明白？"

朱允炆急道："皇祖父，您要相信孙儿，宋小凡确实是个有本事的。"

朱元璋意味深长地笑了笑："有没有本事，你说了不算，朕要亲眼见到才行。"

有本事的宋小凡正在为下一顿吃什么而发愁。

一文钱逼死英雄好汉，可惜宋小凡连英雄好汉都算不上。没银子如何买吃的？总不至于真的去打劫吧？好不容易再世为人，宋小凡觉得应该要学得文雅一点，至少装也要装出一副文雅的样子，这年头行事太粗犷的都拖到菜市斩首了，文雅的人活得比较久。国家元首是朱元璋，人家杀了一辈子人，以严法治国，跟他比粗犷，宋小凡觉得很有可能比不过他。

可是，除了打劫，自己还能干什么呢？

宋小凡很是后悔，前世应该掌握一些技能的，比如发明玻璃，发明香水，发明蒸汽机什么的，来到古代显摆一下，财源自然滚滚来，何愁会饿死？

这就是少壮不努力的伤悲啊！

太虚抚着肚皮，躺在铺满了干草的地上，饿得直哼哼。

山神庙经过三人的努力修缮，勉强可以遮风避雨了，住的问题解决了，吃的问题怎么办？

小乞女也抚着肚皮，愁眉苦脸地瞧着宋小凡，三人的临时小家庭，现在以宋小凡为家长了。

"师父，你当年算卦没生意的时候，怎么填饱肚子的？"宋小凡决定向师父学些捞食的经验。

太虚没好气哼道："除了算卦，当然是化缘了。贫道是出家人，但有信道之百姓，总能化些残羹冷饭充饥。"

宋小凡道："化缘？那岂不是跟要饭一样了？"

太虚跳了起来，怒道："怎么是要饭呢？化缘！道教信徒为我出家人真心奉上的布施，那都是有诚意的，他们信奉老君爷爷，布施我等出家人以积功德，这跟要饭有何关系？"

宋小凡顿时了悟："师父，借你身上道袍一用。"

"干吗？"

"化缘！"

要饭这种行为，外面披上一层宗教的外衣，便成了化缘。

这是宋小凡的理解。

当形势被逼迫到三个人都挨饿的份儿上，化缘便化缘吧，顶多把自己的真面目遮掩一下，权当掩耳盗铃了。

隆冬寒天，江浦的大街上出现了三道瑟缩的人影，有老有少有小，三人互相搀扶，走街串巷找了很久，才在一户看起来颇为殷实的富户门前停住了脚步。

"你去化？"太虚斜睨着宋小凡。

宋小凡穿着太虚那身邋遢肮脏的道袍，脸孔被黑泥涂成黝黑的一团，乍看之下跟被手雷炸过的唐老鸭似的，这模样甭说熟人了，就是他亲爹亲娘从棺材里复活，恐怕也认不出他来。

宋小凡是好面子的人，一时拉不下脸来，这种典型的掩耳盗铃被太虚深深鄙夷，他不明白化缘有什么好丢脸的。

看来百岁的代沟不是那么容易跨越的。

宋小凡深吸了一口气，然后敲了敲富户人家那扇紧闭的大门。

咚咚咚。

敲门声温柔得像出墙红杏半夜偷会奸夫。

大门毫无反应。

咚咚咚。

大门仍无反应。

太虚怒了："像你这般敲门，敲到天亮也没人理会，闪开！"

太虚捋起袖子，使劲砸门。

哐哐哐——

门很快开了。

一位穿着家丁服色的老头儿气冲冲地站在门口，很不爽地瞪着三人。

"你们找谁？"老头儿恶声恶气道。

太虚砸门时的王霸之气顿时消失得无影无踪，很没义气地将宋小凡往前一推："他找你。"

"你干吗？"老头儿脾气很大。

宋小凡艰难地吞了吞口水，挤出一副笑脸，然后装模作样行了个揖，道："无量寿佛——这位老施主请了，贫道自东土大唐……啊，不对！贫道自武当山而来，欲往西天……啊，也不对，欲往京师寻访道友，恳请老施主布施几文……哎？老施主？老施主您开开门呐！老施主？操！"

…………

一连走了好几家，皆吃闭门羹，太虚一脸幸灾乐祸地笑："臭小子，现在你知道世道艰难了吧？你以为填饱肚子是那么容易的事？哼，叫你不长记性，几十两银子都能忘记，活该你吃瘪！"

宋小凡狠狠一抹脸，将脸上黑泥抹掉，然后沉声道："这样下去不行，我们都会饿死！我的专长是打劫，化缘这事儿我干起来不专业，咱们得另想办法……"

太虚道："你有好办法吗？"

宋小凡瞄了他一眼，忽然笑了起来，笑容里透着一股子熟悉的坏坏的味道。

太虚头皮一麻，警惕道："你笑得如此瘆人，有什么企图？"

宋小凡和声细气道："师父啊，其实你本身就是一座金山呀……"

太虚满脸绝望："你要卖了贫道？"

宋小凡擦汗："不是，师父误会了……师父你不是会武功吗？而且会很多种……"

"那又怎样？"

"随便拿一种武功出来，把它写在纸上，编成绝世武功秘籍，然后把它卖出去……"

太虚跳起来大怒道："你……你这孽徒！本门武功乃当世不传之秘，非本门中人不得擅习，你……你居然要把它卖了换银子？不行！贫道就是饿死也不能干这欺师灭祖之事！"

宋小凡一副恨铁不成钢的模样，沉痛道："师父，你的觉悟太低了！"

"什么意思？"

"武功是用来干什么的？"

太虚脱口道："当然是用来揍人的……咳，不对，武功乃顺天道而循人道，以天地自然为鉴，习之使人强身健体，益寿延年，使天、地、人三者合为一体，以致人即自然，自然即人之无上……"

"好了好了，多余的废话就不必说了。简单地说，武功是用来强身的，对吗？"

太虚不情愿地点头。

宋小凡道："既是强身，何以只能本门中人习之？说什么人即自然，难道平民百姓就不是人了吗？我中华之国，前人武学众矣，就是因为各门各派的门户之见，以致后来武学凋零，许多功夫因敝帚自珍，不肯示之于人，导致永久失传，当今武林门派皆乃后世之罪人也！"

太虚愣了愣，接着满面羞惭之色。

宋小凡又重重叹了口气："悲哀啊，师父，悲哀啊！"

太虚羞惭之色愈盛，半晌才讷讷道："那你说，我们拿什么功夫出来卖掉？"

宋小凡胸有成竹道："太极拳！"

太虚惊道："那不行！太极拳乃我师兄张三丰集毕生武学之精要，呕心沥血编集而成，是我武当派的镇派之宝……"

话未说完，宋小凡满面痛心地叹气："悲哀啊——"

太虚狠狠一跺脚，一副豁出去的神情，道："好吧好吧！就卖太极拳，不过我要把拳谱修改一下，只留强身的部分，攻敌的杀招必须保密。"

宋小凡痛心的表情立马变得笑容满面："行！"

太虚眨了眨浑浊的老眼，两行热泪流了下来："将来我师兄若发现满大街的人都会练太极拳，非揍死我不可……"

"师父节哀，这都是劫数啊……"

借了某个落魄书生的书信摊子，太虚流着热泪一笔一笔地编出了一本太极拳谱，为了怕师兄找他麻烦，特意在封面上题款"原著：张三丰"。

三人捧着拳谱跑到江浦最繁华的东市，借了一面铜锣，宋小凡哐哐哐地使劲敲了起来。

东市里人来人往，宋小凡敲了几下便将人们的注意力吸引过来了。

"走过路过不要错过！今日我师徒三人路经此地，盘缠用尽，无奈之下，只好将我师伯张三丰毕生武学之大成，花费数十年苦功，倾情奉献的太极拳谱一本贱价出卖。此拳集美观、实用、强身于一体，老年人练了益寿延年，年轻人练了吸引异性，小孩子练了补铁补钙……"

围观百姓交头接耳。

"这不是陈家姑爷么？怎么成了'路经此地'？"

"哎哟——你还不知道吧？他已不是陈家姑爷了。"

"啊？怎么回事？说说……"

"听说呀，他跟陈四六反目了，跟陈家的亲事也彻底吹了……"

"啧啧，难怪他穿着一身道袍，可怜的小伙子，想不开便出家了……"

…………

场地正中，百岁老寿星太虚一副不情不愿的表情，正在缓缓演练着太极拳，口中还反复念诵着："太极生两仪，两仪生四象，四象生八卦，八卦……生八卦新闻……"

小乞女也一副人来疯的模样，喜滋滋地跟着太虚，像模像样地比画，一老一小缓缓练着太极拳，互成辉映，倒是赏心悦目得很。

宋小凡仍在卖力地兜售："所谓外行看热闹，内行看门道，各位大叔大哥想必皆是识货之人，看清楚了，张三丰张仙人的独门不传武功，今日友情大放送，起价五十两银子，欲竞者从速，秘籍只卖一本，过时不候！"

围观的百姓里果然有识货的。

一个过路的商人立马看出了此拳的珍贵之处，于是高声喊价："五十两银子，我要了！"

另一名商人抬价："我出五十五两！"

宋小凡高兴坏了，起哄道："这位白白胖胖的仁兄出到五十五两了，还有出更高的吗？"

"我出六十两！"

"啊！这位天庭饱满的仁兄出到六十两了，六十两！还有比六十两更高的吗？"

"我出七十两！"

"我出八十两！"

"我出一百两！"

宋小凡有一种幸福的晕眩感："一百两！有比一百两更高的吗？"

"一百两一次，一百两两次，一百两……三次！"

哐！

铜锣重重敲响。

"成交！"

前世享誉数百年的太极拳，作价一百两银子，就这样在宋小凡的手中普及于世了……

第三十三章

各为其主 洪武召见

一百两银子是个什么概念？

洪武年间，天下产银不多，又缺铜制钱，于是朱元璋在洪武八年发行大明宝钞，古代人根本不懂什么叫通货膨胀，什么叫货币准备金，什么叫货币信用，宝钞提举司能印多少便发多少。可惜宝钞极易被伪造，而且制造宝钞的纸不耐用，朝廷又只发不收，于是……朱元璋悲剧了，发行大明宝钞的当年便造成了通货膨胀，贬值极快，百姓们普遍对其不信任。虽然朝廷三令五申要求民间流通必须使用宝钞，可是百姓们都不认账，暗里仍以银子为流通货币，甚至宁愿用以货易货这种原始的交易方式，也不愿使用宝钞来给自己添堵。

相比之下，现银的购买力便大大增强，明朝时，一两银子可以买大米两石，一石等于九十多公斤，如此一换算，一百两银子可以买近二十吨大米了。

这对于刚刚还身无分文、饿着肚子的宋小凡三人来说，无异于天降横财。

他们当然不会傻得把银子都拿去买大米，但至少太虚喝酒吃肉是绝对可以满足了，小乞女可以添几身新衣裳，宋小凡呢？他却实在想不出自己有什么地方需要花钱。

这真是个幸福的悲哀，钱多到不知该怎么花了。

"当大款的感觉如何？"宋小凡笑问太虚。

"蹄髈一次买两只，一只中午吃，一只晚上吃。"太虚的理想不算很远大。

"你呢？"宋小凡问小乞女。

小乞女神情欢喜地指了指太虚，然后比画了两根手指。

宋小凡明白了："好，蹄髈买四只，你两只，师父两只。"

太虚问道："你呢？"

宋小凡四十五度仰望天空，眼中有种淡淡的深沉。

"我想来碗鱼翅漱漱口……"

太虚和小乞女面面相觑，太虚叹道："果然是王侯的命啊！志向比咱们远大了不止一点……"

捧着沉甸甸的银子，三人回了山神庙。

太虚在庙里不停地四处转悠，嘴里喃喃念着："这么多银子，被人抢了怎么办？得找个地方藏起来才是……"

转悠了好几圈后，宋小凡实在忍不住了，道："师父，你不是说你的武功当今世上鲜有敌手吗？"

"是啊。"

"有人抢银子，你揍他不就完了吗？干吗还藏起来？"

太虚顿时醒悟："对呀，贫道是绝世高手啊，居然怕被人抢银子……"

宋小凡很担心，跟着这么一位不着调的师父学武功，会不会把自己练的跟他一样不着调？智商这东西很难说，有的人高，有的人低，有的人还能传染给别人……

衣食不缺了，三人的小日子越过越滋润起来。

于是宋小凡开始苦练武功了。

说是"苦练"，实际上有点美化了。

太虚教武功很奇怪，他不教招式，非要从吐纳开始练起，首先逼着宋小凡学会认清人体所有的穴道，然后逼着宋小凡硬背下一套名为"纯阳无极功"的内功心法；背下来以后，便开始勤练，盘着腿坐在山神庙前，然后闭上眼，细细体会太虚说的丹田之气，努力寻找那一丝传说中的气机……

宋小凡不是练武的天才，甚至可以说是资质平庸……好吧，说他资质平庸都是夸他了，准确地说，在练武方面，他简直就是一根朽木。

偏偏这根朽木却丝毫没有身为朽木的自觉和低调。

"整天光坐这里吸气儿喘气儿的，有什么意义？"才练了两个时辰，朽木便不耐烦地问太虚。

太虚有种把他逐出门墙的冲动，板着脸冷冷道："纠正你一下，那不叫吸气儿喘气儿，那叫吐纳，正宗道家内功，武林中人疯狂求之而不可得……"

"我怎么觉得自己干坐着是在浪费青春光阴呢？你确定这个叫吐纳的玩意儿有用？"朽木仍不知悔改。

太虚深深吐纳了一口气，压下吐血的冲动，咬着牙从齿缝里进出俩字："确定！"

"那我勉强再坐一会儿……"

瞧着坐在地上愁眉苦脸练吐纳的宋小凡，太虚叹了口气："你坐了两个时辰了，难道就一点都没感觉到丹田处的气机吗？"

"没有……其中有一个半时辰我睡着了……"

太虚无力地低下头，万分颓丧道："贫道还是给你一把菜刀防身吧，教你这样的徒弟，贫道恐怕会被你气死，我活了一百三十多岁了，不容易……"

宋小凡也觉得很惭愧，接着他眼睛一亮，道："师父，你有没有那种吃了便能增长一甲子功力的大力药丸？很多悬崖下面都有的……"

"没有！武功需要踏实勤练，丝毫取不得巧，更无捷径可走……"

宋小凡又满怀希望地问道："那你能不能两手按在我背后，给我传输几十年的功力？您老人家的内功功力少说也有一百年了吧？匀点儿给我……"

太虚快哭了："你打哪儿听的这种屁话？功力都是自己一朝一夕苦练而成的，融于经脉精血之中，怎么匀给你？"

宋小凡失望地看了他一眼，道："这也没有，那又不行，师父，您太失败了……"

太虚老泪纵横。

……

一整天过去，宋小凡练功毫无进展，约等于零。

太虚倒是内火上升，有突破多年瓶颈的现象——那都是被宋小凡气的。

第二天一早，师徒俩继续练功。

太虚不知出于何种目的，一副要把宋小凡教成绝世高手的架势，可惜教的这个徒弟资质太过低下，总也练不成事，连入门都入不了。

于是太虚便时刻处于三尸神暴跳的精神状态，无数次兴起一股想把宋小凡立毙于掌下的冲动，三清道君可鉴，太虚起码有一百年没有产生过如此暴力的念头了。

一个教功夫，一个练功夫，小乞女便无所事事了，不缺吃不缺穿的情况下，她有点迷茫，不知道该去干什么。小女孩儿自懂事起，仿佛就在不停地为生存问题操心劳累，一旦生存问题得到了解决，她的生活便成了一片空白，不知该干什么来打发时间。

蹲在山神庙前兴致勃勃地看了一会儿宋小凡练功，很快她便没了耐性，于是又蹦蹦跳跳四处采野花，或是编草环，眨眼的工夫便玩得不见踪影了。

宋小凡心不在焉地盘坐着，眼睛悄然睁开了一条缝隙，看着小乞女无聊之后又自得其乐地玩闹，他脸上不经意地勾出一抹温馨的笑容。

让这个可怜的孩子快乐起来，是他的责任。

砰——

一巴掌狠狠拍在宋小凡的脑门顶上，太虚带着怒气沉声低喝："精神集中！凝神，静气！"

"好好说话，别动手啊，小心我走火入魔……"

两个时辰后，宋小凡睁开眼，目光一片湛然。

太虚蹲下身，期待地盯着他："怎么样？丹田处可有感觉？"

"嗯……"宋小凡沉吟。

太虚不高兴了："嗯是什么意思？"

"刚才肚子好像叫了一下……"

太虚欣喜若狂："如此说来，那就是有进展了！老君保佑，贫道顺应天命，终于……"

"不是啊师父，肚子叫是因为我饿了……"宋小凡羞涩地道，小心地指了指天，"天色快晌午，该开饭了呀师父……"

太虚脸黑如墨。

小乞女这时也蹦蹦跳跳跑回来了，小脸上流着细细的汗，微微喘着气儿，一脸兴奋的表情，手里还抱着一个亮可鉴人的小陶罐，罐口封着泥印，不知里面装的什么。

宋小凡笑了："你跑到哪里玩去了？手里抱的是什么？"

小女孩儿微微一笑，献宝似的把手里的陶罐递给宋小凡。认识宋小凡以后，小乞女笑的次数越来越多了。

宋小凡接过陶罐，拍开罐口封着的泥印，好奇地瞄了瞄："这里面是什么东西？白白的跟面粉似的……"

太虚毫不客气地抢过陶罐，凑头往里一看，笑道："这根本就是面粉嘛，贫道先尝尝……"

说着太虚伸手捏了一小撮罐里的粉状物体，放进嘴里细细品了品味道。

"咦？这味道怎么怪怪的？不太像面粉……"太虚疑惑地咂摸着嘴。

宋小凡担心地瞧着他："师父，这东西来历不明，您就这么往嘴里放，不怕中毒啊？"

太虚得意地哈哈大笑："中毒？哈哈，笑话！贫道活了两甲子，早就百毒不侵了，哪怕这罐子里装的是砒霜，贫道吃下去照样活蹦乱跳，你信不信？"

说完太虚抓起一大把"面粉"，狠狠往嘴里一塞，然后喷着白烟炫耀似的瞧着宋小凡，希望能从宋小凡脸上看到为拜了这样一位明师而自豪的表情。

宋小凡急忙识趣地露出自豪的表情，拦着太虚道："好了好了，师父神功盖世，徒儿佩服得五体投地……"

小乞女很有人来疯的潜质，趁势也抓了一把面粉准备往嘴里塞，宋小凡吓得急忙打掉她手里的面粉，道："你不能吃它，你的神功并不盖世……"

小乞女只好放弃，然后大眼睛眨巴眨巴的，盯着太虚嘴里津津有味地大嚼特嚼，神情充满了羡慕。

太虚还恶意地朝她挑了挑眉，很欠扁的模样。

这就是三人的小日子，温馨而宁静，小小的山神庙如同世外桃源一般，他们在里面隔离了尘世，无欲无争地过着属于自己的生活，尽管平淡，但它很珍贵。

刚用过饭，山神庙外远远走来了一个人。

宋小凡凝目一看，嗯，这人他认识。

他是县衙的刘捕头。

一个捕头没事跑到城外的山神庙来干什么？莫非他干了坏事良心不安，跑来拜神？

太虚混迹江浦日久，当然也认识这位经常挎刀巡街的捕头大人，一见之下顿时满面惶然："完了完了，他该不会来拿我的吧？"

宋小凡瞪了他一眼："你又没犯法，凭什么拿你？"

太虚很是心虚地低下头："前日贫道上街算卦，路经城北蔡寡妇家，恰好听见水声流淌，贫道忍不住偷偷一看，无量寿佛，原来蔡寡妇在洗澡……这都好几天了，刘捕头该不会为这事来拿我吧？"

宋小凡大吃一惊："师父你竟有如此艳遇，怎么不早跟我说？不过你只是不小心看到，应该不算犯法吧……"

太虚愁眉苦脸地看着越走越近的刘捕头，叹气道："贫道不小心看了半个时辰，直到她洗完穿好衣服，贫道才想起圣人曾云，非礼勿视……"

这下连小乞女都听不下去了，向太虚投以万分鄙视的目光。

这时刘捕头已走到三人跟前了，他刚一张嘴，还没说话，太虚便吓得浑身一哆嗦，主动招了。

"刘大人，贫道错了，贫道不该犯了色戒，无量寿佛，贫道罪孽深重，以后再也不敢偷看蔡寡妇洗澡了……"太虚悔恨得痛哭流涕。

刘捕头一愣，很意外地看了太虚一眼，然后满面沉思之色，道："你说的是不是城北的蔡寡妇？"

"正是。贫道错了……"

"那个寡妇屁股上是不是有颗很醒目的红痣？"

"……正是。"

刘捕头很大度地一挥手："这次就算了，下不为例。"

三人擦汗……

然后刘捕头朝宋小凡一抱拳，道："宋公子，可让我好找。曹县丞要见你，请宋公子往官驿一行。"

宋小凡赶紧客气道："劳动刘大人亲自来请，草民受宠若惊，草民这就跟刘大人一起去见曹县丞。"

同时宋小凡又回过头，鄙夷地看了太虚一眼。

"一起走吧，有人请咱们喝酒了。"宋小凡没好气道。

去往官驿的路上，宋小凡心里叹了口气。

看来曹毅终于知道他没在陈家当女婿了，这回估计会下力气劝他投奔燕王，可是……宋小凡却实在不太想投奔他。历史上的明成祖雄才大略，乃世之枭雄，若论当皇帝，他确实是个好皇帝，文治武功样样出色，是他一手缔造了大明的第一个盛世，永乐盛世。

但是在这位枭雄皇帝的手下当官可就凄惨了。他在位二十多年里，论起杀人，可不比他老爹朱元璋逊色多少，在他手下当官，要时刻小心着不被砍脑袋，这样下去会得心理抑郁症的，很不健康。

再说宋小凡如今与皇太孙朱允炆交情日厚，投靠燕王势必要反朱允炆，背叛朋友的事儿可不能干。

路上宋小凡下定了决心，如果曹毅劝他北上，他就想个委婉点的说法推辞。大丈夫有所为，有所不为，既然跟朱允炆交了朋友，背叛朋友的事是绝对不能干的。

打定主意后，宋小凡心里反而轻松了。

他从没觉得自己如何了不起，穿越又怎样？靠着那点儿可怜的历史知识未卜先知又怎样？时势之下，有些事情单凭一个人的力量是无法改变的，不是每只蝴蝶扇扇翅膀都能引起一场飓风的，宋小凡就是一只翅膀扇动无力的蝴蝶，只能干干采花的勾当，刮不刮飓风跟他没关系。

宋小凡三人跟着刘捕头入了城，没过一会儿，一名捕快便快步凑到刘捕头身边，道："头儿，有人报官，县丞大人要咱们迅速侦案，缉拿人犯。"

刘捕头平淡地道："出了什么事？"

捕快一脸晦气道："别提了，南城外李庄的李石头，前几日他的儿子染了天花，死了。按李庄的风俗，得天花死的人，遗体必须火化，家属要埋只能埋骨灰……"

"结果怎样？"

捕快一拍大腿，道："这年头什么怪事儿都有，李石头一家火化了儿子，收集了儿子的骨灰，装在一个小陶罐里，然后夫妻两人哭哭啼啼地在庄外挖坑呢，结果坑一挖完，夫妻俩抬头一看，搁在坑外面的陶罐子不见了……"

刘捕头惊讶道："被偷了？"

"是呀！"

刘捕头咂摸着嘴，皱眉道："他娘的，这年头真是怪事连连！那贼偷骨灰干吗？瘆不瘆得慌呀……"

捕快笑道："属下琢磨着这贼是不是饿得昏了头，偷了骨灰当面粉吃了，哈哈……"

刘捕头也哈哈大笑。

他们在笑，宋小凡三人却笑不出来。

宋小凡与小乞女对视一眼，小乞女神色如常，只是很隐秘地朝他点点头。

然后二人不约而同地转头望向太虚，目光充满了同情。

太虚脸都绿了，额头冒出一层虚汗，面孔急速地抽搐了几下，强撑着走了两步，终于忍不住哇的一声，吐了个稀里哗啦，酣畅淋漓。

刘捕头奇怪地扫了他一眼，问宋小凡："他怎么了？"

宋小凡淡定地道："没什么，老人家年纪大了，嘴又馋，吃坏了肠胃……"

三人见到曹毅时，曹毅很不满地瞪了宋小凡一眼。

"他娘的，听说你跟陈家断了，还住进了山神庙！无家可归怎么不来找我？当我是兄弟吗？"

宋小凡赔笑道："当时是想找你来着，后来圣人说不能找你，我就没好意思来……"

曹毅瞪眼道："身陷困境怎么就不能找我？哪个圣人说的？"

宋小凡笑道："那个圣人叫孟子，孟子曰'贫贱不能移'，也就是说，既然我如此贫贱地住进了山神庙，就不要随便移动，不然会更麻烦……"

曹毅点了点头，很淡定地道："虽然老子读书不多，但老子也听得出，你这话纯粹是他娘的扯淡！"

"我真是这么理解的……"

曹毅挥手大声道："好了，别扯淡了！说正事儿吧。我问你，你就打算一直在山神庙里住着，从此不问世事？"

宋小凡静静地道："曹大哥想说什么还是直说吧。"

曹毅深深地看着他，道："大丈夫在世，当凭本事搏个功名。如今你与陈家已无瓜葛，正是孑然一身，何不入仕途，一展胸中抱负？"

宋小凡淡淡地笑："曹大哥抬爱了，有些事情随缘比较好，强求反倒不美了。再说，我未上过县学，也未曾寒窗苦读，科举入仕怕是没有可能，如今我连个秀才的功名都考不上呢。"

曹毅笑道："你小子说话又不老实了。认识了我，认识了皇太孙殿下，还怕连个官都当不了？怕是你自己早有打算吧？"

宋小凡苦笑道："我是真没打算，再说，我这种没本事的人若当了官，岂不是祸国殃民？"

曹毅"嘿嘿"笑道："你还装！前面为陈家说项，借立威的说法转移我的视线，给陈家保了平安；后来你借我之势斗黄知县，让我夺了知县之权，化解了你自己的危难，陈家也大捞了一笔好处。你当我是瞎子看不出来？你那肚子里咕噜咕噜冒着坏水儿，还好意思说你没本事？"

宋小凡佩服道："曹大哥真是目光如炬……"

"前面的不说，前些日子皇太孙殿下给天子上奏，言及商人之事，奏本中所思所言，颇多新奇之处。呵呵，皇太孙殿下虽仁义忠厚，但我知道，他是肯定想不出那些内容的，那道奏本多多少少怕是跟你脱不了干系吧？"

宋小凡吓了一跳，急忙紧张地摆手："曹大哥，隔墙有耳，慎言啊！有些事情不能说，会掉脑袋的！"

曹毅哈哈一笑，道："你放心，这官驿左近并无一人，说几句实话也无甚打紧。我早就看出你是个有本事的人，有本事的人不能被埋没……"

刻意压低了声音，曹毅低沉地道："近年来燕王殿下为拒北元，礼贤下士，广纳四方贤才，以收麾下效力，你若有意，我愿向燕王殿下荐举你。别的哥哥不敢保证，做个六七品的官绝非难事，你意如何？"

宋小凡心中直叹气，该面对的总是逃避不了，怎么开口跟他说呢？既要让他明白自己拒绝的意思，又不能伤了和气，毕竟他与曹毅也是相交莫逆的朋友。

犹豫了半晌，宋小凡微笑道："曹大哥抬爱了，有个好前程谁人不愿意？只可惜北方干燥寒冷，我若北去，怕是不服水土……"

曹毅意味深长地看着他，良久良久，终于叹了口气，无比落寞道："宋老弟，我知道太孙殿下待你不薄，你若执意不肯北去，我也不怪你，兄弟之间强人所难就没意思了。不论如何，你这个兄弟我交下了，将来你若有危难，兄弟我绝不袖手旁观便是。"

宋小凡听得出曹毅话里的深意，燕王谋划篡位多年，作为燕王麾下的得意爱将，曹毅多少还是知道一些内幕，看来燕王的筹码不小，曹毅已不太看好朱允炆了，今日说下这话，就是表示将来若有一天，燕王篡位成功，要清洗朱允炆朝中旧臣的时候，他会为宋小凡保平安。

宋小凡感动地望着曹毅，这个粗犷的北方汉子，坦坦荡荡，豪气干云。人家真心拿他当朋友，自己又何以为报？若是……将来有一天，他与曹毅各为其主，不得不在战场相见，二人之间如何自处？

但愿不会有那一天……

那太狗血了！

跟曹毅的结识算是很偶然，有点儿宿命的意思。

当初若非陈家那个败家儿子陈宁得罪了曹毅，陈家即将受到灭顶之灾，恐怕到现在宋小凡和曹毅还互不相识，更别提互相以兄弟相称了。

曹毅是个够兄弟的人，他很豪迈，很海派，军伍出身养成的直爽性子令宋小凡对他有着很大的好感，跟这样的人相处不累，用不着费尽心思去猜测他每句话的意思，曹毅说话从不拐弯抹角，有一说一，他说要保宋小凡平安，那么这话便不是一句普通的客气话，而是一个男人的承诺。相比之下，宋小凡便虚伪了很多，每次看见年轻漂亮的女子，他眼睛总是直勾勾地盯着人家，但表情却一副不好女色、道貌岸然的样子，这样不好，不磊落，不君子——但很有快感。

曹毅不知从哪里拎了个酒坛子出来，宋小凡一见顿时面色发苦，向不远处的太虚投去求救的目光。太虚神色颓靡，看来还没有从面粉事件中恢复过来，见宋小凡看他，很没义气地将头一偏。

这个没义气的老家伙！回去后辞职，不当他徒弟了！

曹毅摆出两只大碗，咚咚咚斟满酒，与宋小凡碰了一下，然后一饮而尽，龇牙咧嘴了一阵，满足地吁了口气。

投奔燕王的事二人很有默契地不再提了，现在曹毅要说的是另一件事，一件很麻烦的事。

"上面的情况有变化，提请黄睿德调任的奏本被拦下来了……"

宋小凡一愣，惊讶道："为何被拦了？"

确实很令人吃惊，燕王对江浦县可谓是势在必得，毕竟它是京师西面的屏障，地理位置十分重要，按说应该不遗余力地拿下它才是。

曹毅冷哼一声，道："原本调任黄睿德的公函已递上了吏部，吏部官员也打点好了，只待送呈御览，批朱核准，结果生了变故……"

"什么变故？"

曹毅冷笑道："公函刚到吏部，恰好被礼部黄侍郎给拦下了。"

"怎么回事？礼部侍郎拦吏部的公函？"

曹毅叹了口气，道："黄侍郎深得帝宠，拦下吏部的公函也不稀奇。黄知县他还不死心，这老家伙不是省油的灯，最近他频频往京师走动，与当朝礼部右侍郎黄观来往颇密，奏本被黄侍郎拦下，多半是黄睿德暗里使了劲。"

黄观？明朝第一位连中三元的大才子？

宋小凡小小地惊讶了一下，这位黄大人可是个货真价实的才子，大明开国至今，科举十数次，举子逾以万计，却只出了这么一位连中三元的才子；后来燕王造反，黄观赴外地督促各方进京勤王，船行至安庆罗刹矶，得知燕王已攻占应天，并登基称帝，黄观知大势已去，乃投江自尽，可谓是板荡忠臣。

黄知县怎么会和黄观搅和到一块儿去了？

"礼部右侍郎……是多大的官？"

曹毅慢吞吞地伸出俩手指，道："二品。"

宋小凡望向曹毅的目光立马充满了同情："二品官要治你这八品官儿，曹大哥，你还是赶紧放响箭向燕王求救吧……"

曹毅摇头，望着宋小凡"嘿嘿"笑道："我背后站着燕王，黄观动不了我。当今圣上唯信亲子，尤忌外臣插手皇家之事，黄观怎敢动我？身为天子近臣，天子的脾性他是最清楚的……"

宋小凡顿时放了心，星目一横，朝曹毅扔了个嗔怪的眼神："曹大哥你真坏，吓人家……"

曹毅慢吞吞地道："我的话还没说完，黄观固然动不了我，可是……二品侍郎要动一个小小的草民，却是不难的……"

宋小凡愣了一下，俊脸立马变绿了："什么意思？"

"江浦政局纷乱，知县竟被县丞篡了权，实在是古往今来第一稀罕事儿，偏偏这事儿还不能在官场上说，黄睿德也不敢闹上吏部，不然他这辈子的仕途就算完蛋了。幸好他有一个同年同榜之谊的礼部右侍郎黄大才子，黄观自来对藩王戒心深重，他怎会坐视京师之屏障落入燕王之手？可是燕王戍守北平，多次征伐残元，数立大功，正得皇上信任，黄观自知对付不了我，不过呢……嘿嘿，他对付不了我，但对付你这无功名无背景的草民却是不难。"

"黄观这人，怎么说呢，人还是挺正直的，只是太过迂腐了些，不知黄睿德在他耳边吹了什么风，如今他对你仇意颇深，他认为江浦政局之所以变得如此纷乱，上官不像上官，下属不像下属，都是你造成的……当然，他这样想也没错，可不就是你一手谋划的嘛，我和黄睿德都被你这小子给摆弄了一道……"

宋小凡苦着脸，可怜兮兮道："曹大哥，不关我的事啊……"

曹毅哈哈笑道："这话你跟我说没用，跟黄观说去。黄观为人很迂腐，在他看来，你一介草民，不务农，不读书，无功无名却掺和到衙门权力之争中，这是不安本分，你在他眼中就是个刁民。如今整个江浦都知道黄知县被我夺了权，而且也都知道这件事跟你关系不小，黄观就是要通过整治你来试探我的反应，若我不敢为你出头，整个江浦的人都会认为我懦弱怕事，连手底下的人都维护不了，衙门里的那些官吏多少会对我寒心，那样黄知县就能兵不血刃地夺回知县之权了。哈哈，好一招敲山震虎！"

宋小凡叹气道："可是你却不能帮我出头，对吧？"

曹毅面带郁色道："不错，官场凶险，我一个八品县丞官阶低微，我若为了你而跟当朝二品侍郎起了争执，那就是以下犯上，黄观正好有了借口。他可不是那没用的黄知县，他是忌惮燕王不错，但并不怕他，我若与他争起来，他可以堂而皇之地拿我问罪，燕王殿下就算知道了，他也说不得什么的。"

宋小凡好奇道："你怎么知道这么多？"

曹毅笑得很高深："京师高官门第之内，扈从甚多，有那么一两个下人仆从不小心听到什么，然后又不小心说了出去，这也是平常得很……"

宋小凡心中一凝，燕王竟在京师各高官府里布置了探子？

机会只垂青有准备的人，难怪燕王数年后能篡位成功，他虽远在北平，可是对京师朝堂，却是下了不少功夫啊……

有这么一位心计深沉的叔叔，朱允炆怎么斗得过他？将心比心，如果自己是朱允炆，恐怕最后的结局也是悲愤地放把火把自己烧死得了，老子不活了！狗日的四叔开了外挂……

曹毅皱着眉，叹气道："明年开春便是我朝科考开始，礼部管科考之事，黄观已向天子请旨，巡查江南各考场，并兼巡视整肃各地吏治，乃皇命钦差。他巡查江南的第一站，便是江浦，估计他已把你的罪状都罗织好了，我若为你出头，咱哥俩一齐下大狱，燕王都救不得；我若不为你出头，必然失了人心。有黄观在上面压着，黄知县必会重新夺回权力，他若有了权力，后面又有黄观为他撑腰，整治我就跟吃饭一样简单。他娘的！这官场真不是人混的，进不得，退不得，老子宁愿回北平杀鞑子，一刀一枪，不是你死就是我亡，多痛快！"

曹毅狠狠一拍桌子，然后端起酒碗，一灌到底。

宋小凡很伤心，明初的历史里，杰出的人物很多，黄观可是他最崇拜的人物之一，不但才高八斗，而且很有气节，建文被篡，他宁愿以死殉国，也不愿奉逆臣为主，这么一号人物，委实当得起一代名臣了，宋小凡一直拿他当偶像的。

如今偶像却恨上了他的粉丝，粉丝很伤心……

曹毅又喝了口酒，安慰道："不过你也别太担心，幸好你认识太孙殿下，我保不了你，但太孙一定可以保你，你若下了大狱，我相信太孙一定会拼了命地搭救你……"

宋小凡松了口气，自己若没事，曹毅也就没了，这是因果关系。

谁知曹毅接着道："……就怕黄观为人太过疾恶如仇，拿下你后当场把你给砍了，那时估计太孙只好捧着你的首级哭了……"

宋小凡的脸立马又变绿了。

"曹大哥说话真是高潮迭起，起伏不定啊……"

宋小凡的心越来越沉重，看来黄观是真想整治自己了，就看他对自己恨到了什么程度，或者说，他对藩王提防到了什么程度。因为在他眼里，自己就是一个跟藩王狼狈为奸的刁民，杀曹毅他或许得考虑一下后果，杀自己这样一个刁民，基本不用多想什么。

当然，宋小凡也不会以为黄观在朱元璋面前请旨，找个巡查科举、整肃吏治的借口，特意跑到江浦来砍自己一刀，他还没自大到这个程度，可人家巡查的第一站定在了江浦，这说明什么？说明人家是巡查途中顺便收拾他的，收拾完了之后，该干吗干吗……

悲哀啊，小人物的悲哀啊……

二人对视一眼，发现彼此眼中满是苦涩。

院子外一道人影一闪，侍奉曹毅的那位老家仆回来了，他手里拎着两坛酒，看来是出去为曹毅打酒去了。

老家仆走到曹毅身边，恭声道："老爷，老奴在外面给您打酒，发现这官驿外面今日或明或暗地围了不少生人。他们虽着便服，但老奴看得出，他们身上皆带着行伍之气，其中有几个很明显是高手，老爷，您看……"

曹毅一愣，接着怒道："他奶奶的，这官驿只有老子一个人住，谁这么大胆敢派人监视我？"

宋小凡急道："曹大哥，大事不妙啊！瞧这情形，你多半已经开始被双规了……"

曹毅勃然大怒，拍着桌子吼道："谁敢！老子没犯王法，没欺压百姓，谁敢……嗯？什么叫双规？"

"双规是个很有特色的名词……"宋小凡耐心地给曹毅解惑。

二人说着话，老家仆却仿佛感觉到了什么，他把头猛地往后一扭，然后他便看见了太虚。

太虚把小乞女往后一拉，往前走了两步，他一改平日嘻哈无赖之色，神色变得凝重无比，两个老头儿隔着四五步远站定。

二人相对而立，互相盯着对方，良久，二人的眼皮忽然同时跳了几下，他们的太阳穴暴出了青筋，突突直跳，院子里的气氛顿时充满了肃杀之气。

院中正说着话的宋小凡和曹毅二人一齐打了个冷战，然后愕然朝俩老头儿望去。

太虚和老家仆仍在肃然对立，二人皆不说话，但他们身上穿的衣袍却像充了气的气球似的，高高胀起，二人须发皆张，四目中战意凛然，空气仿佛凝固了一般，令人感到呼吸困难，心神俱跳。

曹毅瞪大了眼，问宋小凡道："这老道士是你什么人？"

"咳……他是我师父，闲着没事拜的，其实我和他也不是很熟……那老家仆，真是你的仆人吗？"

"咳……我和他其实也不熟，我来江浦上任之前，燕王殿下把他派过来侍奉我的……"

宋小凡明白了，这老家仆看来是个高手，燕王派他来，明着是侍奉曹毅，暗则是保护曹毅的安全，或者……也可以说是监视曹毅。这就像将军领兵出征，皇帝总要在军中派一个监军的。

燕王此人，行事处处考虑得面面俱到，现在连宋小凡都忍不住怀疑他是不是开了外挂……

二位老人不言不动地站着，互相凝视对方，眼神中的锐利杀气，仿佛在空气中互相碰撞，激起噼啪的火花……

良久。

宋小凡忍不住道："我总觉得他俩跟分别多年的老情侣似的，你瞧他们那眼神，凝望得那叫一个痴情……"

扭头看向曹毅，宋小凡试图寻找共鸣："你觉得呢？"

曹毅皱着眉盯着俩老头儿，他的话比较客观："这个……还真不好说，龙阳之好乃世间常事，但老成这把年纪的龙阳之好者却大不寻常……"

两人在一旁没根没据地瞎八卦，院子正中对峙的俩老头儿有了动静。

太虚忽然朗声一笑，雪白的胡须微微抖动，笑了两声后，沉声道："高手？"

老家仆也仰天一笑："彼此彼此。"

太虚轻轻一拂道袍的大袖，一副绝世高手的派头，潇洒而飘逸地道："贫道乃武当门下，今日见阁下功力深厚，贫道见猎心喜，不如我们切磋一下如何？"

老家仆看了目瞪口呆的曹毅一眼，犹豫了一下，道："固所愿也，不过……我家老爷在此，老奴不便在老爷面前违了祥和，咱们到厢房里面切磋一下如何？"

太虚傲然笑道："无所谓，哪里都可以！"

于是，当着宋小凡、小乞女和曹毅三人的面，太虚和老家仆飘飘然进了厢房。

二人神态安详，步履从容，好一派不世出的武林高手风范。

宋小凡忽然觉得心跳加速起来，从太虚刚才的风范看得出，自己拜的这位师父还真有可能是那种游戏风尘、玩世不恭但身手超绝的武林异人，难道说……我真捡到宝了？如此说来，以后还真得好好跟他学些功夫，毕竟人家是绝世高手……

二人进了院子左侧的厢房，然后砰的一声，厢房的门紧紧关上了。

曹毅这时才回过神来，惊讶道："天天在老子身边端茶递水打酒，老子一直以为他只是个供人使唤的老头子，没想到……他娘的——居然真是个高手……"

宋小凡也苦笑道："我和你一样走眼了，一直以为拜的这个师父是个骗吃骗喝的死老头子，原来他竟是……"

扭头瞟了厢房紧闭的大门一眼，宋小凡担心地道："哎，他俩不会出事吧？"

曹毅满不在乎地摆摆手："能有什么事？这两人也就是切磋一下武功，顶多断手断脚，要死哪儿那么容易……"

话音未落，便听见厢房里面传来砰的一声巨响，宋小凡吓得浑身一抖，一双眼睛又惊又惧地朝厢房望去。

曹毅若无其事地安慰他："没事没事，咱们接着聊咱们的，你刚才说的双规是怎么回事？"

宋小凡心不在焉地道："双规就是在规定的时间到规定的地点，然后俩人捉对干一架……哎，他们真不会出事吧？打出人命了怎么办？"

正说着，又听见砰的一声巨响，然后厢房的门打开了。

太虚披头散发地走了出来，他身上的道袍已经被撕成了一条一条的，风情万种、若隐若现地挂在身上，两只宽袖也不见了，只露出两只干瘦的光膀子，在寒风中瑟缩伫立，活像刚被人凌辱过的老受受，模样分外凄凉。

"师父！你没事吧？"宋小凡一个箭步冲上前，悲声呼道。

太虚愣了一会儿神，然后扭头朝厢房看了一眼，忽然哈哈一笑，使劲吸了吸鼻子，恶狠狠地道："果然是高手！他奶奶的无量寿佛！不光膀子还真干不过他！"

说完太虚一把推开宋小凡，踉踉跄跄地走出了官驿。

宋小凡目瞪口呆，心神俱震，眼中冒着崇拜的星星，毕恭毕敬地目送太虚离开。

紧接着，曹毅的老家仆也从厢房里走了出来。

曹毅也赶紧凑上去问道："你怎样？没事吧？"

老家仆衣着很整齐，闻言缓缓摇头，刚一张嘴，一丝鲜血从嘴角流下。

宋小凡对太虚愈发敬佩，老头儿出手狠辣，瞧这模样，老家仆是受了内伤啊。

"你要不要紧？我帮你叫郎中吧……"曹毅有点急了。

老家仆一边摇头，一边狠狠地盯着官驿大门，嘶哑着声音，恨声道："真卑鄙！竟然朝我眼睛里吐口水，还使猴子偷桃这么无耻的招数……"

宋小凡愣了一下，赶紧低头，寻找地缝……

正在无地自容的当口，官驿外忽然传来凌乱的脚步声。

宋小凡和曹毅飞快对视一眼，二人神情顿时凝重起来。

小乞女慢吞吞地走到宋小凡身边，悄悄拉住了宋小凡的衣袖。宋小凡扭过头，朝她安慰地笑了一下。小乞女也回他一个浅笑，神情却分外淡定。

很快，官驿的回廊处出现了一队穿着飞鱼服的锦衣亲军，为首的一人很面熟，宋小凡依稀见过，貌似他经常随驾朱允炆。

锦衣亲军并未做出什么敌对的动作，离着宋小凡三人数步远便站定，一字排开，为首那人朝前走了两步，望着宋小凡，肃然沉声道："有圣谕，宋小凡接旨。"

宋小凡愣住了，只觉得脑子轰然一炸，顿时成了一片空白。圣谕？朱元璋怎么知道自己？那是个杀人魔王啊……他该不会下旨斩了我吧？我跟他素不相识，好像没得罪过他呀……

为首那人微微笑了笑，温声提醒道："宋小凡，跪聆圣谕即可。"

曹毅急忙扯了扯宋小凡的袖子，见宋小凡仍旧呆立不动，于是抬脚往他膝弯处一踢，扑通一声，宋小凡跪下了，曹毅顺势也跟着跪在宋小凡身后，小乞女本是一副淡漠的模样，但见宋小凡跪下了，她也只好往宋小凡身旁一跪。

为首的锦衣校尉见众人都跪下了，于是沉声道："奉陛下口谕，江浦县宋小凡即刻起程，赶赴京师，入宫觐见天子，暂免礼部演礼，允着便服近慕天颜，失仪处朕不加罪。"

圣谕念完，锦衣校尉看了宋小凡一眼，眼中笑意一闪，却沉声道："宋小凡，跪谢圣恩吧。"

宋小凡立马顿首，口中唱喝道："草民叩谢吾皇万岁万岁万万岁——"

强压住心头紧张激动的心情，由于圣谕里要求的是"即刻起程"，宋小凡自是不敢耽误时间，只来得及请曹毅帮忙把小乞女送回山神庙；又叮嘱小乞女不要乱跑，在山神庙等着他回来。然后宋小凡便跟着锦衣亲军们出了官驿的大门，起程往京师应天府赶去。

目送着宋小凡的身影消失在大门口，曹毅眼中却浮出了几分复杂之色，怅然若失地叹了口气。

老家仆又恢复了木然淡漠的样子，不言不动地盯着门口，不经意间，一抹阴沉的目光飞快而逝。

小乞女适时回头，老家仆的目光恰好被她捕捉到了。小乞女垂下眼睑，若无其事地踢着脚下的小石子儿，蹦蹦跳跳的，一副天真烂漫的模样。

官驿外。

一群便装打扮的汉子聚成两队，静静站在门外，十数人如同一人，甚至连呼吸的频率都是一样的，虽然他们穿着百姓贩夫常服，却怎么也掩盖不了他们身上散发出来的剽悍精干之气。当锦衣亲军们簇拥着宋小凡出来后，他们很自觉地让到一旁，然后一队在前开路，一队在后殿尾，众人如众星拱月一般，拥着宋小凡往东城门走去。

宋小凡对这种待遇感到受宠若惊，自己一介平民百姓，被这么多锦衣亲军团团围住，那感觉……就像一群猫围住了一只耗子，可以想象那只可怜的耗子是种什么心情了。

众人到了东城门，城门通道处拴着数十匹骏马，众人二话不说，各自一跨腿便上了马，然后挽着缰绳，两腿轻踢马腹，马蹄声声，卷起漫天尘土，众骑如离弦的箭一般，飞驰而去……

东城门通道口，宋小凡呆立不动，愣愣地看着锦衣亲军们骑着马驰远，他像一片孤独的落叶，在漫天的尘土中飘零、摇曳，神情显得那么的幽怨，无助……

"驾——"

马蹄轰隆，众锦衣亲军又策马驰了回来，离宋小凡数步远勒马，马儿很给主人面子，顿时纷纷人立而起，发出长长的嘶叫声，马上骑士姿势风骚得一塌糊涂……

宋小凡恨得直咬牙，真不爱跟这帮人打交道，瞎显摆！

刚才宣旨的锦衣校尉下了马，走到宋小凡身边，问道："宋公子为何不上马？"

宋小凡脸色尴尬……

为何不上马？因为他根本不会骑马，他连上马先跨哪条腿都不知道，怎么骑？锦衣亲军皆是军伍出身，自然人人会骑马，可宋小凡是穿越者，前世生活在钢筋水泥丛林，城市里连根马毛都见不着，怎么可能会骑马？

锦衣校尉看出了他的尴尬，点了点头，道："明白了……来人，给宋公子雇辆马车，把他拉进京师……"

拉进京师……

进京师……

京师……

师……

宋小凡擦汗，没想到古代人说话也这么雷，他一直以为"拉"这个动词只跟排泄有关的……

马车很快雇好，众锦衣亲军一改刚才放马狂奔的神采飞扬之态，领着一辆慢吞吞的马车，无精打采地上路，士气显得很颓靡。

宋小凡坐在马车上，心中又疑又惧，朱元璋亲自下诏，召见一个无功无名的草民，到底是为什么？

朱元璋想必是通过朱允炆才知道自己的。宋小凡最疑惑的是，朱元璋召见自己有何目的？夸他？不太可能，而且宋小凡也不希望朱元璋夸他，明初历史上，很多人都被朱元璋夸过，比如李善长、胡惟庸、蓝玉、宋濂……这些人后来的结局那叫一个凄惨。

骂他？宋小凡左想右想，觉得自己已经很低调了，没做过什么太离谱的错事，充其量也就认识了一个皇太孙，骂他没道理吧？再说朱元璋是那种骂人的皇帝吗？他老人家一不高兴直接杀人，骂都懒得骂的。

越想心里越没底，宋小凡忍不住掀开了马车帘子，那名宣旨的锦衣校尉正策马跟在马车旁，宋小凡一掀帘子便看见了他。

先朝他笑了笑，宋小凡素来文雅的俊脸此时也带上了几分讨好的味道。

没办法，身在明朝，容不得他这个穿越者玩性格，只能让自己去适应这个环境。这个环境需要什么样的人，他便必须做什么样的人。历史充分证明，玩性格的人下场通常都不会太好，比如三国时期的杨修前辈。

颠簸的马车上，宋小凡拱了拱手，朝那位锦衣校尉笑道："这位……军爷，贵姓？"

锦衣校尉很和气，一点也没有电视里演的那般冷酷无情，闻言淡淡笑了笑，道："宋公子客气了，在下袁忠，只是伴驾太孙殿下的一名小小校尉。"

宋小凡急忙笑道："原来是袁校尉，久仰久仰，草民以前好像见过你……"

袁忠淡然笑道："在下多次随太孙殿下去醉仙楼找你，你自然是见过在下的。"

宋小凡犹豫了一下，道："袁校尉，草民问个事行不？皇上深居宫中，为何忽然要召见我这个无功无名的草民？"

袁忠忽然闭上了嘴，神情坚毅地直视前方，跟什么都没听到似的。

宋小凡赔笑道："袁校尉，能否给点提示？"

一连催着问了好几声，袁忠忍不住开口了，这回他的语气生硬了许多："宋公子，陛下召见你，自有陛下的用意，我等只需奉命领旨便是，不可胡乱揣度天意。"

宋小凡讨了个没趣，只得讪讪地放下帘子，又惊又惧地继续闷在马车里胡思乱想起来。

想来想去，宋小凡渐渐放下了心事。

他觉得朱元璋大老远地派人把他召进京师，总不可能一刀砍了他吧？那也太麻烦了，既然不是为了杀他，那就没事。

马车慢悠悠行了一个多时辰，终于远远看到京师应天巍峨高耸的城墙，墨黑色的墙砖带着古老沧桑的气息，静静矗立在冬日的暖阳下，沉默地延续着它千年来的恢宏。

六朝古都，金陵楼台烟雨，古朝今代，无数帝王皆已烟消云散，尽付秦淮东流。

大明洪武二十九年末，一个普通的年轻人，乘坐着一辆普通的马车，就这样驶进了这座千年帝都之城。

马车由应天西城门而入，进城之后，众锦衣亲军簇拥着马车往皇宫行去。

没过多久，马车便入了承天门，承天门是明皇宫的南门，也是宫城正门。

到达承天门以后，袁忠便请宋小凡下了马车，过了这道门，已是禁宫范围，如无皇帝特旨，是不准任何人在此骑马坐轿的。

门外金水桥下是清澈的外金水河。金水桥外便是明朝的政务机构所在地，朝廷部院寺监办事大堂都集中在这里。从承天门往南中轴线两边是朝廷的主要办事机构，左边依次为宗人府、吏部、户部、礼部、兵部、工部；右边依次为中军都督府、左军都督府、右军都督府、前军都督府、后军都督府、鸿胪寺。左边是政务机关，右边是军事机构，一文一武，泾渭分明。

宋小凡下了马车，望着前方层层叠叠的宫楼角檐，红墙绿瓦，气势宏大巍峨，于沉静中散发出浓厚的皇家威严，忍不住心生敬畏。

宋小凡长长吁了口气，努力压下心中那股激荡的情绪，穿越数百年，今日站在这大明的皇宫前，心情久久不能平静。

明朝，一个辉煌的时代，近代以前，汉人的最后一代江山。打下这座江山的皇帝，正在这气势恢宏的皇宫中，等待着他的觐见。

宋小凡此刻满怀崇敬，无论后人如何看待朱元璋，但不能否认，他驱逐了鞑虏，光复了汉人江山，开辟了历史上长达近三百年的大明王朝，他的残酷杀戮并不能掩盖其赫赫功绩。

十余年的血染盔甲，狼烟风沙，打下这朱明天下，他，朱元璋，不愧当世英雄！